经典悦读·绮丽篇

中共滨州经济技术开发区工委　◎编
南开大学语文教育研究中心

编　委　会

主　　任： 姚和民
委　　员： 周志强　　王广忠　　钱　杰
　　　　　　时志军　　魏建宇　　高　宇
　　　　　　王　烜　　贾　璐　　李梦阳
　　　　　　古德瑞
主　　编： 周志强　　魏建宇
本册主编： 李梦阳

中山大学出版社
·广州·

版权所有 翻印必究

图书在版编目（CIP）数据

经典悦读·绮丽篇/中共滨州经济技术开发区工委，南开大学语文教育研究中心编. —广州：中山大学出版社，2017.7
ISBN 978-7-306-06048-8

Ⅰ.①经… Ⅱ.①中…②南… Ⅲ.①世界文学—作品综合集 Ⅳ.①I11

中国版本图书馆 CIP 数据核字（2017）第 110494 号

出 版 人：	徐 劲
策划编辑：	邹岚萍
责任编辑：	邹岚萍
封面设计：	林绵华
插　　图：	董存良
责任校对：	赵 婷　黄燕玲
责任技编：	黄少伟
出版发行：	中山大学出版社
电　　话：	编辑部 020-84111996，84113349，84111997，84110779 发行部 020-84111998，84111981，84111160
地　　址：	广州市新港西路 135 号
邮　　编：	510275　　　　传　　真：020-84036565
网　　址：	http://www.zsup.com.cn　　E-mail: zdcbs@mail.sysu.edu.cn
印 刷 者：	广州家联印刷有限公司
规　　格：	787mm×960mm　1/32　总印张：21.25　总字数：408 千字
版次印次：	2017 年 7 月第 1 版　2017 年 7 月第 1 次印刷
总 定 价：	48.00 元（共 6 册）　印　数：1～11000 套

如发现本书因印装质量影响阅读，请与出版社发行部联系调换

品阅美文 传承经典

　　已经走过了七个年头的"经典悦读"丛书越来越彰显出迷人的文化魅力，受到越来越多的读者的关注和喜爱。一卷在握，尽赏古今中外美言名篇，字字珠玑，明辨仁和信义思想哲学，篇篇玄妙。"经典悦读"一如涓涓清泉，滋润着读者的内心世界。

　　习近平同志指出，中华优秀传统文化是中华民族的精神命脉，是涵养社会主义核心价值观的重要源泉，也是我们在世界文化激荡中站稳脚跟的坚实根基。要结合新的时代条件传承和弘扬中华优秀传统文化，传承和弘扬中华美学精神。作为一部荟萃古今中外文学精华的系列丛书，"经典悦读"在第七辑中，主要关注了文学之中不同的美感特质。"冲淡"之美，闲逸深情，平和雅致；"劲健"之美，慷慨悲壮，气韵恢宏；"绮丽"之

美，文辞奇绝，华丽优雅；"隐秀"之美，不着一字，尽得风流；"沈著"之美，气定神闲，内敛沉静；"雄浑"之美，秉节持重，壮怀激烈。这一辑的每一册选文，都是对文学之美的一次探寻和挖掘，仿若徐徐展开一幅幅各有情致的画卷，让经典在其中焕发出明丽的色彩。我们在品读的过程中鉴赏文学之美感，不仅是欣赏文字之中透露出的古今气度、中外文明，更是一次澄澈的心灵体验：在飘逸飞扬、各怀韵致的斐然文采之中，人的性情得到涵养，修养得到提升，心灵得到净化，并以此为鉴，观照当代的我们，回看当下的生活。在经典的传承之中，促进全社会的精神文明建设，发扬传统文明，引领先进文化。可以说，阅读，是铸造一个人、一个社会、一个时代之精神气度的最佳渠道，而对经典文学的品味，更能使我们在文字的负载中，感受撼人心魄的至情至性，领略碰撞思想的哲学思辨，启迪经世致用的人生智慧。

"经典悦读"丛书，开启了现代读者与中外古圣先贤神交的窗口。品阅美文，凝汇学人才思；传承经典，点燃文明星火。愿这套丛书成为我们

文海撷珠的良伴、薪火相传的纽带，为构筑我们共同的精神家园凝聚力量、辉耀光芒。

中共滨州市委书记　市人大常委会主任

目　　录

点滴相思　情愁离怨 ………………… 1
　浣溪沙 …………………… 李清照　2
　浣溪沙 …………………… 薛昭蕴　4
　鹰之歌 …………………… 丽　尼　6
　月夜孤舟 ………………… 庐　隐　12

诗情画意　字字珠玑 ………………… 19
　回忆 ……………………… 冰　心　20
　解开一束束阳光 ………… 顾　城　23
　路畔的蔷薇 ……………… 郭沫若　27
　苏幕遮·咏浴 …………… 纳兰性德　31
　菩萨蛮 …………………… 温庭筠　33

一方景物　缱绻入怀 ………………… 36
　思念 ……………………… 舒　婷　37
　雪夜 …………………… [法]莫泊桑　38
　江南的冬景 ……………… 郁达夫　42
　春到海堤 ……………… [德]台·施托姆　49

滑雪 …………………………〔法〕科莱特　53
白色的睡莲 ………〔法〕斯特芳·马拉美　57
清丽淡雅　余音绕梁 ……………………　65
心泉 …………………………〔日〕东山魁夷　66
潮水的思索 ………………………刘湛秋　70
海边有时无风 ……………………陈乔柏　76
秋天的况味 ………………………林语堂　80
山·注视 ………………〔法〕勒·克莱齐奥　85
提醒幸福 …………………………毕淑敏　94
附　　录 ……………………………………　103
编者说明 …………………………………　105

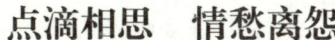

点滴相思 情愁离怨

浣溪沙

李清照

正文

　　小院闲窗春色深,重帘未卷影沉沉①。倚楼无语理瑶琴②。　　远岫出云催薄暮③,细风吹雨弄轻阴④。梨花欲谢恐难禁⑤。

注释

①重(chóng)帘:多层的帘幕。唐代温庭筠《菩萨蛮·夜来皓月才当午》:"重帘悄悄无人语。"沉沉:形容光影浓重。

②理:弹奏。瑶琴:琴的美称。南朝鲍照《拟古》:"明镜尘匣中,瑶琴生网罗。"

③远岫(xiù)出云:语本陶渊明《归去来兮辞》:"云无心以出岫。"岫:山峦。薄暮:黄昏。屈原《天问》:"薄暮雷电,归何忧?"

④轻阴:天色略阴。

⑤禁:阻止。

　　(选自王英志编选:《李清照集》,凤凰出版社2007年版,第9页)

绮丽篇

知识

出身书香门第的李清照自幼家境优渥,受过良好的家庭教育。其后金兵入据中原,李清照流寓南方,境遇孤苦。李清照所作之词,大致可分为前后两期,前期多为书写自在悠闲的生活,后期则多为情调感伤的悲叹身世凄苦的词作。在词的创作上,提出词"别是一家"之说,强调词的协律和典雅风韵。著有《易安居士文集》《易安词》,已散佚。后人有《漱玉词》辑本。今有《李清照集校注》。

解读

《浣溪沙》作于词人待嫁之时,上片通过描写窗外的春色和窗内的景色,勾勒出一个百无聊赖又心怀不安的少女形象,当这位少女起身想要拨弄瑶琴弹奏一曲借此排解阴郁情绪的时候,却发现琴声也无法驱走满怀愁绪。下片写到她抬眼望向远方,薄暮中飘着的丝丝乌云以及抖动在细风春雨中的梨花,让她心情不禁更为沉闷。

春天是短暂的时节,也是萌发爱情的季节,词人借助于对深深春色的描写慰藉着少女留恋青春、担忧爱情的心境,待字闺中的词人将浓浓的怨情藏在淡淡的话语和深深的春色之中,于是,"怨情"实则为这首小令的词旨。

警语

物是人非事事休,欲语泪先流。

——李清照

浣溪沙
薛昭蕴

正文

越女①淘金春水上,步摇②云鬟佩鸣珰,渚风江草又清香③。　　不为远山凝翠黛④,只应含恨向斜阳,碧桃花谢忆刘郎⑤。

(选自刘崇德、徐文武点校:《花间集　尊前集》,河北大学出版社2006年版,第52～53页)

注释

①越女:江浙地区的女子。
②步摇:古时候女子佩戴在发间的一种首饰,将银丝弯曲做成花枝的模样置于发间,走路时会随步伐移动而摇摆,故称作步摇。
③"渚风"句:江中有一小块陆地,春风拂过,送来陆

绮丽篇

地中芳草的清香。
④凝翠黛:指女子凝眉。
⑤刘郎:原指东汉人刘晨,后被用来泛指心爱的男子,即情郎。

(编者注)

知识

薛昭蕴(生卒年不详),字澄州,唐末词人,河中宝鼎(今山西荣河县)人。王衍时,官至侍郎,遂也被称为"薛侍郎"。《北梦琐言》记述:薛澄州昭蕴即保逊之子也。恃才傲物,亦有父风。每入朝省,弄笏而行,旁若无人。薛昭蕴后因事获罪,被贬为刺史。

薛昭蕴才华出众,擅长诗词创作,好唱《浣溪沙》词,现存词19首,8首为《浣溪沙》。所作之词风格清丽委婉,被收入《花间集》。生平事迹可见于新旧《唐书》《北梦琐言》以及王国维《庚辛之间读书记·跋覆宋本〈花间集〉》。

解读

这首词选自薛昭蕴所作《浣溪沙》词的第八首,写一位淘金女对情郎的思念之情。在上片中,词人以写人、写事和写景的方式为读者展现了淘金女于春水之中淘金的景象,并且用以物事描人像的方式使一个生动的淘金女形象赫然而立。在下片中,词人转而描写心理状态,前两句的"不为"与"只应"相呼应,交代淘金女的情愁心境,最后一句中,斜阳映照、春残花落之时,想起"刘郎"始终未归,万千愁绪笼上心头,以"忆"点出愁肠满怀。全篇小令不仅词句清丽脱俗,而且对景对人物心事的描写合而为一,同指离愁相思之痛,委婉动人。

鹰 之 歌

丽 尼

  黄昏是美丽的。我忆念着那南方的黄昏。

  晚霞如同一片赤红的落叶坠到铺着黄尘的地上,斜阳之下的山岗变成了暗紫,好像是云海之中的礁石。

  南方是遥远的;南方的黄昏是美丽的。

  有一轮红日沐浴着在大海之彼岸;有欢笑着的海水送着夕归的渔船。

  南方,遥远而美丽的!

  南方是有着榕树的地方,榕树永远是

绮丽篇

垂着长须,如同一个老人安静地站立,在夕暮之中作着冗长的低语,而将千百年的过去都埋在幻想里了。

晚天是赤红的。公园如同一个废墟。鹰在赤红的天空之中盘旋,作出短促而悠远的歌唱,嚓唳地,清脆地。

鹰是我所爱的。它有着两个强健的翅膀。

鹰的歌声是嚓唳而清脆的,如同一个巨人的口在远天吹出了口哨。而当这口哨一响着的时候,我就忘却我的忧愁而感觉兴奋了。

我有过一个忧愁的故事。每一个年轻的人都会有一个忧愁的故事。

南方是有着太阳和热和火焰的地方。而且,那时,我比现在年轻。

那些年头!啊,那是热情的年头!我们之中,像我们这样大的年纪的人,在那样的年代,谁不曾有过热情的如同火焰一

般的生活！谁不曾愿意把生命当作一把柴薪，来加强这正在燃烧的火焰！有一团火焰给人们点燃了，那么美丽地发着光辉，吸引着我们，使我们抛弃了一切其他的希望与幻想，而专一地投身到这火焰中来。

然而，希望，它有时比火星还容易熄灭。对于一个年轻人，只须一个刹那，一整个世界就会从光明变成了黑暗。

我们曾经说过："在火焰之中锻炼着自己"；我们曾经感觉过一切旧的渣滓都会被铲除，而由废墟之中会生长出新的生命，而且相信这一切都是不久就会成就的。

然而，当火焰苦闷地窒息于潮湿的柴草，只有浓烟可以见到的时候，一刹那间，一整个世界就变成黑暗了。

我坐在已经成了废墟的公园看着赤红的晚霞，听着嘹唳而清脆的鹰歌，然而我却如同一个没有路走的孩子，凄然地流下眼泪来了。

绮丽篇

"一整个世界变成了黑暗;新的希望是一个艰难的生产。"

鹰在天空之中飞翔着了,伸展着两个翅膀,倾侧着,回旋着,作出了短促而悠远的歌声,如同一个信号。我凝望着鹰,想从它的歌声里听出一个珍贵的消息。

"你凝望着鹰么?"她问。

"是的,我望着鹰。"我回答。

她是我的同伴,是我三年来的一个伴侣。

"鹰真好,"她沉思地说了,"你可爱鹰?"

"我爱鹰的。"

"鹰是可爱的。鹰有两个强健的翅膀,会飞,飞得高,飞得远,能在黎明里飞,也能在黑夜里飞。你知道鹰是怎样在黑夜里飞的么?是像这样飞的,你瞧。"说着,她展开了两只修长的手臂,旋舞一般地飞着了,是飞得那么天真,飞得那么热情,使她的脸面也现出了夕阳一般的霞彩。

我欢乐地笑了,而感觉了奋兴。

然而,有一次夜晚,这年轻的鹰飞了出去,就没有再看见她飞了回来,一个月以后,在一个黎明,我在那已经成了废墟的公园之中发现了她的被六个枪弹贯穿了的身体,如同一只被猎人从赤红的天空击落了下来的鹰雏,披散了毛发在那里躺着了。那正是她为我展开了手臂而热情地飞过的一块地方。

我忘却了忧愁,而变得在黑暗里感觉兴奋了。

南方是遥远的,但我忆念着那南方的黄昏。

南方是有着鹰歌唱的地方,那嘹唳而清脆的歌声是会使我忘却忧愁而感觉奋兴的。

一九三四年,十二月

(选自丽尼著:《丽尼散文选集》,上海文艺出版社1982年版,第51~53页)

绮丽篇

知识

丽尼，原名郭安仁，1909年生于湖北孝感，是20世纪三四十年代一位有影响的散文家，有巴金为其编选的《白夜》和《鹰之歌》两本散文集存世。

曾任《泉州日报》副刊编辑，晋江黎明高中、武汉美专教师。1930年到上海参加"左联"，与巴金等人创办文化生活出版社；抗日战争后在福建、四川从事写作和教学，任重庆相辉学院外文系、武汉大学中文系教授；1949年后历任中南人民出版社、中南人民文学艺术出版社、中央电影局艺术编译室、中国影协编辑，《译文》编委，暨南大学教授。20世纪30年代开始发表作品。1955年加入中国作家协会。在"文革"中受到迫害，1968年殁于广州。1978年9月平反昭雪，恢复名誉。

著有散文集《白夜》《鹰之歌》《黄昏之献》；译著《田园交响乐》《贵族之家》《前夜》《天蓝的生活》；专著《俄国文学史》；文学剧本《伊凡诺夫》《海鸥》《万尼亚舅舅》《苏瓦洛夫元帅》；等等。

解读

《鹰之歌》是一篇忆念南方黄昏、颂扬革命女友的抒情散文诗，作者的这位青年时代的女友，在黑暗岁月满怀革命激情，始终幻想能够以燃烧自我来驱逐无穷的黑暗，结果却惨遭反动派杀害。丽尼深深动怀，铭记不忘，在这

经典悦读

首散文诗中,他用高飞飒爽的鹰来比喻自己的女友,采用隐喻、象征的手法,用充满诗意的笔触,回忆自己在南方的生活以及与女友的往事,将女友与鹰的形象融为一体,使其形象化、诗化。文章的字里行间,不仅充满对梦幻般的南方黄昏的依恋,而且在这种依恋背后更展现出丽尼对革命女友的深切怀念和无限敬仰。作者紧紧抓住鹰那搏击长空、遨游苍穹的雄姿,展示了它"高""远"的志向和无所畏惧、昂扬乐观的精神,同时以"她"字点名形象所指,把强烈的情感埋在绚烂优美的文字之中,借物寄意,含蕴如诗,意味深远。

月夜孤舟

庐　隐

　　发发弗弗的飘风,午后吹得更起劲,游人都带着倦意寻觅归程,马路上人迹寥落,但黄昏时风已渐息,柳枝轻轻款摆,翠碧的景山巅上,斜辉散霞,紫罗兰的云幔,横铺在西方的天际,他们在松荫下,迈上轻舟,慢摇兰桨,荡向碧玉似的河心去。

全船的人都悄默的看远山群岫,轻吐云烟,听舟底的细水潺湲,渐渐的四境包溶于模糊的轮廓里,远景地更清幽了。

他们的小舟,沿着河岸慢慢地前进,这时淡蓝的云幕上,满缀着金星,皎月盈盈下窥,河上没有第二只游船,只剩下他们那一叶的孤舟,吻着碧流,悄悄地前进。

这孤舟上的人们——有寻春的骄子,有漂泊的归客,——在咿呀的桨声中,夹杂着欢情的低吟,和凄意的叹息。把舵的阮君在清辉下,辨认着孤舟的方向,森帮着摇桨,这时他们的确负有伟大的使命,可以使人们得到安全,也可以使人们沉溺于死的深渊。森努力拨开牵绊的水藻,舟已到河心。这时月白光清,银波雪浪动了沙的豪兴,她扣着船舷唱道:

"十里银河堆雪浪,
四顾何茫茫?

这一叶孤舟轻荡，
荡向那天河深处，
只恐玉宇琼楼高处不胜寒！
……
我欲叩苍穹，
问何处是隔绝人天的离恨宫？
奈雾锁云封！
奈雾锁云封！
绵绵恨……几时终！"

这凄凉的歌声使独坐船尾的罄惜然了，她呆望天涯，悄数陨坠的生命之花；而今呵，不敢对冷月逼视，不敢向苍天伸诉，这深抑的幽怨，使得她低默饮泣。

自然，在这展布天衣缺陷的人间，谁曾看见过不谢的好花？只要在静默中掀起心幕，摧毁和焚炙的伤痕斑斑可认，这时全船的人，都觉得灵弦凄紧。虞斜倚船舷。仿佛万千愁恨，都要向清流洗涤，都要向河底深埋。

绮丽篇

天真的丽，他神经更脆弱，他凝视着含泪的颦，狂痴的沙，仿佛将有不可思议的暴风雨来临，要摧毁世间的一切；尤其要捣碎雨后憔悴的梨花，他颤抖着稚弱的心，他发愁，他叹息，这时的四境实在太凄凉了！

沙呢！她原是漂泊的归客，并且归来后依旧漂泊，她对着这凉云淡雾中的月影波光，只觉幽怨凄楚，她几次问青天，但苍天冥冥依旧无言！这孤舟夜泛，这冷月只影，都似曾相识——但细听没有灵隐深处的钟磬声，细认也没有雷峰塔痕，在她毁灭而不曾毁灭尽的生命中，这的确是一个深深的伤痕。

八年前的一个月夜，是她悄送掉童心的纯洁，接受人间的绮情柔意，她和青在月影下，双影厮并，她那时如依人的小鸟，如迷醉的荼蘼，她傲视冷月，她窃笑行云。

但今夜呵！一样的月影波光，然而她和青已隔绝人天。让月儿蹂躏这寞落的心，她扎挣残喘,要向月姊问青的消息,但月姊只是阴森的惨笑,只是傲然的凌视,——指示她的孤独。唉!她枉将凄音冲破行云,枉将哀调深渗海底,——天意永远是不可思议!

沙低声默泣,全船的人都罩在绮丽的哀愁中。这时船已穿过玉桥,两岸灯光,映射波中,似乎万蛇舞动,金彩飞腾,沙凄然道:"这到底是梦境?还是人间?"

颦道:"人间便是梦境,何必问哪一件是梦,哪一件非梦!"

"呵!人间便是梦境,但不幸的人类,为什么永远没有快活的梦,……这惨愁,为什么没有焚化的可能?"

大家都默然无言,只有阮君依然努力把舵,森不住的摇桨,这船又从河心荡向河岸。"夜深了,归去罢!"森仿佛有些倦了,于是将船儿泊在岸旁,他们都离开这美妙的月影波光,在黑夜中摸索他们的归程。

绮丽篇

月儿斜倚翡翠云屏，柳丝细拂这归去的人们，——这月夜孤舟又是一番梦痕！

(选自庐隐著：《月夜孤舟》，海南出版社1997年版，第105～107页)

知识

庐隐（1898—1934），原名黄淑仪，又名黄英，笔名庐隐，福建省闽侯县南屿乡人。"五四"时期的著名作家，与冰心、林徽因并称为"福州三大才女"。在2003年美国哥伦比亚大学出版的《女作家在现代中国》（*Writing Women in Modern China*）之中，被列为18个重要的现代中国女作家之一。

庐隐的一生异常坎坷，母亲的厌恶开启了庐隐的悲苦童年，1916年中学毕业后，先后在几所学校从事教员工作，辗转几回终究草草结束；1919年重回校园，以学生的身份与志趣相投的人组织秘密团体——社会改良派。

庐隐一生有过两段婚姻，1925年因丈夫的去世结束了第一段婚姻，第二段婚姻始于1930年，1934年5月13日因难产手术离开人世，时年36岁。

著有《一个著作家》《海滨故人》《女人的心》《夜的奇迹》等小说和散文。

解读

《月夜孤舟》正如题目一般，为读者营造了静谧安然的夜晚，文章中"漂泊的归客"、静静荡漾在河心的一叶孤舟和夜空清幽的月光一样，都在诉说一颗寂寞凄凉的心灵。即使是美丽的夜和夜下的碧流远山也掩盖不住深深的情殇惆怅，这样的心境似梦还醒，只能在月夜里轻泣追忆，一诉情肠，却留不住那如梦如幻的夜或是梦境，与失去的人同样，只留下一片凄然和一道梦痕。

警语

人与人的交接不得已而戴上假面具，那是人间最残酷最可怜的事实，如果能够在某一人面前率真，那就是幸福……

——庐隐

诗情画意 字字珠玑

回 忆

冰 心

雨后,天青青的,草青青的。土道上添了软泥,削岩下却留着一片澄清的水,更开着一枝雪白的花。也只是小小的自然,何至便低徊不能去?

风狂雨骤,黑暗里站在楼阑边。要拿书却怎的不推开门,只凝立在新凉里?——我要数着这涛声里,岛塔上,灯光明灭的数儿,一——二——三——四——五。

沉郁的天气。浪儿侵到裙儿边。紫花儿掉下去了,直漾到浪圈外,沉思的界线里。低头看时,原来水上的花,是手里的花。

绮丽篇

水里只荡漾着堂前的灯光人影。——一会儿,灯也灭了,人也散了。——一时沉黑。——是我的寂寞?是山中的寂寞?是宇宙的寂寞?这池旁本自无人,只剩得夜凉如水,树声如啸。

这些事是遽隔数年,这些地也相离千里,却怎的今朝都想起?料想是其中贯穿着同一的我,潭呵,池呵,江呵,海呵,和今朝的雨儿,也贯穿着同一的水。

1921 年 7 月 18 日

(选自卓如编:《冰心美文精粹》,作家出版社 1992 年版,第 12~13 页)

知识

冰心(1900—1999),原名谢婉莹,笔名冰心,福建长乐人。中国著名的诗人、现代作家、翻译家、儿童文学作家、社会活动家、散文家。

在 1919 年 8 月的《晨报》,冰心发表了自己的第一篇散文《二十一日听审的感想》和第一篇小说《两个家庭》，此后开始陆续发表作品。1923年出国留学前后，开始发表《寄小读者》系列通讯散文，成为中国儿童文学的奠基之作。1946年在日本东京大学任教，成为首位外籍女教授，讲授"中国新文学"课程，1951年回国。

冰心一生共著个人文集35部、译著9部，作有《繁星·春水》《冬儿姑娘》《还乡杂记》《小桔灯》《印度童话集》《燃灯者》等。

这首散文诗从清新的雨后世界起笔，添了软泥的土道，削岩下澄净的水，一切都那么纯朴美好，冰心用俏丽新雅的文字将读者带进童心雀跃的景象之中，正是这活泼的动感，使这篇诗文远离了苦恋和回忆的酸涩愁情，从而绘制了一幅诗意的、童趣的新画卷。

字里行间跳动着少女不安分的青春躁动，作者用疑问句的形式寄托自己回忆时的一番难解滋味，青春的脚步从想象的意念中纷飞，从回忆中醒来，才记起寂寞的自己，究竟"是我的寂寞？是山中的寂寞？是宇宙的寂寞？"这徘徊于回忆内外的思索打断了思恋的心境，尽管心境复杂难安，但仍在最后一笔中将之付与广阔无垠的水流。

愿你的生命有够多的云翳，造成一个美丽的黄昏。

——冰心

绮丽篇

解开一束束阳光

顾 城

诗话散页（之一）

在南方，有许多河流，有城市。一个朋友在城里对我说：诗人就是个大炮仗，应当飞得高，响得厉害。"为什么呢？"我问。"为了让人注意呀。""为什么要让人注意？""人就是要让人注意。"问题涉及了人生观。

后来下雨了，我们又去看晃来晃去的健美比赛，花在花坛上开着，"姿态"，那个朋友又说。

雨停了，云开始变白，路上有积水，我却怀疑起来：从炮仗怀疑到惊堂木，怀疑到谢幕的演员，怀疑到情绪，浪漫派和传奇浪漫派，怀疑到自己和自我表现，怀疑到一朵中午的花……

花是为了结果子,还是为了给人看呢?

晚上,我又开始作梦,梦见少年时在荒原上看见的那些野花,金黄色还那么忧郁,紫色还那么胆小……

你要作什么呢?

我说过,我要做完我的工作,在生命飘逝时,留下果实。我要完成我命里注定的工作——用生命建造那个世界,用那个世界来完成生命。

雷声是遥远的,口哨和叹息是遥远的,云会散去。

在我走过后台的时候,总发现几个被雨水淋坏的风筝。

1983 年 5 月

诗话散页(之二)

他们是一群人,他们在岩石上休息。

你看得见他们吗?

他们都生活着,像你一样,他们都生

活过,像你一样,一天天醒来。

最后,他们真的醒来了,他们看到生命中那个巨大的事实——不能重复的话,要发现、创造、收获,要用双手捧着泥土和宝石,要有牺牲的血液在指间流淌,要在海天和冥冥万物之上,解开一束束阳光……

于是有了新的真实,有了美和跋涉者。他们用自己写诗,他们又没有自己。东方和全人类的星辰,都在他们心底燃烧,都使他们的微笑明亮,都使他们的泪水变成火焰,都使他们不能自已。

他们站起来了,衣服上的尘土在蓝空中飘散。

他们正在选择,他们又无法选择,历史就是这样一条道路;山岩在缓缓转动,鹰在高飞,一条燃遍荆棘的开拓之路正在升起。

1984年11月

(选自顾城著:《顾城散文选集》,百花文艺出版社1993年

版，第104～106页）

顾城（1956—1993），原籍上海，出生于北京。顾城17岁便开始向各个报社、杂志社投稿，走上了写作生涯。1987年在欧洲游历，1988年隐居在新西兰激流岛，1993年10月8日因婚变，在其新西兰寓所用斧头砍伤妻子谢烨后，自缢于一棵大树之下，谢烨随后也不治身亡。

顾城被称为当代的"唯灵浪漫主义"诗人，是中国朦胧诗派的重要代表人物。创作了大量经典作品，代表著作有《黑眼睛》《灵台独语》《我会像青草一样呼吸》《英儿》《树枝的疏忽》等，其中包括诗集、小说和散文。

《解开一束束阳光》由两篇诗话散页组成。在第一篇诗话散页中，顾城用自己与朋友的交谈开启了这篇文章，借助对于炮仗、演员、花、风筝的思考，实则在思索人生的问题：人活一世，究竟是活在别人眼中还是活在自己心中？文章的最后，顾城给出自己的答案，不要去做别人眼中的"风筝"，因为风筝虽能拥有一时风光，却不得不接受阴雨后被丢弃的命运。在第二篇诗话散页中，顾城尝试用"他们"来指代生活在我们身边的每一个人，"我们每天是否真实地生活过"，这是顾城在努力感受生命存在的意义。

顾城是这样一种诗人——用灵魂去感受，用心去观察，一边用灵魂思索生命的意义，一边为灵魂浅唱低吟，正如《解开一束束阳光》中那安静、舒缓而又不缺乏活力的文字一样——活在自己心中，去感受万事万物的变化，用灵魂来吟唱，建造一个有生命的世界，用那个世界来完成生命。

黑夜给了我黑色的眼睛，我却用它寻找光明。

——顾城

路畔的蔷薇

郭沫若

清晨往松林里去散步，我在林荫路畔发现了一束被人遗弃了的蔷薇。蔷薇的花色还是鲜艳的，一朵紫红，一朵嫩红，一朵是病黄的象牙色中带着几分血晕。

我把蔷薇拾在手里了。

青翠的叶上已经凝集着细密的露珠，

这显然是昨夜被人遗弃了的。

这是可怜的少女受了薄幸的男子的欺绐？还是不幸的青年受了疯狂的妇人的玩弄呢？

昨晚上甜蜜的私语，今朝的冷清的露珠……

我把蔷薇拿到家里来了，我想找个花瓶来供养它。

花瓶我没有，我在一只墙角上寻着了一个断了颈子的盛酒的土瓶。

——蔷薇哟，我虽然不能供养你以春酒，但我要供养你以清洁的流泉，清洁的素心。你在这破土瓶中虽然不免要凄凄寂寂地飘零，但比遗弃在路旁被人践踏了的好吧？

(选自王锦厚编：《郭沫若散文选集》，百花文艺出版社2009年版，第35～36页)

知识

郭沫若（1892—1978），原名郭开贞，字鼎堂，号尚武，现代文学家、历史学家、社会活动家。早年赴日本留学，后接受斯宾诺莎、惠特曼等人的思想，决定弃医从文。1921年，发表第一本新诗集《女神》，书中洋溢着强烈的浪漫主义气息，是中国新诗的奠基之作，郭沫若也因而成为中国新诗的重要奠基人之一；同年与成仿吾、郁达夫等人一同创立上海文学学社"创造社"，是新文化运动的重要旗手，是继鲁迅之后公认的文化领袖。

郭沫若在文学上的成就是多方面的，诗歌与历史剧成就尤为突出。诗歌《女神》开拓了一代诗风，历史剧《屈原》开拓了"古为今用"的先河。而其散文数量之繁多，内容之丰富，体式之多样，人所难及。仅自传体散文就出了22种单行本，他的散文，既有以叙事为主、真实性很强的传记文学，又有以议论为主、发表感想的杂文，还有以抒情为主、浮想联翩的小品文。"借文学来以鸣我的存在"，即"表现自我"，感情纯真而自然地流露，是郭沫若文章的一大特色。

《路畔的蔷薇》又名《小品六章》，它包括《路畔的蔷薇》《夕暮》《水墨画》《山茶花》《墓》《白发》六篇短小精粹的作品。1924年4月郭沫若离开上海去日本福冈，原拟从事生理学研究，因"官费"未能解决，只得从事写作与翻译。同年11月又回到上海。《小品六章》就写于他此次停留日本的几个月间，最初发表于《晨报副刊》，并有一序："我在日本时生活虽是赤贫、但时有牧歌的情绪袭来，慰我孤寂的心地，我这几章小品便是随时随处把这情绪记录下来的东西。"这"牧歌的情绪"几个字,足以概括郭沫若小品文的共同特色。

解读

《路畔的蔷薇》写的是作者清晨前往松林散步,无意间发现了一束被人遗弃的蔷薇,便拿回住所将其插在权当花瓶的酒瓶里,整个过程充满牧歌般的情绪。通过对蔷薇的爱抚,以表达对弱小的被侮辱被损害者的同情和关爱,以及对压迫者的无声的谴责和反抗。文笔优美活泼,充满了自然之趣和人文主义精神。

在对自然体察入微的环境描写中,实写拾蔷薇和养蔷薇,虚写对蔷薇前期命运的猜测,虚实相间,自然成趣。而将蔷薇当作被遗弃者的隐喻,同时以"清洁的流泉"和"清洁的素心"象征其高洁的人格,不仅比喻贴切,而且感情真挚,达到了意蕴无穷的审美效果。

警语

一个人总是有些指逆的遭遇才好,不然是会不知不觉地消沉下去的,人只怕自己倒,别人骂不倒。

——郭沫若

苏幕遮·咏浴

纳兰性德

正文

鬓云松，红玉①莹。早月多情，送过梨花影。半晌斜钗慵②未整。晕入轻潮，刚爱微风醒。　　露华③清，人语静。怕被郎窥，移却青鸾镜④。罗袜凌波波不定⑤。小扇单衣，可奈⑥星前冷。

注释

①红玉：比喻红色而有光泽的东西。
②慵：慵懒。
③露华：清冷的月光。
④青鸾镜：即镜子。相传骆宾王于峻祁之山，获一鸾鸟，饰以金樊，食以珍馐，但三年不鸣。其夫人曰：闻尝鸟见其类而后鸣，何不悬镜以映之。王从其意，鸾睹形悲鸣，哀响中霄，一奋而绝（见《艺文类聚》卷九十引南朝梁范泰《鸾鸟诗序》）。后因以"青鸾"借指镜。清阮元《小沧浪笔谈》卷三曰："青鸾不用羞孤影，开匣常如见故人。"

⑤罗袜：丝罗所制之袜。凌波：形容女子脚步轻盈，飘移如履水波。语出曹植《洛神赋》："凌波微步，罗袜生尘。"

⑥可奈：怎奈，可恨。

（选自纳兰性德著：《纳兰词》，南海出版公司2013年版，第245页）

知识

纳兰性德（1655—1685），原名纳兰成德，满洲正黄旗人，叶赫那拉氏，字容若，号楞伽山人。因避太子"保成"名讳，改原名"成德"为"性德"，一年后，又因太子更名为"胤礽"，遂将自己的名字改回"纳兰成德"。

康熙十五年（1676），纳兰考中殿试第二甲第七名，成为进士，主持编纂儒学汇编——《通志堂经解》。

纳兰性德才华横溢，是清朝的著名词人，被称为清词三大家之一，主要作品有《通志堂经解》《侧帽集》《饮水词》《渌水亭杂识》等，更有大量经典词作流传至今。

解读

从词义来看，这首词描绘的是一个美丽女子出浴的形象。在上半阙中，词人用挽起的微松发髻、斜斜插入的发钗和红润可人的肌肤，描摹出女子慵懒中万分妩媚的神韵；到了下半阙，通过"怕被郎窥，移却青鸾镜"的描述，使女子形象更添了一丝活泼，如此情趣间，女子脚步

 绮丽篇

轻盈走向窗边,纳兰却甚为怜惜夜风寒冷而衣着单薄的这一女子。

纳兰并没有解释这名女子是否指的是故去的妻子,或者是一名陌生女子使纳兰忆起往昔的情景,又或是纳兰文笔中一个虚构的女子,通过勾勒她的可爱神态去书写美好的青春年华。只是,这首词从女子的形貌起笔,却在抒情时戛然止笔,如此情景交融,让整幅图景瞬间活跃起来,粉香脂腻却不俗艳的文笔不由在心中荡漾开来,使人沉浸在这样一种安静悠远的意境中。

明月多情应笑我,笑我如今,辜负春心,独自闲行独自吟。

——纳兰性德

菩萨蛮

温庭筠

小山重叠金明灭①,鬓云欲度香腮雪②。懒起画蛾眉,弄妆③梳洗迟。　　照花前后

镜,花面交相映。新帖绣罗襦④,双双金鹧鸪⑤。

(选自刘崇德、徐文武点校:《花间集 尊前集》,河北大学出版社2006年版,第7页)

注释

① 小山:指屏风上所雕画的小山。金明灭:映衬在阳光下忽明忽暗、金色闪耀的样子。
② 鬓云:梳成云朵一样的发髻。度:覆盖。香腮雪:似雪一般白皙的脸颊。
③ 弄妆:梳妆打扮。
④ 罗襦:一种服饰,丝绸做的短袄。
⑤ 鹧鸪:一种成双成对的鸟类,在这里指缝在衣服上的图案。

(编者注)

知识

温庭筠(约812—约866),本名岐,字飞卿,艺名庭筠,太原祁(今山西省祁县)人,晚唐著名诗人、词人。

温庭筠仕途坎坷,一生不得志,多次考进士均名落孙山。虽然仕途不尽如人意,但他文思敏捷,每每入试能押官韵,八叉手而成八韵,所以也有"温八叉"之称。

其诗辞藻华丽,浓艳精致,内容多写闺情,有少数作品反映时政。在词作上,温庭筠为"花间派"首要词人,

 绮丽篇

也被尊为"花间词派"之鼻祖,对词史影响较大。其词作力求精致,尤其注重词的文采和声情。温庭筠创作颇丰,但现存词仅70余首,所见诗词均为《花间集》《全唐诗》《全唐文》所保存。后人辑有《温飞卿集》及《金奁集》。

这首词所描绘的是深闺美女起床梳洗的图画,词人并不直接写女子的美丽容貌,反而借助于对美人绾发簪花、画眉弄妆等动作的描写体现女子动人的仪容神态。词中用"懒起""弄"等字眼埋下伏笔,表面说女子梳妆打扮,实则悄悄交代了如此懒怠的原因,即心上人不在身边,没有可以妆容取悦的对象,衣衫上成双成对的金鹧鸪更加映衬了寂寞聊赖的心情。

士为知己者死,女为悦己者容。词人借女子梳妆的行为暗自表达内心怀才不遇的愤懑情怀,就像词中那位女子一样,词人也身处没有伯乐赏识的尴尬境地,此词以委婉动人的笔触点出了作者对自己命途多舛的哀叹之情。

梧桐树,三更雨,不道离情正苦。一叶叶,一声声,空阶滴到明。

——温庭筠

一方景物　缱绻入怀

绮丽篇

思 念

舒 婷

一幅色彩缤纷但缺乏线条的挂图,
一题清纯然而无解的代数,
一具独弦琴,拨动檐雨的念珠,
一双达不到彼岸的桨橹。

蓓蕾一般默默地等待,
夕阳一般遥遥地注目,
也许藏有一个重洋,
但流出来,只是两颗泪珠。

啊,在心的远景里,
在灵魂的深处。

1978年5月

(选自舒婷著:《舒婷诗文选集》,漓江出版社1997年版,第39页)

在这首诗中,舒婷借用了挂图、代数、独弦琴、桨橹等具体意象,且都在前四句的第一个字强调出"一",以表达诗人孤寂落寞的心境,与后面所出现的默默等待着的蓓蕾和遥遥注目着的夕阳相结合,既达到了情景交融的效果,又引出了这首诗的主题,为前文中所铺垫的落寞的心给出解释。行文至"一个重洋""两颗泪珠"时,将诗文的情感推进一片炙热的意境中,这两处意象汇聚成了一个温暖而温和的画面,这重洋所藏身的地方竟是在心的深处,当思念成河,当翻滚不息的水流溢满这两汪深湖,便化作两颗晶莹剔透的泪珠。最后一节,诗人给出答案,思念源于灵魂的深处,也终将流向心的远景。

诗文中虽然用了具体的物象传达情感,却使思念的真挚与真切从内到外、由浅及深地得到了淋漓尽致的表现,动情动心,仿佛唯此思念,方才刻骨铭心。

雪　夜
[法] 莫泊桑

黄昏时分,纷纷扬扬地下了一天的雪

终于渐下渐止,沉沉夜幕下的大千世界,仿佛凝固了,一切生命都悄悄进入了睡乡。或近或远的山谷、平川、树林、村落……在雪光映照下,银装素裹,分外妖娆。这雪后初霁的夜晚,万籁俱寂,了无生气。

蓦地里,从远处传来一阵凄厉的叫声,冲破这寒夜的寂静。那叫声,如泣如诉,若怒若怨,听来令人毛骨悚然!喔,是那条被主人放逐的老狗,在前村的篱畔哀鸣:是在哀叹自己的身世,还是在倾诉人类的寡情?

漫无涯际的旷野平畴,在白雪的覆压下蜷缩起身子,好像连挣扎一下都不情愿的样子。那遍地的萋萋芳草,匆匆来去的游蜂浪蝶,如今都藏匿得无迹可寻,只有那几棵百年老树,依旧伸展着槎牙的秃枝,像是鬼影幢幢,又像那白骨森森,给雪后的夜色平添上几分悲凉、凄清。

茫茫太空,黯然无语地注视着下界,越发显出它的莫测高深。雪层背后,月亮露出了灰白色的脸庞，把冷冷的光洒向人间，使人更感到寒气袭人；和她做伴的，唯有寥寥的几点寒星，致使她也不免感叹这寒夜的落寞和凄冷。看，她的眼神是那样忧伤，她的步履又是那样迟缓！

渐渐地，月儿终于到达她行程的终点，悄然隐没在旷野的边缘，剩下的只是一片青灰色的回光在天际荡漾。少顷，又见那神秘的鱼白色开始从东方蔓延，像撒开一幅轻柔的纱幕笼罩住整个大地。寒意更浓了。枝头的积雪都已在不知不觉间凝成了水晶般的冰凌。

啊，美景如画的夜晚，却是小鸟们恐怖颤栗、备受煎熬的时光！它们的羽毛沾湿了，小脚冻僵了；刺骨的寒风在林间往来驰突，肆虐逞威，把它们可怜的窝巢刮得左摇右晃；困倦的双眼刚刚合上，一阵阵寒冷又把它们惊醒；……只是瑟瑟索索地颤着身子，打着寒噤，忧郁地注视着漫天洁白的原野，期待那漫漫未央的长夜早到尽头，换来一个充满希望之光的黎明。

(斯章梅 译)

(选自吴鸿选编：《异域的情调——散文精品》，电子科技大学出版社1992年版，第12～13页)

知识

居伊·德·莫泊桑（Henri René Albert Guy de Maupassant，1850—1893），法国19世纪后半叶的批判现实主义作家，与俄国作家契诃夫和美国作家欧·亨利并称为"世界三大短篇小说巨匠"。

莫泊桑的创作量巨大，终其一生，创作了6部长篇小说、359部中短篇小说以及3部游记，成为法国文学史上短篇小说创作数量最大、成就最高的作家，实属世界短篇小说的巨匠。其代表作品有《居斯塔夫·福楼拜》《羊脂球》《遗嘱》等。

解读

作者运用细致入微的描写为读者塑造了一个安静却不宁静的夜晚，即使是在雪光映照下分外妖娆的雪夜也隐含着"万籁俱寂，了无生气"的凄凉氛围，美景如画却如此落寞的寒夜使无助的小鸟备受煎熬，文中多处用突然的"狗吠"和阴森的"老树"等物事渲染寒夜的凄清与悲凉。

经典悦读

此文中，作者用了象征的手法将雪夜比作当时的现实社会，沉寂凄冷的雪夜映射出作者对于现实社会的强烈不满。然而，在文章的最后作者也寄托了希望与期待："期待那漫漫未央的长夜早到尽头，换来一个充满希望之光的黎明。"正是这样的批判，使得华美文笔下如此一处如诗夜景成为蕴含着一丝精神力量的奇景，用希望和鼓舞照亮人的内心。

生活不可能像你想象的那么好，但也不会像你想象的那么糟。我觉得人的脆弱和坚强都超乎自己的想象。有时，我可能脆弱得一句话就泪流满面；有时，也发现自己咬着牙走了很长的路。

——［法］莫泊桑

江南的冬景

郁达夫

凡在北国过过冬天的人，总都知道围炉煮茗，或吃煊羊肉，剥花生米，饮白干

绮丽篇

的滋味。而有地炉、暖炕等设备的人家，不管它门外面是雪深几尺，或风大若雷，而躲在屋里过活的两三个月的生活，却是一年之中最有劲的一段蛰居异境；老年人不必说，就是顶喜欢活动的小孩子们，总也是个个在怀恋的，因为当这中间，有的是萝卜、雅儿梨等水果的闲食，还有大年夜、正月初一、元宵等热闹的节期。

但在江南，可又不同；冬至过后，大江以南的树叶，也不至于脱尽。寒风——西北风——间或吹来，至多也不过冷了一日两日。到得灰云扫尽，落叶满街，晨霜白得像黑女脸上的脂粉似的清早，太阳一上屋檐，鸟雀便又在吱叫，泥地里便又放出水蒸气来，老翁小孩就又可以上门前的隙地里去坐着曝背谈天，营屋外的生涯了；这一种江南的冬景，岂不也可爱得很么？

我生长江南，儿时所受的江南冬日的印象，铭刻特深；虽则渐入中年，又爱上了晚秋，以为秋天正是读读书，写写字的人的最惠节季，但对于江南的冬景，总觉得是可以抵得过北方夏夜的一种特殊情调，说得摩登些，便是一种明朗的情调。

我也曾到过闽粤，在那里过冬天，和暖原极和暖，有时候到了阴历的年边，说不定还不得不拿出纱衫来着；走过野人的篱落，更还看得见许多杂七杂八的秋花！一番阵雨雷鸣过后，凉冷一点；至多也只好换上一件夹衣，在闽粤之间，皮袍棉袄是绝对用不着的；这一种极南的气候异状，并不是我所说的江南的冬景，只能叫它作南国的长春，是春或秋的延长。

江南的地质丰腴而润泽，所以含得住热气，养得住植物；因而长江一带，芦花可以到冬至而不败，红叶亦有时候会保持得三个月以上的生命。像钱塘江两岸的乌桕树，则红叶落后，还有雪白的桕子着在枝头，一点一丛，用照相机照将出来，可以乱梅花之真。草色顶多成了赭色，根边总带点绿意，非但野火烧不尽，就是寒风也吹不倒的。若遇到风和日暖的午后，你一个人肯上冬郊去走走，则青天碧落之下，你不但感不到岁时的肃杀，并且还可以饱觉着一种莫名其妙的含蓄在那里的生气；"若是冬天来了，春天也总马上会来"的诗人的名句，只有在江南的山野里，最容易体会得出。

说起了寒郊的散步，实在是江南的冬日，所给与江南居住者的一种特异的恩惠；在北方的冰天雪地里生长的人，是终他的一生，也决不会有享受这一种清福的机会的。我不知道德国的冬天，比起我们江浙来如何，但从许多作家的喜欢以 Spaziergang 一字来做他们的创作题目的一点看来，大约是德国南部地方，四季的变迁，总也和我们的江南差仿不多。譬如说十九世纪的那位乡土诗人洛在格（Peter Rosegger, 1843—1918）吧，他用这一个"散步"做题目的文章尤其写得多，而所写的情形，却又是大半可以拿到中国江浙的山区地方来适用的。

　　江南河港交流，且又地滨大海，湖沼特多，故空气里时含水分；到得冬天，不时也会下着微雨，而这微雨寒村里的冬霖景象，又是一种说不出的悠闲境界。你试想想，秋收过后，河流边三五家人家会聚在一道的一个小村子里，门对长桥，窗临远阜，这中间又多是树枝槎桠的杂木树林；在这一幅冬日农村的图上，再洒上一层细得同粉也似的白雨，加上一层淡得几不成墨的背景，你说还够不够悠闲？若再要点景致进去，则门前可以泊一只乌篷小船，茅屋里可以添几个喧哗的酒客，天垂暮了，还可以加一味红黄，在茅屋窗中画上一圈暗示着灯光的月晕。人到了这一个境界，自然会得胸襟洒脱起来，终至于得失俱亡，死生不问了；我们总该还记得唐朝那位诗人做的"暮雨潇潇江上村"的一首绝句吧？诗人到此，连对绿林豪客都客气起来了，这不是江南冬景的迷人又是什么？

 绮丽篇

一提到雨,也就必然的要想到雪;"晚来天欲雪,能饮一杯无?"自然是江南日暮的雪景。"寒沙梅影路,微雪酒香村",则雪月梅的冬宵三友,会合在一道,在调戏酒姑娘了。"柴门村犬吠,风雪夜归人",是江南雪夜,更深人静后的景况。"前村深雪里,昨夜一枝开",又到了第二天的早晨,和狗一样喜欢弄雪的村童来报告村景了。诗人的诗句,也许不尽是在江南所写,而做这几句诗的诗人,也许不尽是江南人,但假了这几句诗来描写江南的雪景,岂不直截了当,比我这一枝愚劣的笔所写的散文更美丽得多?

有几年,在江南也许会没有雨没有雪的过一个冬,到了春间阴历的正月底或二月初再冷一冷下一点春雪的;去年(一九三四)的冬天是如此,今年的冬天恐怕也不得不然,以节气推算起来,大约大冷的日子,将在一九三六年的二月尽头,最多也总不过是七八天的样子。像这样的冬

天，乡下人叫作旱冬，对于麦的收成或者好些，但是人口却要受到损伤；旱得久了，白喉、流行性感冒等疾病自然容易上身，可是想恣意享受江南的冬景的人，在这一种冬天，倒只会感到快活一点，因为晴和的日子多了，上郊外去闲步逍遥的机会自然也多；日本人叫作Hikeng，德国人叫作Spaziergang狂者，所最欢迎的也就是这样的冬天。

窗外的天气晴朗得像晚秋一样；晴空的高爽，日光的洋溢，引诱得使你在房间里坐不住，空言不如实践，这一种无聊的杂文，我也不再想写下去了，还是拿起手杖，搁下纸笔，上湖上去散散步吧！

一九三五年十二月一日

（选自郁达夫著：《郁达夫散文集》，浙江文艺出版社1985年版，第231～234页）

本文是郁达夫南迁杭州之后创作的散文名篇。这篇描写江南冬景的文章延续了郁达夫一贯的写文风格：引用诗句、避重就轻,虽然写的是江南的冬景,但并没有拘泥于此,字里行间流露出生气勃勃的图景。在作者看来,江南的冬景之可爱在于它那温润、情暖的优美之姿,文中不仅用北国和德国与江南作比较,还预设了在如此美妙明朗的江南冬景中悠闲度日、与朋畅聊的生活想象,为了将意境填补饱满,时常引用诗句渲染,构成一幅缱绻于作者心怀之中那妙不可言的美景。

不是尊前爱惜身,伴狂难免假作真。曾因酒醉鞭名马,生怕多情累美人。

——郁达夫

春到海堤

[德] 台·施托姆

我们的海岸边曾长着好多高大的橡树林,树木茂密,一只小松鼠可以从一根树枝跳到另一根树枝,连续几里地不着地面。传说当婚礼行列穿过树林时,新娘必须摘下头上的凤冠,可见枝丫垂得多么低了。盛夏,这高高的树木构成的大教堂终日蔽阴凉爽。那时还有野猪和猞猁在林中穿行。在那雄鹰目力可及的高处,阳光的大海在树梢上汹涌澎湃。

但这些树林早已被伐光了,只有人们偶尔从黑色的泥沼中或从浅滩的淤泥中挖出个把石化了的树根,它会让我们后人神思那一片树冠在与西北方向来的暴风激烈搏斗,发出惊心动魄的喧嚣。而我们今天站在海堤上,望着一片无树的平原,犹如望着永恒。当那位哈利希岛的女居民第一次从她的小岛来到这里时,她的话说得多么正确啊:"我的上帝,狄个(这个)世界嘎(这么)大;伊(它)要一直连牢(连着)荷兰了!"

海堤上的风多么令人神清气爽!家乡是我魂之所系;在什么地方又能像这儿一样尽情享受星期天的早晨呢!

在下面那新开发的沼泽地中,第一阵

绮丽篇

温暖的春雨已将无边无垠的草地染绿;散布着的数不清的牛在吃草,连接着一个个"沼潭"的水沟宛如银色的带子在早晨的阳光下闪烁。吼叫声和撞击声在辽阔的原野深处飘荡,此起彼伏,此呼彼应,相谐成趣。而耕牛的那些长翅膀的朋友们——椋鸟——是多么活跃!喧闹的鸟群从低地升起,在我的面前掠过来掠过去,然后密密麻麻地落在堤顶,少顷,便灵巧地啄食着,顺堤坡而下,向海边漫步而去。

然而,沿着下边那从城市流来、向大海注入的河流边,新的谷草编成的网闪闪发光,令人神往,这是为了阻挡海潮的啃啮而铺设的——河水雍容大方地流过这洁净的地毯——时值清晨,青春时代梦幻般的感觉再度征服了我,仿佛这个日子将给我带来难以言传的妩媚;每个人都有在心底欢迎幸福幽灵光临之时。

(黎青 译)

(选自高兴主编:《与花儿攀谈》,北京燕山出版社 2005 年

版，第3～4页）

汉斯·台奥多尔·沃尔特森·施托姆（1817—1888），德国杰出的诗意现实主义代表，影响深远的小说家和诗人。施托姆一生所创作的中篇小说及短篇小说共58部，并且传播广泛，赢得了世界上众多读者的喜爱与追捧。在中国，他也被视为"五四"以来最受欢迎、最富影响力的外国作家之一。

主要作品有《茵梦湖》《浓黑的阴影》《木偶戏子保罗》《白马骑士》等。

随着《春到海堤》行文的推进，我们被作者带进一片如诗如画的美景中，作者用绚烂的文字描绘家乡的海景，楚楚动人。文中这片海景作为家乡的缩影，是作者心中的归宿，也承载着作者心中无可取代的永恒，当海风迎面吹来，又何惧尘世喧嚣不安。在极致的美景中不仅有树有风，还有沼泽地里的牛和鸟，当然，也包含了作者青春年少的梦幻回忆。情思缓缓流淌，正如河水雍容大方地流过洁净的地毯，这一处美景不仅生动自然，而且尤为平静祥和，想来世人眼中的悠哉生活莫不如此吧！

绮丽篇

警语

"伊丽莎白,"他说,"在那些青山的背后留有我们的青春。可如今它在哪儿呢?"

——[德]台·施托姆

滑 雪

[法]科莱特

正文

啊!雪,纯洁、短暂、永恒的王国!你使大人变成淘气的儿童,陶醉于雪上运动的闲逸;你创立了这种奢侈:把娱乐当作义务,为发福的身体操心。奉献给你的每个小时都使身体得到改善,每次下滑它都吸取新的力量。天蒙蒙亮的时候,紫霭色的山仍在沉睡,但晨曦已经划破湛蓝的天幕,把山坡映成一团桔红色的炽热的金属。此刻,你看见你忠实的友人离开旅店了。他们肩上扛着叠在一起的细长的木翼,手里拿着一对滑雪杖。他们谨慎而且表情严肃,好像都是十岁的孩童。

他们前夜就选择了翌日的目标:一个随意确定的、看不见的地点;一座嶙峋的山峰,或者一间偏远的、屋顶上堆满积雪的木屋。地点有什么关系?不管什么地方,只要能够通过持续的努力,通过身体和精神的锻炼,只要能够实现瞬刻的精神和身体的飞扬,只要能够高高地站立在某个地点,背后是凌驾群峰的近乎墨色的蓝天,使他们不由自主地张开双臂和心扉拥抱他们的伊甸园,他们就实现了无以言状的快乐。他们中午归来,因为欢乐和流汗冒着热气,脚下是他们纤小耀眼的蓝色的身影。或许他们傍晚才归来,步伐缓慢,默不作声,可是他们的沉默是充满诗意的,因为他们万念俱灰。他们看见脚下的山越来越渺小,眼前的景色越来越宽广。中途休息时,他们在你长袍的一个未经玷污的角落坐下来;由于灼热的阳光,他们不断转动着身体。

绮丽篇

这时，他们饥肠辘辘，在口袋里搜索。他们面对太阳野餐，虔诚地拾起掉在地上的面包屑。然后，他们把那双翅膀绑在脚上，开始跨越小山谷的飞行。有时，他们在洁白的雪地上划出巨大的圆圈。随着他们的跳跃，他们看见凹球面的土地脱离他们，又回到他们脚下，又离去……他们落地时身上溅满了斑斓的珍珠；他们头向前，纵身跳进碎片飞喷、彩虹绚烂的火山口。

夜晚，甚至他们做的梦也不背弃你。他们梦见自己比白天飞翔得更加酣畅。通过他们敞开的窗口，你静悄悄地跨进去，而在风儿不敢侵犯的你的帝国里，除了星星的闪光，什么都一动也不动。他们沉睡着，在几个小时里忘记对你的依恋；有时，由于你急于同他们重聚，于是飘然而下，在他们的床榻四周盘旋，在他们床头撒下茸茸雪片作为礼物——一抱皎洁的羽毛、花朵、珍宝，可是这一切同梦中物一样，太阳一出来就消失了。

（程依荣 译）

（选自孙硕夫选编：《夏娃的天空——自然女性的美文随笔》，吉林文史出版社1994年版，第40～42页）

知识

西多涅-加布里耶·科莱特（1873—1954），是20世纪法国杰出的女作家，也是文坛巨星，被誉为"法国文坛怪杰""法兰西的国宝"，在1944年被推选为龚古尔学会的主席。在1904年所发表的作品《动物的对话》中，科莱特展示了动人的才华和优美的文笔，在之后的文学创作生涯里，她充当演员，成为流浪艺人，但精彩优秀的作品层出不穷，其在长达50余年的创作生活中发表过40多部作品，经典作品有《羁绊》《麦苗》《朱丽·德·卡尔尼朗》《二重唱》等。

也许是童年生活所赋予的影响，科莱特笔下的自然永远饱含热切的情感，为她的作品带来细致、浓郁的诗意。科莱特去世后，法国为她举行了隆重的国葬。

解读

作者在开篇将浓烈的情感灌注在对雪花和雪场的描述中，这里的雪景不再宁静孤寂，反而充满活力，让大人变成淘气的孩子，在滑雪的过程中汲取能量，由此点出滑雪的乐趣和诗人对雪花的赞捧。科莱特笔下的"滑雪"，人们不仅仅是在运动娱乐，而且是在与雪花共舞玩耍。文章

绮丽篇

的第二个段落直击滑雪的过程,将滑雪的体验用细腻的文笔抒写出来,人们滑雪时的快乐是在高高的山顶,是因背靠着蓝天,是张开双臂和敞开心怀去拥抱伊甸园的极致体验,甚至在科莱特看来,那滑雪板就是展开的翅膀,可以带人穿梭在山谷中去感受自由的飞翔。如此美好的经验化成甜美的梦境在夜晚绽放,这时,雪花依旧散落在人们的身边,等待与人们的亲近,然而,当太阳出现时,晶莹的雪花也会伴随着梦境悄然消失。

科莱特用极强的情感渲染滑雪这件平凡的小事,使我们在文中感受到人与自然、人与任何事物之间的互动与张力。

白色的睡莲

[法] 斯特芳·马拉美

我划过很多次的桨,总用轻缓的大幅度的动作,两眼盯在前进的遗忘上,仿佛时光的微笑在周围流淌。一个无生气的水声擦过那沉沉慵懒的凝滞,这声音多半是快艇的疾驰声,当赤裸的桨上的开头字母

告诉我船的停泊时,才使我记起我是在人世间。

发生了什么事?我这是在哪里?

为了在冒险中看得清楚,我必须对自己很早的出发加以追忆,这炎热的七月,我怀着认识一位女友的女友(我必须为她即席赋诗)的宅邸所在地的企图,在一条总是狭窄而毫不引人注目的小溪中沉睡的树木活跃的间隙中追寻着水花。如果不被任何水草的叶缘把我拦在一片风景前面,我会用比其他滑步更快的速度,用不偏不倚的桨击打那涟漪的反光,将船停在苇丛,这是我在河中滑行的神秘阶段:这里的河面马上宽阔起来,长满水生树丛,眼前出现一股泉流趑趄不前时所形成的明镜般水塘的散漫。

仔细观察才知道,这水流中突起的葱翠的障碍掩蔽着一座延伸向地面的拱桥,这里那里,都是被篱笆围起的草坪。我恍然大悟,原来是某夫人——一位我将要向

绮丽篇

她致敬的陌生人——的园囿……

在这个季节，一个美丽的邻居，一位选择了隐居而蕴藉得不可理解的人的本质才符合我的趣味。肯定，她把这片水晶当作掩护午后内心冲动的一块明镜，她来到这里，那翠柳的冷银般的水汽很快变成了她那习惯了每片绿叶的澄澈眼波。

她的纯净澄澈还历历在目。

我被好奇心攫住，弓着背，那姿势像个运动员，仿佛被这种好奇观所宣示的辽阔沉寂压弯了腰，我微笑着开始做屈服于女性力量的奴隶：把桨手的鞋用皮带捆在船木上，这意义不小，仿佛人同魔法工具合而为一了。

"原来也是个平平常常的女人……"我可以这样下结论。

当一个难以觉察的声音传来时，我便怀疑是否岸畔那位女隐士光顾我的悠闲，或者出乎意料地出现在水塘。

脚步停了，为什么？

来回走动，使人联想到她埋在轻纱中的倩影，脚步是那样微妙而秘密，她裙子的花边扑打地面的声音仿佛给人一种错觉：她是在水面上走动。通过这种创造性的联想，她的行进舒展开来，拖着的双脚下面，蹬出縠纹，俨然像一双离弦的羽箭。

不知她这个爱漫步的人懂不懂得停一停的道理，我把头抬得老高老高，以便不让荆棘丛超过它，并使整个昏昏欲睡的精神状态罩上一层清醒，直到探询到秘密为止。

您的体态是怎样的类型我感受得很清楚，夫人，和您的窸窣之声给这里带来的神秘决裂吧，是的！这用镶钻石的带子打成的真正结子给您带来的内在的魅力是不禁止探索的。这个如此朦胧的概念就包含了一切：它很符合不计较外貌而从整体中吸取怡悦的精神，甚至当一种怡悦（千万别在自己一时唾手可得时去追求这种怡悦）出现时，驱逐了我行动中的惴惴不安。

绮丽篇

　　我以偷吃植物的水生动物的姿态出现，可以怀着侥幸被谅解的心情引诱引诱她。

　　离别了，我们在一起：当我的梦想驻留在犹疑的水面时，在我参与到她内心的不安中的刹那间，远比她让别人陪同我参观的时刻动人。在达成直觉的默契之前，总需那么多滔滔不绝的废话，简直使我要堵耳不想去听，现在，一种阒寂正沿着鸡腰树涌向缄默的沙岸。

　　静息，在我决然辞别的时候蔓延开来。

　　梦呵，告诉我，怎么办？

　　那秋波将贞洁而散乱的怅惘简括在这孤独之中，仿佛人们在记忆的风景中采摘一朵蓦然从那里冒出的含苞待放的魔幻的睡莲，它用自己的白色空壳，包裹着一种虚无，这虚无是由完好无损的梦幻，无处可寻的幸福以及我因害怕被发现而屏住的呼吸所酿成；我心照不宣地离去，渐渐停下桨来，不叫它击碎这幻想，不叫我的逃跑激起的声浪在淹留的人脚下掷下这采撷

理想之花——玲珑的花朵。

假如她被易碎的情感所吸引,她出现了,沉思地,高傲地,冷峻地,喜悦地,对我这永不知晓、难以言传的神色,奈何!因为我按照规矩完成了操作:我解脱了自己,已经踏过了小溪的涟漪,带着我的想象的战利品,它像一颗没有喷涌出飞翔的高贵的天鹅蛋似的,里边充满的不是别的,而是我所喜欢的完美的自我安息:夏天漫步在连夫人自己也有时或长期不去的、一泓山泉或一塘清水之岸的山谷。

(选自[法]马拉美著:《白色的睡莲》,葛雷译,花城出版社1991年版,第35～39页)

知识

斯特芳·马拉美(1842—1898),是法国19世纪的象征主义诗人、散文家和文学评论家,也是早期象征主义诗歌代表人物。凭借在1876年所创作的作品《牧神的午后》而在法国诗坛名声大噪后,马拉美开始在家中举办诗歌沙龙,并邀请当时著名的诗人、音乐家和画家来参加,该沙龙成为法国文化界有名的沙龙,被称为"马拉美的星期二"。马拉美于1896年被评选为"诗人之王",由此成为法国诗坛中现代主义和象征主义诗歌的领军人物。

斯特芳·马拉美一生作品不多，仅有几部诗文集——《诗与散文》《徜徉集》和几首长诗——《希罗狄亚德》《牧神的午后》《骰子一掷，不会改变偶然》。

马拉美是象征主义诗人，这篇《白色的睡莲》也存在着象征主义风格的意味。以往在人们的印象中，睡莲具有不谙世事、纤尘不染的形象象征，此处的睡莲似人非人、似物非物，更像是作者试图捕捉一个瞬间的精神感受，这一重在精神层面的探寻让此文笼罩着神秘幽晦的意境。作者用奇妙的文笔勾勒出一个仙境一般的世界，远离尘世的喧嚣，正当人们思考这处景色的真实存在时，又引出一个具象的线索使景色变得扑朔迷离。然而景色是否真实并不重要，因为作者就是要带领人们进入一个无所顾念的精神城堡，不管是与文中"夫人"的遇见，还是最终依依不舍的相别，在作者看来，此时此景相互契合的感受便是最美妙、最和谐的。因此，在作者的抒写中，读者还能隐约瞥见一丝音乐的韵律，人与景色之间的和谐不仅仅是在画面上，而且是彼此内心的理解，并且唯有这种理解才能真正开启交流的空间。文中的睡莲究竟是一位沉静自持的"夫人"还是一朵安然绽放的"睡莲"，作者似乎有意模糊两者之间的界限，存在于作者心中的就是那朵包含着虚无的睡莲，它不只住在每个人的心中，更是安放人们灵魂的地方。

百合！你们中的一朵就足以代表天真。

——［法］斯特芳·马拉美

清丽淡雅 余音绕梁

心 泉

[日] 东山魁夷

只有舍弃自我，才能看到真实

森林中有一泓清澈的泉水，发出叮叮咚咚的响声，悄然流淌。这里有鸟群休息的地方，尽管是短暂的，但对于飞越荒原的鸟群说来，这小憩何等珍贵！地球上的一切生物，都是这样，一天过去了，又去迎接明天的新生。

鸟儿在清泉旁歇歇翅膀，养养精神，倾听泉水的絮语。鸣泉啊，你是否指点了鸟儿要去的方向？

泉水从地层深处涌出来，不断奔流着，从古到今，阅尽地面上一切生物的生死，荣枯。因此，泉水一定知道鸟儿应该飞去的方向。

鸟儿站在清澄的水边，让泉水映照着身影，它们想必看到了自己疲倦的模样。它们终于明白了鸟儿作为天之骄子的时代已经一去不复返了。

鸟儿想随处都能看到泉水，这是困难的。因为，它们只顾尽快飞翔。

不过，它们似乎有所觉悟，这样连续飞翔下去，到头来，鸟群本身就会泯灭的，但愿鸟儿尽早懂得这个道理。

我也是群鸟中的一只，所有的人们都是在荒凉的不毛之地上飞翔不息的鸟儿。

人人心中都有一股泉水，日常的烦乱生活，遮蔽了它的声音。当你夜半突然醒来，你会从心灵的深处，听到幽然的鸣声，那正是潺潺的泉水啊！

回想走过的道路，多少次在这旷野上迷失了方向。每逢这个时候，当我听到心灵深处的鸣泉，我就重新找到了前进的标志。

泉水常常问我：你对别人，对自己，

是诚实的吗？我总是深感内疚，答不出话来，只好默默低着头。

我从事绘画，是出自内心的祈望：我想诚实地生活。心灵的泉水告诫我：要谦虚，要朴素，要舍弃清高和偏执。

心灵的泉水教育我：只有舍弃自我，才能看到真实。

舍弃自我是困难的，甚至是不可能的，我想。然而，漫絮低语的泉水明明白白对我说：美，正在于此。

（选自任柏良主编：《智慧日记》，辽宁民族出版社1998年版，第234~236页）

知识

东山魁夷（1908—1999），出生于横滨，原名新吉，画号魁夷。日本20世纪的风景画家、散文家。1931年毕业于东京美术学校，1933年留学德国，攻读柏林大学哲学系的美术史专业。其早期绘画作品《冬日三乐章》在1939年获得第一回日本画院展一等奖；《光昏》也获得了1956年的日本艺术院奖。东山魁夷多次访问中国，其绘画代表作《春晓》由日本政府赠送给毛泽东主席。1969年，东山魁夷获文化勋章和每日艺术大奖。

绮丽篇

东山魁夷不仅在绘画上有所成就,而且在文字上的成就也令人瞩目,他的文字能力在日本与川端康成并称为"双璧"。主要著作有散文集《听泉》《和风景的对话》《探求日本的美》等,著有《东山魁夷》11卷,此外更作有《一片树叶》《森林·白马》《永恒的海》等数篇散文。

《心泉》通篇用平缓沉静的语调娓娓道来,这里的一汪心泉是没有实物的,作者想要讲述的是一个沉思过后的哲理,即"只有舍弃自我,才能看到真实",这句话被作者置于首段之前来点题。在文章的开头,作者用了"泉水"和"鸟群"的例子,森林中的泉水就是人们心中之泉,疲惫迷茫的小鸟就是我们每一个人,当鸟儿飞越荒原来到森林中的一池清泉边时,对着悄然流淌的泉水,看清了自己疲倦不堪的模样,在泉水的细语中,鸟儿才能坚定地飞往属于自己的方向。作者说自己也是那鸟群中的一只,而且每个人都应该是那鸟群中的一只,被俗事所扰,被日常所侵,听不见自己的声音,看不见自己的模样,只有在夜半的安静时分,心中的泉水才能够被聆听。

作者认为,每个人心中的一汪清泉才是真正的美,可是真正的美却来源于真实,我们的生活充满了喧嚣,导致我们经常会迷失方向,也看不清什么才是所谓的真实。但是心泉却可以为我们指明去往真善美的方向,只要我们肯舍弃自我的清高与偏执,即使是困难得不可实现,在这样

的路途中前行，一路欢欣也能伴随我们成长。

所谓风景是什么呢？我们认识风景，是通过个人的眼睛而获得心灵的感知。严格地说，也可以认为谁的心中都不存在一样的风景。只是，既然人类的心灵是可以彼此相通的，那么我的风景就可以成为我们的风景。

——［日］东山魁夷

潮水的思索

刘湛秋

我说不出我对潮水怀有什么样的感情。

每每漫步在岸边，望着潮水有秩序地起伏，那么柔美的弧线，缀着银白的水花，亲切地朝我涌来，仿佛有一种呼唤，有一种倾诉，使我伫立等待；它终于奔跑到我的脚下，却又仿佛什么也没有说，只轻轻漫过卵石，撒开一层白色的泡沫，然后又

 绮丽篇

急急离去。

它是不疲倦的，也许是单调的，但并不使人乏味。它确实只是一种往复的运动。但它的可塑性使它富有奇妙的变化。它漫过沙滩，那样柔情脉脉；它拍打峭崖，却又雄伟壮烈；它越过山石，如野马奔腾；而当它从礁石上的青苔滑下，却又无限哀伤。因此，它拨动起人们的思维毫不单调，而是情思万千，浮想联翩。

有时，我久久地凝视它。它的浪花愉悦着我的眼睛，它喧嚣的声音并不刺激我的耳朵。我不知道潮水拍岸在科学上是多少分贝，但它给我的感觉远比卖菜的吵嚷要小得多。它均匀而有节奏地拍打着，发出"扑鸣扑鸣"的声音，像呼出一口气，安然舒适。不过，这种轻松偶尔也给了我沉重的思索。我在想，这就是时间，就是岁月，就是不可抗拒的人生的运动。短暂的生命，稍一把握不慎，就像退去的潮水，无法挽回。

夜晚,我踏着溶溶的月色,静听涨潮的喧响。涛声仿佛有些凄冷,从黑蒙蒙的不可知的远方传来。其实,它离我的脚面越来越近了。第二次涌来的潮水,已经冲平了我留在沙滩上的脚印。忽然,我心底漾起丝丝的欢乐。潮水在亲昵我,拥抱我,追逐我。在人间,相聚总该是一件美丽的事情!我喜欢它的声音,那越来越近的声音。在幽暗的和闪着光带的海面上,飘荡起那种旋律,冲消了滞闷。这时,安宁的情绪又为潮水所波动,但不是狂暴,而是幽远、开阔、深邃的探索。

月亮仍旧安详而娴静,蓝得透底的天空使她仿佛失去了依靠。潮水在拍打,因月亮的染色而越发晶莹、秀丽了。从泼开的水花中,我仿佛看到那半轮清月,看着她在海边微笑,又在沙沙声中隐入大海。是的,当人们改造大自然的时候,大自然也以自己的奇幻的力量感召人的心灵!这种无声的渗透必然会使人和自然都变得越

绮丽篇

来越美丽。是的,这是夜的潮水所倾诉的……

而当黎明落潮的时候,海滩上那么多人的喧嚷。欢乐会使人只想快活地感受,像海绵那样吸取,挤去每一寸思索的小方格。本来就是彩色的海滩,因泛着金色的朝霞而更绚烂了。绿色的海带,翡翠的海青菜,各种颜色的贝壳,还有那些匆匆来赶海的青年、孩子所闪现的衬衫、裙子,形成了彩色的波浪,和退落的潮水交相辉映,带来大海最初的欢乐。

经过一夜的爱恋,潮水一步步告别了海滩。是的,它留下了这么多美好的东西,这不是它的遗忘,是它的馈赠,是它给海边人们的情意。当它轻轻挥手告别的时候,人们又开始因这美好的馈赠而追逐它。那种在掇拾后绽开的微笑,是对大海爱恋的报偿。

也许,它也遗落了少许的忧郁和悲伤;也许,有一两个拾贝者沉思地站起,看着越离越远的潮水，看着泛红的海面，因心底某种思绪而怅惘。

美丽的太阳渐渐升起了，赶海者带着自己的收获欢乐地离开海滩。我望着这些可爱的人们，为他们的满足而高兴。我始终没有去掇拾，也许我掇拾了他们的微笑和潮水的思索。我知道，最美好的海中宝贝，只在大海深处，潮水不可能带来。

（选自刘湛秋著：《寻找自己——刘湛秋散文集》，新华出版社2003年版，第23～26页）

知识

刘湛秋（1935—2014），安徽芜湖人，中国当代著名诗人、翻译家、评论家。曾任《诗刊》副主编和中国散文诗学会副会长。

刘湛秋擅长表现感觉与情绪，艺术手法新颖，笔触细腻洒脱，有丰富的现代意识，在面对生活的同时又有超越时空、远离尘世之感，作品风格清新空灵。

早在20世纪80年代中期，刘湛秋就获得一代大学生赠予的誉称——"抒情诗之王"。结集出版的作品有诗歌、散文、评论、翻译、小说等30余种，代表作品有《生命的欢乐》《遥远的吉他》和《抒情诗的旋律》。诗集

绮丽篇

《无题抒情诗》获得中国新诗奖,译著《普希金抒情诗选》《叶赛宁抒情诗选》一度成为畅销书,深受广大读者喜爱。

《潮水的思索》写于1981年,文中,作者开门见山地提到对于潮水的复杂感觉。在作者的眼中,潮水的可爱源于它单调而不疲倦地运动着,奔腾而来的时候似是呼唤着你,默然从青苔上滑下的时候又无限哀伤,作者俨然已经将自己的情感注入这无声无息的潮水中。作者通过大量的比喻和排比来描述潮水的形态,笔下的潮水像是俏丽多姿的少女,时而欢欣、时而惆怅。面对潮水,吹着海风,借由如此亲切淡泊的文笔,似乎与当下的都市生活对立起来,即使有海浪拍打岩石的声音,也不会像菜市场的喧嚣一样使人心烦意乱,反而在这有秩序的起伏间描绘出一幅淡然松弛的海边生活图景,透露出一种田园般的美感。其实,在文中,潮水也被作者用来指向时间和生命,潮水的短暂停留就像是一去不复返的时间与生命,短暂的生命中如果满是名利之累和劣境所苦,这一生或许还有太多遗憾,正如潮水终将消退,即使是终将逝去的生命也应该留下些什么,以表对这尘世的情意,只是,最饱满真挚的体验依旧会随着时间与生命的流逝而去,不会回头,那些最为宝贵的东西才是人们应该去珍惜留恋的,一如由衷的情感和片刻的当下。

生命,哪怕是细小到一片叶子,也在顽强地展示着自己的力。

——刘湛秋

海边有时无风

陈乔柏

一

离别,或者相聚,喧哗,或者静寂,那一瞬间,空气可以结成团,可随意掷出。潮水退得最干净,或者涨得最丰富,很圆的月,很亏的月,海边,那么一个时候,没有风,谁说海边永远凉沁沁?

生命到达顶峰,或欢乐或悲哀时,终会觉得什么都不是;幸福和痛苦,是接近零,或者等成负数,意识烧成一把灰,当然也不会有风?

二

由你或我,走出梦囚,统率月亮,领衔星星们,进入最佳角色。游目一番之后,开始进行克莱敦大撤退。直到最后一枚帽徽,和树木和夜一起,也融入最后那艘倒盖的船,我们人类尽成了船上的鱼,倒立在无边的舱里,双脚被地球吸着,走不出看不见的气层。所有的云,变成所有的梦,所有的幻想变所有的天空。此时的海平面,静静如镜,湛蓝湛蓝,尽是你我所有,无边,虚空,当然也没有风。于是黎明就来了。

三

门前这座山哪,把视线折断了,我的出路越过树丛叶的残梦,拐向无垠的天空。山顶和楼顶,被阳光漆得摇摇晃晃;团团火焰扎入目中,无声的爆炸,在玻璃上持续溅起,有战争的美感。此时我的早晨,什么都有,就是没有声音。

莫道君行早,人静如山。只是我在与

谁赛早行。争论中我想把自己植成山顶一株树。嘴巴为霞色张大，呼吸款款拾级而上，顶上有仙人的遗迹。东方尽染，海也在婆婆娑娑的吗？据说梦想是开在远方，没有风，微笑也会随波而去……

（选自陈乔柏著：《陈乔柏散文集》，团结出版社1993年版，第26～27页）

知识

陈乔柏，1959年9月出生，广西北流人。毕业于广西民族学院和中国社会科学院（文学硕士）。现任广西防城进出口商品检验局综合科科长、防城港市人大常委会常委、广西壮族自治区政协委员。

自1976年开始，陈乔柏在业余时间从事文学创作，第一篇作品发表于1980年，至今已在全国40多家报刊，以及英国BBC广播电台、美国*POET*杂志等国际媒体上发表160多篇各式文章。在1993—1997年期间，出版了5部专著，其中包括散文集《清辰贺卡》《追觅蔚蓝》，翻译小说集《风铃草》，诗集《边缘之歌》《边陲之翼》，分别由团结出版社、新疆人民出版社、香港新世纪出版社出版发行。

 绮丽篇

解读

《海边有时无风》由三首短篇散文诗组成，作者通过对海边情景的描写抒发情感，文字细腻，恣意的想象绽放在作者笔下，成为一段段美丽的篇章。第一首从海边写起。海边的样子并非一成不变，没有海风吹过的时候也会安静温和，就像人们面对悲欢离合，生活中不同的事物带给人的感悟不尽相同。第二首延伸至无边的幻想。作者试图用文字去触碰缤纷的宇宙，在最后一句回归到湛蓝如镜的海平面，无边虚空的海边没有风，而人们却可以在那里等来黎明。第三首将前两首的意境升华。此时的风已经变成心中的风，人们在俗世沉沦，偶尔当风停下，我们也该调整自己的步伐，倾听自己的声音，将梦想、希望送到很远很远的地方。文章虽然题为"海边有时无风"，但通篇更多的是讲述作者对于人生的感悟，又将感悟放置于海边这样平静宽阔的氛围，造就一种淡然绝世的意境，清新的文字，通透的哲理，气韵连绵，意味深远。

秋天的况味

林语堂

秋天的黄昏,一人独坐沙发上抽烟,看烟头白灰中间露出红光,微微透露出暖气,心头的情绪便跟着那蓝烟缭绕而上,一样的轻松,一样的自由。不转眼,缭烟变成缕缕细丝,慢慢不见了,而那霎时,心上的情绪也跟着消沉于大千世界,所以也不讲那时的情绪,只讲那时的情绪的况味。待要再划一根洋火再点起那已点过三四次的雪茄,却因白灰已积得太多而点不着,乃轻轻的一弹,烟灰就悄悄的落在铜炉上,其静寂如同我此时用毛笔写在纸上一样,一点的声息也没有。于是再点起来,一口一口的吞云吐雾,香气扑鼻,宛如偎红倚翠温香在抱情调。于是想到烟,想到这烟一股温煦的热气,想到室中缭绕黯淡的烟霞，想到秋天的意味。这时才忆起，向来诗文上秋的含义，并不是这样的，使人联想的是肃杀、是凄凉、是秋扇、是红叶、是荒林、是菱草。然而秋确有另一意味，没有春天的阳气勃勃，也没有夏天炎烈迫人，也不像冬天之全入于枯槁凋零。我所爱的是秋林古气磅礴气象。有人以老气横秋骂人，可见是不懂得秋林古色之滋味。在四时中，我于秋是有偏爱的，所以不妨说说。秋是代表成熟，对于春天之明媚妖艳，夏日的茂密浓深，都是过来人，不足为奇了，所以其色淡，叶多黄，有古色苍茏之概，不单以葱翠争荣了。这是我所谓秋天的意味。大概我所爱的不是晚秋，是初秋，那时暄气初消，月正圆，蟹正肥，桂花馥洁，也未陷入凛冽萧瑟气态，这是最值得赏乐的。那时的温和，如我烟上的红灰，只是一股熏熟的温香罢了。或如文人已排脱下笔惊人的格调，而渐趋纯熟练达，宏毅坚实，其文读来有深长意味。这就是庄子所谓"正得秋而万宝成"结实的意义。在人生上最享乐的就是这一类的事。比如酒以醇以老为佳。烟也有和烈之辨。雪茄之佳者,远胜于香烟,因其意味较和。倘是烧得得法,慢慢的吸完一枝,看那红光炙发,有无穷的意味。鸦片吾不知,然看见人在烟灯上烧,听那微微哔剥的声音,也觉得有一种诗意。大概凡是古老、纯熟、熏黄、熟练的事物,都使我得到同样的愉快。如一只熏黑的陶锅在烘炉上用慢火炖猪肉时所发出的锅中徐吟的声调,使我感到同看人烧大烟一样的兴趣。或如一本用过二十年而尚未破烂的字典,或是一张用了半世的书桌,或如看见街上一涂熏黑了老气横秋的招牌,或是看见书法大家苍劲雄浑的笔迹,都令人有同样的快乐。人生世上如岁月之有四时,必须要经过这纯熟时期,如女人发育健全遭遇安顺的,亦必有一时徐娘半老的风韵,为二八佳人所不及者。使我最佩服的是邓肯的佳句:"世人

绮丽篇

只会吟咏春天与恋爱,真无道理。须如秋天的景色,更华丽,更恢奇,而秋天的快乐有万倍的雄壮、惊奇、都丽。我真可怜那些妇女识见偏狭,使她们错过爱之秋天的宏大的赠赐。"若邓肯者,可谓识趣之人。

(选自万平近编选:《林语堂选集(上册)》,海峡文艺出版社1988年版,第426~427页)

知识

林语堂(1895—1976),原名和乐,后改成玉堂,最后改为语堂,福建龙溪(今漳州)人,是中国现代著名作家、学者、翻译家、语言学家。林语堂的海外求学之路坎坷,1919年赴美国哈佛大学攻读硕士学位,却因资金问题辗转于法国和德国,终于在1922年获取哈佛大学的硕士学位,一年后又获得莱比锡大学比较语言学的博士学位,同年回国,在北京大学和北京女子师范大学任教。1926—1948年期间,林语堂身兼数职,先后在几个大学任教并且兼任其他职务,任厦门大学文学院院长、外交部秘书、中央研究院英文总编辑、中央研究院史学特约研究员、上海东吴大学法律学院英文教授、中央研究院西文编辑主任、中央研究院史语所兼任研究员、联合国教科文组织艺文组主任。在1966年定居台湾一年后被聘为香港中文大学研究教授。

林语堂创办过《论语》(半月刊)、《人间世》《宇宙风》《天风》四种刊物,一生著作颇丰,包括译作《西厢记序》《黛玉葬花诗》,小说《京华烟云》《朱门》,文集《人生的盛宴》《浮生若梦》和评论集《中国文化精神》《信仰之旅——论东西方的哲学与宗教》等近百部作品。

虽然本选文题为"秋天的况味",但作者并没有在文章的开头就大肆渲染秋天景色如何,而是像与朋友叙旧一样,用平和的语言描写轻盈缥缈、变化莫测的香烟烟气,在这里,作者将自己的思绪和心境比作一缕一缕的青烟,也借由此来打开无限的遐想,开启了文章的内容,并引出对于秋色的感悟。作者认为人们以往对秋天的理解与自己的感受相悖,世人眼中肃杀凄凉的秋天在作者眼里却是古气磅礴的,作者将秋天与其他三季进行对比描写,春的娇媚、夏的热烈还有冬的冰冷,反而映衬出秋的成熟与稳重。紧接着,作者强调自己最爱的其实是初秋,并且文中体现初秋动人的方式是与烟头的红灰和文人下笔惊人的格调来类比,更形象地说明初秋究竟可爱在哪里,或是那一股令人沉醉的温香,或是那一丝成熟的韵味。在之后对于秋的描述中,作者又用了大量的比喻,如"炖猪肉""老字典""老气横秋的招牌"以及"苍劲雄浑的笔迹",正是从这些大量的比喻中,我们能够感受到作者的意图,即

绮丽篇

爱秋并非仅仅止于爱秋天的景色,而是爱打开心绪才能望见秋天内含的独特韵味。在文章的最后,作者发出感叹,人们常常去记录春天的美好,却忽视了秋天的"华丽""恢奇",似乎也在提醒人们,生活存在多面,要用心感悟,这一点睛之笔使整篇文章的意境变得淡泊悠远,意味深长,令人沉醉。

人生不过如此,且行且珍惜。自己永远是自己的主角,不要总在别人的戏剧里充当着配角。

——林语堂

山·注视[①]

[法] 勒·克莱齐奥

我想谈谈实在的美,谈谈人的眼睛,例如山,例如光。

阳光下,它很大,它的石壁,它的褶皱,它的沟壑,它的覆盖着易碎的泥土的缓坡,它的雪崩似的滚滚尘埃。它在光的

经典悦读

中心，它像盐像玻璃一样闪亮，它岿然不动，独立于高空之中。它身上一切都是那么坚硬，那么真实。它是大地表面致密的一块，是一个隆凸，没有一种活的东西能像它一样。人们可以给它一个名字，如埃布吕斯，或者库赫－伊－巴巴②。人们可以谈论它，讲述它的故事，探索它的起源，说说住在它上面的人。人们可以计算它的体积，研究它的构成，它的演变。然而这一切又能如何呢？它还是它，不动，不听，不应。人们可以在它身上取一小块石头，带往很远的地方，几千公里吧，或者扔进大海。人们可以在鼓荡的风中几天几夜地烧它，把它变成火山。人们可以在它的缝隙里放入炸药，安下起爆装置。然而安起爆装置的手始终是离得远远的，爆炸之后，山依然如故。

　　山是持久的，强大的，它的基石扎根在大地深处，随着人的远离，它始终赫然立于地平线上，继而变得越来越大，越来越模糊。消失的是枯草、树、一座座房屋、道路、水泥场，剩下的只是轻淡的线，宛若空中膨胀的云，灰色和淡紫色的隆凸，胀满了空间。它还在那儿，继续在那儿，每天，每个早晨，都在同一个地方。它举起它那巨石嶙峋的大块向着天空，就这样，不费一点儿力气，没有一点儿道理，因为它就是它，绝对地是它，自由而强大，空气和水的领域中的一个固体。风从它身上吹过，侵蚀它的峭壁，沿着山谷，自北而南。

没有什么比这孤独的山更持久，更真实。任何庙宇，任何建筑，任何人的居所。它们很想跟它一样，充当登天的板凳，向着隐藏的神祇们举起盛满祭品的托盘。然而山就是一位女神，人们注视不断地被引向它。

注视就是光，有生命的光，跳跃着奔向白色的山岩，热力深入岩石，令其微微地颤动。在不动的山的坡上，小树和松柏是灼热的，让空气中充满它们的气味，而寒冷的风从它们周围滑过。每天它们都在那儿，用它们的根抓住风化的泥土。云在谷底积聚，然后很快，随风而降，然后散开，化水为雨，灌林和大树的叶子分开了，人们听见山里发出一阵阵古怪的喘息声。

光不断地从虚空的深处向山移动。重要的不是声音，不是汽车在城市的小路上奔驰，不是古老的无花果树枝条上一群群的蚜虫。重要的是人面对孤独的大山时，他所看见的，他所等待的。

人们看啊，看啊，总是看不够。人们一无所知，一无所愿，不等待启示，也不等待变化。人在目光的一端，女神——山在另一端，它们不再孤独了，它们变成两个完全一样的领域，可以让美通过。

遥远的美，人不能触摸，如夜空中的星辰，天上云层的堡垒的轨迹，或晨曦。然而它就该是这样，不可触及，比人看见的空间还要大，于是注视和它一样，不再

绮丽篇

是脚、翼和轮子所能及的了:那边,直到那边,它到达路的尽头,越过了有限世界的门槛,进入不可逾越的区域。

它是多么的稳定啊!在它周围,一切都踉踉跄跄,举步迟疑、消融、变化。人的腿是软的,胳膊没了力气,颈项弯曲如橡胶。然而它,它是石头做成,巨大、沉重,屹立在大陆的基石上,在宽阔的背上驮着大气层。

有时,它是无情的,粗暴的,它那尖利的棱角,伤人的绝壁,陡峭的悬崖有鸟儿碰死。太阳在它上面闪光,遍及它的全身,照亮斑斑白垩、石膏、胶结物的悬崖。这时,它是那样的大,占满了整个空间,低处的土地朦朦胧胧,蓝黑色的天空,缓缓地围着它旋转,仿佛大海围着岛屿一样画出了许多同心的圆。它像一个国家那样大,广阔得要几年工夫才能到它的顶,小群小群黑色昆虫沿着一道道石槽爬行。它像一个行星那样大,从大地的深处直达天的最高处，整整的一块，石头像冰冷的火焰迸射，而且从不坠落。

它是那样的大，不可能有空虚、恐惧和死亡。它像一座冰山一样巨大、寒冷，在凝视着它的光中炫人眼目。一切都冲向它，像铁屑受到磁石的吸引。沿着路一样笔直的目光，人向着它坠落，而它，是直立的巨大，是物质的巨大。

在一座孤独的山中有很大的力量。有许多的时间，许多的空间，许多的实在的规律。在它的石头中有许多的思想。在它的坡上，灌木和松柏就像白色灰尘中的许多黑色的符号。它们像是汗毛，头发，眼眉。几只鸟叫着，在悬崖上空慢慢地盘旋。风在石罅中穿过，古怪地哼着歌儿，隐蔽的溪流发出很温柔的响声。一切都来自于它，空气、水、土、火。甚至云也生自于它，在很高的地方，在绝壁之间。它们冉冉如火山的烟气。

有时山也是遥远的，灰蒙蒙的，被水

绮丽篇

包围着,人们只能看见它的臀部、腰肢、乳房和肩膀的柔和曲线,只能看见它的斜落进谷底的长发的波状线条。当晚霞中一切都消失的时候,或者当城市和道路像人被困在房子里一样被烟气笼罩的时候,山也远去了。它在拒绝中睡着,裹着沉寂和冷漠。女性的巨人,白色的女神,它突然厌倦了,闭上眼睛,不愿再让人看它。美是聋的、哑的,孤独地躲进它的蚊帐。谁敢靠近它?他将迷路,因为那已不再是坚硬的石头、牙齿状的绝壁、直立的悬崖了。那已不再是骄傲的生命的努力、德行、美的力量了。那是一种很单薄、很柔弱的命运,仿佛幻影,在沉睡的大地之上的半空中飘荡,也许是一句话,一段音乐,人们可以用脸上的皮肤感知到,而你则瑟瑟地抖起来。这时,没有人能发现它。

　　飞机在云的后面飞过,没有人看见。海天一色。太阳已远。于是目光模糊了,没有什么再发亮了。慢慢地,慢慢地,夜来了。这几天它来得更早了,带着蝙蝠走出所有的洞穴。

这一切过去了,到来了,散走了,周而复始。山是这样地美,然而没有注视它就不存在。而注视若没有山就一直向前,如子弹般穿过空气,在空中打着转儿,变小,什么也没有发现就消失了。名称,地点,词语,思想,有什么关系?我只想谈谈永恒的美,谈谈人的注视,谈谈在阳光中很高很高的一座山。

(郭宏安 译)

注释

①标题为译者所加。
②中亚的一条山脉,以险峻不毛著称。

(选自高兴主编:《与花儿攀谈》,北京燕山出版社2005年版,第149~152页)

知识

让-马里·古斯塔夫·勒·克莱齐奥(Jean-Marie Gustave Le Clézio),出生于1940年,是法国著名文学家。克莱齐奥不仅是20世纪后半期法国新寓言派代表作家之

绮丽篇

一,也被视为现今法国文坛的领军人物之一,与莫迪亚诺、佩雷克并称为"法兰西三星"。在1994年对法国读者群众的调查中,克莱齐奥成为最受读者欢迎的作家。

克莱齐奥所获得的国际奖项众多,并且在2008年获得诺贝尔文学奖。其代表作有《诉讼笔录》《战争》《哈伊》《流浪的星星》《饥饿间奏曲》等多部作品。

在本文的开篇,作者以开门见山的方式向读者交代了此文的目的,即什么是实在的美。作者以山为例,不仅细致到描写山的纹路褶皱,还将山置于不同情景与语境中来讲述。在作者眼里,山就是山,无论是阳光中的山还是爆炸后的山,无论你如何触摸,山依然如故;可是同样在作者眼里,山又不是山,它是一位高傲伟大的女神,迎接人们的注视,这样的山、这样的注视凝聚了巨大的力量,它孤独但是强大。然而,当山决定隐藏自己时,它飘荡在半空中逐渐远去。无论山是怎样的,无论注视到多远,总有一座屹立在阳光中的山住在你心上,成为你注视的远方,成为可贵的永恒之美。

从手法上,勒·克莱齐奥用诗性的语言开启了对于山和注视的多种美之间的感受力,文字细腻,叙述奇特,语言恢宏,作者观察入微的描写将这篇文章打造成不拘一格的经典之作。

但是我想,这个世界里,虽然没有最美好的相遇,却应该有为了相遇——或者重逢——所做的最美好的努力。

——[法]勒·克莱齐奥

提醒幸福

毕淑敏

我们从小就习惯了在提醒中过日子。天气刚有一丝风吹草动,妈妈就说,别忘了多穿衣服。才相识了一个朋友,爸爸就说,小心他是个骗子。你取得了一点成功,还没容得乐出声来,所有关切着你的人一起说,别骄傲!你沉浸在欢快中的时候,自己不停地对自己说:"千万不可太高兴,苦难也许马上就要降临……"我们已经习惯了在提醒中过日子。看得见的恐惧和看不见的恐惧始终像乌鸦盘旋在头顶。

绮丽篇

在皓月当空的良宵,提醒会走出来对你说:注意风暴。于是我们忽略了皎洁的月光,急急忙忙做好风暴来临前的一切准备。当我们大睁着眼睛枕戈待旦之时,风暴却像迟归的羊群,不知在哪里徘徊。当我们实在忍受不了等待灾难的煎熬时,我们甚至会恶意地祈盼风暴早些到来。

风暴终于姗姗地来了。我们怅然发现,所做的准备多半是没有用的。事先能够抵御的风险毕竟有限,世上无法预计的灾难却是无限的。战胜灾难靠的更多的是临门一脚,先前的惴惴不安帮不上忙。

当风暴的尾巴终于远去,我们守住零乱的家园。气还没有喘匀,新的提醒又智慧地响起来,我们又开始对未来充满恐惧的期待。

人生总是有灾难。其实大多数人早已练就了对灾难的从容,我们只是还没有学会灾难间隙的快活。我们太多注重了自己警觉苦难,我们太忽视提醒幸福。请从此注意幸福！幸福也需要提醒吗？

提醒注意跌倒……提醒注意路滑……提醒受骗上当……提醒荣辱不惊……先哲们提醒了我们一万零一次，却不提醒我们幸福。

也许他们认为幸福不提醒也跑不了的。也许他们以为好的东西你自会珍惜，犯不上谆谆告诫。也许他们太崇尚血与火，觉得幸福无足挂齿。他们总是站在危崖上，指点我们逃离未来的苦难。但避去苦难之后的时间是什么？

那就是幸福啊！

享受幸福是需要学习的，当幸福即将来临的时刻需要提醒。人可以自然而然地学会感官的享乐，人却无法天生地掌握幸福的韵律。灵魂的快意同器官的舒适像一对孪生兄弟，时而相傍相依，时而南辕北辙。

幸福是一种心灵的振颤。它像会倾听音乐的耳朵一样，需要不断地训练。

绮丽篇

简言之，幸福就是没有痛苦的时刻。它出现的频率并不像我们想象的那样少。

人们常常只是在幸福的金马车已经驶过去很远，捡起地上的金鬃毛说，原来我见过它。

人们喜爱回味幸福的标本，却忽略幸福披着露水散发清香的时刻。那时候我们往往步履匆匆，瞻前顾后不知在忙着什么。

世上有预报台风的，有预报蝗虫的，有预报瘟疫的，有预报地震的。没有人预报幸福。其实幸福和世界万物一样，有它的征兆。

幸福常常是朦胧的，很有节制地向我们喷洒甘霖。你不要总希冀轰轰烈烈的幸福，它多半只是悄悄地扑面而来。你也不要企图把水龙头拧得更大，使幸福很快地流失。而需静静地以平和之心，体验幸福的真谛。

幸福绝大多数是朴素的。它不会像信号弹似的，在很高的天际闪烁红色的光芒。

它披着本色外衣，亲切温暖地包裹起我们。

幸福不喜欢喧嚣浮华，常常在暗淡中降临。贫困中相濡以沫的一块糕饼，患难中心心相印的一个眼神，父亲一次粗糙的抚摸，女友一个温馨的字条……这都是千金难买的幸福啊。像一粒粒缀在旧绸子上的红宝石，在凄凉中愈发熠熠夺目。

幸福有时会同我们开一个玩笑，乔装打扮而来。机遇、友情、成功、团圆……

它们都酷似幸福，但它们并不等同于幸福。幸福会借了它们的衣裙，袅袅婷婷而来，走得近了，揭去帏幔，才发觉它有钢铁般的内核。幸福有时会很短暂，不像苦难似的笼罩天空。如果把人生的苦难和幸福分置天平两端，苦难体积庞大，幸福可能只是一块小小的矿石。但指针一定要向幸福这一侧倾斜，因为它有生命的黄金。

幸福有梯形的切面，它可以扩大也可以缩小，就看你是否珍惜。

我们要提高对于幸福的警惕，当它到

绮丽篇

来的时刻,激情地享受每一分钟。据科学家研究,有意注意的结果比无意要好得多。

当春天来临的时候,我们要对自己说,这是春天啦!心里就会泛起茸茸的绿意。

幸福的时候,我们要对自己说,请记住这一刻!幸福就会长久地伴随我们。那我们岂不是拥有了更多的幸福!

所以,丰收的季节,先不要去想可能的灾年,我们还有漫长的冬季来得及考虑这件事。我们要和朋友们跳舞唱歌,渲染喜悦。既然种子已经回报了汗水,我们就有权沉浸幸福。不要管以后的风霜雨雪,让我们先把麦子磨成面粉,烘一个香喷喷的面包。

所以,当我们从天涯海角相聚在一起的时候,请不要踌躇片刻后的别离。在今后漫长的岁月里,有无数孤寂的夜晚可以独自品尝愁绪。现在的每一分钟,都让它像纯净的酒精,燃烧成幸福的淡蓝色火焰,不留一丝渣滓。让我们一起举杯,说:我们幸福。

所以,当我们守候在年迈的父母膝下时,哪怕他们鬓发苍苍,哪怕他们垂垂老矣,你都要有勇气对自己说:我很幸福。因为天地无常,总有一天你会失去他们,会无限追悔此刻的时光。

幸福并不与财富地位声望婚姻同步,这只是你心灵的感觉。

所以,当我们一无所有的时候,我们也能够说:我很幸福。因为我们还有健康的身体。当我们不再享有健康的时候,那些最勇敢的人可以依然微笑着说:我很幸福。因为我还有一颗健康的心。甚至当我们连心也不再存在的时候,那些人类最优秀的分子仍旧可以对宇宙大声说:我很幸福。因为我曾经生活过。

常常提醒自己注意幸福,就像在寒冷的日子里经常看看太阳,心就不知不觉暖洋洋亮光光。

(选自苏仙主编:《精美散文　生活·哲思》,新疆人民出版

社2005年版，第1～5页）

知识

毕淑敏，1952年10月出生于新疆伊宁，国家一级作家、任北京作家协会副主席。同时，身为一名内科医师，在从事医学工作20年后开启了写作生涯，并于1989年加入中国作家协会。

毕淑敏著有大量优秀作品，也多次获取文学奖项。其著作有《毕淑敏文集》十二卷、长篇小说《红处方》《血玲珑》《拯救乳房》《女心理师》《鲜花手术》等。曾获庄重文文学奖，小说月报第四、五、六届百花奖，当代文学奖，陈伯吹文学大奖，北京文学奖，昆仑文学奖，解放军文艺奖，青年文学奖，台湾第16届中国时报文学奖，台湾第17届联合报文学奖等各种文学奖30余次。

解读

《提醒幸福》不仅文辞富丽，且观点明确。作者在文章中提醒人们要珍惜幸福，即使生活在苦难和困境中，幸福也住在每个人心里。但是在作者看来，幸福需要被发现，人们并不能"天生地掌握幸福的韵律"。于是，作者用大量华美的词语和铺排的句式描画幸福的样貌，并层层拆解追寻幸福的感受。这篇散文的魅力在于既有高超的修辞也勾连着精警的哲理，陶冶性情，感人动心。

经典悦读

我们要学会微笑,它是体内所有脏器的柔漫的舞蹈。

——毕淑敏

附　录

拓展阅读书目

庐隐著：《春愁何处是归程》，陕西师范大学出版社 2008 年版

冰心著：《繁星·春水》，长江文艺出版社 2015 年版

舒婷著：《会唱歌的鸢尾花》，四川文艺出版社 1986 年版

郁达夫著：《迟桂花》，中国青年出版社 2004 年版

顾城著：《黑眼睛》，人民文学出版社 1986 年版

刘湛秋著：《写在早春的信笺上》，上海文艺出版社 1979 年版

林语堂著：《人生不过如此》，陕西师范大学出版社 2007 年版

[日] 东山魁夷：《美的情愫》，复旦大学出

版社 2008 年版

[法] 勒·克莱齐奥著:《流浪的星星》,袁筱一译,花城出版社 1998 年版

编写说明

绮丽，即艳丽华美。在文学中，常常以词藻富丽、文笔考究的特点来体现绮丽的风格，在行文的字里行间，透露出高雅精致的气质。文学中的绮丽，或许文笔热情似火、鲜艳绚烂；或许文章平淡如水却满怀激情；或许是通篇恢宏壮丽，著写心中澎湃。

本册共分四个部分，"点滴相思　情愁离怨"，着重表现人们面对离别情愁、面对孤独的生活时的一种相思之情，或写景，或叙事，作者每每将孤寂、牵挂的情肠隐藏在绚烂的文笔之中，动情、动人；"诗情画意　字字珠玑"，强调作者用一颗诗心和如珠如玉的语言所构筑出来的一幅幅画面，柔情弥漫，诗意盎然；"一方景物　缱绻入经典悦读

怀",所选文章往往通过一片美丽的景色或一个平凡的物件来抒写自己深埋于心底的感怀,当物不再是物,当景不再是景,它就变成人们心中那一份独一无二的记忆,挥洒在作者笔下,芬芳绽放;"清丽淡雅余音绕梁",则选取了带有哲理思维的文章,这些文章用文字开辟了一条幽静的小路,试图去探寻人生真正的秘密,这些感悟有时在一个季节里,有时在一处山谷中,有时在大海边,无论它在哪里,它的根都扎在每个人的心里,在这一部分,作者用华丽的语言勾画出一个个静谧沉静的意境,使人不只沉浸在文学的优美词藻中,而且更能感悟藏于心中的至美韵律,如此荡气回肠,余音绕梁。

总而言之,编者希望通过雅丽的文字去拨动人们心中对于美的想象的弦。"清水出芙蓉,天然去雕饰",《绮丽篇》愿为您提供一双飞翔的翅膀,去追寻心中至美,

绮丽篇

越过俗世,越过山河,去找到那最为绮丽的明珠。

编者
2017 年 4 月

经典悦读·沈著篇

中共滨州经济技术开发区工委 ◎编
南开大学语文教育研究中心

编委会

主　　任：姚和民
委　　员：周志强　王广忠　钱　杰
　　　　　时志军　魏建宇　高　宇
　　　　　王　姮　贾　璐　李梦阳
　　　　　古德瑞
主　　编：周志强　魏建宇
本册主编：王　姮

·广州·

版权所有 翻印必究

图书在版编目（CIP）数据

经典悦读·沈著篇/中共滨州经济技术开发区工委，南开大学语文教育研究中心编. —广州：中山大学出版社，2017.7
ISBN 978-7-306-06048-8

Ⅰ.①经… Ⅱ.①中…②南… Ⅲ.①世界文学—作品综合集 Ⅳ.①I11

中国版本图书馆CIP数据核字（2017）第110528号

出版人：徐　劲
策划编辑：邹岚萍
责任编辑：邹岚萍
封面设计：林绵华
插　　图：张光彩
责任校对：赵　婷　黄燕玲
责任技编：黄少伟
出版发行：中山大学出版社
电　　话：编辑部 020-84111996，84113349，84111997，84110779
　　　　　发行部 020-84111998，84111981，84111160
地　　址：广州市新港西路135号
邮　　编：510275　　传　真：020-84036565
网　　址：http://www.zsup.com.cn　E-mail:zdcbs@mail.sysu.edu.cn
印　　刷：广州家联印刷有限公司
规　　格：787mm×960mm　1/32　总印张：21.25　总字数：408千字
版次印次：2017年7月第1版　2017年7月第1次印刷
总 定 价：48.00元（共6册）　印　数：1～11000套

如发现本书因印装质量影响阅读，请与出版社发行部联系调换

品阅美文　传承经典

已经走过了七个年头的"经典悦读"丛书越来越彰显出迷人的文化魅力,受到越来越多的读者的关注和喜爱。一卷在握,尽赏古今中外美言名篇,字字珠玑,明辨仁和信义思想哲学,篇篇玄妙。"经典悦读"一如涓涓清泉,滋润着读者的内心世界。

习近平同志指出,中华优秀传统文化是中华民族的精神命脉,是涵养社会主义核心价值观的重要源泉,也是我们在世界文化激荡中站稳脚跟的坚实根基。要结合新的时代条件传承和弘扬中华优秀传统文化,传承和弘扬中华美学精神。作为一部荟萃古今中外文学精华的系列丛书,"经典悦读"在第七辑中,主要关注了文学之中不同的美感特质。"冲淡"之美,闲逸深情,平和雅致;"劲健"之美,慷慨悲壮,气韵恢宏;"绮丽"之

美,文辞奇绝,华丽优雅;"隐秀"之美,不着一字,尽得风流;"沈著"之美,气定神闲,内敛沉静;"雄浑"之美,秉节持重,壮怀激烈。这一辑的每一册选文,都是对文学之美的一次探寻和挖掘,仿若徐徐展开一幅幅各有情致的画卷,让经典在其中焕发出明丽的色彩。我们在品读的过程中鉴赏文学之美感,不仅是欣赏文字之中透露出的古今气度、中外文明,更是一次澄澈的心灵体验:在飘逸飞扬、各怀韵致的斐然文采之中,人的性情得到涵养,修养得到提升,心灵得到净化,并以此为鉴,观照当代的我们,回看当下的生活。在经典的传承之中,促进全社会的精神文明建设,发扬传统文明,引领先进文化。可以说,阅读,是铸造一个人、一个社会、一个时代之精神气度的最佳渠道,而对经典文学的品味,更能使我们在文字的负载中,感受撼人心魄的至情至性,领略碰撞思想的哲学思辨,启迪经世致用的人生智慧。

"经典悦读"丛书,开启了现代读者与中外古圣先贤神交的窗口。品阅美文,凝汇学人才思;传承经典,点燃文明星火。愿这套丛书成为我们

文海撷珠的良伴、薪火相传的纽带,为构筑我们共同的精神家园凝聚力量、辉耀光芒。

中共滨州市委书记　市人大常委会主任

目　　录

平和内敛　沉思静想 ……………………… 1
墨池记 …………………………… 曾　巩　2
丰子恺散文二篇 ………………… 丰子恺　7
中国人与山水 …………………… 罗　兰　15
乡村 ……………………… [俄]屠格涅夫　24

随缘而遇　随遇而安 ……………………… 30
玉楼春·尊前拟把归期说 ……… 欧阳修　31
落花生 …………………………… 许地山　33
汪曾祺散文二篇 ………………… 汪曾祺　36
花潮 ……………………………… 李广田　42

安然自若　静听风雨 ……………………… 52
同儿辈赋未开海棠 ……………… 元好问　53
从前慢 …………………………… 木　心　54
静 ………………………… [俄]蒲　宁　57
冬天之美 ……………… [法]乔治·桑　68

坚韧流利　稳重如山 ……………………… 73

人生有何意义 …………………… 胡　适　74

悬崖边的树 ……………………… 曾　卓　77

雨中登泰山 ……………………… 李健吾　79

论求知 …………………………… [英] 培根　90

论老之将至 ……………………… [英] 罗素　94

附　　录 ………………………………… 102

编写说明 ……………………………… 104

平和内敛　沉思静想

墨池记

曾 巩

临川①之城东,有地隐然而高,以临于溪,曰新城。新城之上,有池洼然而方以长,曰王羲之②之墨池者,荀伯子《临川记》云也。羲之尝慕张芝③,临池学书,池水尽黑,此为其故迹,岂信然邪?

方羲之之不可强以仕④,而尝极东方,出沧海,以娱其意于山水之间;岂其徜徉肆恣,而又尝自休于此邪?羲之之书晚乃善,则其所能,盖⑤亦以精力自致者,非天成也。然后世未有能及者,岂其学不如彼邪⑥?则学固岂可以少哉⑦,况欲深造道德⑧者邪?

墨池之上,今为州学舍⑨。教授⑩王君盛恐其不章⑪也,书"晋王右军墨池"之六字于楹间⑫以揭⑬之。又告于巩曰:"愿

沈著篇

有记"。推⑭王君之心,岂爱人之善,虽一能⑮不以废⑯,而因以及乎其迹⑰邪?其亦欲推⑱其事以勉其学者⑲邪?夫人之有一能而使后人尚之如此,况仁人庄士之遗风馀思被于来世者何如哉!

庆历八年九月十二日,曾巩记。

(选自陈振鹏、章培恒主编:《古文鉴赏辞典》,上海辞书出版社2014年版,第1216～1217页)

①临川:宋朝的抚州临川郡(今江西临川)。

②王羲之:字逸少,东晋时期著名书法家,有"书圣"之称。其书法兼善隶、草、楷、行各体,诸体备精,自成一家,影响深远;风格平和自然,笔势委婉含蓄,遒美健秀。其代表作《兰亭序》被誉为"天下第一行书"。在书法史上,与其子王献之合称为"二王"。

③张芝:字伯英,东汉书法家。擅长草书中的章草,将当时字字区别、笔画分离的草法,改为上下牵连富于变化的新写法,富有独创性,有"草圣"之称。今无张芝墨迹传世,仅北宋《淳化阁帖》中收有他的《八月帖》等刻帖。与钟繇、王羲之和王献之并称"书中四贤"。

④强以仕:勉强要(他)做官。王羲之原与王述齐名,但他轻视王述,两人感情不好。后羲之任会稽内史时,

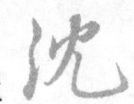

王述任扬州刺史，管辖会稽郡。羲之深以为耻，称病去职，誓不再仕，从此"遍游东中诸郡，穷诸名山，泛沧海"。

⑤盖：大概，副词。

⑥"岂其学"句：是不是他们在学习方面下的功夫不如王羲之呢？岂，是不是，表示揣测，副词。学，指勤学苦练。

⑦"则学"句：那么学习的功夫难道可以少下吗？则，那么，连词。固，原来，本。岂，难道，表示反问，副词。

⑧深造道德：在道德修养上深造，指在道德修养上有很高的成就。

⑨州学舍：指抚州州学的校舍。

⑩教授：官名。宋朝在路学、府学、州学都置教授，主管学政和教育所属生员。

⑪章：通"彰"，显著。

⑫楹间：指两柱子之间的上方、一般挂匾额的地方。楹，房屋前面的柱子。

⑬揭：挂起，标出。

⑭推：推测。

⑮一能：一技之长，指王羲之的书法。

⑯不以废：不让它埋没。

⑰因以及乎其迹：因此推广到王羲之的遗迹。

⑱推：推广。

沈著篇

⑲学者：求学的人。

（编者注）

译文

临川郡城的东面，有块突起的高地，下临溪水，名叫新城。新城之上有一口低洼的长方形水池，被称为王羲之墨池。这是南朝宋人荀伯子在《临川记》里所记述的。王羲之曾仰慕东汉书法家张芝，在此池边练习书法，池水都因而变黑了，这就是他的故迹。难道真的有这回事吗？

当王羲之不愿受人勉强而做官的时候，曾遍游越东各地，泛舟东海之上，快心于山光水色之中。难道当他逍遥遨游尽情游览的时候，在此地休息过吗？王羲之的书法到了晚年才渐入佳境，看来他之所以能有这么深的书法造诣，是刻苦用功的结果，而非天才所致。但后世没有能及得上王羲之的，恐怕是他们所下的学习功夫不如王羲之吧？因此学习的功夫怎么可以少呢，更何况那些想要在道德方面取得很高的成就的人呢？

现在墨池旁边是抚州州学的校舍。教授王盛生怕关于墨池的事迹湮没无闻，就写了"晋王右军墨池"这六个大字悬挂在门前两柱之间来标明，又对我说："希望有篇叙记文章。"我推测王盛的心意，莫非是因为爱惜别人的长处，即便是一技之长也不肯让它埋没，因此就连他的遗迹一并重视起来吗？或者是想推广王羲之临池苦学的事迹来勉励这里的学生吗？人有一技之长，尚且使后代人尊崇到这般地步，更不用说仁人君子们留下来的风尚和美德了，那会怎样地影响到后世人呢！

庆历八年九月十二日，曾巩作记。

(编者注)

知识

曾巩（1019—1083），字子固，南丰（今属江西）人。北宋文学家，"唐宋八大家"之一。曾巩在政治舞台上的表现并不算是很出色，他的更大贡献在于学术思想和文学事业。曾巩是北宋诗文革新运动的积极参与者，宋代新古文运动的骨干。他在古文理论方面主张先道后文，文道结合，主张"文以明道"。他的散文大都是"明道"之作，文风以"古雅、平正、冲和"见称。其文风源于六经，又集司马迁、韩愈两家之长，古雅本正，温厚典雅，章法严谨，长于说理，为时人及后辈所师范。曾巩为文，自然淳朴，而不甚讲究文采。

解读

本文名为《墨池记》，着眼点却在于阐释成就并非天成，而要靠刻苦学习的道理，以此勉励学者勤奋学习。文章以论为纲，以记为目，记论交错，纲目统一，写法新颖别致，见解精警，确是难得之佳作。

本文叙议结合，详略得当。叙述方面，开头以省俭的笔墨,概括了墨池的地理位置、环境和得名的由来。在一语带过王羲之"不可强以仕"之后,追述了王羲之随意漫游、纵情山水的行踪,突出了王羲之傲岸正直、脱尘超俗的思想,这是王羲之学书法的思想基础和良好的精神气质。议论方面,从论述王羲之书法之所以出神入化,是专心致志、勤学苦练的结果,而非天生的,到提出"深造道德"是仁人志士的教化与德行,层层揭示文章题旨。

一番桃李花开尽,唯有青青草色齐。

——曾巩

丰子恺散文二篇

儿　戏

楼下忽然起了一片孩子们暴动的声音。他们的娘高声喊着:"两只雄鸡又在斗了,爸爸快来劝解!"我不及放下手中的报纸,连忙跑下楼来。

原来是两个男孩在打架：六岁的元草要夺九岁的华瞻的木片头，华瞻不给，元草哭着用手打他的头；华瞻也哭着，双手擎起木片头，用脚踢元草的腿。

我放下报纸，把身体插入两孩子的中间，用两臂分别抱住了两孩子，对他们说："不许打！为的啥事体？大家讲！"元草竭力想摆脱我的手臂而向对方进攻，一面带哭带嚷地说："他不肯给我木片头！他不肯给我木片头！"似乎这就是他打人的正当理由。华瞻究竟比他大了三岁，最初静伏在我的臂弯里，表示不抵抗而听我调解，后来吃着口申辩："这些木片头原是我的！他要夺，我不给，他就打我！"元草用哭声接着说："他踢我！"华瞻改用直接交涉，对着他说："你先打！"在旁作壁上观的宝姊姊发表意见："轻句还重句，先打无道理！"背后另一人又发表一种舆论："君子开口，小人动手！"我未及下评判，元草已猛力退出我的手臂,突然向对方袭击。他们的娘看我排解无效,赶过来将元草擒去,抱在怀里,用甘言骗住他。我也把华瞻抱在怀里,用话抚慰他。两孩子分别占据了两亲的怀里,暴动方始告终。这时候,"五香……豆腐干"的叫声在后门外亲切地响着,把脸上挂着眼泪的两孩子一齐从我们的怀里叫了出去。我拿了报纸重回楼上去的时候,已听到他们复交后的笑谈声了。

但我到了楼上,并不继续看报。因为我看刚才的事件,觉得比看报上的国际纷争直截明了得多。我想:世间人与人的对待,小的是个人对个人,大的是团体对团体。个人对待中最小的是小孩对小孩,团体对待中最大的是国家对国家。在文明的世间,除了最小的和最大的两极端而外,人对人的交涉,总是用口的说话来讲理,而不用身体的武力来相打的。例如要掠夺,也必用巧妙的手段;要侵占,也必立巧妙的名义。所谓"攻击"也只是辩论,所谓

"打倒"也只是叫喊,故人对人虽怀怨害之心,相见还是点头握手,敷衍应酬。虽然也有用武力的人,但"君子开口,小人动手",开化的世间是不通行用武力的。其中唯有最小的和最大的两极端不然:小孩对小孩的交涉,可以不讲理,而通行用武力来相打;国家对国家的交涉,也可以不讲理,而通行用武力来战争。战争就是大规模的相打。可知凡物相反对的两极端相通似,或相等。国际的事如儿戏,或等于儿戏。

(选自孙俊峰、凯琳主编:《百态风骨:大师笔下的人物》,新星出版社2013年版,第61~62页)

知识

丰子恺(1898—1975),原名丰润,浙江桐乡人,中国现代散文家、画家等。早年就读于浙江第一师范学校,后游学日本。1922年归国,先后在上海、浙江等地任教,并开始创作漫画。抗日战争期间在广西、贵州、重庆等地任教。1949年定居上海。新中国成立后任上海中国画院院长、上海市美协主席、上海市文联主席等职。主要作品有《缘缘堂随笔》《缘缘堂再笔》,另有艺术论著、画集多种。

沈著篇

 解读

本文以优美沉静的笔调讲述了孩子们为了一点小事而发生争执,被父母努力劝阻,转眼间和好如初的故事。语言生动质朴,情感真挚,寓意深邃。对元草想要木片头的强烈愿望和气愤程度之深的描述运用了反复手法,情节自然,表现了孩子执拗的童真本色,字里行间表现了对孩子天性的赞美。作者赞美孩子,是因为孩子的生活如此真率自然,富有创造力,不同于成人世界的虚伪病态。

 正文

梧桐树
(节选)

寓楼的窗前有好几株梧桐树。这些都是邻家院子里的东西,但在形式上是我所有的。因为它们和我隔着适当的距离,好像是专门种给我看的。它们的主人,对于它们的局部状态也许比我看得清楚;但是对于它们的全体容貌,恐怕始终没看清楚呢。因为这必须隔着相当的距离方才看见。

唐人诗云："山远始为容。"我以为树亦如此。自初夏至今，这几株梧桐在我面前浓妆淡抹，显出了种种的容貌。

当春尽夏初，我眼看见新桐初乳的光景。那些嫩黄的小叶子一簇簇地顶在秃枝头上，好像一堂树灯，又好像小学生的剪贴图案，布置均匀而带幼稚气。植物的生叶，也有种种技巧：有的新陈代谢，瞒过了人的眼睛而在暗中偷换青黄；有的微乎其微，渐乎其渐，使人不觉察其由秃枝变成绿叶。只有梧桐树的生叶，技巧最为拙劣，但态度最为坦白。它们的枝头疏而粗，它们的叶子平而大。叶子一生，全树显然变容。

在夏天，我又眼看见绿叶成阴的光景。那些团扇大的叶片，长得密密层层，望去不留一线空隙，好像一个大绿障，又好像图案画中的一座青山。在我所常见的庭院植物中，叶子之大，除了芭蕉以外，恐怕无过于梧桐了。芭蕉叶形虽大，数目不多，那丁香结要过好几天才展开一张叶子来，

沈著篇

全树的叶子寥寥可数。梧桐叶虽不及它大，可是数目繁多。那猪耳朵一般的东西，重重叠叠地挂着，一直从低枝上挂到树顶。窗前摆了几枝梧桐，我觉得绿意实在太多了。古人说"芭蕉分绿上窗纱"，眼光未免太低，只是阶前窗下的所见而已。若登楼眺望，芭蕉便落在眼底，应见"梧桐分绿上窗纱"了。

一个月以来，我又眼看见梧桐叶落的光景。样子真凄惨呢！最初绿色黑暗起来，变成墨绿；后来又由墨绿转成焦黄；北风一起，它们大惊小怪地闹将起来，大大的黄叶便开始辞枝——起初突然地落脱一两张来，后来成群地飞下一大批来，好像谁从高楼上丢下来的东西。枝头渐渐地虚空了，露出树后面的房屋来，终于只剩几根枝条，回复了春初的面目。这几天它们空手站在我的窗前，好像曾经娶妻生子而家破人亡的光棍，样子怪可怜的。我想起了古人的诗："高高山头树，风吹叶落去。一去数千里，何当还故处?"现在倘要搜集它们的一切落叶来,使它们一齐变绿,重还故枝,回复夏日的光景,即使仗了世间一切支配者的势力,尽了世间一切机械的效能,也是不可能的事了!回黄转绿世间多,但象征悲哀的莫如落叶,尤其是梧桐的落叶。……

但它们的主人,恐怕没有感到这种悲哀。因为他们虽然种植了它们,所有了它们,但都没有看见上述的种种光景。他们只是坐在窗下瞧瞧它们的根干,站在阶前仰望它们的枝叶,为它们扫扫落叶而已,何从看它们的容貌呢?何从感到它们的象征呢?可知自然是不能被占有的。可知艺术也是不能被占有的。

(选自叶开编著:《这才是中国最好的语文书·综合分册》,江苏文艺出版社 2014 年版,第 209~211 页)

作者借梧桐树的四季变化表现了对自然、艺术、人生的感悟。新桐初乳,嫩黄叶子一簇簇好像一堂树灯,新奇可爱;绿叶成荫,叶片如扇,密密层层,如图案画的青山。如果说这两幅画面表现的是惊喜,那么,叶落的光景却有些悲凉。于是,作者不再把感情寄托在景物的描绘中,而是借此抒发人世无常的感慨。文章结尾表达了深刻的理趣:梧桐,拥有者未必能理解和欣赏,自然和艺术也都是这样。对事物要有充分的理解和欣赏,才能为自己所拥有。生活还需要我们认真地去感受和体验,并用心去发现,这样,才可以说是拥有生活,因为形式的拥有并不是真正地拥有。

不乱于心,不困于情。不畏将来,不念过往。如此,安好。

——丰子恺

中国人与山水

罗 兰

中国人对山水的看法和西方人有所不同。中国人游山玩水,是持着纯欣赏的态度,而不是持着运动的态度。而西方人则是抱着健行和征服的"壮志"。现在我们也有了这风气。

过去中国人谈游山，从未见有人说他"征服"了某个冰封雪冻的高山而引以为傲。中国人游山是欣赏它的深邃幽缈，高不可攀、深不可测的含蓄之美，所以说是"寻幽探胜"。"寻"与"探"，都意味着一种小心翼翼地赞叹激赏之情，即使不得不越过穷山恶水，也并不以自己此举是一种"征服"。

中国人对山的欣赏，是欣赏它林木森森的含蓄，和人迹罕至的空灵。唐朝诗人常用山林来造境，以表达他们的禅思和对大自然的喜爱。因此，他们笔下的山是："石泉淙淙若风雨，桂花松子常满地"的生机，"只在此山中，云深不知处"的幽谧，是"落叶满空山，何处寻行迹"的隐逸，是在人世的生活中，奋斗浮沉之余，给自己的心灵寻访一个自由通遥、无人干扰的空间，使人间桎梏

得到解脱。所以,中国人游山是纯然精神上的快乐与解脱,绝无一丝欲要"征服"而后快的敌意。

寒山子有诗形容他被认为隐入寒岩的实际境界是:君问寒山道,寒山路不通。夏天冰未释,日出雾朦胧。似我何由届,与君心不同。君心若似我,还得到其中。

人们不去体会他这首偈语般的诗,而误以为他真的隐入寒岩去了。于是,美国嬉皮起而仿效,结果无功而返。

寒山子并没有去"征服"寒岩,他的"隐入寒岩"是"与君心不同"。所以你要问他"似我何由届"?那就是不懂得中国人所重视的"心境"了。"隐"是心的事,而不是实际行动的事。没有人能在"夏天冰未释,日出雾朦胧"的寒岩生存。寒山子只是不想让人知道他在人世间的某一个角落,避开扰攘纷争的纠缠而已。

如果他真是能在寒岩生存,那他岂不就是今天世界上的登山专家,可以去征服额非尔士峰而毫不费力了？但那又岂是中国诗哲所赞赏追求的境界？

中国诗人都爱山，"五岳寻仙不辞远"，而他们的态度是谦和的，心情是轻松的，出发点是爱与诚服的。他们不觉得山有去"征服"的必要。除非你是像西方侵略者那样，要去别国的边境，偷偷插上一面属于他们自己的国旗。那便不是游山，也不是健行，而变成侵略与偷袭了。

再看中国人对水的态度，也与西方人有所不同。我常觉得中国人都是天生的道家，而道家哲学的具体象征就是"水"。从老子的"上善若水，水善利万物而不争"到"江海所以能为百谷王者，以其善下之"，到庄子秋水篇，借河伯与海若来比喻见识的小与大，渔父篇，借江上渔父来象征一种不屑世俗仪节的超然，都是用"水"来给人造成浩阔博大的思想境界，然后才对照出个人的渺小。因此，中国人游山玩水的"玩"，是"玩味"的"玩"，而不是

沈著篇

介入其中的玩。文人乘月泛舟,静态多于动态,用心灵多于用体力。最高境界的"玩水",是像苏东坡赤壁赋里的玩法,是静观的。由观赏"澄江似练"和"月出于东山之上,徘徊于斗牛之间"而想象到自己可以"羽化而登仙"。最后体悟到"逝者如斯而未尝往也,盈虚者如彼,而卒莫消长也,盖将自其变者而观之,则天地不曾以一瞬,自其不变者而观之,则物与我皆无尽也……"的哲思。用这种哲思来面对世界宇宙,则不会演变成杀伐黩武或破坏自然生态的可怕结局。

中国人是天生的哲学家。我们几乎可以从日常一切活动之中提炼出令人感动的意义。即使游玩,也不强调表面的体力活动。历来文人与武人都不鼓励匹夫之勇,诗人李白好任侠,喜登山,却不曾听说他夸耀过自己"征服"了多少山头,而只说"五岳寻仙不辞远,一生好入名山游"。他爱水,"举杯邀明月,对影成三人",甚至传说他醉后想向水中捞月而淹死,不曾听说他创了游过某条长河的纪录。他们饮酒是为了赋诗,游山是为了寻真,玩水是为了旷怀,郊游是为了陶冶性灵。名登山旅行家徐霞客或许比较特殊,他是为了探寻地理山形,不是纯欣赏,但也未闻他以"征服某山"自我夸耀,他只是向大地求知而已。

中国人欣赏山水的态度也可以从山水画中看出。世界各国的画家,除日、韩等亚洲国家,受中国的影响,有专门的山水画家之外,西方国家并不以山水画作为一个画派。也说明了东西两方对世界的看法角度之不同。国画中绝少穷山恶水,纵使孤峰插云,仍不会给人险恶的感觉。多数山水画,在层峦叠嶂之间,细看总有曲径通幽,所谓"已通樵径行还碍,似有人声近却无"。在涧水之上,或有小桥可通山径,隐约可达茅屋一椽,想象当是隐者的居处。即使怪石嶙峋,仍有草木点缀其间。

沈著篇

雪景则温柔如堆絮，故宫博物院收藏后人临摹王维的《雪石图》、燕肃的《寒岩积雪图》，都只使人觉得幽静之至，却又深藏着生机，而不使人感到惊惧可畏，望而却步。五代人所绘《雪渔图》中的渔父，在水滨竹林间，冒雪瑟缩，画家却把他的衣服衬以彩笔着色，立刻使人感到寒中有暖，这渔父，不是无家可归，这是中国古人借艺术所表达的对世界的善意与爱惜，显现温柔敦厚之美。使人无论读诗看画，在孤高超诣之中却能感到无限的温和与安慰。说明尽管文人雅士向往离群索居的隐逸生涯，却并不是真的厌恨人间。王维的《终南别业》，虽然"终年无客常闭关，终日无心常自闲"，但是仍然邀约好友"可以饮酒复垂钓，君但能来相往还"。这样的隐入山中，是十分感情的。

你也许会说，那是因为写诗作画的人是文人的缘故，所以不以攀登高山去强调勇气与体力。不过，如果你细读中国各式武侠小说，其中却更不乏山中的高人隐士、武林的大侠。他们隐居山林，志节高蹈，是武人中的智者，其生活情调典雅悠闲，是中国人对侠客最崇仰的一项因素。武人也不逞匹夫之勇。武侠小说中之逞强斗力的角色都是配角。在中国武人心中，大自然也是宗师，而不是要求征服的对象。中国武术招式常采取动物的动作，也是以自然为宗师之一例。

"征服"山头，是人与自然站在敌对立场，来显示人类的强大。事实上，人类只可以"到达"某些山头，却并不能"征服"它。中国诗人笔下的"寻幽探胜"是"认识"二字的美化。

用"征服"的心情，专找穷山恶水去冒险，和中国式的游山玩水，在趣味上和格调上，是截然不同的两回事。前者是敌对，后者是爱惜。

人类登月是伟大的成功，但与其说这是"征服"了月亮，不如说是超越了自己，创造了历史和进一步了解了大自然。因为月亮上尽管有了人类的足迹,但在人类的世界里,仍然是"何处春江无月明"。

人类有史以来,确实克服了无数自然界的阻力,创造了文明,这是值得夸耀的一面,但人类真正的成功,还是要与自然合作而善用自然,因"征服"而贬损了对自然界的欣赏,固非人类之福;因"征服"破坏了自然界运行的秩序,恐怕更是人类之祸了。

(选自淡霞主编:《人一生要读的100篇散文》,中国和平出版社2006年版,第407~411页)

罗兰(1919—2015),原名靳佩芬,河北省人。1948年只身到台湾省,从事音乐教育及广播工作多年。著有《罗兰小语》《罗兰散文》、长短篇小说、诗论、诗歌剧、散文体自传等多种,均畅销海内外。1969年获台湾《中山文艺》散文奖,1970年应美国国务院邀请赴美访问。1994年获广播金钟特别奖,1996年其作品《岁月沉沙》"三部曲"获台湾文学界最高奖——第21届文学奖。1997年,《罗兰小语》列大陆畅销书排行榜。1987年被列入

"英国剑桥名人录"。

罗兰欣赏中国传统知识分子在自然山水中所得出的人生境界,她认为中国人与自然山水间,是一个最为和谐的统一,"绝无一丝欲要'征服'而后快的敌意"。在作者眼里,中国人是成功的——因为他们懂得如何与自然合作。身在自然中,感受自然,享受自然,比费尽心思征服更容易拥有自然之美。中华民族传统文化流传数千年的平和内敛,实则为一种无欲无求的大气。本选文字里行间洋溢着对于中国传统文化的挚爱。

乡 村

[俄] 屠格涅夫

六月里最后的一天。周围是俄罗斯千里幅员——亲爱的家乡。

整个天空一片蔚蓝。天上只有一朵云彩,似乎是在飘动,似乎是在消散。没有风,天气暖和……空气里仿佛弥漫着鲜牛

沈著篇

奶似的东西!

云雀在鸣喉,大脖子鸽群咕咕叫着,燕子无声地飞翔,马儿打着响鼻、嚼着草,狗儿没有吠叫,温驯地据尾站着。

空气里蒸腾着一种烟味,还有草香,并且混杂一点儿松焦油和皮革的气味。大麻已经长得很茂盛,散发出它那浓郁的、好闻的气味。

一条坡度和缓的深谷。山谷两侧各栽植数行柳树,它们的树冠连成一片,下面的树干已经龟裂。一条小溪在山谷中流淌。透过清澈的涟漪,溪底的碎石子仿佛在颤动。远处,天地相交的地方,依稀可见一条大河的碧波。

沿着山谷,一侧是整齐的小粮库、紧闭门户的小仓房;另一侧,散落着五六家薄板屋顶的松木农舍。家家屋顶上,竖着一根装上椋鸟巢的长竿子;家家门楣上,饰着一匹铁铸的扬鬃奔马。粗糙不平的窗玻璃,辉映出彩虹的颜色。护窗板上,涂画着插有花束的陶罐。家家农舍前，端端正正摆着一条结实的长凳。猫儿警惕地竖起透明的耳朵，在土台上蜷缩成一团。高高的门槛后面，清凉的前室里一片幽暗。

我把毛毯铺开，躺在山谷的边缘。周围是整堆整堆刚刚割下、香得使人困倦的干草。机灵的农民，把干草铺散在木屋前面：只要再稍稍晒干一点，就可藏到草棚里去！这样，将来睡在上面有多舒服！

孩子们长着鬈发的小脑袋，从每一堆干草后面钻出来。母鸡晃着鸡冠，在干草里寻觅种种小虫。白唇的小狗，在乱草堆里翻滚。

留着淡褐色鬈发的小伙子们，穿着下摆束上腰带的干净衬衣，蹬着沉重的镶边皮靴，胸脯靠在卸掉了牲口的牛车上，彼此兴致勃勃地谈天逗笑。

圆脸的少妇从窗子里探出身来。不知是由于听到了小伙子们说的话，还是因为看到了干草堆上孩子们的嬉闹，她笑了。

另一个少妇伸出粗壮的胳膊，从井里提上一只湿淋淋的大桶……水桶在绳子上抖动着、摇晃着，滴下一滴滴闪光的水珠。

我面前站着一个年老的农妇，她穿着新的方格子布裙子，登着新鞋子。

在她黝黑、精瘦的脖子上，绕着三圈空心的大串珠。花白头发上系着一条带小红点儿的黄头巾，头巾一直遮到已失去神采的眼睛上面。

但老人的眼睛有礼貌地笑着，布满皱纹的脸上也堆着笑意。也许，老妇已有六十多岁年纪了……就是现在也可以看得出来：当年她可是个美人呵！

她张开晒黑的右手五指，托着一罐刚从地窖里拿出来的、没有脱脂的冷牛奶，罐壁上蒙着许多玻璃珠子似的水汽；左手掌心里，老妇拿给我一大块还冒着热气的面包。她说："为了健康，吃吧，远方来的客人！"

雄鸡忽然啼鸣起来，忙碌地拍打着翅

膀；拴在圈里的小牛犊和它呼应着，不慌不忙地发出"哞哞"的叫声。

"瞧这片燕麦！"传来我的马车夫的声音。

啊，俄罗斯自由之乡的满足，安逸，富饶！啊，宁静和美好！

于是我想到：皇城里圣索菲娅教堂圆顶上的十字架以及我们城里人正孜孜以求的一切，算得了什么？

(张守仁 译)

(选自蔡琳彬编：《二十世纪外国散文精选》，团结出版社2015年版，第14～15页)

知识

屠格涅夫（1818—1883），19世纪俄国批判现实主义作家。早年就读于莫斯科大学、彼得堡大学，后到德国柏林大学学习。1843年发表叙事长诗《巴拉莎》，开始文学生涯。19世纪60年代后，大部分时间在西欧度过，曾参加巴黎"国际文学大会"，被选为副主席。主要作品有随笔集《猎人笔记》，长篇小说《罗亭》《贵族之家》《父与子》，中篇小说《阿霞》《彼士什科夫》，散文诗集《散文诗》，等等。

《乡村》一文是屠格涅夫晚年作品散文诗集《散文诗》中脍炙人口的名篇,文章以诗一般的语言勾画了一派美丽如画的俄罗斯乡村风光。文章开篇以寥寥数语将乡村天空的景象描绘得惟妙惟肖。接着作者以浓墨重彩之笔描绘乡村静谧和平的生活和淳朴善良的村民,那里有坡度和缓的山谷、成行的柳树、汩汩流淌的小溪、整齐的小粮库、薄板屋顶的松木农舍、香得使人困倦的干草,农民在晾草、孩子们在嬉耍、小伙子们在谈天、少妇们在打水、年老的农妇拿面包招待客人……在作者平静清新的叙述中,人们仿佛随着作者一道走进了19世纪中叶的俄罗斯乡村,领略它那安逸富饶的生活和宁静美丽的风光。文章语言清新,结构精妙,色彩瑰丽,动静结合,情景交融,具有很强的感染力。

随缘而遇　随遇而安

沈著篇

玉楼春·尊前拟把归期说
欧阳修

尊前①拟把归期说,欲语春容②先惨咽。人生自是有情痴,此恨不关风与月。离歌③且莫翻新阕④,一曲能教肠寸结。直须看尽洛城花⑤,始共春风容易别。

(选自谭新红编著:《欧阳修词全集》,崇文书局 2014 年版,第 97 页)

①尊前:即樽前,饯行的酒席前。
②春容:如春风妩媚的颜容。此指别离的佳人。
③离歌:指饯别宴前唱的流行的送别曲。
④翻新阕:按旧曲填新词。白居易《杨柳枝》:"古歌旧曲君莫听,听取新翻杨柳枝。"阕,乐曲终止。
⑤洛城花:洛阳盛产牡丹,欧阳修有《洛阳牡丹记》。

(编者注)

知识

欧阳修（1007—1072），字永叔，号醉翁，晚号"六一居士"。吉州永丰（今江西省永丰县）人，因吉州原属庐陵郡，以"庐陵欧阳修"自居。谥号文忠，世称"欧阳文忠公"。北宋政治家、文学家、史学家，与韩愈、柳宗元、王安石、苏洵、苏轼、苏辙、曾巩合称"唐宋八大家"。后人又将欧阳修与韩愈、柳宗元、苏轼合称"千古文章四大家"。

解读

《玉楼春·尊前拟把归期说》咏叹离别，于伤别中蕴含平易而深刻的人生体验。开头是对眼前情事的直接叙写，接着写对眼前情事的一种理念上的反省和思考，再由理念中的情痴重新返回到樽前话别的情事，最后写出了遣玩的豪兴。全词在转变与对比之中，见出作者对美好事物之爱赏与对人世无常之悲慨两种情绪，以及两相对比之中形成的一种张力。结尾"直须看尽洛城花，始共春风容易别"中，"直须""始共"豪迈跌宕，极为有力。然而"洛城花"毕竟有"尽"，"春风"也毕竟要"别"，因此豪宕之中又实隐含了沉重的悲慨。所以王国维《人间词话》中论及欧词此数句时，乃谓其"于豪放之中有沉着之致，所以尤高"。

沈著篇

不修其身,虽君子而为小人。

——欧阳修

落花生

许地山

我们屋后有半亩隙地。母亲说:"让它荒芜着怪可惜,既然你们那么爱吃花生,就辟来做花生园吧。"我们几姊弟和几个小丫头都很喜欢——买种的买种,动土的动土,灌园的灌园;过不了几个月,居然收获了!

妈妈说:"今晚我们可以做一个收获节,也请你们爹爹来尝尝我们的新花生,如何?"我们都答应了。母亲把花生做成好几样的食品,还吩咐这节期要在园里的茅亭举行。

那晚上的天色不大好，可是爹爹也到来，实在很难得！爹爹说："你们爱吃花生么？"

我们都争着答应："爱！"

"谁能把花生的好处说出来？"

姊姊说："花生的气味很美。"

哥哥说："花生可以制油。"

我说："无论何等人都可以用贱价买它来吃；都喜欢吃它。这就是它的好处。"

爹爹说："花生的用处固然很多；但有一样是很可贵的。这小小的豆不像那好看的苹果、桃子、石榴，把它们的果实悬在枝上，鲜红嫩绿的颜色，令人一望而发生羡慕的心。它只把果子埋在地底，等到成熟，才容人把它挖出来。你们偶然看见一棵花生瑟缩地长在地上，不能立刻辨出它有没有果实，非得等到你接触它才能知道。"

我们都说："是的。"母亲也点点头。爹爹接下去说："所以你们要像花生，因为它是有用的,不是伟大、好看的东西。"我说:"那么,人要做有用的人,不要做伟大、体面的人了。"爹爹说:"这是我对于你们的希望。"

我们谈到夜阑才散,所有花生食品虽然没有了,然而父亲的话现在还印在我的心版上。

(选自《经典读库》编委会编著:《民国大师美文录》,江苏凤凰美术出版社2015年版,第47~48页)

知识

许地山(1894—1941),笔名落华生,中国现代作家。原籍福建龙溪,生于台湾,1917年入燕京大学学习。1921年与茅盾等人发起成立文学研究会。1923年起,先后在美国哥伦比亚大学、英国牛津大学研究宗教学。1927年回国后,先后在燕京大学、北京大学、清华大学、香港大学执教,主要作品有短篇小说集《缀网劳蛛》《解放者》,散文集《空山灵雨》,等等。

解读

《落花生》是一篇托物言志的写实散文。文章乍看平淡无奇,但平淡中却蕴含一番深刻的哲理。作者从种花生写起,接着写收花生、吃花生、议花生,层层推进,最后由物及人,说明做人应像花生那样,不事张扬,默默奉献。作者没有写花生园的景物、种花生的艰辛、收花生的喜悦,而是重点详写议花生的场面,详略得当,结构严谨,语言浅白凝练,文笔清新流畅,于平淡之中抒发了作者不求闻达、踏实做人、切实益世的人生态度。读来令人备感亲切,回味绵长。这一切使得这篇不足千字的小品文得以成为一篇脍炙人口、广为流传,并将一直流传下去的绝妙美文。

人类的命运是被限定的,但在这限定的范围里当有向上的意志。所谓向上是求全知全能的意志,能否得到且不管它,只是人应当去追求。

——许地山

汪曾祺散文二篇

山丹丹

我在大青山挖到一棵山丹丹。这棵山

丹丹的花真多。招待我们的老堡垒户看了看，说："这棵山丹丹有十三年了。"

"十三年了？咋知道？"

"山丹丹长一年，多开一朵花。你看，十三朵。"

山丹丹记得自己的岁数。

我本想把这棵山丹丹带回呼和浩特，想了想，找了把铁锹，把老堡垒户的开满了蓝色党参花的土台上刨了个坑，把这棵山丹丹种上了。问老堡垒户：

"能活？"

"能活。这东西，皮实。"

大青山到处是山丹丹，开七朵花、八朵花的，多的是。

山丹丹开花花又落，
一年又一年……

这支流行歌曲的作者未必知道，山丹丹过一年多开一朵花。唱歌的歌星就更不会知道了。

（选自汪曾祺著、陈学晶导读：《葡萄月令》，人民文学出版社2013年版，第135页）

知识

汪曾祺（1920—1997），江苏省高邮市人，中国当代作家、散文家、戏剧家、京派作家的代表人物，被誉为"抒情的人道主义者，中国最后一个纯粹的文人，中国最后一个士大夫"。汪曾祺在短篇小说创作上颇有成就，对戏剧与民间文艺也有深入钻研。代表作品有《受戒》《晚饭花集》《逝水》《晚翠文谈》等。

解读

汪曾祺的散文没有结构的苦心经营，也不追求题旨的玄奥深奇，而是平淡质朴，娓娓道来，如话家常。汪曾祺曾说过："我觉得伤感主义是散文的大敌。挺大的人，说些姑娘似的话……我是希望把散文写得平淡一点，自然一点，家常一点的。"因此，品读汪曾祺的散文好像聆听一位性情和蔼、见识广博的老者谈话，虽然话语平常，但饶有趣味。初读《山丹丹》感觉平淡如水，情节好似简单到几乎没有，只有那么几句不咸不淡的问答，甚至于对山丹丹的好恶都不甚分明。再读，则感觉隽永如茶："山丹丹记得自己的岁数"，灵性、皮实的山丹丹，不声不响，沉着淡定，以自己的方式展现着生命的旺盛与美丽。

枸 杞

枸杞到处都有。枸杞头是春天的野菜。采摘枸杞的嫩头，略焯过，切碎，与香干丁同拌，浇酱油醋香油；或入油锅爆炒，皆极清香。夏末秋初，开淡紫色小花，谁也不注意。随即结出小小的红色的卵形浆果，即枸杞子。我的家乡叫做狗奶子。

我在玉渊潭散步，在一个山包下的草丛里看见一对老夫妻弯着腰在找什么。他们一边走，一边搜索。走几步，停一停，弯腰。

"您二位找什么？"

"枸杞子。"

"有吗？"

老同志把手里一个罐头玻璃瓶举起来给我看，已经有半瓶了。

"不少！"

"不少!"

他解嘲似的哈哈笑了几声。

"您慢慢捡着!"

"慢慢捡着!"

看样子这对老夫妻是离休干部,穿得很整齐干净,气色很好。

他们捡枸杞子干什么?是配药?泡酒?看来都不完全是。真要是需要,可以托熟人从宁夏捎一点或寄一点来。——听口音,老同志是西北人,那边肯定会有熟人。

他们捡枸杞子其实只是玩!一边走着,一边捡枸杞子,这比单纯的散步要有意思。这是两个童心未泯的老人,两个老孩子!

人老了,是得学会这样的生活。看来,这二位中年时也是很会生活,会从生活中寻找乐趣的。他们为人一定很好,很厚道。他们还一定不贪权势,甘于淡泊。夫妻间一定不会为柴米油盐、儿女婚嫁而

沈著篇

吵嘴。

从钓鱼台到甘家口商场的路上，路西，有一家的门头上种了很大的一丛枸杞，秋天结了很多枸杞子，通红通红的，礼花似的，喷泉似的垂挂下来，一个珊瑚珠穿成的华盖，好看极了。这丛枸杞可以拿到花会上去展览。这家怎么会想起在门头上种一丛枸杞？

（选自汪曾祺著、陈学晶导读：《葡萄月令》，人民文学出版社2013年版，第136～137页）

汪曾祺文风优美、淡雅，文章清新自然。《枸杞》从日常生活入手，通过描写一对老夫妻捡枸杞子的场景，表现出对平淡生活的热爱。无意于张灯结彩般的权势富贵，从散步、交谈、捡枸杞子等细节入手，写出对世俗生活的本真热爱。这种平淡却不庸俗的生活，才是作者真心推崇的。汪曾祺的"雅"不同于一般文人的"雅"，没有陶渊明、苏轼般的耿介清高，而是以文人的眼光审视凡俗生活，既具有浓厚的生活气息，又极具审美情趣。

经典悦读

语言本身是艺术,不只是工具。写小说用的语言,文学的语言,不是口头语言,而是书面语言。是视觉的语言,不是听觉的语言。

——汪曾祺

花 潮

李广田

昆明有个圆通寺。寺后就是圆通山。从前是一座荒山,现在是一个公园,就叫圆通公园。

公园在山上。有亭,有台,有池,有榭,有花,有树,有鸟,有兽。

后山沿路,有一大片海棠,平时枯枝瘦叶,并不惹人注意,一到三四月间,真是花团锦簇,变成一个花世界。

这几天天气特别好,花开得也正好,

沈著篇

看花的人也就最多。"紫陌红尘拂面来,无人不道看花回",办公室里,餐厅里,晚会上,道路上,经常听到有人问答:"你去看海棠没有?""我去过了。"或者说:"我正想去。"到了星期天,道路相逢,多争说圆通山海棠消息。一时之间,几乎形成一种空气,甚至是一种压力,一种诱惑,如果谁没有到圆通山看花,就好像是一大憾事,不得不挤点时间,去凑个热闹。

星期天,我们也去看花。不错,一路同去看花的人可多着哩。进了公园门,步步登山,接踵摩肩,人就更多了。向高处看,隔着密密层层的绿荫,只见一片红云,望不到边际,真是"寺门尚远花光来,漫天锦绣连云开"。这时候,什么苍松啊,翠柏啊,碧梧啊,修竹啊,……都挽不住游人。大家都一口气地攀到最高峰,淹没在海棠花的红海里。后山一条大路,两旁,四周,都是海棠。人们坐在花下,走在路上,既望不见花外的青天,也看不见花外还有别的世界。花开得正盛，来早了，还未开好，来晚了已经开败，"千朵万朵压枝低"，每棵树都炫耀自己的鼎盛时代，每一朵花都在微风中枝头上颤抖着说出自己的喜悦。"喷云吹雾花无数，一条锦绣游人路"，是的，是一条花巷，一条花街，上天下地都是花，可谓花天花地。可是，这些说法都不行，都不足以说出花的动态，"四厢花影怒于潮"，"四山花影下如潮"，还是"花潮"好。古人写诗真有他的，善于说出要害，说出花的气势。你不要乱跑，你静下来，你看那一望无际的花，"如钱塘潮夜澎湃"，有风，花在动，无风，花也潮水一般地动，在阳光照射下，每一个花瓣都有它自己的阴影，就仿佛多少波浪在大海上翻腾，你越看得出神，你就越感到这一片花潮正在向天空向四面八方伸张，好像有一种生命力在不断扩展。而且，你可以听到潮水的声音，谁知道呢，也许是花下的人语声，也许是

沈著篇

花丛中蜜蜂嗡嗡声，也许什么地方有黄莺的歌声，还有什么地方送来看花人的琴声，歌声，笑声……，这一切交织在一起，再加上风声，天籁人籁，就如同海上午夜的潮声。大家都是来看花的，可是，这个花到底怎么看法？有人走累了，拣个最好的地方坐下来看，不一会，又感到这里不够好，也许别个地方更好吧，于是站起来，既依依不舍，又满怀向往，慢步移向别处去。多数人都在花下走来走去，这棵树下看看，好，那棵树下看看，也好，伫立在另一棵树下仔细端详一番，更好，看看，想想，再看看，再想想。有人很大方，只是驻足观赏，有人贪心重，伸手牵过一枝花来摇摆，或者干脆翘起鼻子一嗅，再嗅，甚至三嗅。"天公斗巧乃如此，令人一步千徘徊"。人们面对这绮丽的风光，真是徒唤奈何了。

老头儿们看花，一面看，一面自言自语，或者嘴里低吟着什么。老妈妈看花，扶着拐杖,牵着孙孙,很珍惜地折下一朵,簪在自己的发髻上。青年们穿得整整齐齐,干干净净,好像参加什么盛会,不少人已经穿上雪白的衬衫,有的甚至是绸衬衫,有的甚至已是短袖衬衫,好像夏天已经来到他们身上,东张张,西望望,既看花,又看人,洋气得很。青年妇女们,也都打扮得利利落落,很多人都穿着花衣花裙,好像要与花争妍,也有人擦了点胭脂,抹了点口红,显得很突出,可是,在这花世界里,又叫人感到无所谓了。很自然地想起了龚自珍《西郊落花歌》中说的,"如八万四千天女洗脸罢,齐向此地倾胭脂",真也有点形容过分,反而没有真实感了。小学生们,系着漂亮的红领巾,带着弹弓来了,可是他们并没有射击,即便有鸟,也不射了,被这一片没头没脑的花惊呆了。画家们正调好了颜色对花写生,看花的人又围住了画花的,出神地看画家画花。喜欢照相的人,抱着相机跑来跑去，不知是照花，还是照人，是怕人遮了花，还是怕花遮了人，还是要选一个最好的镜头，使如花的人永远伴着最美的花。有人在花下喝茶，有人在花下弹琴，有人在花下下象棋，有人在花下打桥牌。昆明四季如春，四季有花，可是不管山茶也罢，报春也罢，梅花也罢，杜鹃也罢，都没有海棠这样幸运，有这么多人。这样热热闹闹地来访它，来赏它，这样兴致勃勃地赶这个花开的季节。还有桃花什么的，目前也还开着，在这附近，就有几树碧桃正开，"猩红鹦绿天人姿，回首夭桃恼失色"，显得冷冷落落地待在一旁，并没有谁去理睬。在这圆通山头，可以看西山和滇池，可以看平林和原野，可是这时候，大家都在看花，什么也顾不得了。

  看着看着，实在也有点疲乏，找个地方坐下来休息一下吧，哪里没有人？都是人。坐在一群看花人旁边，无意中听人家谈论，猜想他们大概是哪个学校的文学教师。他们正在吟诗谈诗：

一个吟道："泪眼问花花不语，乱红飞过秋千去。"

一个说："这个不好，哪来的这么些眼泪！"

又一个吟道："一片花飞减却春，风飘万点正愁人。"

又一个说："还是不好，虽然是诗圣的佳句，也不好。"

一个青年人抢过去说："'繁枝容易纷纷落，嫩蕊商量细细开'，也是杜诗，好不好？"

一个人回答："好的，好的，思想健康，说的是新陈代谢。"

一个人不等他说完就接上去："好是好，还不如龚定庵的'落红不是无情物，化作春泥更护花'有辩证观点，乐观精神。"

有一个人一直不说话，人家问他，他说："天何言哉，四时兴焉，万物生焉，天

何言哉。桃李无言,下自成蹊。你们看,海棠并没有说话,可是大家都被吸引来了。"

我也没有说话。想起泰山高处有人在悬崖上刻了四个大字:"予欲无言",其实也甚是多事。

回家的路上,还是听到很多人纷纷议论。

有人说:"今年的花,比去年好,去年,比前年好,解放以前,谈不到。"

有人说:"今天看花好,今夜睡梦好,明天工作好。"

有人说:"明天作文课,给学生出题目,有了办法。"

有人说:"最好早晨来看花,迎风带露的花,会更娇更美。"

有人说:"雨天来看花更好,海棠著雨胭脂透,当然不是大雨滂沱,而是斜风细雨。"

有人说:"也许月下来看花更好,将是

花气氤氲。"

有人说:"下星期再来看花,再不来就完了。"

有人说:"不怕花落去,明年花更好。"

好一个"明年花更好"。我一面走着,一面听人家说着,自己也默念着这样两句话:

春光似海,盛世如花。

(选自张昌山主编:《云南文化读本》,云南人民出版社2014年版,第185~187页)

知识

李广田(1906—1968),山东邹平人。1923年考入济南第一师范学校后,开始接触"五四"以来兴起的新思潮、新文学。1929年入北京大学外语系预科,先后在《华北日报》副刊和《现代》杂志上发表诗歌、散文。1951年任清华大学副教务长。1952年调任云南大学副校长、校长。历任中国科学院云南分院文学研究所所长、作协云南分会副主席、中国作协理事等。其文字技巧和思想内容较前更趋洗练和成熟,常于诗情画意的描写中,透示出富含哲理的意趣。

沈著篇

  《花潮》是"汉园三诗人"之一的李广田写于1962年的一篇散文。文章语言优美，字里行间飞扬着欢快的旋律，可以说既是作者赏花的所见所闻，又是作者获得平反后舒畅心情的抒发。《花潮》实则写了三"潮"：一、花开如潮。从静态、动态、听觉等角度正面来写花的繁茂。各种修辞手法的运用使文字熠熠生辉。二、赏花人潮。这一部分写了游人举动、赏花情形和赏花行动。列举了老人、青年、妇女、孩子置身于花潮的各种表现，从侧面烘托了花的美，也表现了人们安定、喜悦的心情。作者的欢快情感也溢于言表。三、谈花热潮。这一部分是点明主旨、升华感情的部分。"明年花更好"，表明了作者对未来的美好憧憬。这一节中笑语喧哗的对话描写，使文章显得更加灵动、妙趣横生。此外，文中运用大量的诗句，"千朵万朵压枝低""繁枝容易纷纷落，嫩蕊商量细细开""桃李无言，下自成蹊"等，在活泼欢快中更增加了文章的艺术性，使文章显得更加婀娜多姿。

安然自若　静听风雨

沈著篇

同儿辈赋未开海棠

元好问

正文

枝间新绿一重重，小蕾深藏数点红。
爱惜芳心莫轻吐，且教桃李闹春风。

（选自李正民等解评：《元好问集》，三晋出版社 2008 年版，第 114～115 页）

知识

元好问（1190—1257），字裕之，号遗山，太原秀容（今山西忻州）人，金末元初著名文学家和历史学家、文坛盟主，是宋金对峙时期北方文学的主要代表，又是金元之际在文学上承前启后的桥梁，被尊为"北方文雄"，其思想和文学创作受道家《列子》的影响相当大，诗、文、词、曲，各体皆工，以诗歌创作成就最为突出。著有志怪短篇小说《续夷坚志》四卷 202 篇。

解读

本篇写作之时，金已灭亡。作者已步入暮年，返回故里，与世无争。本诗借春风中不轻易开放的海棠与争相绽放的桃李作对比，说明了做人不要轻浮、炫耀，而要注重蕴积，保持沉稳，并借此教育儿辈不要学"桃李闹春风"炫耀自己或追名逐利，而是要像海棠一样耐得住寂寞，独善其身。

人间只道黄金贵，不问天公买少年。

——元好问

从 前 慢

木 心

记得早先少年时
大家诚诚恳恳
说一句是一句

清早上火车站
长街黑暗无行人
卖豆浆的小店冒着热气

沈著篇

从前的日色变得慢
车、马、邮件都慢
一生只够爱一个人

从前的锁也好看
钥匙精美有样子
你锁了,人家就懂了

(选自木心著:《木心诗选》,广西师范大学出版社 2015 年版,第 180 页)

知识

木心(1927—2011),生于浙江桐乡乌镇东栅。本名孙璞,字仰中,号牧心,笔名木心。毕业于上海美术专科学校。木心是中国当代文学大师、画家,在台湾和纽约华人圈被视为深解中国传统文化的精英和传奇人物。在"文革"被囚期间,用白纸画了钢琴的琴键,无声弹奏莫扎特与巴赫的作品。其学生陈丹青推崇:"木心先生自身的气质、禀赋,落在任何时代都会出类拔萃。"著有《哥伦比亚的倒影》《素履之往》《云雀叫了一整天》《文学回忆录》等书。

木心半生都在漂泊——从乌镇到上海,从上海到纽约,再从纽约重返故乡。可以说,文学之于木心就是"散步散远了的乡愁"。诚诚恳恳的少年、冒着热气的小店、传递爱意的车马书信、精美的锁都是从前的事物,生活的质感就在这些词句中得到丰满,岁月变迁好像再自然不过。《从前慢》并不只是一首情诗,而是关于生活、关于文化、关于时代的。从前的锁与现在的锁的比照,照出的既是从前的世界与现代世界的差异,也是前人与今人在精神、品性上的不同。当然,民国并非真的民风淳朴到夜不闭户、路不拾遗。诗中传达的只是诗人心中的印象,而非全然现实的情景。而且在这里,诗人心中的从前大抵已非仅指他的童年时期(民国),而是一种模糊的泛指,是概念的"从前"本身。木心念念不忘的并不是民国,而是一个更久远的世界,是人类文化的童年,他曾说,"希腊的夕阳至今犹照在我的背上",他的诗文中充满了这样的时间的乡愁。

生活的最好状态是冷冷清清的风风火火。

——木心

沈著篇

静

[俄] 蒲宁

我们是在夜里到达日内瓦的,当时正下着雨。拂晓前,雨停了。雨后初霁,空气变得分外清新。我们推开阳台门,秋晨的凉意扑面而来,使人陶然欲醉。由湖上升起的乳白色的雾霭,弥漫在大街小巷上。旭日虽然还是朦朦胧胧的,却已经朝气蓬勃地在雾中放着光。湿润的晨飓轻轻地拂弄着盘绕在阳台柱子上的野葡萄血红的叶子。我们盥漱过后,匆匆穿好衣服,走出旅社,由于昨晚沉沉地睡了一觉,精神抖擞,准备去作尽情的畅游,而且怀着一种年轻人的预感,认为今天必有什么美好的事在等待着我们。

"上帝又赐予了我们一个美丽的早晨,"我的旅伴对我说,"你发现没有,我们每到一地，第二天总是风和日丽？千万别抽烟，只吃牛奶和蔬菜、以空气为生，随日出而起，这会使我们神清气爽！不消多久，不但医生，连诗人都会这么说的……别抽烟，千万别抽，我们就可体验到那种久已生疏了的感觉，感觉到洁净，感觉到青春的活力。"

可是日内瓦湖在哪里？有片刻工夫，我们茫然地站停下来。远处的一切，都被轻纱一般亮晃晃的雾覆盖着。只有街梢那边的马路已沐浴在霞光下，好似黄金铸成的。于是我们快步朝着被我们误认为是浮光耀金的马路走去。

初阳已透过雾霭，照暖了阒无一人的堤岸，眼前的一切无不光莹四射。然而山谷，日内瓦湖和远处的萨瓦山脉依然在吐出料峭的寒气。我们走到湖堤上，不由得惊喜交集地站住了脚，每当人们突然看到无涯无际的海洋、湖泊，或者从高山之巅俯视山谷时，都会情不自禁地产生这种又惊又喜的感觉。萨瓦山消融在亮晃晃的晨岚之中，在阳光下难以辨清，只有定睛望去，方能看到山脊好似一条细细的金线，迤逦于半空之中，这时你才会感觉到那边绵亘着重峦叠嶂。近处，在宽广的山谷内，在凉飕飕的、润湿而又清新的雾气中，横着蔚蓝、清澈、深邃的日内瓦湖。湖还在沉睡，簇拥在市口的斜帆小艇也还在沉睡。它们就像张开了灰色羽翼的巨鸟，但是在清晨的寂静中还无力拍翅高飞。两三只海鸥紧贴着湖水悠闲地翱翔着，冷不丁其中的一只，忽地从我们身旁掠过，朝街上飞去。我们立即转过身去望着它，只见它猛地又转过身子飞了回来，想必是被它所不习惯的街景吓坏了……朝暾初上之际有海鸥飞进城来，住在这个城市里的居民该有多幸福呀！

我们急欲进入群山的怀抱，泛舟湖上，航向远处的什么地方……然而雾还没有散，我们只得信步往市区走去，在酒店里买了

酒和干酪，欣赏着纤尘不染的亲切的街道和静悄悄的金黄色的花园中美丽如画的杨树和法国梧桐。在花园上方，天空已被廓清，晶莹得好似绿松石一般。

"你知道吗，"我的旅伴对我说，"我每到一地总是不敢相信我真的到了这个地方，因为这些地方，我过去只能看着地图，幻想前去一游，并且时时提醒自己，这只不过是幻想而已。意大利就在这些崇山峻岭的后边，离我们非常之近，你感觉到了吗？在这奇妙的秋天，你感觉到南国的存在吗？瞧，那边是萨瓦省，就是我们童年时代阅读过的催人落泪的故事中所描写的牵着猴子的萨瓦孩子们的故乡！"

码头旁，游艇和船夫都在阳光下打着瞌睡。在蓝盈盈的清澈的湖水中，可以看到湖底的沙砾、木桩和船骸。这完全像是个夏日的早晨，只有主宰着透明的空气的那种静谧，告诉人们现在已是晚秋。雾已经消散得无影无踪，顺着山谷，极目朝湖

沈著篇

面望去,可以看得异乎寻常的远。我们迫不及待地脱掉上衣,卷起袖子,拿起了桨。码头落在船后了,离我们越来越远。离我们越来越远的还有在阳光下光华熠熠的市区、湖滨和公园……前面波光粼粼,耀得我们眼睛都花了,船侧的湖水越来越深,越来越沉,也越来越透明。把桨插入水中,感觉水的弹性,望着从桨下飞溅出来的水珠,真是一大乐事。我回过头去,看到了我旅伴那泛起红晕的脸庞,看到了无拘无束地、宁静地荡漾在坡度缓坦的群山中间浩瀚的碧波,看到了漫山遍野正在转黄的树林和葡萄园,以及掩映其间的一幢幢别墅。有一刻间,我们停住了桨,周遭顿时静了下来,静得那么深邃。我们闭上眼睛,久久地谛听着,什么声音也没有,只有船划破水面时,湖水流过船侧发出的一成不变的汩汩声。甚至单凭这汩汩的水声也可猜出湖水多么洁净,多么清澈。

"划吗?"我问。

"慢着，你听！"

我把桨提出水面，连汨汨的水声也渐渐消失。从桨上滴下一颗水珠，然后又是一颗……太阳照得我们的脸越来越热……就在这时，一阵悠扬的钟声，从很远很远的地方飘至我们耳际，这是深山中某处的一口孤钟。它离我们那么远，有时我们只能隐隐约约听到它的声音。

"你还记得科隆大教堂的钟声吗？"我的旅伴压低声音问我。"那天我比你醒得早，天还刚刚拂晓，我便站在洞开的窗旁，久久地谛听着独自在古老的城市上空回荡的清脆的钟声。你还记得科隆大教堂的管风琴和那种中世纪的壮丽吗？还有莱茵省，那些古老的城市、古老的图画，还有巴黎……然而那一切都无法和这里相比，这里更美……"

由深山中隐隐传至我们耳际的钟声温柔而又纯净，闭目坐在船上，侧耳倾听着这钟声，享受着太阳照在我们脸上的暖意

沈著篇

和从水上升起的轻柔的凉意,是何等的甜蜜,舒适!有一艘闪闪发亮的白轮船在离我们约莫两俄里远的地方驶过,明轮拍击着湖水,发出疏远、喑哑、生气的嘟囔声,在湖面上激起一道道平展的、像玻璃一般透明的涌,缓缓地朝我们奔来,终于柔情脉脉地晃动了我们的小船。

"瞧,我们已置身在崇山的怀抱之中,"当轮船渐渐变小,终于隐没在远处以后,我的旅伴对我说,"生活已留在那边,留在这些崇山峻岭之外了,我们已进入寂静的幸福之邦,这寂静之邦何以名之,我们的语言中找不到恰当的字眼。"

他一边慢慢地划着桨,一边讲着、听着。日内瓦湖越来越辽阔地包围着我们。钟声忽近忽远,似有若无。

"在深山中的什么地方有一座小小的钟楼,"我想道,"独自在用它回肠荡气的钟声赞颂着礼拜天早晨的安谧和寂静,召唤人们踏着俯瞰蓝色的日内瓦湖的山道,到它那儿去……"

极目四望,山上大大小小的树林都抹上了绚丽而又柔和的秋色,一幢幢环翠青秀的美丽的别墅正在清静地度过这阳光明媚的秋日……我舀了一杯水,把茶杯洗净,然后把水泼往空中。水往天上飞去,迸溅出一道道光芒。

"你记得《曼弗雷德》吗?"我的同伴说,"曼弗雷德站在伯尔尼兹阿尔卑斯山脉中的瀑布前。时值正午,他念着咒语,用双手捧起一掬清水,泼向半空。于是在瀑布的彩虹中立刻出现了童贞圣母山……写得多美呀!此刻我就在想,人也可以崇拜水,建立拜水教,就像建立拜火教一样……自然界的神力真是不可思议!人活在世上,呼吸着空气,看到天空、水、太阳,这是多么巨大的幸福!可我们仍然感到不幸福!为什么?是因为我们的生命短暂,因为我们孤独,因为我们的生活谬误百出?就拿这日内瓦湖来说吧,当年雪莱

沈著篇

来过这儿,拜伦来过这儿……后来,莫泊桑也来过。他们都孑然一身,可他们的心却渴望整个世界都幸福。当年所有的理想主义者,所有的恋人,所有的年轻人,所有来这里寻求幸福的人都已弃世而去,永远消逝了。我和你有朝一日,同样也将弃世而去……你想喝点儿酒吗?"

我把玻璃杯递过去,他给我斟满酒,然后带有一抹忧郁的微笑,加补说:

"我觉得,有朝一日我将融入这片亘古长存的寂静中,我们都站在它的门口,我们的幸福就在那扇门里边。你是否记得易卜生的那句话:'玛亚,你听见这寂静吗?'我也要问你:你有没有听见这群山的寂静呢?"

我们久久地遥望着重重叠叠的山峦和笼罩着山峦的洁净、柔和的碧空,空中充溢着秋季的无望的忧悒。我们想象着我们远远地进入了深山的腹地,人类的足迹还从未踏到过那里……太阳照射着四周都被山岭锁住的深谷,有只兀鹰翱翔在山岭与蓝天之间的广阔的空中……山里只有我们两人,我们越来越远地向深山中走去,就像那些为了寻找火绒草而死于深山老林中的人一样……

我们不慌不忙地划着桨,谛听着正在消失的钟声,谈论着我们去萨瓦省的旅行,商量我们在哪些地方可以逗留多少时间,可我们的心却不由自主地离开话题,时时刻刻地向往着幸福。我们以前所从未见到过的自然景色的美,以及艺术的美和宗教的美,不论是哪里的,都激起我们朝气蓬勃的渴求,渴求我们的生活也能升华到这种美的高度,用出自内心的欢乐来充实这种美,并同人们一起分享我们的欢乐。我们在旅途中,无论到哪里,凡是我们所注视的女性无不渴求着爱情,那是一种高尚的、罗曼蒂克的、极其敏感的爱情,而这种爱情几乎使那些在我们眼前一晃而过的完美的女性形象神化了……然而这种幸福

沈著篇

会不会是空中楼阁呢？否则为什么随着我们一步步去追求它，它却一步步地往郁郁苍苍的树林和山岭中退去，离我们越来越远？

那位和我在旅途中一起体验了那么多欢乐和痛苦的旅伴，是我一生中所爱的有限几个人中的一个，我的这篇短文就是奉献给他的。同时我还借这篇短文向我们俩所有志同道合的萍飘天涯的朋友致敬。

（戴骢 译）

（选自淡霞主编：《人一生要读的100篇散文》，中国和平出版社2006年版，第322～327页）

蒲宁（1870—1953），俄国作家，出生于没落的贵族家庭，曾当过校对员、统计员、图书管理员、报社记者，1887年开始发表文学著作。1899年与高尔基相识后，参加知识出版社工作，这对他民主主义观点的形成起到了促进作用。1909年当选为科学院名誉院士。他是一位出色的修辞学家和翻译家。十月革命后流亡国外。1933年，蒲宁因为"继承俄国散文文学古典的传统，表现出精巧的艺术方法"获诺贝尔文学奖。他的众多充满矛盾的创作遗产，具有一定的美学与认识价值。

《静》是一篇写景抒情的游记散文，对自然的忘我的欣赏使作者和读者的心灵都得到了最好的净化，去除一切烦恼，重返对世界和生命本身的热爱。在这篇文章中，蒲宁所有的用笔都在于穷尽可能地去描述日内瓦湖的"静"，给读者一个真正的静的感受。晨岚中亮晃晃的萨瓦山，凉飕飕的、温润而又清新的雾气，蔚蓝、清澈深邃的湖水以及海鸥，这些都是构成日内瓦湖的"静"的不可或缺的事物。同时，作者泛舟湖上，用心来聆听日内瓦湖的"静"。这种"静"还由极远处的钟声衬托出来，当钟声传来，我们感到这种美是古老和永恒的。作者用全身心去感受，然后用优美、准确的文字通篇描写自然纯粹、非凡的美，使人陶醉。

冬天之美

[法] 乔治·桑

我从来热爱乡村的冬天。我无法理解富翁们的情趣，他们在一年当中最不适于举行舞会、讲究穿着和奢侈挥霍的季节,将巴黎当作狂欢的场所。大自然在冬天邀请我们到火炉边去享受天伦之乐,而且正是在乡村才能领略这个季节罕见的明朗的阳光。在我国的大都市里,臭气熏天和冻结的烂泥几乎永无干燥之日,看见就令人恶心。在乡下,一片阳光或者刮几小时风就使空气变得清新,使地面干爽。可怜的城市工人对此十分了解,他们滞留在这个垃圾场里,实在是由于无可奈何。我们的富翁们所过的人为的、悖谬的生活,违背大自然的安排,结果毫无生气。英国人比较明智,他们到乡下别墅里去过冬。

在巴黎,人们想象大自然有六个月毫无生机,可是小麦从秋天就开始发芽,而冬天惨淡的阳光——大家惯于这样描写它——是一年之中最灿烂、最辉煌的。当太阳拨开云雾,当它在严冬傍晚披上闪烁发光的紫红色长袍坠落时,人们几乎无法忍受它那令人眩目的光芒。即使在我们严寒却偏偏不恰当地称为温带的国家里,自然界万物永远不会除掉盛装和失去盎然的生机,广阔的麦田铺上了鲜艳的地毯,而天际低矮的太阳在上面投下了绿宝石的光辉。地面披上了美丽的苔藓。华丽的常春藤涂上了大理石般的鲜红和金色的斑纹。报春花、紫罗兰和孟加拉玫瑰躲在雪层下面微笑。由于地势的起伏,由于偶然的机缘,还有其他几种花儿躲过严寒幸存下来,而随时使你感到意想不到的欢愉。虽然百灵鸟不见踪影,但有多少喧闹而美丽的鸟儿路过这儿,在河边栖息和休憩!当地面的白雪像璀璨的钻石在阳光下闪闪发光,或者当挂在树梢的冰凌组成神奇的连拱和无法描绘的水晶的花彩时,有什么东西比白雪更加美丽呢?在乡村的漫漫长夜里,大家亲切地聚集一堂,甚至时间似乎也听从我们使唤。由于人们能够沉

沈著篇

静下来思索,精神生活变得异常丰富。这样的夜晚,同家人围炉而坐,难道不是极大的乐事吗?

(张秋江 译)

(选自淡霞主编:《人一生要读的100篇散文》,中国和平出版社2006年版,第301～302页)

知识

乔治·桑(1804—1876),19世纪法国著名的批判现实主义女作家。一生著述颇丰,小说、戏剧、散文、书信等各种体裁均有涉猎。主要作品有小说《安吉堡的磨工》《魔沼》《小法岱特》,自传《乔治·桑自传》,等等。

解读

《冬天之美》是一篇短小精悍、优美雅致的写景抒情散文。文章以细腻的笔调,勾勒出一幅静谧、和谐、清丽、幽雅的法国冬天农村的自然风光。作者开篇点题,直抒胸臆,抒发了自己热爱自然、向往乡村生活的情思。接着别出心裁,宕开一笔,描述巴黎冬天的不美与脏乱,以此反衬乡村的美丽。作者以浓墨重彩之笔,运用比喻、拟人手法,倾力描绘乡村的冬景,将原本普通平常的景物渲染得有声有色、生机盎然。文章既流露了作者热爱自然、憧憬乡村生活的思想感情,又表现出对工业文明的厌恶、崇尚回归自然的生活态度。

那种用美好的感情和思想使我们升华并赋予我们力量的爱情,才能算是一种高尚的热情;而使我们自私自利,胆小怯弱,使我们流于盲目本能的下流行为的爱情,应该算是一种邪恶的热情。

——[法]乔治·桑

坚韧流利　稳重如山

人生有何意义

胡 适

……我细读来书,终觉得你不免作茧自缚。你自己去寻出一个本不成问题的问题,"人生有何意义?"其实这个问题是容易解答的。人生的意义全是各人自己寻出来、造出来的:高尚、卑劣、清贵、污浊、有用、无用……全靠自己的作为。生命本身不过是一件生物学的事实,有什么意义可说?一个人与一只猪,一只狗,有什么分别?人生的意义不在于何以有生,而在自己怎样生活。你若情愿把这六尺之躯葬送在白昼做梦之上,那就是你这一生的意义。你若发愤振作起来,决心去寻求生命的意义,去创造自己的生命的意义,那么,你活一日便有一日的意义,作一事便添一事的意义,生命无穷,生命的意义也无穷了。

总之，生命本没有意义，你要能给他什么意义，他就有什么意义。与其终日冥想人生有何意义，不如试用此生做点有意义的事……

（选自胡适著、萧伟光评注：《为人与为学：胡适言论集：评注本》，中国纺织出版社2015年版，第246页）

知识

胡适（1891—1962），原名嗣穈，学名洪骍，字希疆，笔名胡适，字适之。著名思想家、文学家、哲学家。徽州绩溪人，以倡导白话文、领导新文化运动闻名于世。幼年就读于家乡私塾，19岁考取庚子赔款官费生，留学美国，师从哲学家约翰·杜威。1917年夏回国，受聘为北京大学教授。1918年加入《新青年》编辑部，大力提倡白话文，宣扬个性解放、思想自由，与陈独秀同为新文化运动的领袖。他的文章从创作理论的角度阐述新旧文学的区别，提倡新文学创作，率先从事白话文学的创作。胡适信奉实验主义哲学，倡导改良。其学术活动主要在文学、哲学、史学、考据学、教育学等几个方面，主要著作有《中国哲学史大纲》（上）、《尝试集》《白话文学史》（上）和《胡适文存》等。

解读

作为新文化运动的先驱,胡适语言精练干净,天然去雕饰。他提倡言之有物,清楚明晰。早在《文学改良刍议》中,胡适便提出文学的八个主张,也就是后来的"八不主义":一、不做言之无物的文字;二、不做无病呻吟的文字;三、不用典;四、不用套语滥调;五、不重对偶,文须废骈,诗须废律;六、不做不合文法的文字;七、不摹仿古人;八、不避俗话俗字。

本选文遵循胡适一贯的书写风格,对"人生有何意义"这一问题进行思索。看似简单,实则引人深思。人生本无意义,像一张白纸一样干净,高尚或卑劣,清贵或污浊,有用或无用,全是自己在这张纸上的涂染与创造。因此,与其苦苦冥想"人生有何意义",不如脚踏实地,一步一步,去做点儿有意义的事情。

警语

大胆的假设,小心的求证;认真的做事,严肃的做人。

——胡适

沈著篇

悬崖边的树
曾 卓

不知道是什么奇异的风
将一棵树吹到了那边——
平原的尽头
临近深谷的悬崖上

它倾听远处森林的喧哗
和深谷中小溪的歌唱
它孤独地站在那里
显得寂寞而又倔强

它的弯曲的身体
留下了风的形状
它似乎即将倾跌进深谷里
却又像是要展翅飞翔……

（选自张德明编：《百年新诗经典导读》，暨南大学出版社2015年版，第144～145页）

知识

曾卓（1922—2002），原名曾庆冠，原籍湖北黄陂，出生于武汉。笔名还有柳红、马莱、阿文、方宁、方萌、林薇等。1936年加入武汉市民族解放先锋队，武汉沦陷前夕流亡到重庆继续求学，并开始发表作品。1940年加入全国文协，组织诗垦地社，编辑出版《诗垦地丛刊》。1947年毕业后回武汉，成为《大刚报》副刊主编。1950年任教湖北省教育学院和武汉大学中文系，1952年任《长江日报》副社长，当选武汉市文联、文协副主席。其诗凝练自然，富于哲理，感情真挚而深沉。他的文章也有一种诗的韵味。1970年创作的《悬崖边的树》是其具有代表性的诗作。

解读

《悬崖边的树》是一篇看似平淡却十分清新、独特的佳作。诗人用通俗、简练的几句话，却很好地勾勒出一幅奇特的图景：空旷的草原的尽头，一棵树独处悬崖边。似将跌进深谷，又像要展翅飞翔。没有任何刻意的渲染，却能让读者眼前清晰呈现出这道奇特的风景。这棵悬崖边的树就是诗人自身的写照。文中所说的"奇异的风"是指1950—1975年的"胡风案件"，伤痛、寂寞和爱唤醒了曾卓的诗性世界，命运的挑战更点起诗人灵魂的光芒，撼人心魄。整首诗的节奏缓而不慢，调子低而不沉。作者似乎

沈著篇

并没有大悲大喜,写景抒情都是平淡的,给人清新自然的感觉,使人从中悟出了平和、淡然、沉着不屈的人生真谛。

雨中登泰山

李健吾

从火车上遥望泰山,几十年来有好些次了,每次想起"孔子登东山而小鲁,登泰山而小天下"那句话来,就觉得过而不登,像是欠下悠久的文化传统一笔债似的。杜甫的愿望:"会当凌绝顶,一览众山小",我也一样有,惜乎来去匆匆,每次都当面错过了。

而今确实要登泰山了,偏偏天公不作美,下起雨来,淅淅沥沥,不像落在地上,倒像落在心里。天是灰的,心是沉的。我们约好了清晨出发,人齐了,雨却越下越大。等天晴吗?想着这渺茫的"等"字,先是憋闷。盼到十一点半钟，天色转白，我不由喊了一句："走吧！"带动年轻人，挎起背包，兴致勃勃，朝岱宗坊出发了。

是烟是雾，我们辨认不清，只见灰蒙蒙一片，把老大一座高山，上上下下，裹了一个严实。古老的泰山越发显得崔嵬了。我们才过岱宗坊，震天的吼声就把我们吸引到虎山水库的大坝前面。七股大水，从水库的桥孔跃出，仿佛七幅闪光黄锦，直铺下去，碰着嶙嶙的乱石，激起一片雪白水珠，脱线一般，撒在洄漩的水面。这里叫作虬在湾：据说虬早已被吕洞宾渡上天了，可是望过去，跳掷翻腾，像又回到了故居。我们绕过虎山，站到坝桥上，一边是平静的湖水，迎着斜风细雨，懒洋洋只是欲步不前，一边却暗喊叱咤，似有千军万马，躲在绮丽的黄锦底下。黄锦是方便的比喻，其实是一幅细纱，护着一幅没有经纬的精致图案，透明的白纱轻轻压着透明的米黄花纹。——也许只有织女才能织

出这种瑰奇的景色。

雨大起来了,我们拐进王母庙后的七真祠。这里供奉着七尊塑像,正面当中是吕洞宾,两旁是他的朋友铁拐李和何仙姑,东西两侧是他的四个弟子,所以叫作七真祠。吕洞宾和他的两位朋友倒也罢了,站在龛里的两个小童和柳树精对面的老人,实在是少见的传神之作。一般庙宇的塑像,往往不是平板,就是怪诞,造型偶尔美的,又不像中国人,跟不上这位老人这样逼真、亲切。无名的雕塑家对年龄和面貌的差异有很深的认识,形象才会这样栩栩如生。不是年轻人提醒我该走了,我还会欣赏下去的。

我们来到雨地,走上登山的正路,一连穿过三座石坊:一天门、孔子登临处和天阶。水声落在我们后面,雄伟的红门把山挡住。走出长门洞,豁然开朗,山又到了我们跟前。人朝上走,水朝下流,流进虎山水库的中溪陪我们,一直陪到二天门。

悬崖崚嶒，石缝滴滴答答，泉水和雨水混在一起，顺着斜坡，流进山涧，涓涓的水声变成訇訇的雷鸣。有时候风过云开，在底下望见南天门，影影绰绰，耸立山头，好像并不很远；紧十八盘仿佛一条灰白大蟒，匍匐在山峡当中；更多的时候，乌云四合，层峦叠嶂都成了水墨山水。蹚过中溪水浅的地方，走不太远，就是有名的经石峪，一片大水漫过一亩大小的一个大石坪，光光的石头刻着一部《金刚经》，字有斗来大，年月久了，大部分都让水磨平了。回到正路，雨不知道什么时候已经住了，人走了一身汗，巴不得把雨衣脱下来，凉快凉快。说巧也巧，我们正好走进一座柏树林，阴森森的，亮了的天又变黑了，好像黄昏提前到了人间，汗不但下去，还觉得身子发冷，无怪乎人把这里叫作柏洞。我们抖擞精神，一气走过壶天阁，登上黄岘岭，发现沙石全是赤黄颜色，明白中溪的水为什么黄了。

沈著篇

靠住二天门的石坊,向四下里眺望,我又是骄傲,又是担心。骄傲我已经走了一半的山路,担心自己走不了另一半的山路。云薄了,雾又上来。我们歇歇走走,走走歇歇,如今已经是下午四点多了。困难似乎并不存在,眼面前是一段平坦的下坡土路,年轻人跳跳蹦蹦,走了下去,我也像年轻了一样,有说有笑,跟在他们后头。

我们在不知不觉中,从下坡路转到上坡路,山势陡峭,上升的坡度越来越大。路一直是宽整的,只有探出身子的时候,才知道自己站在深不可测的山沟边,明明有水流,却听不见水声。仰起头来朝西望,半空挂着一条两尺来宽的白带子,随风摆动,想凑近了看,隔着辽阔的山沟,走不过去。我们正在赞不绝口,发现已经来到一座石桥跟前,自己还不清楚是怎么一回事,细雨打湿了浑身上下。原来我们遇到另一类型的飞瀑,紧贴桥后,我们不提防,几乎和它撞个正着。水面有两三丈宽,离地不高,发出一泻千里的龙虎声威,打着桥下奇形怪状的石头,口沫喷得老远。从这时候起,山涧又从左侧转到右侧,水声淙淙,跟我们跟到南天门。

过了云步桥,我们开始走上攀登泰山主峰的盘道。南天门应该近了,由于山峡回环曲折,反而望不见了。野花野草,什么形状也有,什么颜色也有,挨挨挤挤,芊芊莽莽,要把巉岩的山石装扮起来。连我上了一点岁数的人,也学小孩子,掐了一把,直到花朵和叶子全蔫了,才带着抱歉的心情,丢在山涧里,随水漂去。但是把人的心灵带到一种崇高的境界的,却是那些"吸翠霞而夭矫"的松树。它们不怕山高,把根扎在悬崖绝壁的隙缝,身子扭得像盘龙柱子,在半空展开枝叶,像是和狂风乌云争夺天日,又像是和清风白云游戏。有的松树望穿秋水,不见你来,独自上到高处,斜着身子张望。有的松树像一

沈著篇

顶墨绿大伞,支开了等你。有的松树自得其乐,显出一副潇洒的模样。不管怎么样,它们都让你觉得它们是泰山的天然的主人,谁少了谁,都像不应该似的。雾在对松山的山峡飘来飘去,天色眼看黑将下来。我不知道上了多少石级,一级又一级,是乐趣也是苦趣,好像从我有生命以来就在登山似的,迈前脚,拖后脚,才不过走完慢十八盘。我靠住升仙坊,仰起头来朝上望,紧十八盘仿佛一架长梯,搭在南天门口。我胆怯了。新砌的石级窄窄的,搁不下整脚。怪不得东汉的应劭引用马第伯在《封禅仪记》里的话,这样形容:"仰视天门,窔辽如从穴中视天,直上七里,赖其羊肠逶迤,名曰环道,往往有絙索,可得而登也,两从者扶挟,前人相牵,后人见前人履底,前人见后人顶,如画重累人矣。所谓磨胸捏石,扪天之难也。"一位老大爷,斜着脚步,穿花一般,侧着身子,赶到我们前头。一位老大娘,挎着香袋,尽管脚

小,也稳稳当当,从我们身边过去。我像应劭说的那样,"目视而脚不随",抓住铁扶手,揪牢年轻人,走十几步,歇一口气,终于在下午七点钟,上到南天门。

　　心还在跳,腿还在抖,人到底还是上来了。低头望着新整然而长极了的盘道,我奇怪自己居然也能上来。我走在天街上,轻松愉快,像一个没事人一样。一排留宿的小店,没有名号,只有标记,有的门口挂着一只笊篱,有的窗口放着一对鹦鹉,有的是一根棒槌,有的是一条金牛,地方宽敞的摆着茶桌,地方窄小的只有炕几,后墙紧贴着峥嵘的山石,前脸正对着万丈的深渊。别成一格的还有那些石头。古诗人形容泰山,说"泰山岩岩",注解人告诉你:岩岩,积石貌。的确这样,山顶越发给你这种感觉。有的石头像莲花瓣,有的像大象头,有的像老人,有的像卧虎,有的错落成桥,有的兀立如柱,有的侧身探海,有的怒目相向。有的什么也不像,黑

沈著篇

忽忽的,一动不动,堵住你的去路。年月久,传说多,登封台让你想象帝王拜山的盛况,一个光秃秃的地方会有一块石碣,指明是"孔子小天下处"。有的山池叫作洗头盆,据说玉女往常在这里洗过头发;有的山洞叫作白云洞,传说过去往外冒白云,如今不冒白云了,白云在山里依然游来游去。晴朗的天,你正在欣赏"齐鲁青未了",忽然一阵风来,"荡胸生层云",转瞬间,便像宋之问在《桂阳三日述怀》里说起的那样,"云海四茫茫"。是云吗?头上明明另有云在。看样子是积雪,要不也是棉絮堆,高高低低,连续不断,一直把天边变成海边。于是阳光掠过,云海的银涛像镀了金,又像着了火,烧成灰烬,不知去向,露出大地的面目。两条白线,曲曲折折,是奈河,是汶河。一个黑点子在碧绿的图案中间移动,仿佛蚂蚁,又冒一缕青烟。你正在指手画脚,说长道短,虚象和真象一时都在雾里消失。

我们没有看到日出的奇景。那要在秋高气爽的时候。不过我们也有自己的独得之乐：我们在雨中看到的瀑布，两天以后下山，已经不那样壮丽了。小瀑布不见，大瀑布变小了。我们沿着西溪，翻山越岭，穿过果香扑鼻的苹果园，在黑龙潭附近待了老半天。不是下午要赶火车的话，我们还会待下去的。山势和水势在这里别是一种格调，变化而又和谐。

山没有水，如同人没有眼睛，似乎少了灵性。我们敢于在雨中登泰山，看到有声有势的飞泉流布，倾盆大雨的时候，恰好又在斗母宫躲过，一路行来，有雨趣而无淋漓之苦，自然也就格外感到意兴盎然。

(选自云影编：《美丽中国·自然卷》，人民文学出版社2013年版，第108~112页)

知识

李健吾（1906—1982），山西运城人。常用笔名刘西渭。从小喜欢戏剧和文学，1925年考入清华大学，先在中文系，后转入西洋文学系，同年加入文学研究会。1931

沈著篇

年赴法国巴黎现代语言专修学校学习,研究福楼拜。1933年回国,在中华文化教育基金董事会编辑委员会工作。与黄佐临等创办了上海实验戏剧学校,新中国成立后继任该校(改名为上海戏剧专科学校)戏剧文学系主任,1954年调北京大学文学研究所。1964年调中国科学院外国文学研究所,任研究员。曾任国务院学位委员会评议组成员、法国文学研究会名誉会长。

泰山作为我国五岳之宗,以其高大雄伟成为历代作家吟诵、抒写的对象。不少作品中再现的景色多是晴朗天气中的泰山,而雨中泰山就十分少见了。李健吾先生在《雨中登泰山》这篇散文中,交错运用写景、叙事等手法,旁征博引,挥洒自如,独创了一个别具魅力的雨中泰山的艺术境界。阴雨淅沥,当不少游人的游兴被破坏而诅咒这鬼天气时,作者却满怀逸兴豪情地冒雨登山。在他看来,雨中的泰山就是宏伟壮丽的诗。用质朴的语言把诗情真实地抒写出来,在字里行间淡淡地蕴含着醇厚朴素的美。《雨中登泰山》是"双线结构",一是以登临顺序为线索,这是明线;一是以登临时的盎然游兴为线索,这是暗线。两条线索相互交织,针线严密,无懈可击。

论 求 知

[英] 培根

求知可以作为消遣,可以作为装潢,也可以增长才干。

当你孤独寂寞时,阅读可以消遣。当你高谈阔论时,知识可供装潢。当你处世行事时,求知可以促成才干。有实际经验的人虽然能办理个别性的事务,但若要综观整体,运筹全局,却唯有掌握理论知识方能办到。

求知太慢会弛惰,为装潢而求知是自欺欺人,只会照书本条条办事会变成偏执的书呆子。

求知可以改进人的天性,而实验又可以改进知识本身。人的天性犹如野生的花草,求知学习好比修剪移栽。实习尝试则可检查修正知识本身的真伪。

沈著篇

狡诈者轻鄙学问，愚鲁者羡慕学问，惟聪明者善于运用学问。知识本身并没有告诉人怎样运用它，运用的方法乃在书本之外。这是一门技艺，不经实验就不能学到。求知时不可专为挑剔辩驳去读书，但也不可轻易相信书本。求知的目的不是为了吹嘘炫耀，而是应该为了寻找真理、启迪智慧。

有的知识只要浅尝即可，有的知识只要粗知即可，只有少数专门知识需要深入钻研、仔细揣摩。所以，有的书只要读其中一部分即可，有的书只知其中梗概即可，而对于少数好书，则要精读、细读、反复地读。

有的书可以请人代读，然后看他的笔记摘要就行了。但这只限于质量粗劣的书。否则一本好书将像已被蒸馏过的水，变得淡而乏味了！

读书使人的头脑充实，讨论使人明辨是非，作笔记则能使知识精确。

因此，如果一个人不愿做笔记，他的记忆力就必须强而可靠。如果一个人只愿孤独探索，他的头脑就必须格外锐利。如果有人不读书又想冒充博学多知，他就必定是一个狡黠的家伙。

读史使人明智，读诗使人聪慧，演算使人精密，哲理使人深刻，伦理学使人有修养，逻辑修辞使人长于思辨。总之，"知识能改变人的性格"。

不仅如此，精神上的各种缺陷，还都可以通过求知来改善——正如身体上的缺陷，可以通过运动来改善一样。例如打球有利于腰肾，射箭可扩胸利肺，散步则有助于消化，骑术使人反应敏捷，等等。同样，一个思维不集中的人，他可以研习数学。因为数学稍不仔细就会出错。缺乏分析判断力的人，他可以研习经院哲学，因为这门学问最讲究繁琐辩证。不善于推理的人，可以研习法律学。如此等等。这种头脑上的缺陷，是

沈著篇

都可以通过求知来疗治。

(水天同 译)

(选自崔宝衡主编:《外国散文鉴赏辞典(古近代卷)》,上海辞书出版社2010年版,第763~764页)

知识

弗兰西斯·培根(1561—1626),文艺复兴时期英国著名的政治家、哲学家、科学家、史学家。出生于伦敦一个高级官员家庭,12岁入剑桥大学三一学院学习。1576年毕业后出使法国。1579年回国后任女王的法律顾问。曾任司法部次长、法务部长、掌玺大臣、大法官等职。1621年被控受贿免职。主要著作有《论人生》《学术的促进》《新大西洋》等。

解读

《论求知》是培根散文集《论人生》中众多脍炙人口的篇什之一。本选文集中论述了科学的求知方法。全文分三大部分。第一部分(1—5自然段)论述求知的正确目的。作者开首连用三个排比句,提出了三种不同类型的求知目的,接着对其展开具体论述,提出求知的目的"不是为了吹嘘炫耀,而应该是为了寻找真理,启迪智慧"。第二部分(6—9自然段)论述了求知的正确方法,指出对好书、一般的书、粗糙的书应采取不同的读法,提倡多读、讨论、做笔记。第三部分（10—11自然段）论述知识的作用，认为知识能塑造人的性格和弥补人精神上的各种缺陷，鼓励人们去求知。本选文文字洗练，层次分明，不事铺张，说理透彻，排比、比喻修辞手法的运用，使文章语气贯通，生动晓畅，节奏和谐。文中有多处名言警句，给人启迪，催人奋进。

如果问在人生中最重要的才能是什么？那么回答则是：第一，无所畏惧；第二，无所畏惧；第三，还是无所畏惧。

—— [英] 培根

论老之将至

[英] 罗素

虽然有这样一个标题，这篇文章真正要谈的却是怎样才能不老。在我这个年纪，这实在是一个至关重要的问题。我的第一个忠告是，要仔细选择你的祖先。尽管我的双亲早逝，但是考虑到我的祖先，我的选择还是很不错的。是的，我的外祖父六十七岁时去世，正值盛年，可是另外三位祖父辈的亲人都活到八十岁以上，至于稍远些的亲戚，我只发现一位没能长寿的，他死于一种现已罕见的病症：被杀头。我的一位曾祖母是吉本的朋友，她活到九十二岁高龄，一直到死，她始终是让子孙们全都敬畏的人。我的外祖母，一辈子生了十九个孩子，活了九个，还有一个早早夭折，此外还有过多次流产。可是守寡之后，她马上就致力于妇女的高等教育事业。她是格顿学院的创办人之一，力图使妇女进入医疗行业。她好讲起她在意大利遇到过的一位面容悲哀的老年绅士，她询问他忧郁的缘故，他说他刚刚失去了两个孙子。"天哪！"她叫道："我有七十二个孙儿孙女，如果我每失去一个就悲伤不止，那我就没法活了！""奇怪的母亲。"他回答说。但是，作为她七十二个孙儿孙女的一员，我却要说我更喜欢她的见地。上了八十岁，她开始感到有些难以入睡，她便经常在午夜时分至凌晨三时这段时间里阅读科普方面的书籍。我想她根本就没有功夫去留意她在衰老。我认为，这是保持年轻的最佳方法。如果你的兴趣和活动既广泛又浓烈，而且你又能从中感到自己仍然精力旺盛，那么你就不必去考虑你已经活了多少年这种纯粹的统计学情况，更不必去考虑你那也许不很长久的未来。

至于健康，由于我这一生几乎从未患过病，也就没有什么有益的忠告。我吃喝皆随心所欲，醒不了的时候就睡觉。我做事情从不以它是否有益健康为根据，尽管实际上我喜欢做的事情通常是有益健康的。

从心理角度讲，老年须防止两种危险。一是过分沉湎于往事。人不能生活在回忆当中，不能生活在对美好的往昔的怀念或对去世的友人的哀念之中。一个人应当把

沈著篇

心思放在未来,放到需要自己去做点什么的事情上。要做到这一点并非轻而易举,往事的影响总是在不断地增加。人们总好认为自己过去的情感要比现在强烈得多,头脑也比现在敏锐。假如真的如此,就该忘掉它;而如果可以忘掉它,那你自以为是的情况就可能并不是真的。

另一件应当避免的事是依恋年轻人,期望从他们的勃勃生气中获取力量。子女们长大成人之后,都想按照自己的意愿生活。如果你还像他们年幼时那样关心他们,你就会成为他们的包袱,除非他们是异常迟钝的人。我不是说不应该关心子女,而是说这种关心应该是含蓄的,假如可能的话,还应是宽厚的,而不应该过分地感情用事。动物的幼崽一旦自立,大动物就不再关心它们了。人类则因其幼年时期较长而难以做到这一点。

我认为,对于那些具有强烈的爱好、其活动又都恰当适宜、并且不受个人情感影响的人们，成功地度过老年绝非难事。只有在这个范围里，长寿才真正有益；只有在这个范围里，源于经验的智慧才能不受压制地得到运用。告诫已经成人的孩子别犯错误是没有用处的，因为一来他们不会相信你，二来错误原来就是教育所必不可少的要素之一。但是，如果你是那种受个人情感支配的人，你就会感到，不把心思都放在子女和孙儿女身上，你就会觉得生活很空虚。假如事实确是如此，那么当你还能为他们提供物质上的帮助，譬如支援他们一笔钱或者为他们编织毛线外套的时候，你就必须明白：绝不要期望他们会因为你的陪伴而感到快活。

　　有些老人因害怕死亡而苦恼。年轻人害怕死亡是可以理解的。有些年轻人担心他们会在战斗中丧生。一想到会失去生活能够给予他们的种种美好事物，他们就感到痛苦。这种担心并不是无缘无故的，也是情有可原的。但是，对于一位经历了人

沈著篇

世的悲欢、履行了个人职责的老人,害怕死亡就有些可怜且可耻了。克服这种恐惧的最好办法是——至少我是这样看的——逐渐扩大你的兴趣范围并使其不受个人情感的影响,直至包围自我的围墙一点一点地离开你,而你的生活则越来越融合于大家的生活之中。每一个人的生活都应该像河水一样——开始是细小的,被限制在狭窄的两岸之间,然后热烈地冲过巨石、滑下瀑布。渐渐地,河道变宽了,河岸扩展了,河水流得更平稳了。最后,河水流入了海洋,不再有明显的间断和停顿,而后便毫无痛苦地摆脱了自身的存在。能够这样理解自己的一生的老人,将不会因害怕死亡而痛苦,因为他所珍爱的一切都将继续存在下去。而且,如果随着精力的衰退,疲倦之感日渐增加,长眠并非是不受欢迎的念头。我渴望死于尚能劳作之时,同时知道他人将继续我所未竟的事业,我大可因为已经尽了自己之所能而感到安慰。

(申慧辉 译)

(选自淡霞主编：《人一生要读的100篇散文》，中国和平出版社2006年版，第249～252页)

知识

罗素（1872—1970），英国哲学家、数学家、散文家、社会活动家。生于贵族世家。1890年入剑桥大学学习。大学前三年专攻数学，第四年转攻哲学。1908年当选为英国皇家学会会员。1910年后任剑桥大学讲师、研究员。20世纪50年代后主要从事社会活动。1950年获诺贝尔文学奖。一生著述甚丰，内容涉及哲学、数学、社会学、政治、历史、教育等诸多方面。主要著作有《数学原理》《哲学问题》《婚姻与道德》《西方哲学史》《罗素自传》等，其散文创作亦有很高的成就。

解读

这是一篇论述如何正确对待老年和死亡的散文。文章分三个部分。第一部分论述了"怎样才能不老"这一问题。作者以自己的外祖母为例，提出"保持年轻的最佳方法"是自己要有广泛而浓烈的兴趣和活动，随心所欲地生活。第二部分论述了老年人需要避免的两种危险：过分沉湎于往事和依恋年轻人，告诫老年人应着眼于未来，做点

沈著篇

有益的事,这样长寿才有价值。最后一部分以河水作比衬,规劝老年人抛开因"害怕死亡"而产生的"痛苦",坦然面对死亡。文章行文灵活自如,语言清新素朴,境界崇高,向人们传达了精神自由的快乐和使生活本身获得解放的勇气的思想。文章在赋予死亡以从容优雅的诗意美的同时,给人以清爽的精神享受,读后令人深思。

人的真实生活不在于穿衣吃饭,而在艺术、思想和爱,在于美的创造和冥想以及对于世界的合乎科学的了解。

——[英] 罗素

附 录

拓展阅读书目

陈振鹏、章培恒主编:《古文鉴赏辞典》,上海辞书出版社 2014 年版

谭新红编:《欧阳修词全集》,崇文书局 2014 年版

胡适著:《人生有何意义》,北京理工大学出版社 2016 年版

丰子恺著:《缘缘堂随笔》,江苏人民出版社 2016 年版

汪曾祺著:《人间草木》,天津人民出版社 2014 年版

木心著:《文学回忆录》,广西师范大学出版社 2013 年版

[英] 培根著:《培根随笔全集》,蒲隆译,译林出版社 2016 年版

[英] 罗素著:《西方哲学史》(上下卷),何

兆武、李约瑟译,商务印书馆2015年版

　　[俄]蒲宁著:《蒲宁文集》,戴骢译,安徽文艺出版社2016年版

编写说明

　　沈著,即沉着。"沈著"之美——沉静淡然,沉毅稳重。走过一段段日升日落,看过一次次潮起潮落,当单纯的热情燃烧过后,最初的感动仍然巨细无遗地保留在心中。那些年少轻狂的激情四射,被奔流不息的时光长河卷入漩涡,扬起波光粼粼的水花。沉着,就是在面对这一帘如水时光之时,不期许哀切挽留,不希冀一切从头,珍惜并珍藏已获得的宝贵经验,不让时间腐朽的初衷。本册选文希望能够在古今中外的优美文字中缓缓打开描摹内心真实情感的画卷,让读者领略沉着冷静之美,抛开纷繁复杂的现实生活,让心灵得以沉静。

　　本册选文分为四部分。"平和内敛　沉思静想",着重表现平和温柔的力量,或说

沈著篇

理,或记叙,在安静细致的思考中体会人生乐趣与生活之美;"随缘而遇 随遇而安",文章展现出一切随缘、不强求不妄取的姿态,以平常心看待聚散离合、万物生长;"安然自若 静听风雨",则是一种历经世事波折之后的成熟稳重,怀恋往昔却不耽溺,体味当下亦不畏惧将来,任凭四季流转,静看花开花落;"坚韧流利 稳重如山",旨在说明每一个艰难时刻,无论是内心的犹疑还是外界的摧折,坚定不移的沉稳可以化身披荆斩棘之利刃,打败坎坷险恶,捍卫原初的梦想与希望。

总而言之,编者希望借助本册选文为您打开心窗,吸入一丝纯净的气息,顿开与沈著之美对话的窗口,于纷繁乱世中亦能栖居灵魂,觉悟人世。

编者
2017 年 3 月

经典悦读·雄浑篇

中共滨州经济技术开发区工委 ◎编
南开大学语文教育研究中心

编 委 会

主　　任：姚和民
委　　员：周志强　王广忠　钱　杰
　　　　　时志军　魏建宇　高　宇
　　　　　王　姮　贾　璐　李梦阳
　　　　　古德瑞
主　　编：周志强　魏建宇
本册主编：古德瑞

·广州·

版权所有　翻印必究

图书在版编目（CIP）数据

经典悦读·雄浑篇/中共滨州经济技术开发区工委，南开大学语文教育研究中心编．—广州：中山大学出版社，2017.7
ISBN 978-7-306-06048-8

Ⅰ.①经… Ⅱ.①中…②南… Ⅲ.①世界文学—作品综合集　Ⅳ.①I11

中国版本图书馆 CIP 数据核字（2017）第 110517 号

出 版 人：	徐　劲
策划编辑：	邹岚萍
责任编辑：	邹岚萍
封面设计：	林绵华
插　　图：	魏梅峰
责任校对：	赵　婷　黄燕玲
责任技编：	黄少伟
出版发行：	中山大学出版社
电　　话：	编辑部 020-84111996，84113349，84111997，84110779
	发行部 020-84111998，84111981，84111160
地　　址：	广州市新港西路 135 号
邮　　编：	510275　　　传　真：020-84036565
网　　址：	http://www.zsup.com.cn　E-mail:zdcbs@mail.sysu.edu.cn
印 刷 者：	广州家联印刷有限公司
规　　格：	787mm×960mm　1/32　总印张：21.25　总字数：408 千字
版次印次：	2017 年 7 月第 1 版　2017 年 7 月第 1 次印刷
总 定 价：	48.00 元（共 6 册）　印　数：1～11000 套

如发现本书因印装质量影响阅读，请与出版社发行部联系调换

品阅美文　传承经典

已经走过了七个年头的"经典悦读"丛书越来越彰显出迷人的文化魅力,受到越来越多的读者的关注和喜爱。一卷在握,尽赏古今中外美言名篇,字字珠玑,明辨仁和信义思想哲学,篇篇玄妙。"经典悦读"一如涓涓清泉,滋润着读者的内心世界。

习近平同志指出,中华优秀传统文化是中华民族的精神命脉,是涵养社会主义核心价值观的重要源泉,也是我们在世界文化激荡中站稳脚跟的坚实根基。要结合新的时代条件传承和弘扬中华优秀传统文化,传承和弘扬中华美学精神。作为一部荟萃古今中外文学精华的系列丛书,"经典悦读"在第七辑中,主要关注了文学之中不同的美感特质。"冲淡"之美,闲逸深情,平和雅致;"劲健"之美,慷慨悲壮,气韵恢宏;"绮丽"之

美，文辞奇绝，华丽优雅；"隐秀"之美，不着一字，尽得风流；"沈著"之美，气定神闲，内敛沉静；"雄浑"之美，秉节持重，壮怀激烈。这一辑的每一册选文，都是对文学之美的一次探寻和挖掘，仿若徐徐展开一幅幅各有情致的画卷，让经典在其中焕发出明丽的色彩。我们在品读的过程中鉴赏文学之美感，不仅是欣赏文字之中透露出的古今气度、中外文明，更是一次澄澈的心灵体验：在飘逸飞扬、各怀韵致的斐然文采之中，人的性情得到涵养，修养得到提升，心灵得到净化，并以此为鉴，观照当代的我们，回看当下的生活。在经典的传承之中，促进全社会的精神文明建设，发扬传统文明，引领先进文化。可以说，阅读，是铸造一个人、一个社会、一个时代之精神气度的最佳渠道，而对经典文学的品味，更能使我们在文字的负载中，感受撼人心魄的至情至性，领略碰撞思想的哲学思辨，启迪经世致用的人生智慧。

"经典悦读"丛书，开启了现代读者与中外古圣先贤神交的窗口。品阅美文，凝汇学人才思；传承经典，点燃文明星火。愿这套丛书成为我们

文海撷珠的良伴、薪火相传的纽带,为构筑我们共同的精神家园凝聚力量、辉耀光芒。

  中共滨州市委书记 市人大常委会主任

目 录

返虚入浑　积健为雄 …………………… 1
　九歌·国殇 ………………… 屈　原　2
　观沧海 …………………… 曹　操　5
　垓下之围 ………………… 司马迁　8
荒荒油云　寥寥长风 …………………… 18
　王维诗二首 ……………… 王　维　19
　李白诗二首 ……………… 李　白　23
　杜甫诗二首 ……………… 杜　甫　30
壮怀激烈　英雄史诗 …………………… 35
　水调歌头·送章德茂大卿使虏 … 陈　亮　36
　贝奥武甫战火龙 ………………… 39
　伊戈尔出征记（节选） ………… 46
秉节持重　浑然之风 …………………… 60
　念奴娇·过洞庭 ………… 张孝祥　61
　送廖道士序 ……………… 韩　愈　64
　神圣之死的低语 ……… [美]惠特曼　68

璧坐玑驰　气贯长虹……………………………… 72
　七发（节选）　………………………… 枚　乘　73
　尼亚加拉大瀑布　………………［英］狄更斯　81
　一封从盖世太保监狱庞克拉采
　　秘密带出来的信　………［捷］伏契克　88
　老人与海（节选）　………［美］海明威　94
附　录………………………………………… 103
编写说明……………………………………… 105

返虚入浑　积健为雄

九歌·国殇①

屈 原

正文

操吴戈兮被犀甲②,车错毂兮短兵接③。
旌④蔽日兮敌若云,矢交坠⑤兮士争先。
凌余阵兮躐⑥余行,左骖殪兮右刃伤⑦。
霾两轮兮絷四马⑧,援玉枹⑨兮击鸣鼓。
天时坠兮威灵怒⑩,严杀尽兮弃原野⑪。
出不入兮往不反,平原忽兮路超远⑫。
带长剑兮挟秦弓⑬,首身离兮心不惩⑭。
诚既勇兮又以武⑮,终刚强兮不可凌。
身既死兮神以灵⑯,子魂魄兮为鬼雄⑰!

注释

①此篇是追悼和礼赞为楚国捐躯的将士的祭歌,生动地描写了战况的激烈和将士们奋勇争先的英雄气概,歌颂了他们保家卫国、不怕牺牲的崇高爱国主义精神。殇:古代指未满20岁而死的人。国殇:指为国出征而阵亡的青壮年。

②吴戈：吴国所制的戈，以锋利著名，此处指武器精良。
  犀甲：用犀牛皮制成的铠甲。
③毂（gǔ）：车的轮轴。短兵：短的兵器。接：交锋。
④旌：一种用五色羽毛装饰的旗子。
⑤交坠：纷纷落下。
⑥凌：侵犯。躐（liè）：践踏。
⑦殪（yì）：死。右：右边的骖马。
⑧霾：同"埋"，陷入的意思。絷：绊住。
⑨玉枹：鼓槌光滑似玉。
⑩天时：天象。坠：怨愤。威灵：神灵。
⑪严：悲壮。尽：终止。
⑫忽：渺茫。超远：遥远。
⑬秦弓：秦国所制的弓，以强劲有力闻名，此处指武器精良。
⑭首：脑袋。惩：悔恨。
⑮武：有武力。
⑯神以灵：英灵不灭、精神不死。
⑰鬼雄：鬼中的雄杰。

（选自王承略、李笑岩译注：《楚辞》，山东画报出版社2014年版，第53～54页）

手挥吴戈，身披犀甲，战车交错，白刃厮杀。旗帜蔽日，敌人如云，飞箭交坠，士卒争先。敌犯我阵地，冲荡我行伍，左骖已死，右骖重创。车轮陷污泥，四马被绊蹄，抡槌擂战鼓，战鼓震天鸣。天昏地暗神灵怒，残酷杀尽，弃尸原野。奔赴沙场不再返，平原广阔路漫漫。佩长剑啊挟强弓，首身分离壮心不变。真正英勇无人敌，始终刚强不可侵。身已死亡精神永存，魂魄坚毅忠勇，为鬼中雄杰！

（参见王承略、李笑岩译注《楚辞》，山东画报出版社 2014 年版，第 54 页）

知识

屈原（前 340—前 278），战国时期楚国诗人、政治家。芈姓，屈氏，名平，字原；又自云名正则，字灵均。屈原是中国历史上第一位伟大的爱国诗人，中国浪漫主义文学的奠基人。屈原还是楚国重要的政治家，提倡"美政"，后因遭贵族的排挤，先后被流放至汉北和沅湘流域。公元前 278 年，秦将白起攻破楚都郢（今湖北江陵），屈原悲愤交加，自沉于汨罗江，以身殉国。后世将端午作为纪念屈原的节日。1953 年是屈原逝世 2230 周年，世界和平理事会通过决议，确定屈原为当年纪念的世界四大文化名人之一。

屈原的主要作品有《离骚》《九歌》《九章》《天问》等。他创作的《楚辞》是中国浪漫主义文学的源头，与《诗经》中的"国风"并称"风骚"，对后世诗歌产生了深远影响。

雄浑篇

　　《国殇》是一首追悼楚国阵亡将士的挽诗。前半部分着重描写了将士征战沙场的激烈场景，后半部分则是对阵亡将士的悲歌，歌颂了楚国将士不惜身死、保家卫国的气概和精神。全诗运用了典型的楚辞体，每一句读来皆有气贯长虹、磅礴倾洒之意，节奏紧凑，用语短促，营造出雄浑壮阔的场面，十分生动地描写出战争的惨烈，在篇幅不长的诗句中，传达出雄浑悲壮之美，也让我们看到了爱国精神燃烧的诗人内心的慷慨悲歌与奋勇向前的精神。

观沧海①

曹　操

东临碣石，以观沧海；②
水何澹澹，山岛竦峙。③
树木丛生，百草丰茂，
秋风萧瑟，洪波涌起。④
日月之行，若出其中；

星汉灿烂,若出其里。⑤
幸甚至哉!歌以咏志。⑥

(选自夏传才注:《曹操集注》,中州古籍出版社1986年版,第18页)

注释

① 这是《步出夏门行》正曲的第一章,写登碣石山望海,通过对渤海雄伟景象的描写,表现个人壮阔的胸怀,是建安时代描写自然的名作。

② 东临碣石:毛泽东《浪淘沙·北戴河》中所说的曹操"东临碣石有遗篇",指的就是这首诗;词中所说的"萧瑟秋风今又是",则源自本诗中的"秋风萧瑟,洪波涌起"。沧海:苍茫的大海。沧,一本作苍,指海水呈深绿色。

③ 澹澹(dàn):水波动荡的样子。竦峙:竦,同"耸";峙,立;高高耸立。开首四句的意思是:东登碣石山,眺望苍茫大海;海水起伏动荡,山岛耸立海中。

④ 萧瑟:秋风吹动草木发出飕飕的响声。洪波:巨浪。

⑤ "日月"四句:日月的运行,好像从海中升起;灿烂的银河,好像出自海中。星汉,银河。

⑥ 幸:庆幸。咏:一本作"言"。末二句是合乐时所加,与正文无关。

(参见夏传才注《曹操集注》,中州古籍出版社1986年版,第18~19页)

雄浑篇

知识

曹操(155—220),字孟德,沛国谯县(今安徽亳州)人。东汉末年杰出的政治家、军事家、文学家、书法家。曹操担任过东汉丞相,后为魏王,奠定了曹魏立国的基础。去世后谥号为武王,其子曹丕称帝后,追尊其为武皇帝,庙号太祖。

曹操不仅精于兵法,为三国时期一代枭雄,其诗文造诣也相当高。曹操的诗歌今存20余篇,皆为乐府诗体。代表作品有《蒿里行》《观沧海》《龟虽寿》等。其诗作按内容主要分为三类,一类是有关时事的,一类是有关理想抱负的,还有一类是游仙诗。曹操的诗歌特色在于:气魄雄伟,慷慨悲凉。曹操在文学上的功绩还表现在对建安文学的推动上,他的儿子曹丕、曹植均在诗文上有不凡的造诣,围绕在此父子三人周围的文人作家众多,最具代表性的就是"建安七子",由此开启了建安文学之潮,建安作品文风清峻整洁,史称"建安风骨"。

《观沧海》选自《乐府诗集》,是《步出夏门行》中的第一章。这首诗写于建安十二年(207),为曹操北征乌桓得胜回师、途中登临碣石山时所作。

解读

《观沧海》由题入诗,全篇皆围绕诗人登山望海时的所见所思来写。诗作十分生动地描写了登山所望的雄伟壮丽的大海之景。全诗写景简练而又生动，刻画形象鲜明而又饱满，虽然"秋风萧瑟"，但仍旧"百草丰茂"，并未带有衰败感伤的情调，并且高山大海、日月星辰无不具有壮阔瑰丽之景，这样丰富的联想也表现出诗人此时开阔的心境与舒朗的心情。然而诗人又不仅仅是在写景，本诗实则借景抒情，暗含诗人建功立业的抱负。在诗人笔下，这不仅仅是一片大海，更是诗人雄心壮志的化身。张玉穀在《古诗赏析》中评价说："此志在容纳，而以海自比也。"通过此诗，我们看到了一个有着远大抱负的、奋发进取的诗人曹操。

夫英雄者，胸怀大志，腹有良谋，有包藏宇宙之机，吞吐天地之志者也。

——曹操

垓下之围

司马迁

项王军壁①垓下，兵少食尽。汉军及诸侯兵围之数重。夜闻汉军四面皆楚歌②，项

雄浑篇

王乃大惊,曰:"汉皆已得楚乎?是何楚人之多也!"项王则夜起,饮帐中。有美人名虞,常幸从;骏马名骓③,常骑之。于是项王乃悲歌慷慨,自为诗曰:"力拔山兮气盖世,时不利兮骓不逝④。骓不逝兮可奈何!虞兮虞兮奈若何⑤!"歌数阕⑥,美人和之⑦。项王泣数行下,左右皆泣,莫能仰视。

　　于是项王乃上马骑,麾下壮士骑从者八百余人,直夜⑧溃围南出,驰走。平明⑨,汉军乃觉之,令骑将灌婴⑩以五千骑追之。项王渡淮,骑能属⑪者百余人耳。项王至阴陵⑫,迷失道,问一田父,田父绐⑬曰:"左⑭。"左⑮,乃陷大泽⑯中,以故汉追及之。项王乃复引兵而东,至东城⑰,乃有二十八骑。汉骑追者数千人。项王自度不得脱,谓其骑曰:"吾起兵至今八岁矣,身七十余战⑱,所当者破,所击者服,未尝败北,遂霸有天下。然今卒困于此。此天之亡我,非战之罪也。今日固决死,愿为诸君快战，必三胜之，为诸君溃围，斩将，刈⑲旗，令诸君知天亡我，非战之罪也。"乃分其骑以为四队，四向。汉军围之数重。项王谓其骑曰："吾为公取彼一将。"令四面骑驰下，期山东为三处⑳。于是项王大呼驰下，汉军皆披靡㉑，遂斩汉一将。是时，赤泉侯㉒为骑将，追项王，项王嗔目而叱之，赤泉侯人马俱惊，辟易㉓数里。与其骑会为三处，汉军不知项王所在。乃分军为三，复围之。项王乃驰，复斩汉一都尉㉔，杀数十百人，复聚其骑，亡其两骑耳。乃谓其骑曰："何如？"骑皆伏㉕曰："如大王言！"

于是项王乃欲东渡乌江㉖。乌江亭长檥船待㉗，谓项王曰："江东虽小，地方千里，众数十万人，亦足王也。愿大王急渡！今独臣有船，汉军至，无以渡。"项王笑曰："天之亡我，我何渡为？且籍与江东子弟八千人渡江而西，今无一人还。纵江东父兄怜而王我，我何面目见之？纵彼不言，籍

雄浑篇

独不愧于心乎？"乃谓亭长曰："吾知公长者。吾骑此马五岁，所当无敌，尝一日行千里，不忍杀之，以赐公。"乃令骑皆下马步行，持短兵[28]接战。独籍所杀汉军数百人。项王身亦被十余创[29]，顾见汉骑司马吕马童[30]，"若非吾故人[31]乎？"马童面之[32]，指王翳[33]曰："此项王也。"项王乃曰："吾闻汉购我头千金，邑万户，吾为汝德[34]。"乃自刎而死。

（选自贾香娟、高慧娟主编：《经典文学作品选读》，河南人民出版社2006年版，第45～48页）

注释

①壁：作动词，筑营驻扎。

②楚歌：唱着楚声的歌曲。

③骓（zhuī）：毛杂苍白色的马。

④逝：向前跑。

⑤奈若何：奈你何？你将怎么办？

⑥阕（quē）：曲终。数阕，数遍。

⑦和之：据《楚汉春秋》所载，虞姬和歌是："汉兵已略地，四方楚歌声。大王意气尽，贱妾何聊生！"疑出于伪托。

⑧直夜：当夜。

⑨平明：天刚亮。

⑩灌婴：少以贩缯为业，后从刘邦定天下，封颍阴侯。

⑪属：跟随。

⑫阴陵：今安徽省定远县西北。

⑬田父：农夫。绐（dài）：欺骗。

⑭左：向左边走。

⑮左：指项羽向左行。

⑯大泽：低湿之地。今安徽省全椒县东南30里处有地名迷沟（去阴陵五里），相传就是项羽所陷入的大泽。

⑰东城：今安徽省定远县东南。

⑱身七十余战：亲身经历70余次战役。

⑲刈（yì）：斩断，砍倒。

⑳期山东为三处：预约在山的东面分三处集合。相传此山即今安徽省和县北70里处之四溃山。

㉑披靡：草木散乱偃仆貌，这里形容人马溃退。

㉒赤泉侯：名杨喜，后因破项羽有功，封赤泉侯。

㉓辟易：倒退。

㉔都尉：武官，级位比将军低。

㉕伏：通"服"。

㉖乌江：今安徽省和县东北40里处长江岸的乌江浦。

㉗亭长：秦汉时十里一亭，亭有亭长。檥（yǐ）：停船靠岸。

㉘短兵：短小轻便的武器，指刀、剑等。

雄浑篇

㉙被：受。创：伤。
㉚骑司马：骑兵将领中的官名。吕马童：后以战功封中水侯。
㉛故人：老友。
㉜面：通"偭"，作"背"解。面之：背对着他。王翳在旁，故转身背项王，告诉王翳。
㉝指王翳：指示给王翳看。王翳后封杜衍侯。
㉞吾为汝德：我替你做件好事，意即使你得我的头去封侯受赏。

（参见贾香娟、高慧娟主编《经典文学作品选读》，河南人民出版社 2006 年版，第 47 页）

项羽在垓下筑起了壁垒，驻扎下来，士兵很少，粮食也吃完了。刘邦及诸侯的军队重重包围着他们。夜里，听见刘邦的军营里四处唱起了楚地的歌谣，项羽便大吃一惊，说："刘邦已完全占领了楚地么？此处楚人怎么这样多呀？"项羽就起来，在军帐中饮酒。有个美人名叫虞，长期被项羽宠幸，跟在项羽身边；有匹骏马名骓，项羽经常骑它。这时，项羽就悲壮地唱起慷慨激昂的歌，自作歌辞唱道："力能拔山啊胆气盖世，时机不到啊骏马不驰。骏马不跑啊可怎么办！虞啊虞啊怎么安排你！"项羽唱了几遍，美人也应和着一起唱。项羽泪流满面，左右侍从都饮泣着，没有谁能再抬头看看项羽。

这时项羽骑上马，麾下骑着马跟随他的壮士有八百多人，当夜便突围南逃，骑马飞奔。第二天天亮，汉军才发觉这件事，刘邦命令骑兵将领灌婴率领五千骑兵追赶项羽。项羽渡过淮河，骑士当中能跟上他的只不过百多人而已。项羽逃到阴陵，迷失了路，向一农夫打听，那个农夫欺骗他说："往左边走。"项羽往左边走，就陷入大沼泽之中，因此汉军便追上了他们。项羽又带着骑兵们往东边逃，逃到东城，身边只有二十八人了。而刘邦骑兵追上来的有数千人。项羽自己估计不能逃脱，就对他的骑士们说："我从起兵反秦到现在已有八年了，亲身参加过七十多次战役，所遇到的敌军都被我攻破，所受我打击的都被我降服，从未失败过，于是称霸天下。但现在最终被围困在这里，这是上天要灭亡我，并不是我作战指挥的过错。今天必死无疑，我愿意替各位痛痛快快地打一仗，一定要三次打败他们，替各位突破重围，杀掉他们的将领，砍倒他们的军旗，让各位知道这是上天要灭亡我，并不是我作战上的过错。"于是把他的骑士分开作四队，面朝四方。汉军分几层包围了他们。项羽对他的骑士说："我杀掉他们一个将领给各位看看。"命令骑兵分四面急驰而下，约定在山的东面分三处集合。于是项羽大吼着骑马冲下去，汉军都纷纷溃退，项羽就杀了一个汉军将领。这时赤泉侯杨喜还是一个骑兵将领，追赶项羽，项羽瞪着眼睛斥骂他，杨喜人马都受了惊，退避数里。项羽与他的骑士们会合，分为三处。汉军不知项羽在哪一处，也把军队分为三

雄浑篇

处,又围住了项羽。项羽就急驰而出,又斩杀了汉军的一个都尉,击杀了几十百把人,再把骑士们集合起来,只不过伤亡了两人而已。项羽就对他的骑士们说:"怎么样?"骑士们都佩服地说:"正像大王所说的。"

这时项羽就想要朝东从乌江浦渡过长江。乌江浦的亭长停船靠岸等着他,对项羽说:"江东虽然很小,但土地纵横千里,百姓有数十万人,也足以称王了,希望大王赶快渡江,现在只有我有船,汉军来了,没有渡江的东西。"项羽笑着说:"上天要灭亡我,我还渡什么江呢?况且我与江东子弟八千人一起渡过长江朝西进军,现在没有一人返回。即使江东的父老兄弟可怜我,还拥戴我为王,我又有什么脸面见他们呢?即使他们不说,我难道不问心有愧么?"又对亭长说:"我知道您是个忠厚的人。我骑这匹马五年了,所向无敌,曾经一日行走千里路,不忍杀掉,把它送给您吧。"项羽命令骑士们都下马步行,拿着短刀与汉军作战。光项羽杀掉的汉军就有数百人。项羽也受了十几处伤,项羽回头看见汉军的骑司马吕马童,就说:"你不是我的老熟人么?"吕马童掉过头去,向王翳指示说:"这就是项羽。"项羽就说:"我听说刘邦以千斤金子、万户的县邑悬赏征求我的头,我替你做件好事。"项羽便自刎而死。

(参见李维琦选注《古汉语文选(下册)》,湖南大学出版社 1986 年版,第 175~177 页)

知识

司马迁，字子长，夏阳（今陕西省韩城市）人。生于公元前145年，卒年不详。司马迁祖辈世代皆为史官，继其父任太史令后，于前104年着手编写《史记》。公元前99年，司马迁替投降匈奴的李陵辩解，触怒汉武帝，被处宫刑，后发奋完成《史记》，流传后世。"盖文王拘而演《周易》；仲尼厄而作《春秋》；屈原放逐，乃赋《离骚》；左丘失明，厥有《国语》；孙子膑脚，《兵法》修列；不韦迁蜀，世传《吕览》；韩非囚秦，《说难》《孤愤》；《诗》三百篇，大抵圣贤发愤之所为作也。"此句也算是司马迁用以自警和宽慰的语句，足以展现这么一位拥有客观且进步的史学批判思想的太史令形象。

《史记》是我国第一部纪传体通史，记载了从传说中的黄帝时代直至汉武帝时代3000多年的历史，共52万余字、130篇。全书包括：十二本纪，记载历代皇帝政绩与重大事件；三十世家，记载诸侯、王的史事；七十列传，记载官吏、名人及一部分下层人物事迹；十表，即大事年表；八书，记载经济、礼乐、天文、地理等方面情况。《史记》对后世的历史研究产生了十分重要的影响，并且具有很高的文学价值。刘向等人认为此书"善序事理，辩而不华，质而不俚"。《史记》被鲁迅誉为"史家之绝唱，无韵之《离骚》"。

项羽（前232—前202），项氏，名籍，字羽，楚国下

雄浑篇

相（今江苏宿迁）人，楚国名将项燕之孙。项羽早年跟随叔父项梁起义反秦，秦亡后称西楚霸王。后与汉王刘邦展开了历时四年的楚汉之争。公元前202年，项羽兵败垓下，在乌江边自刎而死，本文选取的即是此段历史。

《垓下之围》取自《史记·项羽本纪》最后一部分，描写了项羽传奇一生的最后时刻。全文可分为三个部分——垓下之围、东城快战、乌江自刎，描写了项羽从四面楚歌后仓皇奔逃，几次突围，最终无颜面对江东父老、自刎于乌江的故事。此三部分环环相扣，结构紧凑，通过对项羽语言、内心以及战争场面的描写，十分成功地刻画出了项羽这样一个千古枭雄的形象，也十分细致地刻画了英雄末路的绝望与悲壮。在司马迁笔下，包孕着对这样一位英雄的惋惜与同情。项羽的悲剧是其性格引发的命运悲剧，也折射了当时风云变幻的社会现实，司马迁不仅客观忠实地记录了史实，并且善于对历史事实进行文学加工，使之具有相当高的文学价值。我们读其文章，只觉字里行间蕴含着无限的悲慨，内容波澜壮阔，笔力雄深雅健。

千人之诺诺，不如一士之谔谔。

——司马迁

 ## 荒荒油云　寥寥长风

雄浑篇

王维诗二首

正文

使至塞上[1]

单车欲问边[2],属国过居延[3]。
征蓬[4]出汉塞,归雁入胡天[5]。
大漠孤烟直[6],长河[7]落日圆。
萧关逢候骑[8],都护在燕然。[9]

(选自倪木兴选注:《王维诗选》,人民文学出版社1988年版,第67页)

注释

①使至塞上:出使到边塞。
②单车:车仗简单,随从不多。问边:慰问边塞将士。
③属国:汉代指称归顺汉朝却仍保留本国风俗的附属国。
　居延:地名,汉末设县,在今内蒙古额济纳旗西北。
④征蓬:随风远飞的蓬草,此处借以自喻。
⑤胡天:指古匈奴所居的西北地区。
⑥大漠:广阔无边的沙漠。烟:燧烟。
⑦长河:指黄河。

⑧萧关：在今宁夏回族自治区固原县东南。候骑：骑马的侦察兵。

⑨"都护"句：都护亲临前线，暗示战事已取得决定性胜利。此处都护指河西节度使。燕然，燕然山，即杭爱山，在今蒙古人民共和国境内。后汉车骑将军窦宪大破北单于，登燕然山刻石纪功。此处指最前线。

（参见倪木兴选注《王维诗选》，人民文学出版社1988年版，第67～68页）

知识

王维（701—761，一说699—761），字摩诘，号摩诘居士。河东蒲州（今山西运城）人，唐朝著名诗人、画家。唐肃宗乾元年间任尚书右丞，故世称"王右丞"。王维多作山水田园诗，与孟浩然合称"王孟"，苏轼评价曰："味摩诘之诗，诗中有画；观摩诘之画，画中有诗。"其代表诗作有《相思》《山居秋暝》《使至塞上》等。著作有《王右丞集》《画学秘诀》。

解读

《使至塞上》一诗写于开元二十五年（737），为诗人被排挤出朝廷、前往边疆看望戍边将士时走马上任途中所作。诗作截取了诗人上任途中的一个片段，不仅描写了塞外风光的雄奇壮丽，而且抒发了诗人对戍边将士的敬佩之情。诗中"大漠孤烟直，长河落日圆"被王国维誉为

雄浑篇

"千古壮观"(《人间词话》)的一联。其中"直""圆"两字,平易生动而又真切自然,描写出一派壮阔瑰丽的塞外之景。虽然诗中存有一丝无奈与悲凉之感,但仍旧在诗人"诗中有画、画中有诗"的笔触下直接摹写了一幅雄浑壮丽的画面,也饱含了诗人沉郁而浓烈的感情。诗人笔力雄健,画面跃然纸上。

汉江临泛①

楚塞三湘接②,荆门九派通③。
江流天地外,山色有无中。
郡邑浮前浦④,波澜动远空。
襄阳⑤好风日,留醉与山翁⑥。

(选自倪木兴选注:《王维诗选》,人民文学出版社1988年版,第61页)

①汉江:长江最大的支流,源出陕西蟠冢山,东南流经陕西、湖北,至湖北武汉市汉阳区入长江。临泛:泛舟江上。泛,浮行。"泛"一作"眺"。
②楚塞:楚国的地域。三湘:湘水与漓水合称"漓湘",与蒸水合称"蒸湘",与潇水合称"潇湘",所以叫

"三湘"。

③荆门:在今湖北宜都市西北,此处指荆州。九派:长江在湖北、江西一带支流很多,所以用"九派"称这一带的长江。派,水的分流。

④郡邑:州郡所在的城市。浦:水边或河流入海处。

⑤襄阳:属今湖北襄樊市。襄阳在汉江之南。

⑥山翁:晋代山简,曾任征南将军,镇守荆襄,嗜好饮酒。此处借指当时襄阳的地方官。

(参见倪木兴选注《王维诗选》,人民文学出版社1988年版,第62页)

《汉江临泛》一诗写于开元二十七年(739),全诗主要描写了诗人在汉江泛舟水上所见之景。诗中先是描写了汉江地形地势的开阔,紧接着描写了远山近水的浩渺,最后直抒胸臆,表达了对这壮丽山水的赞美,抒发了对这片大好河山的热爱之情。

其中颔联和颈联运用了虚实相生的手法,将江水与远山近景联系起来,利用丰富的想象,描写了水天相接、开阔宏大的场景。元人方回在其《瀛奎律髓》中曾说道:"右丞《汉江临泛》诗中两联,皆言景,而前联尤壮,足敌孟杜岳阳之作。"这里的"孟杜岳阳之作"是指孟浩然的《临洞庭湖赠张丞相》与杜甫的《登岳阳楼》,以两诗类比,足见本诗气势宏大、开阔壮丽。

雄浑篇

《使至塞上》与《汉江临泛》写于不同的时期，前者是在诗人被贬远离朝廷出使塞上之时，后者则是在诗人回归长安游历汉江之期。两首诗由此蕴含的作者的心境也大不相同，但是无论是前者的悲凉与孤寂，还是后者的闲适与自洽，都能够展现一派雄浑之风。正如王维"诗中有画、画中有诗"之笔法，两首诗描绘两幅不同的画卷，但无论基调如何，蕴于其中的诗人那浑厚、圆润的艺术风格与技艺，以及诗人情感的抒发，都有异曲同工之妙。

李白诗二首

渡荆门送别①

渡远荆门外，来从楚国游②。
山随平野尽，③江入大荒④流。
月下飞天镜，⑤云生结海楼⑥。
仍怜故乡水⑦，万里送行舟。

（选自郁贤皓选注：《李白选集》，上海古籍出版社2013年版，第13～14页）

注释

① 荆门：山名，在今湖北宜都市西北长江南岸。送别：唐汝询《唐诗解》云："题中'送别'二字，疑是衍文。"沈德潜《唐诗别裁集》云："诗中无送别意，题中'送别'二字可删。"其说良是。

② 渡远：乘舟远行。从：至，向。楚国：指今湖北省境，春秋战国时属楚国。

③ "山随"句：意谓荆门山以东，地势渐趋平坦，随着平原的出现，长江两岸的高山随之消失殆尽。

④ 大荒：广阔无际的原野，极远之地。

⑤ "月下"句：谓月影倒映江中，如从天上飞下的明镜。

⑥ 海楼：即海市蜃楼。

⑦ 怜：爱。一作"连"，误。故乡水：长江水自蜀东流，诗人长于蜀中，极爱蜀中山水，故称之为"故乡水"。沈德潜《唐诗别裁集》云："太白蜀人，江亦发源于蜀。"

（参见郁贤皓选注《李白选集》，上海古籍出版社2013年版，第14页）

知识

李白（701—762），字太白，号青莲居士，又号"谪仙人"，唐朝伟大的浪漫主义诗人，被誉为"诗仙"，与杜甫并称为"李杜"，有《李太白集》传世，代表作有《望庐山瀑布》《行路难》《蜀道难》《将进酒》等。

雄浑篇

李白生活在盛唐，一生以建功立业为己任，性格豪放不羁，不愿与世俗同流合污，不愿"摧眉折腰事权贵"，一生难以在仕途上有大作为。仕途失意后，李白纵情山水，游历各地，将自然作为寄托，或抒写内心怀才不遇的愤懑，或抨击不公的政治统治，或歌颂瑰丽雄伟的自然山水。他的诗歌风格清俊飘逸，意境雄伟浑厚，达到了随心所欲、变幻莫测、摇曳多姿的境界，对后世诗歌影响深远。

《渡荆门送别》是诗人青年时期初出蜀地、赠别家乡之作。诗作首联交代缘由，尾联表达了诗人的惜别不舍之情，颔联、颈联则描写了诗人途中所见之景。颔、颈两联尤其值得称道。颔联"山随平野尽，江入大荒流"描写了群山与原野的位置变换，给平面的诗句赋予了空间感和流动感，而江水奔腾向前留取的场景更是给人一泻千里之感，自然流畅，通达明快。两句诗通过简单的景物描写，反映了诗人此时喜悦开阔的心境，充满了蓬勃的朝气与活力。颈联"月下飞天镜，云生结海楼"则是描写月亮升起后，明亮皎洁的月光洒在波光粼粼的水面上，天上的云彩也堆堆团团变化无穷，竟生成了海市蜃楼，这里无疑采用了夸张手法，饱含浪漫主义的色彩，表现出诗人此时的愉悦与闲适。总体来说，这首诗生动地表现了初出蜀地的青年李白对生活和未来抱有的希望，诗句自然明快，写景瑰丽神奇，意境雄浑开阔，富含浪漫主义气息。

行路难^①
（其一）

金樽清酒斗十千,^②玉盘珍羞直万钱。^③
停杯投箸不能食,^④拔剑四顾心茫然。^⑤
欲渡黄河冰塞川,^⑥将登太行雪满山。^⑦
闲来垂钓碧溪上,^⑧忽复乘舟梦日边。^⑨
行路难！行路难！多歧路,今安在？^⑩
长风破浪会有时,^⑪直挂云帆济沧海。^⑫

（选自李晖编：《李白诗选读》，黑龙江人民出版社 1980 年版，第 90 页）

注释

① 行路难：古乐府《杂曲歌辞》曲调名。一般用这一曲调写对人生道路艰难的感慨和离别的愁苦。这首诗是李白天宝三年（744）被迫离开长安时所作。

② "金樽"句：金制的酒器装着珍贵的美酒。樽，古代盛酒器具。斗十千，一斗酒值十千钱，形容美酒珍贵。斗，酒的量器。十千，十千钱。曹植《名都篇》有

雄浑篇

"归来宴平乐,美酒斗十千"的句子。

③ "玉盘"句:玉雕的盘里盛着珍贵的菜肴。珍羞,珍贵的菜肴。羞,同"馐"。直,同"值"。万钱,形容值很多钱。

④ "停杯"句:放下酒杯,扔掉筷子,吃不下饭。箸(zhù),筷子。

⑤ "拔剑"句:拔出剑四下张望,内心若有所失。以上四句是写受到朝廷腐朽势力的排斥打击,进步的政治理想不得实现,感到强烈的抑郁和愤慨。

⑥ "欲渡"句:想渡过黄河,冰却把大河堵塞了。

⑦ "将登"句:要登上太行山,大雪却把山盖满。太行山,在今山西、河南、河北三省边界。这句和"欲渡"句是比喻自己的政治抱负遭到腐朽势力的重重阻碍。

⑧ "闲来"句:只好在清闲的时候,到碧绿的溪边去钓鱼。垂钓碧溪,《韩诗外传》载,吕尚在未遇到周文王以前,曾在磻溪(今陕西宝鸡市东南)钓鱼,后来辅佐周武王灭殷,统一了天下。

⑨ "忽复"句:忽然做了一个乘小船在日月旁边划过的梦。《宋书·符瑞志》载,伊挚(也叫伊尹)在出仕辅佐商汤王前,曾经梦见自己乘船在日月旁边经过。"忽复"句"闲来"句是说,现在被迫离开朝廷去过闲散生活,但将来会像吕尚、伊挚一样施展自己的政治抱负。

⑩ "行路"二句:人生道路艰险难行啊,岔道这样多,

现在我在哪里呢?歧路,指岔路。
⑪ "长风"句:总有一天会在政治生活的道路上乘长风破万里浪。长风破浪,表示有远大志向。会,应当。
⑫ "直挂"句:挂起高耸入云的篷帆,直渡大海。云帆,形容船帆很高。济,渡过。沧海,大海。以上四句表达了作者要冲破一切艰难险阻、实现自己政治抱负的决心。

(参见李晖编《李白诗选读》,黑龙江人民出版社1980年版,第90~91页)

《行路难》是组诗,共三首,这里选取的是第一首。这首诗是诗人入京后因受排挤而被迫离开长安进行第二次游历时所作。在这样的背景下,诗人选取《行路难》这样一个咏叹世事艰辛的乐府古题,其意义可见一斑。诗作先是以美酒佳肴、热闹的宴会开篇,而后一个转折,用"停、投、拔、顾"四个动作表现了诗人此时内心的茫然与无措。紧接着的两句诗,诗人的想象恣意奔腾,描写了行路何以如此之难,这里也是对诗人仕途崎岖坎坷的隐喻。然而诗人的想象再一次发生变化,两次用典,用姜尚和伊尹两位人物作比,用以宽心。接下来的两联诗正是诗人再一次涌发蓬勃的热情和信心的时候。虽然两用"行路难",让我们深切地感受到诗人内心的愤懑不平,但是接下来的"长风破浪会有时,直挂云帆济沧海"则一举抒

雄浑篇

发了诗人郁结于心的愁苦与愤怒，用海上鼓风前行的风帆为喻，一个不畏艰难、心济天下的勇敢者、智慧者的诗人形象出现了。尽管全诗诗人的感情起伏变化，但是最后仍旧经过想象的纾解，重新唤起了诗人蓬勃旺盛的进取精神，即便面临再多艰难险阻，诗人也绝不会放弃自己的政治理想。在这里，盛唐气象影响下的诗人那雄浑飘逸的精神也就凸显得淋漓尽致。总体而言，全诗感情丰富而又澎湃，格调高远，意境雄浑。

《渡荆门送别》与《行路难》两首诗写于诗人人生的不同阶段。前者写于诗人青年时期，初出蜀地，带着年轻人蓬勃的朝气与美好的理想去面对现实的世界。后者则写于诗人的中年时期，此时诗人在京城已经生活了一段时间，政治上不为玄宗所重用，在朝廷上又遭受权贵的排挤，对现实的不满以及被迫远游的不平郁结于诗人的内心，此时的诗作大多带有成熟的观察世界的视角，并饱含诗人怀才不遇的愤懑。尽管如此，诗人内心浪漫的政治理想与建功立业的追求仍旧在不断鼓励着诗人。此时的诗作表现出来的已经是成熟后面对黑暗现实仍旧为理想去付出、为志向去追求的勇气和决心。虽然两首诗中诗人的表达方式不同，但理想抱负和潇洒飘逸的风格一以贯之。

安能摧眉折腰事权贵，使我不得开心颜！

——李白

经典悦读

杜甫诗二首

正文

望　岳①

岱宗夫如何？②齐鲁青未了。③
造化钟神秀，④阴阳割昏晓。⑤
荡胸生层云，⑥决眦入归鸟⑦。
会当凌绝顶，⑧一览众山小。

注释

①岳：指东岳泰山，在今山东省泰安县。
②岱：泰山，前人以泰山为五岳之首，故尊称为"岱宗"。夫如何：怎么样呢？夫，为语助辞；一说"夫"犹"彼"，指岱宗，意谓岱宗之为山，彼竟如何呢？
③"齐鲁"句：青苍的泰山，横越齐鲁，连绵不断。齐鲁，泰山以北，古为齐国地；泰山以南，古为鲁国地。青，指山色。未了，没有尽头。
④"造化"句：大自然把神奇秀丽的景色都赋予了泰山。造化，天地，大自然。钟，聚集。神秀，山川神奇秀丽。

⑤ "阴阳"句：山阳的一面，阳光普照，已经明朗；而山阴的一面阳光照不到，依然昏黑。阴，指山后。阳，指山前。割，分开。

⑥ "荡胸"句：山上层云叠起，如在我心头涤荡，胸襟为之开豁。

⑦ 决眦：极力张开眼眶，也就是极目的意思。决，张开。眦（zì），眼眶。入归鸟：目送归鸟出没。

⑧ "会当"句：一定要登上泰山最高峰。会当，定要。凌，登临。

（选自金启华、陈美林编：《杜甫诗选析》，江苏人民出版社1981年版，第1页）

杜甫（712—770），字子美，本襄阳人，后徙河南巩县。自号少陵野老，后世称"杜拾遗""杜工部"或"杜少陵""杜草堂"。唐代伟大的现实主义诗人，与李白合称"李杜"。杜甫也常被称为"老杜"，因其诗作风格沉郁顿挫，多为关注现实、心系苍生之内容，展现了唐代由盛转衰的历史巨变，饱含强烈的忧患意识，因此被后人尊称为"诗圣"，其诗被称为"诗史"。代表作有《春望》《茅屋为秋风所破歌》、组诗《三吏》《三别》等。韩愈曾评价："李杜文章在，光焰万丈长。"李白和杜甫分别代表了古诗中浪漫主义与现实主义两种风格的高峰。

解读

　　《望岳》一诗写于开元二十八年（740），是诗人青年时代的作品。这一年，杜甫父亲任兖州司马，此诗写于诗人前去探亲时期。全诗主要描绘了泰山的壮丽景色，包含了作者的个人抱负，充满了积极乐观的精神。全诗以"望"为诗眼，统摄全诗。首联是遥望，泰山笼罩于天地之间；颔联是近望，写出泰山的高耸挺拔；颈联是凝望，也可是细望，诗人凝神观望泰山之景，甚至"决眦入归鸟"；尾联是俯望，也是气势无所阻滞奔涌而出之句，描写了从泰山顶俯视一切油然而生的豪迈气势。这也是诗人理想抱负的集中体现，为了达到心中的愿望，一定要不顾一切艰难险阻，势必登上最高峰。整首诗涌动着一股豪迈气势，对泰山的描写也象征了诗人本人的政治抱负，十分鲜明地表现出青年杜甫的远大志向和昂扬进取的精神。

 正文

旅夜书怀

细草微风岸，危樯①独夜舟。
星垂平野阔，②月涌大江流。③
名岂文章著，④官应老病休。⑤

飘飘何所似？天地一沙鸥。⑥

注释

① 危樯：危，高；樯，桅竿。
② "星垂"句：因平野广阔，星辰好似垂挂下来。
③ "月涌"句：因月光入水，江水流动，月光似从江水中涌出。
④ "名岂"句：反诘语气，意思是说，著名哪是因为文章好？
⑤ "官应"句：同是反诘语气，意思是说，罢官哪里是因为年老多病？
⑥ "飘飘"二句：诗人即景自况，以沙鸥自比。

（选自金启华、陈美林编：《杜甫诗选析》，江苏人民出版社1981年版，第163页）

解读

《旅夜书怀》写于唐代宗永泰元年（765），为杜甫离开四川成都草堂东下途中所作。此时杜甫人到中年，抱负难抒，诗作中再无往日昂扬进取的意象。

首联、颔联主要写景，是诗人路途中见到的夜景，无论是"危樯""夜舟"还是"垂星""阔野"，抑或"江流"，这些意象，带给我们的绝不是宁静祥和的夜晚，而是寂寥的孤独的落寞的星夜之景，这正暗合了诗人无奈东下的心境。其中"星垂平野阔，月涌大江流"的描写极为壮观宏大,有浑然天成之感,然而这更加反衬了尾联诗人自喻为一只渺小的"沙鸥"的孤独。最后四句诗人集中抒发感情,表现了自己难以为官施展抱负的愤激。"官应老病休"更是直接提示了诗人伤感愁闷的直接原因——缺乏施展政治抱负的空间,被迫辞官漂泊。寂寞的夜与难平的思绪,情景交融,景中有情,情寓于景。雄浑的意境、开阔的视野与渺小的沙鸥的对比,更是直接突出了诗人内心的孤寂与无所依托的漂泊之感。全诗深沉凝重,沉郁顿挫。

《望岳》和《旅夜书怀》分别写于诗人的青年时期和中年时期。两者虽然都是旅途见闻,但前后心境大不相同,一个是满怀激情的青年,一个是尝遍人世辛酸的中年;一个踌躇满志,一个愤懑不平。两首诗在意境的勾勒上都只用寥寥几笔便展现了一个雄浑壮阔的自然场景,然而对于自己的内心,可能诗人也难以找到超脱之法吧。

读书破万卷,下笔如有神。笔落惊风雨,诗成泣鬼神。

——杜甫

壮怀激烈 英雄史诗

水调歌头·送章德茂大卿使虏①

陈 亮

正文

不见南师久,谩说北群空。②当场只手,毕竟还我万夫雄。③自笑堂堂汉使,得似洋洋河水,依旧只流东!④且复穹庐拜,会向藁街逢。⑤　尧之都、舜之壤、禹之封,于中应有,一个半个耻臣戎。⑥万里腥膻如许,千古英灵安在,磅礴几时通?⑦胡运何须问,赫日自当中⑧。

（选自刘乃昌、朱德才选注：《宋词选》，人民文学出版社2003年版，第622页）

注释

①章德茂：章森，字德茂，广汉（今属四川）人。淳熙十二年（1185）年底，奉命以大理寺少卿试户部尚书衔出使金国贺金世宗生辰（万春节），陈亮作此词以送。大卿：魏晋后朝廷各部尚书相当秦汉九卿，故以大尊章。陈廷焯《白雨斋词话》谓此词："精警奇肆，几于握拳透爪，可作中兴露布读。"但又称："就词论，则非高调。"这当指其

雄浑篇

词不尚含蓄、存在议论化和散文化倾向而言。

② "不见"二句：勿谓南师久未北伐，便说南宋无人。北群空，韩愈《送温处士赴河阳军序》："伯乐一过冀北之野，而马群遂空。夫冀马多天下，伯乐虽善知马，安能空其群邪。"以骏马喻人才。

③ "当场"二句：谓章只身赴金，独担重任，心雄万夫。只手，独力支撑。万夫雄，李白《送公昌从信安王北征》："高谈百战术，郁作万夫雄。"

④ "自笑"三句：谓堂堂汉使岂能长期屈节朝金。得似，岂能似。洋洋，水盛大貌。流东，顺潮流而去，喻朝贺金人。

⑤ "且复"二句：姑且再次朝拜，日后定将杀敌复国。穹庐，指北方游牧民族所居圆形毡帐，此代指金国朝廷。会，定将。藁街，西汉长安街名，外国使节集居地。《汉书·陈汤传》谓陈汤斩匈奴郅支单于，奏请"悬头藁街蛮夷邸间，以示万里明犯强汉者，虽远必诛"。此谓终将诛灭金酋，悬首藁街。

⑥ "尧之都"五句：谓尧、舜、禹诸圣教化之中原大地，必有耻于臣金之杰士。

⑦ "万里"三句：腥膻之气污染中原大地，问我民族正气何时融贯南北？

⑧ "赫日"句：谓南宋国运中兴，如红日当空。

（参见刘乃昌、朱德才选注《宋词选》，人民文学出版社2003年版，第622～623页）

知识

陈亮（1143—1194），原名汝能，后名亮，字同甫，号龙川，世称"龙川先生"。婺州永康（今属浙江）人。南宋著名的思想家、文学家。端平初年追谥"文毅"。喜谈兵，强调事功。文学成就颇高，主要为政论文及爱国词作。其词作主要以爱国为主题，结合政治议论，曾自言其词作"平生经济之怀，略以陈矣"，气势磅礴，慷慨激昂，除此之外也有不少艳丽闲适之作。刘熙载《艺概》卷四说："同甫与稼轩为友，其人才相若，词亦相似。"代表作有《水调歌头·送章德茂大卿使虏》《贺新郎·寄辛幼安和见怀韵》等，有文集《龙川文集》《龙川词》。

解读

《水调歌头·送章德茂大卿使虏》的创作背景是宋孝宗命章德茂前往贺万春节（金世宗完颜雍生辰）。陈亮用此词为章德茂送行。不同于其他作品，诗人从这样一个消极、耻辱的事件中开掘出积极的意义，全篇议论，慷慨激昂，气势雄浑。

上阕主要议论章德茂出使一事，盛赞章心雄万夫、只手千钧，期待其不辱使命，全节而返，表达了南宋绝不向金国低头的气势，即便现在国力积弱衰微，但终将发愤图强，获得胜利，不再忍受现在此种屈辱。一方面是劝导章德茂，从积极的角度去看待此件事情，另一方面也是诗人

雄浑篇

自己爱国之心熊熊燃烧的结果。

下阕则跳出了出使事件的束缚,站到了更高的角度,通过对汉民族历史的追溯,彰显了汉民族不畏强权、勇敢向前的决心。词作末尾表现了诗人的坚定信念:金国总会灭亡,胜利终将属于宋朝,属于汉人。

整首词以议论贯穿,言辞犀利,气势磅礴,更难能可贵的是,诗人能够以历史的眼光看待事件,爱国主义情怀与强烈的民族自信心在这首词中表现得淋漓尽致。全词语言直白流利、波澜壮阔,读来雄健自由、高亢昂扬。

天下大势所趋,非人力所能移也。

——陈亮

贝奥武甫战火龙

贝奥武甫最后一次发出他的豪言壮语,"我年轻时就曾身经百战;如今年事已高,但作为人民的庇护者,只要作恶者

胆敢从地洞里爬出,我就一定
向他挑战,让我的英名千古流传。"

然后,他又最后一次嘱咐
勇敢的武士,他的亲密战友,
他这样说,"我不想使用刀枪
对付那条长虫,如果除此之外
还有别的办法,我定会与他徒手相搏,
就像当年与格兰道尔争战那样。
但这一次我得防范熊熊的烈焰,
沸腾的毒气,因此,我只得
把自己披挂整齐。我决不会
在墓冢的守护者面前后退半步,
我与他将遭遇在绝壁,一任
命运的裁决。我对自己充满信心,
用不着与人联手战胜顽敌。

请你们披盔戴甲全副武装,
等待在墓冢边,看看血战之后
我和他谁能保住自己的性命。
这次冒险你们不必参与,
除了我自己,任何人都用不着

雄浑篇

为了人间的荣耀跟这恶魔
斗力争胜。我有勇气去夺取
金银财宝,否则就让可怕的血战
使你们失去自己的国王。"

　　说完,勇敢的武士站起身,
手持坚盾,头戴钢盔,身穿铠甲
来到悬崖底下,他深信自己的力量,
他的行为与懦夫毫不相干——
他经历过无数次战斗,枪林箭雨
磨砺了他坚强的意志——此时,
他抬头观看,只见悬崖中
出现一个洞穴,一股流水
从里面奔腾而出;湍流中弥漫着
致命的烈焰,他无法接近
那个宝库,因为毒龙的烈火
能顷刻间烧毁周遭的一切。

　　高特人的首领义愤填膺,
禁不住从胸中发出一声怒吼,
那叫阵的声音何其响亮,
在灰色的岩壁上久久回荡。

宝库的守护者听见人声，恼怒得
咬牙切齿。和平的光景从此
不复存在。魔怪张开大口
从石窟中喷出一股浓烟。
脚下的大地在震颤，墓冢下，
高特的国王挥舞他的坚盾
奋力抵抗可怕的客人。那毒龙
蜷缩起身躯，早已急不可耐，
渴望杀戮生灵。英明的国王
拔剑出鞘，那祖传的宝贝
锋利无比。他们不共戴天，
哪一方都严重威胁着对方的性命。
当大蛇迅速把身子蜷起，
人民的首领，意志坚强的国王
把盾高高举起，随时准备进击。
毒龙在火焰中盘成一圈，
随后便不顾死活向前猛扑。
坚固的盾保住了国王的性命，
但它的作用远不够令人称心。
国王平生第一次未能占上风，

雄浑篇

命运之神没有再赐予他
胜利的光荣。高特人的国王
抬起手臂,用祖传的宝剑
砍向鳞光闪闪的长虫,但刀刃
砸弯在龙背上,在紧急关头,
它没有砍进毒龙的躯体,使国王
大失所望。而宝库的守护者
却被这一剑激怒,即刻喷吐
致人死命的火焰;熊熊的大火
到处弥漫。高特人赐金的朋友
再不能夸口胜利;他的宝剑
已派不上用场,古代的利器
本不该这样。这次征战未能如愿,
大名鼎鼎的艾克塞奥之子
并不愿从此离开他的土地。
他心有不甘,但他必须居住到
另一个地方,因为每个人
都得把租赁的生命归还上帝。

(选自陈才宇等译:《贝奥武甫 罗兰之歌 熙德之歌 伊戈尔出征记》,译林出版社1999年版,第115~118页)

知识

本诗节选自《贝奥武甫》。《贝奥武甫》一译为《贝奥武夫》，作者不明，是英国古代盎格鲁－撒克逊民族的英雄史诗。全诗完成于8世纪左右，主要讲述了英雄贝奥武甫的英雄事迹。该诗是现存古英语文学中最古老的作品，也是欧洲最早的方言史诗。全诗分为两个部分，第一部分讲述丹麦国王赫罗斯加兴建的宴会厅遭到魔怪格兰道尔的袭击并为害12年。武士贝奥武甫前往救援，经过激烈的搏斗将魔怪赶回洞穴。结果第二天晚上，格兰道尔之母前来袭击，最终也被贝奥武甫用魔剑杀死。第二部分讲述贝奥武甫凯旋，继承王位。在50年太平盛世后，国内出了一条毒龙，为了拯救自己的子民，贝奥武甫进入龙窟杀死了毒龙，但自己也献出了生命。本文选取的就是全诗的高潮部分，壮士暮年的贝奥武甫为了挽救国家和人民而与毒龙大战的片段。

《贝奥武甫》全诗采用的基本形式是头韵，用来押韵的字以同一辅音开始，并且在长诗中采用了很多浓缩比喻，将两个名词组合起来，这样的语言形式使全诗充满了音乐美，读来顺口，并且由于多比喻的使用，使得该诗庄严、华丽、隐晦，意境雄浑。同时，该诗包含了当时社会的许多生活和风气，集中展示了英国早期社会中的许多传统的道德和价值观。

雄浑篇

本文选取的贝奥武甫战火龙的片段可以称得上是整部英雄史诗中最为高潮和激烈的部分。在长诗的叙述中,我们可以看到年老的贝奥武甫为了挽救国家和人民而毅然进入龙窟,并在勇士的帮助下击杀了毒龙,自身也因伤势过重身亡。全诗洋溢着豪迈而又悲壮的气氛,贝奥武甫的英雄形象也刻画得淋漓尽致。此外,此片段的另一特色是在叙述中加入了大量的对白。比如贝奥武甫在战火龙之前的慷慨陈词,追溯了贝奥武甫一生的事迹,也表达了对抗毒龙的决心。"我有勇气去夺取金银财宝,否则就让可怕的血战使你们失去自己的国王",这一句宣言以及之后对双方大战的描绘,充斥着雄浑的气势,贝奥武甫为人民立命的英雄形象也就被生动地刻画出来了。

每个人都得把租赁的生命归还上帝。

——佚名

伊戈尔出征记

(节选)

强大的符塞伏洛德公①!请不要拥兵自重,仅在精神上关心令尊留下的宝座。

你呀!投桨足以溅尽伏尔加之水,脱盔足以戽干大顿河之波!

只要你肯配合,俘来的女奴只能值一个诺加塔,男奴值一个列赞纳。②你完全可以从陆上派遣格列伯的虎子们③,像投射活的戈矛一般。

勇猛的吕利克④,还有达维德⑤!金盔在血泊里浮沉的难道不就是你的士卒?像原牛一样被利刃砍伤后在"陌生旷野"上驰突的难道不就是你的亲兵?

大人阁下,跨上金镫,投身战斗,

为湔雪时代的耻辱,为罗斯大地,为勇武的伊戈尔报金创之仇!

雄浑篇

"八面玲珑"的加利奇公亚洛斯拉夫[6]！你雄踞于金座[7]之上指挥万夫把守乌格尔山脉[8]；阻断番王的要道；拦住多瑙河水路；把大石弹抛入云霄；审理诉讼，影响远至多瑙河；你威震大地；曾攻破基辅城门[9]；从世袭宝座上向异域邦主射击[10]。

大人阁下，你把弓箭枪炮瞄准康恰克这邪恶的奴才，为罗斯大地，为勇武的伊戈尔报金创之仇！

勇猛的罗曼[11]，还有穆斯季斯拉夫[12]！雄心壮志使你追求边功。你高瞻远视，像伺机捕鸟的雄鹰盘势凌空。

你的手下头戴拉丁帽盔，身披护胸甲胄[13]；

你教大地震颤：希诺瓦、立陶宛、亚特维亚、杰列梅拉，再加波洛夫——这些异邦的君主都丢下投枪，匍匐在你宝剑之前。

可是伊戈尔公啊！太阳因你而暗淡，

木叶先时而凋零,预告灾祸逼近:

罗斯河和苏拉河⑭一带的城镇被瓜剖而豆分,却不见伊戈尔雄军卷土重临。

公爵呀,顿河在呼唤,呼唤你再立功勋,呼唤奥列格支派的勇武诸公重新披挂出征。

英格瓦和符塞伏洛德,还有穆斯季斯拉夫的三位公子!诸位出身于雄鹰高门,不是凭侥幸靠抽签掌握国柄!

你们的金盔、盾牌,以及波兰制造的投枪放着有什么用?

用你们的利箭封锁要道,为罗斯大地,为勇武的伊戈尔报金创之仇⑮!

苏拉河流向佩利亚斯拉夫城的水不再闪耀银光,德维纳河在波洛夫兵呐喊践踏之下为波洛茨克送去的只是污泥浊水⑯。

只有华西尔柯的公子伊札斯拉夫挥舞着利剑直刺立陶宛军盔;动摇了乃祖符塞

斯拉夫的英名，而自己倒在沾血的草上（好像新婚之床），在血红盾牌底下饮刃而殒命。

他说道："公爵，鸟儿用翅膀覆盖了你的亲兵，野兽在吮血。"

这儿没有勃略切斯拉夫兄弟，也不见另一位兄弟符塞伏洛德。他形单影只把珍珠般灵魂通过锦绣圆领从勇猛的躯体送出。

人们低声饮泣，欢乐潜形，戈罗杰茨号声如咽。

亚洛斯拉夫的后世和符塞斯拉夫的子孙们[17]！把你们的旗子降下吧，把你们缺了口子的剑收进鞘里吧。

你们辱没了祖辈的光荣。

你们内战内行，竟引狼入室，蹂躏罗斯土地，糟蹋符塞斯拉夫的世业。内战招来了波洛夫方面的暴力。

在特洛扬纪元的第七世纪，符塞斯拉

夫[18]为心爱的姑娘不惜孤注一掷。

他利用"战马"纠纷窃据基辅,用长矛支撑了大公宝座。

然后他悄然出奔,半夜里野兽般离开贝拉格拉德,在夜幕笼罩下逃走;清早用战斧打开诺夫戈罗德大门。

他击碎亚洛斯拉夫的荣誉,从都杜特基狼奔豕突地来到涅米加。

涅米加河[19]上人头纷纷落地,把人命铺在打谷场上,用钢铁连枷打场,将灵魂从躯体中簸出。

鲜血横流的涅米加河边,播下的不是嘉禾良苗,却尽是罗斯子孙的白骨。

符塞斯拉夫公治理民事,处理诸侯城府公务,可突然趁黑夜从基辅逃之夭夭,抢在太阳神巡天金车之前,天未亮就赶到特姆多罗干[20];

波洛茨克城内圣索菲亚大堂晨祷的钟

雄浑篇

声打响,他远在基辅却听得分明。

但即使他外有强壮体魄,内有机敏灵魂,他一生命途多舛。

先知博扬有言在先:"不管多么机灵,不管多大本领,连灵禽也逃不过上帝法庭"。

啊!罗斯大地在呻吟,

回想起过去的年代,从前的诸侯。

那位老符拉季米尔不甘心束缚在基辅山上;

好不容易飘扬起吕利克的军旗,还有达维德的旗帜,

可惜的是他们的旗子飘向不同方向,他们的戈矛互击作响。

多瑙河上,大清早只听得亚洛斯拉夫娜[21]像无形的杜鹃一样哭泣:

"我要鸟儿一样向多瑙河飞去,在卡亚拉河里浸湿轻柔的双袖,为公爵拂拭流血

的伤口。"

亚洛斯拉夫娜大清早在普季夫尔城垣上哭诉：

"啊，风呀，大风！你为什么，天哪，一个劲儿地吹？用轻盈双翅把番人箭矢冲我亲人的勇士刮来？你从云端高处扑下，摇晃蓝海上的船舶，你还想干什么？为什么，天哪，硬把我的欢乐吹散在茅草丛里？"

亚洛斯拉夫娜大清早在普季夫尔城垣上哭诉：

"啊，大名鼎鼎的第聂伯河！你穿透波洛夫境内的石山，你曾经护送斯维亚特斯拉夫的战船去攻打科比亚克[22]。请快把亲人给我送回，免得我大清早向大海洒泪。"

亚洛斯拉夫娜大清早在普季夫尔城垣上哭诉：

雄浑篇

"光明呵,三倍光明的日头!你多温暖,你多美好。可为什么,天哪,你把灼热的强光尽朝我亲人射去?在干锅般的旱地上,你把战士的弓晒成扭曲,使他们忧伤得连箭囊也打不开?"

夜间,海在咆哮,龙卷风挟着乌云来了。

上帝给伊戈尔指路——回罗斯故土去,从波洛夫草原出逃[23]。

夜已深,一片漆黑。

注释

① 符塞伏洛德-苏兹达尔大公,很有实力,生八子四女,号称"大窝"。
② 12世纪末,1格利夫纳=20诺加塔=50列赞纳。罗斯《法典》:一个男奴隶的赎命金是100诺加塔,女奴隶的赎命金是120诺加塔。这几句的意思是:如果有你支持和配合行动,一定能俘获大批波洛夫奴隶,使奴价暴跌。
③ 此处指格列伯的五个儿子。1182—1184年他们奉符塞伏洛德为领袖,听其调遣,出征伏尔加河上的保加尔人。

④吕利克：一生戎马倥偬，拥有实力。他把基辅城让给斯维亚特斯拉夫三世，但自己实际上控制城外广大的基辅地区。

⑤达维德：1180年起是罗斯最强大的斯摩棱斯克公国的领袖。1184年与乃兄吕利克一起参加出征得胜。1185年伊戈尔败后，斯维亚特斯拉夫三世向他呼吁求援，他以将领不愿打仗为由加以拒绝。1197年逝世前皈依为修士。

⑥据塔基晓夫：根据古代对他的赞歌，此处指如下八个方面：（一）当普通百姓的勤务员。（二）帮助困难者。（三）保护受侮者。（四）惩处罪犯。（五）不相信假意奉承和私下诽谤。（六）组织军队保护吾国吾民。（七）使人人安居乐业，按劳得酬。（八）不征非必需的税。征税时不至于使纳税人痛苦落泪。他是加利奇公，是强有力的公爵之一（加利奇从1098年起独立于基辅）。他是伊戈尔的岳父，死于1187年（有的学者据此认为本书写于此年）。《伊帕吉夫编年史》上说："他英明而善于辞令，敬畏上帝，颇受国人爱戴，威名播于军中。"

⑦加利奇公的宝座确是黄金所制。

⑧指喀尔巴阡山，当时是加利奇与匈牙利的分界山脉，所以派重兵把守。

⑨指1156年亚洛斯拉夫攻占基辅。本书作者突出加利奇方面的实力甚于基辅。

⑩指加利奇部队参加第三次十字军，征讨巴勒斯坦。另一

雄浑篇

种解释,指1170年加利奇人帮助拜占庭打过仗。

⑪罗曼是沃伦公兼加利奇公,勇猛精进,武功甚盛,征伐过立陶宛、亚特维亚、杰列梅拉、波洛夫等;在欧洲以"罗斯王"闻名。据说波洛夫人很怕他,用他名字吓唬小孩。他曾把许多立陶宛战俘当作奴隶,从事繁重劳动。

⑫即别列索普尼策公,京城在沃伦领地。

⑬此处描写沃伦部队的装备,暗示沃伦公爵是半波兰血统,士兵穿西欧式护胸甲,戴圆桶形拉丁头盔(与东方的圆锥形头盔不同)。

⑭罗斯河是第聂伯河右支流,苏拉河是左支流,都是罗斯与波洛夫草原的界河。罗斯人在两河边上兴建起一系列设防城市。伊戈尔败后,波洛夫人蹂躏该地区,历莫夫城是其中之一。

⑮以上向各路诸侯呼吁,顺时针次序:大东北(苏兹达尔)→南(基辅附近)→西南(加利奇)→西(沃伦)→大西北(波洛茨克)。不提大诺夫戈罗德,因为当时该城不设公爵,由寡头贵族专权,为首者只图个人权力和财产。12世纪时,该城部队从不参加联合出征。

⑯从这句起直到"连灵禽也逃不过上帝法庭"止,叙述波洛茨克公爵事。始祖是伊札斯拉夫。12世纪后半叶立陶宛兴起,波洛茨克受到威胁,更因内讧频仍,艰难支撑。传到伊札斯拉夫,稍振祖声,伊死于1185年。苏拉河流经片状岩地区,云母和黄铁矿岩碎屑掺入水

中，发出银色光亮。此时波洛夫人劫掠苏拉河沿岸城镇。

⑰此节回溯往事：亚洛斯拉夫和伊戈尔引进波洛夫人攻打斯摩棱斯克公。斯维亚特斯拉夫响应，从南向波洛茨克攻打斯摩棱斯克的盟友格列伯；其他公爵则引入立陶宛军队。此处向西北波洛茨克公呼吁，他们是符拉季米尔一世和其波兰夫人的后裔，与亚洛斯拉夫一支不和，内战频仍，使外敌有可乘之机。本书作者没有号召他们南下参战，只呼吁他们停止内战，努力防边。

⑱传说中符塞斯拉夫是个"狼人"，白昼是人，夜间变狼，善疾走。生性嗜杀。1044—1101年为波洛茨克公。1067年占领诺夫戈罗德。与亚洛斯拉夫的儿辈不和。3月3日与基辅公伊札斯拉夫、斯维亚特斯拉夫和符塞伏洛德大战于涅米加河上。符塞斯拉夫败；亚洛斯拉夫的儿辈佯许议和，把他诱到基辅，关进监牢。1068年，亚洛斯拉夫的儿辈在阿尔特河上败于波洛夫人。基辅市民大会聚集城乡平民奋起请战，基辅公伊札斯拉夫不肯发给战马和武器，人民举事，放出符塞斯拉夫。伊札斯拉夫逃至波兰。1069年，伊札斯拉夫率波兰军攻符塞斯拉夫，双方列阵于基辅附近的贝尔戈罗德镇。符塞斯拉夫自料难以取胜，连夜逃走，夺回波洛茨克公位置。1078年，符拉季米尔·莫诺马赫进攻波洛茨克，烧毁郊外地方。符塞斯拉夫为了报复，率部焚烧斯摩棱斯克。

雄浑篇

⑲斯维斯洛奇河的支流,在明斯克附近,后来干涸了。一说河床成了后来明斯克市的一条街。

⑳天亮之前跑这么远,极言其速。暗示符塞斯拉夫是狼人,黑夜里是善跑的狼,鸡鸣则妖巫潜形。

㉑伊戈尔在第一个妻子去世后,于1184年与亚洛斯拉夫娜结婚;他被俘时,她仅16岁。基辅人对第聂伯河特别亲切,称之为第聂伯母亲之河。此处泛指大河。

㉒追溯1184年斯维亚特斯拉夫三世战胜波洛夫人,沿第聂伯河而下,活捉科比亚克。

㉓伊戈尔被俘后,看管在亚速海附近北顿涅茨河中段波洛夫人的草原宿营地上。

(选自陈才宇等译:《贝奥武甫 罗兰之歌 熙德之歌 伊戈尔出征记》,译林出版社1999年版,第601~608页)

知识

《伊戈尔出征记》是俄罗斯古代英雄史诗,写成于1185—1187年,作者不详。全诗由序诗、中心部分和结尾三部分组成,以12世纪罗斯王公伊戈尔一次失败的远征为基础而铺开叙写。史诗产生的背景正是俄罗斯大地上公国林立、互相残杀的时代。主人公伊戈尔为了消除外患——盘踞在黑海沿岸的波洛夫人,率领军队进行征伐。结果伊戈尔战败被囚,后逃回祖国。在史诗的描写中,伊戈尔的人物形象很立体,一方面为了保卫自己的民族,勇于抗御外敌,一方面积极冒进,最终酿成悲剧,但仍不失经典悦读

为一个英雄。史诗最后借基辅大公之口道出了这部作品的要旨：团结起来，为祖国和民族、为伊戈尔的失败复仇。史诗书面体与口语体相结合，武功诗体裁与哀哭歌体裁相结合，充满了动态的、流动的申诉。抒情的穿插与故事的情节结合起来，充满了浓郁的抒情气氛。全诗洋溢着雄壮的气概，不断发出对时代的呼唤，马克思曾评价说："伊戈尔出征记正好在蒙古入侵前夕呼吁罗斯团结起来。"

本节选片段开篇就是时代的呼吁，先是向东北苏兹达尔公呼吁，后又向基辅附近的诸侯呼吁，紧接着向西南加利奇公呼吁，然后向西方沃伦公以及西北波洛茨克公呼吁，呼吁四面八方的诸侯联合起来，共同抵御外敌。之后伊戈尔痛定思痛并且追念之前战争同仇敌忾的情形。他回想起了涅米加战役，罗斯子民同室操戈，倒在了自己民族的人民的戈矛下。选文最后以亚洛斯拉夫娜哭夫为终结，16岁的少妇在为自己英勇却不幸的丈夫哭泣，这哭泣不仅仅是哭夫，更是在哭罗斯大地上发生的种种不幸。本选文中向东西南北方向不同大公的呼吁形式整齐，更加增强了其呼吁的气势和决心。本段选文十分鲜明地反映了史诗的主题即呼吁罗斯人民团结。选文中抒情插笔也与故事的情节紧密相连，其中"啊！罗斯大地在呻吟"一句让人难以分清是战士的呼吁还是作者激情的涌现，这样的例子还有很多，这样的做法也有利于鲜明地表达感情，更有利

雄浑篇

于营造一种奔涌磅礴的气势。总体来说,《伊戈尔出征记》虽然篇幅并不是特别的长,但是仍旧通过伊戈尔战败的史实生发出了呼吁民族团结的宏大主题,读来气势磅礴,令人感受到其中深深的忧虑与深切的盼望。

秉节持重　浑然之风

雄浑篇

念奴娇·过洞庭[1]

张孝祥

正文

洞庭青草[2]，近中秋，更无一点风色。玉鉴琼田三万顷，[3]著我扁舟一叶。素月分辉，明河[4]共影，表里俱澄澈。悠然心会，妙处难与君说。　　应念岭海经年[5]，孤光[6]自照，肝胆皆冰雪。短发萧骚[7]襟袖冷，稳泛沧浪空阔。尽挹西江，细斟北斗，万象[8]为宾客。扣舷[9]独啸，不知今夕何夕！

（选自宛新彬、贾忠民选注：《张孝祥诗词选》，黄山书社1986年版，第138～139页）

注释

① 宋孝宗乾道二年（1166）六月，张孝祥罢静江府，于中秋前数日过洞庭作此词。洞庭：湖名，在湖南省北部长江南岸。宋叶绍翁《四朝闻见录》乙集："张于湖尝舟过洞庭，月照龙堆，金沙荡射，公得意命酒，唱歌所作词，呼群吏而酌之，曰：'亦人子也'，其坦率皆类此。"

② 青草：湖名，在洞庭湖南，二湖相通，总称洞庭湖。

③ "玉鉴"句：谓月光照耀下的洞庭湖像玉铺成的3万顷田地。玉鉴，指月亮。

④ 明河：天河。

⑤ 岭海经年：张孝祥于宋孝宗乾道元年（1165）七月至桂林知静江府，次年六月罢静江府，离桂林回北方，正好一年。

⑥ 孤光：指月光。

⑦ 短发萧骚：谓寒风吹动稀发作响。短发，稀发。萧骚，象声词。

⑧ 万象：万物，一切自然景象。

⑨ 扣舷：敲着船舷。

（参见宛新彬、贾忠民选注《张孝祥诗词选》，黄山书社1986年版，第139页）

知识

张孝祥（1132—1170），字安国，别号于湖居士，历阳乌江（今安徽和县乌江镇）人，南宋著名词人、书法家。绍兴二十四年（1154），张孝祥状元及第，授承事郎，签书镇东军节度判官。后接连异迁直至中书舍人，政绩不凡。后遭人弹劾，罢官丢任。乾道六年（1170）于芜湖病逝，年仅38岁。张孝祥的爱国词尤为出名，该类词作立意鲜明，饱含对故国的哀思长怀，而其咏怀词作则格调高雅，意境雄浑。张孝祥与张元幹并称南渡初期词坛双璧，在词史上占有重要地位。赵构赞曰"张栻孝祥词翰俱

雄浑篇

美",杨万里称曰"当其得意,诗酒淋漓,醉墨纵横,思飘月外"。张孝祥代表作有《六州歌头·长淮望断》《念奴娇·过洞庭》《水调歌头·泛湘江》等,有《于湖居士文集》《于湖词》等传世。

《念奴娇·过洞庭》写于中秋泛舟洞庭湖上之际,"玉鉴琼田三万顷,著我扁舟一叶。素月分辉,明河共影,表里俱澄澈"一句有月有舟,月光洒在水面上,人立于小舟上,月光如水,水如月光,两相交映,一片澄澈。此番开阔又自然的意境也就如此方能展现。下阕主要抒怀,表达词人在这天地间为自己无所作为而愧疚,又为人生苦短而慨叹。"尽挹西江,细斟北斗,万象为宾客"一句气势雄伟,是词人心境的转折之处,吸尽江水,用北斗七星做酒器,以天地万物为宾客,这是何等壮阔的胸襟,这是全词的高潮所在,也是词人情感的高潮。尾句"扣舷独啸,不知今夕何夕"则是高昂气势的浑圆收尾。经历了情感上的跌宕起伏,词人最终获得了内心的平静,沉醉于这景色之中。宠辱不惊,笑看花开花落,正是词人最终由这天地之景而感悟到的。此词想象奇特大胆,意境开阔壮大,气势雄浑,飘飘有凌云之气。

立志在坚不欲说,成功在久不在速。

——张孝祥

送廖道士①序
韩　愈

五岳于中州②,衡山③最远。南方之山,巍然而大者以百数,独衡为最。最远而独为宗,其神必灵。衡之南八九百里,地益高,山益峻,水清而益驶,其最高而横绝南北者岭。郴之为州④,在岭之上,测其高下得三之二焉。中州清淑之气,于是焉穷。气之所穷,盛而不过,必蜿蜒扶舆⑤,磅礴而郁积。衡山之神既灵,而郴之为州,又当中州清淑之气蜿蜒扶舆,磅礴而郁积。其水土之所生,神气所感,白金、水银、

雄浑篇

丹砂、石英、钟乳、橘柚之包⑥，竹箭之美，千寻⑦之名材，不能独当也。意必有魁奇、忠信、才德之民生其间，而吾又未见也。其无乃迷惑溺没于老佛之学而不出耶？廖师⑧郴民，而学于衡山，气专而容寂，多艺而善游，岂吾所谓魁奇而迷溺者耶？廖师善知人，若不在其身，必在其所与游。访之而不吾告，何也？于其别，申以问之⑨。

注释

① 廖道士，名法正，一说名通玄，人称"廖仙"，湖南郴州人，南岳景星观道士。治病有术，常栖息于衡山。唐咸通六年（865），懿宗召廖法正入朝，凡治病皆有验，封官、重馈均不受。赐号"玄妙真人"。

② 五岳：中国的五大名山，指东岳泰山、西岳华山、南岳衡山、北岳恒山和中岳嵩山。中州：古地区名，即中土、中原。狭义的中州指今河南省一带，因其地在古九州之中而得名；广义的中州或指黄河流域，或指全中国。

③ 衡山：山名，一名岣嵝山，又名霍山，古称南岳，为五岳之一。位于湖南中部，有72峰，以祝融、天柱、芙

蓉、紫盖、石廪五峰为最著。相传舜南巡和禹治水都到过这里。历代帝王南岳祀典，除汉武帝迁祀安徽潜山外，其他均在此山。

④郴之为州：即郴州，州名，隋开皇九年（589）置州，治所在郴县（今郴州市）。唐代辖境相当于今湖南永兴以南的耒水流域和蓝山、嘉禾、临武、宜章等县地。

⑤扶舆：亦作"扶与"，犹扶摇，指盘旋升腾的样子。

⑥白金：铂的俗称，一说银的古称。丹砂：又名辰砂、朱砂，一种矿物，炼汞的主要原料。可做颜料，也可入药。石英：一种质地坚硬的矿物，多为乳白色。钟乳：又称石钟乳，石灰岩洞中悬在洞顶上的像冰锥的物体，由含碳酸钙的水溶液逐渐蒸发凝结而成，因状如钟乳，故名，亦可供药用。

⑦千寻：形容极高或极长。古代以八尺为一寻。

⑧师：对和尚或道士的尊称。

⑨申：重复，一再。

（选自卫绍生、杨波注译：《唐宋名家文集　韩愈集》，中州古籍出版社 2010 年版，第 135～136 页）

五岳相对于中原地区来说，南岳衡山是最远的。南方高大巍峨的山有一百多座，唯独衡山最受人尊崇。位置最远反而最受世人尊崇，这座山上供奉的神仙必定很灵验。衡山往南八九百里，地势更加高耸，山形更加险峻，水流

雄浑篇

更加清明快速。其中一座山峰最高、横跨南北的叫（骑田）岭，郴作为州治，就在（骑田）岭上，测定其海拔位置相当于整座山的 2/3 的高度。源起于中州的那股清丽秀美之气，到这里算是尽头了。强盛的气被挡住，不能越岭过去，必然要曲折、盘旋，磅礴之气因而凝聚起来。衡山的神既然很灵验，而郴州又处在中州清丽秀美之气凝聚的地方，这里水土所生长出来的，神仙灵气所感化到的，像白金、水银、丹砂、石英、钟乳、橘柚等，无所不包，无所不有；还有很美的可做箭杆的箭竹，以及高达千寻的名贵木材，还是名实不相当。我想，郴州必定有出类拔萃、德才兼备的人才（这样才能与郴州的钟灵毓秀和物产富饶相称），而我却没有见到。他们该不会都沉迷于佛老之学而不出来亮相吧？廖师是郴州人，学道于南岳衡山，他精神专注，仪容寂静，多才多艺，喜欢交游，难道就是我说的那种出类拔萃而沉迷佛老之学的人吗？廖师慧眼识英才，如果说他自己不是出众的人才，那郴州的才俊一定就在跟他交游的朋友当中。我去访问他，他却不告诉我，这是什么原因呢？临别之际，我特意再次提出来这个问题向他请教。

（参见卫绍生、杨波注译《唐宋名家文集　韩愈集》，中州古籍出版社 2010 年版，第 136～137 页）

《送廖道士序》全文短小精悍，主要可分为两个部分，分别体现了韩愈作文的艺术特色。第一部分重点描绘

67

衡山和郴州的美景。衡山气势雄浑,位置最远反而最受世人推崇。郴州也人杰地灵。文中用"蜿蜒扶舆,磅礴而郁积"等词汇将高耸的衡山和气韵十足的郴州之美勾勒了出来。第二部分则是借用衡山与郴州之美,引出两地养育之人的高德才能,进而以廖道士及其友与这山水相比,却难以相称。这一部分是韩愈行文不拘自由的展现。作者笔锋一转,落笔清浅,隐隐透出他虽不满佛老之学,但由于敬重廖道士,故不直接言表,而以"访之而不吾告"做结,这样既不会拂了廖道士的面子,又不会完全违背作者内心的看法。这种"以文为戏"的手法运用自如,也是韩愈写作艺术成熟的体现。

1. 业精于勤荒于嬉,行成于思毁于随。
2. 书山有路勤为径,学海无涯苦作舟。

——韩愈

神圣之死的低语

[美] 惠特曼

我听见神圣之死的低语在咕哝,

雄浑篇

　　唇音作响的夜谈，齿音作响的合唱，
　　登高的轻步，柔和而神秘的微风，未曾见到的河水的涟漪，奔腾的、永远奔腾的潮流。
　　（这可是眼泪的飞沫？这可是人间眼泪的、不可测度的江洪？）

　　我抬头仰望，我看到那一块块云朵遨游天空，
　　它们在不知不觉地膨胀、汇合，在悲伤地、缓缓地滚动，
　　那颗时明时暗、凄凄怆怆、远在天边的孤星，在忽暗忽明。

　　（尽管有的在分娩，有的在庄严地、不断地诞生，
　　在那视线不可穿越的边境上，有的灵魂却在穿越边境。）

　　（选自［美］惠特曼著：《惠特曼诗精选》，李视歧译，华文出版社2005年版，第54页）

经典悦读

知识

沃尔特·惠特曼（Walt Whitman，1819—1892），生于纽约州长岛，美国现代诗歌之父，19世纪美国著名诗人、人文主义者，具有强烈的民主倾向和空想社会主义思想。他创造了诗歌的自由体（Free Verse），表达自己对大自然的热爱和对自由民主生活的赞扬和向往。其代表作品是诗集《草叶集》。

《草叶集》是一部浪漫主义诗集，共收有诗歌300余首，诗集得名于集中这样的一句诗："哪里有土，哪里有水，哪里就长着草。""自我"是《草叶集》中反复渲染和歌颂的一大主题。这个"自我"，是一个强健有力的自我，对于启发人们冲破传统观念束缚、走向民主和自由具有重要的意义。《草叶集》开创了美国民族诗歌的新时代。作者创造了"自由体"的诗歌形式，节奏自由，汪洋恣肆，气势宏大，意境雄浑。

解读

《神圣之死的低语》发表于诗人的晚年时期，主要表现了诗人对死亡的参悟与理解，是展现诗人老年精神状态的代表作品。诗人一生追求自我与自由，临到暮年，审视死亡时，我们可以看到，诗人先是调动了感官去感受死亡，后彻底放开了感官，用直觉去体验死亡。诗人"听见"的死亡是"夜谈""合唱""轻步""微风""潮流"

雄浑篇

等,诗人"看到"的死亡是"云朵""孤星",这两组意象与平时有关死亡的意象大不相同,即便带有一丝哀伤无奈的情愫,仍旧是自然的、美丽的。当然,诗人的感情也从"听"到"看"层层递进,诗人在不断靠近死亡,不断感受死亡。终于到了末尾,"尽管有的在分娩,有的在庄严地、不断地诞生,在那视线不可穿越的边境上,有的灵魂却在穿越边境"一句,诗人终于感悟了死亡的真正意义,死亡是生命的轮回。具体可感的死亡的形象,轮回不断的死亡观,构成了全诗的内容。语言优美中蕴含着力量,这层力量不断蓄积,不断前行,在冲破感官限制后终于触摸到了死亡的真谛,这等雄浑,实在是需要静心去细细体会。

1. 没有信仰,则没有名副其实的品行和生命;没有信仰,则没有名副其实的国土。

2. 人生,始终充满战斗激情。

—— [美] 惠特曼

璧坐玑驰　气贯长虹

雄浑篇

七 发①

(节选)

枚 乘

太子曰:"善,然则涛何气哉?"

客曰:"不记②也。然闻之于师曰,似神而非者三:疾雷闻百里,③江水逆流海水上潮;④山出内云,日夜不止。⑤衍溢漂疾⑥,波涌而涛起。其始起也,洪淋淋焉⑦,若白鹭之下翔;其少进也,浩浩漟漟⑧,如素车白马帷盖之张;⑨其波涌而云乱,扰扰焉如三军之腾装⑩;其旁作而奔起也,⑪飘飘焉如轻车⑫之勒兵。六驾蛟龙,附从太白;⑬纯驰皓蜺⑭,前后络驿⑮。颙颙卬卬⑯,椐椐强强⑰,莘莘将将⑱,壁垒重坚⑲,杳杂似军行。⑳訇㉑隐匈磕,轧盘涌裔㉒,原㉓不可当。观其两傍㉔,则滂渤怫郁㉕,闇漠感突㉖;上击下律㉗,有似勇壮之卒㉘,突怒㉙而无畏。

蹈壁冲津,㉚穷曲随隈㉛,逾岸出追㉜。遇者死,当者坏,㉝初发乎或围之津涯㉞,荄轸谷分;㉟迴翔青篾㊱,衔枚檀桓㊲。弭节伍子㊳之山,通厉骨母㊴之场;凌赤岸㊵,彗扶桑㊶,横奔似雷行。㊷诚奋厥武,如振㊸如怒;沌沌浑浑㊹,状如奔马。混混庉庉,声如雷鼓㊺。发怒庢沓,㊻清升踰跇㊼,侯波奋振,合战于藉藉之口;㊽鸟不及飞,鱼不及回,兽不及走。㊾纷纷翼翼㊿,波涌云乱;荡取南山,背击北岸;覆亏丘陵㉛,平夷西畔㉜。险险戏戏㉝,崩坏陂㉞池;决胜乃罢,汹汩澎湃㉟,波扬流㊱,横暴之极;鱼鳖失势,颠倒偃侧㊲。沈沈湲湲㊳,蒲伏连延㊴。神物怪疑,不可胜言。㊵直使人踣㊶焉,迴闇凄怆㊷焉。此天下怪异诡观㊸也,太子能强起观之乎?"

太子曰:"仆病未能也。"

（选自吴云:《汉魏六朝小赋译注评》,天津古籍出版社 2006 年版,第 20 页）

雄浑篇

注释

① 七发：七发有二解：一、刘勰说："……枚乘摛艳，首制《七发》，腴辞云构，夸丽风骇。盖七窍所发，发乎嗜欲，始邪末正，所以戒膏粱之子也。"（《文心雕龙·杂文篇》）二、《文选注》："七发者，说七事以启发太子也。"

② 不记：没有记载下来。

③ "疾雷"句：声似疾雷，可以达到百里。

④ "江水"句：江水和海潮都倒灌起来。

⑤ "山出"二句：山中的云日夜吞吐着。内，古"纳"字。

⑥ 衍溢：散流。漂疾：急流。

⑦ 洪淋淋焉：像山洪奔流而下。

⑧ 浩浩溰溰（yì）：形容雪白颜色。根据李善对下文的注，"浩"即"皓"。

⑨ "如素车"句：潮像素车白马，张着帷盖，奔驰下来。

⑩ 腾装：奋起装备。

⑪ "其旁作"句：当其两旁的浪涛忽然涌起。

⑫ 轻车：一种兵车。

⑬ "六驾"二句：驾驭六条蛟龙，跟随于河神之后。太白，河神。

⑭ 皓蜺：白色的虹霓。蜺即"霓"。纯驰皓蜺：单见一条白色的虹霓在奔驰。

⑮络驿：即络绎，继续不断。
⑯颙（yóng）颙卬（áng）卬：形容浪涛的大和高。
⑰椐（jū）椐强强：形容波涛前推后进。
⑱莘莘将将：形容波浪激荡奔腾。
⑲重坚：一层层坚固地竖立。
⑳沓杂：众多。军行：军队的行列。
㉑訇（gài）：也是形容大声。
㉒轧盘：广阔。涌裔：奔腾。
㉓原：来源。
㉔两傍：即两旁。
㉕滂渤怫郁：形容水势的郁积。
㉖闇漠感突：在阴暗之中作冲击之势。感与"撼"同。
㉗律：当作"硨"，与"礌"同，从高处滚下来的意思。
㉘卒：兵士。
㉙突怒：盛气冲突。
㉚"蹋壁"句：爬城墙，抢渡口。壁，营垒。津，渡口。
㉛隈（wěi）：水湾。
㉜"逾岸"句：跨过水边，跳出沙堆。追，古"堆"字。
㉝"遇者死"二句：谁若碰着，就会死亡、崩溃。
㉞或围：地名。津涯：水边。
㉟此句有疑义。一本无"荟"字。那么上句到"津"字为止，这句是"涯轸谷分"。意思是：水边跟着转弯，山谷因而分流，比较好讲。轸，转动。
㊱迴翔：盘旋缓进。青蔑：地名。

雄浑篇

㊲衔枚：在马口里放一根木筷，使马不能叫，意思是悄悄进兵。檀桓：地名。

㊳伍子：山名。因纪念伍子胥而得名。

㊴通厉：远奔。胥母：当作胥母，是吴国的地名。

㊵岸：本是靠长江的一个地名，在江苏六合境。但在此处似乎指很远的地方，与下文"扶桑"相对。而且"凌"字，有"凌跨远处"的意思。

㊶彗：扫帚，此处作动词"扫"用。扶桑：古代传说中东方日出之处。

㊷"横奔"句：涛势凶横，如雷之行。

㊸振：通"震"，盛怒。

㊹沌沌浑浑：与下文的"混混庉庉"，不过是一种声音的两种写法，仅是颠倒一下。均为形容水的声势浩大。描写声音的字，一般均无固定的写法。

㊺雷鼓：可解为声音大得像雷一样，也有解作擂鼓的。

㊻"发怒"句：发怒的时候，因受到阻碍而沸腾。厔（zhì），阻碍。

㊼踰跇（yì）：超越。

㊽"侯波"二句：侯波：当指阳侯之波。阳侯，传说中的水神。藉藉之口：是个不知所在的地名。这仍然是一种假想的水战。

㊾"鸟不"三句：描写动物的遭殃，形容水势凶险。

㊿纷纷：形容众多。翼翼：形容勇健。均为壮水势。

㉛覆亏：颠覆破坏。丘陵：小山。

㊸平夷:铲成平地。畔:岸。
㊳险险戏戏:危险貌。
㊴陂(pí):蓄水的池沼。
㊵㴽(jié)汩潺湲(yuán):水流声。
㊶波扬流澌:形容水势汹涌泛滥。
㊷偃侧:倾倒。
㊸沈沈湲湲:鱼鳖在水急中难以游行的狼狈之状。
㊹蒲伏:即"匍匐",爬行。连延:一个跟一个。
㊺"神物"二句:水中的神物,奇奇怪怪,说也说不清。
㊻踣(bó):跌倒。
㊼泂閜凄怆:昏头昏脑,失神失智。
㊽诡观:稀奇古怪的景象。

(参见吴云《汉魏六朝小赋译注评》,天津古籍出版社2006年版,第25~37页)

太子说:"好!然而涛是何种气象呢?"

吴客说:"没有记载下来。然而我听老师说,看似好像神助,其实并非神力所致。声似疾雷,可以达到百里,这是第一点;江水和海水都倒灌起来,这是第二点;山中的云日夜吞吐着,这是第三点。以上三点,乃涛的初起状态。潮水掀起在半空,然后从空中洒落下来,好像白鹭向下飞翔。稍稍前进,一片白色,像素车白马张着帷盖奔驰而来。波涛汹涌,如云一样乱糟糟,好像大军装备整齐,

雄浑篇

奔腾前进。当其两旁浪涛忽而涌起,江涛旁出或上扬,如主帅在战车上指挥士卒一样。好像驾驭六条蛟龙,跟随于河神之后。只见一条白色的虹霓不断向前奔驰。浪涛大而高,激荡奔腾,一层层坚固地竖立,众多的浪花仿佛军队的行列。波涛的声音极大且广阔奔腾,势不可挡。观其两旁,则水势郁积在阴暗之中作冲击之势,从高处滚下,好像勇壮的兵士,奔突发怒而无所畏惧。爬城墙,抢渡口,任何一个弯曲的地方都要冲击到,跨过水边,跳出沙堆,谁若碰着,就会死亡崩溃。起初,从被围的水边出发,水边因而转弯,山谷因而分流,在青蔑这个地方盘旋缓进。在檀桓这个地方江涛突然无声。潮头走到伍子之山稍稍停顿,然后再远奔到胥母之场。侵逼赤岸而东行,直可冲击到扶桑,江势汹涌如雷之行。江涛确发挥了它的威力,既如示威,又如发怒。水势浩大,发出浑浑庵庵的声音,形状像奔驰的马,声如雷鼓。发怒的时候,因受到阻碍而沸腾,清波高扬阳侯之波振奋,波涛相斗于名为藉藉的隘口。鸟来不及飞,鱼来不及回返,兽来不及跑,它们都遭殃了,涛势汹涌如乱云。波涛冲击奔腾的破坏力量,既扫荡南山,又在背后打击了北岸;既颠覆破坏了小山,又铲平了西岸。水势危险万状,连蓄水的池沼都被冲坏,江涛终于取得胜利,才逐渐衰歇。波涛相击,汹涌异常,在达到极点时,鱼鳖在水中也失去了平日的威风,颠颠倒倒,横七竖八,一个个惊惶失措,连滚带爬,一个紧挨一个。水中的神物,奇奇怪怪,说也说不尽。简直是使人惊吓得

跌倒在地,而且要精神昏乱。这是天下怪异希奇古怪的景象,太子能勉强起身观赏吗?"

太子说:"我有病,不能观赏。"

(参见吴云《汉魏六朝小赋译注评》,天津古籍出版社2006年版,第25~26页)

知识

枚乘(?—前140),字叔,西汉辞赋家。淮阴(今江苏淮安)人。初为吴王刘濞郎中,后为梁孝王门客。有赋九篇,现存《七发》等三篇。原有集,已散佚。枚乘在文学上的成就主要在赋上,其赋结构繁复,文风华丽。其中《七发》是汉大赋的发端之作,对后世文学创作产生了很大的影响。刘勰《文心雕龙·杂文》评论说:"枚乘摛艳,首制《七发》,腴辞云构,夸丽风骇。盖七窍所发,发乎嗜欲,始邪末正,所以戒膏粱之子也。"刘熙载《艺概·赋概》也说:"枚乘《七发》,出于宋玉《招魂》。枚之秀韵不及宋,而雄节殆过之。"

解读

《七发》是一篇讽喻性十足的作品,其结构是用七段话来回答太子的提问,一段紧接着一段的铺陈描述,大量夸张手法的使用,语词丰富华美,不断向最后的问题的回答推进。前六段是在为最后一段做衬托,以证实最后唯一的解决方法。本选文即选取第六段落,吴客答太子问观涛

雄浑篇

的段落。这一段落以观涛为中心,层层推进,运用大量的辞藻和语句描写涛生成落下的状态,绘声绘色地描写了波涛汹涌的场景,如"其始起也,洪淋淋焉,若白鹭之下翔;其少进也,浩浩溰溰,如素车白马帷盖之张;其波涌而云乱,扰扰焉如三军之腾装;其旁作而奔起也,飘飘焉如轻车之勒兵"等诸如此类的描写结构缜密,辞藻华丽,读来富有音乐美,看去富有形式美。枚乘的描写虽然带有汉大赋喜好铺张、意象堆积的特点,但与后世那些滥用辞藻、无故堆叠不同,枚乘的赋中各个意象的选用、辞藻的排列、结构的组合还是存在一定的逻辑关系,层层推进,读来更觉气贯长虹。枚乘创制"七发"形式后,后代出现了不少类似的作品,如《七命》等,影响深远。

论天下之精微,理万物之是非。

——枚乘

尼亚加拉大瀑布

[英] 狄更斯

那一天的天气寒冷潮湿,着实苦人;

凄雾浓重，几欲成滴，树木在这个北国里还都枝柯赤裸，完全冬意。不论多会儿，只要车一停下来，我就侧耳静听，看是否能听到瀑布的吼声，同时还不断地往我认为一定是瀑布所在那方面死乞白赖地看；我所以知道瀑布就在那一方面，因为我看见河水滚滚朝着那儿流去；每一分钟都盼望会有飞溅的浪花出现。恰恰在我们停车以前几分钟内，我看见了两片嵯峨的白云，从地心深处巍巍而出，冉冉而上。当时所见，仅止于此。后来我们到底下了车了；于是我才头一回听到洪流的砰訇，同时觉得大地都在我脚下颤动。

崖岸陡峭，又因为有刚刚下过的雨和化了一半的冰，地上滑溜溜的，所以我自己也不知道我是怎么下去的，不过我却一会儿就站在山根那儿，同两个英国军官（他们也正走过那儿，现在和我到了一块）攀登到一片嶙峋的乱石上了；那时溯渤大作，震耳欲聋，玉花飞溅，蒙目如眯，我

雄浑篇

全身濡湿，衣履俱透。原来我们正站在美国瀑布的下面。我只能看见巨浸滔天，劈空而下，但是对于这片巨浸的形状和地位，却毫无概念，只渺渺茫茫，感到泉飞水立，浩瀚汪洋而已。

我们坐在小渡船上，从紧在这两个大瀑布前面那条汹涌奔腾的河里过的时候，我才开始感到是怎么回事；不过我却有些目眩心摇，因而领会不到这副光景到底有多博大。一直到我来到平顶岩上看去的时候——哎呀天哪，那样一片飞立倒悬的晶莹碧波！——它的巍巍凛凛，浩瀚峻伟，才在我眼前整个呈现。

于是我感到，我站的地方和造物者多么近了，那时候，那副宏伟的景象，一时之间所给我的印象，同时也就是永永无尽所给我的印象——一瞬的感觉，而又是永久的感觉——是一片和平之感：是心的宁静，是灵的恬适，是对于死者淡泊安详的回忆，是对于永久的安息和永久的幸福恢廊的展望,不掺杂一丁点暗淡之情,不掺杂一丁点恐怖之心。尼亚加拉一下就在我心里留下深刻的印象——留下了一副美丽的形象;这副形象,一直永世不尽留在我的心头,永远不改变,永远不磨灭,一直到我的心房停止了搏动的时候。

我们在那个神工鬼斧、天魔帝力所创造出来的地方上待了十天,在那永久令人不忘的十天里,日常生活中的龃龉和烦恼,如何离我而去,越去越远啊!巨浸的砰訇对于我如何震聋发聩啊!绝迹于尘世之上而却出现于晶莹垂波之中的,是何等的面目啊!在变幻不常、横亘半空的灿烂虹霓四围上下,天使的泪如何玉圆珠明,异彩缤纷,纷飞乱洒,纵翻横出啊!在这种眼泪里,天心帝意,又如何透露而出啊!

我一起始,就跑到了加拿大那一边儿,在那十天里就一直在那儿没动。我从来没再过过河;因为我知道,河那边也有人,而在这种地方,当然不能和不相干的闲杂

雄浑篇

人搀和。整天往来徘徊，从一切角度，来看这个垂瀑；站在马蹄铁大瀑布的边缘上，看着奔腾的水，在快到崖头的时候，力充劲足，然而却又好像在驰下崖头、投入深渊之前，先停顿一下似的；从河面上往上看巨涛下涌；攀上邻岭，从树杪间了望，看激湍盘旋而前，翻下万丈悬崖；站在下游三英里的巨石森岩下面，看着河水，波涌涡漩，砰訇应答，表面上看不出来它所以这样的原因，实在在河水深处，却受到巨瀑奔腾的骚扰；永远有尼亚加拉当前，看它受日光的蒸腾，受月华的迤逗，夕阳西下中一片红，暮色苍茫中一片灰；白天整天眼里看它，夜里枕上醒来耳里听它；这样的福就够我享的了。

我现在每到平静之时都要想：那片浩瀚汹涌的水，仍旧尽日横冲直滚，飞悬倒洒，砰訇澎渤，雷鸣山崩；那些虹霓仍旧在它下面一百英尺的空中弯亘横跨。太阳照在它上面的时候，它仍旧像玉液金波，晶莹明澈。天色暗淡的时候,它仍旧像玉霙琼雪,纷纷飞洒;像轻屑细末,从白垩质的悬崖峭壁上阵阵剥落;像如絮如棉的浓烟,从山腹幽岫里蒸腾喷涌。但是这个滔天的巨浸,在它要往下流去的时候,永远老像要先死去一番似的,从它那深不可测、以水为国的坟里,永远有浪花和迷雾的鬼魂,其大无物可与伦比,其强永远不受降伏,在宇宙还是一片混沌、黑暗还复掩渊面的时候,在匝地的巨浸——水——以前,另一个漫天的巨浸——光——还没经上帝吩咐而一下弥漫宇宙的时候,就在这儿森然庄严地呈异显灵。

(张谷若 译)

(选自陈慧君编:《外国散文名篇鉴赏》,贵州人民出版社1986年版,第1~4页)

知识

查尔斯·狄更斯(1812—1870),19世纪英国杰出的批判现实主义作家。1837年出版第一部长篇小说《匹克威克外传》,后创作日渐成熟,先后出版了《雾都孤儿》

雄浑篇

《老古玩店》《董贝父子》《大卫·科波菲尔》《艰难时世》《双城记》《远大前程》等作品。狄更斯少年时生活困苦，曾被迫做童工，还做过律师事务所学徒、录事和法庭记录员、报馆采访员等，这给他的创作提供了丰富的素材。狄更斯通过描写英国社会底层人物的生活遭遇，深刻地反映了当时英国社会的复杂现实，对英国文学发展起到十分深远的影响。

本文节选自《游美札记》，是作者游览尼亚加拉大瀑布时写就的。为了对尼亚加拉大瀑布进行细致的描写，作者采用了由远及近、由整体到局部、仰视俯视多种视角切换的表现手法，将大瀑布的形、色、声交织在一起，绘就了一幅雄浑开阔的瀑布图。在描写中，作者站在马蹄铁形的边缘上看，在河面上俯瞰，在临近的山岭远望，在下游的巨岩仰视……不仅如此，作者还在阳光下、夕阳里、暮霭中、月光下，分别细致地观看了瀑布多样的奇观。最后总结部分，作者也不由得对这大自然的鬼斧神工发出赞叹。在作者的描写中，这等雄浑的瀑布之景仿佛有了生命，这勃勃的生机中凸显了自然之宏伟。

这是最好的时代，这是最坏的时代；这是智慧的时代，这是愚蠢的时代；这是信仰的时期，这是怀疑的时期；这是光明的季节，这是黑暗的季节；这是希望之春，这是失望之冬；人们面前有着各样事物，人们面前一无所有；人们正在直登天堂，人们正在直下地狱。

——［英］狄更斯

一封从盖世太保监狱庞克拉采秘密带出来的信①

［捷］伏契克

正文

"我的果实是这样的果实，它们成熟得很慢，它们是在初雪盖满了山头的时候从地下黑污的水里长起来的，它们是在忧郁的草原上的雾里汲汁成熟起来的。"

——弗·卡·沙尔达②

致古丝妲③

我亲爱的：

要想再有那么一天，我俩手挽着手，像小孩子似的，到那和风吹拂、阳光普照的临河斜坡上去散步，这几乎是绝望了。

雄浑篇

要想再有那么一天，我能生活在恬静舒适之中，在图书朋友的环境中，写下我和你谈论过的一切，写下二十五年来在我心中积累成长起来的一切，这几乎是绝望了。当把我的书籍毁掉的时候，也就是已夺去了我生命的一部分。但是，我决不投降，决不让步，也决不甘心让我生命的另一部分不留丝毫痕迹地完全葬送在二六七号牢房里。所以，我在这从死神那里窃取来的时间里，写作这些捷克文学札记。永远不要忘记，是把这些札记转给你的那个人④使我能够没有全部死去。我从他手里拿到的铅笔和纸，使我感到激动不安，就像初恋似的，使感觉多于思想，幻想多于寻词构句。没有材料，不引经据典，要写是不容易的。所以，我清清楚楚、简直是可触可摸地想象到的东西，其中有一些，也许在我的读者看来是模糊不清的，是不现实的。所以我写这些札记首先是给你来读，我亲爱的，给我这个助手和第一个读者，因为你最了解我心上的一切,你会和拉达与我那个白发苍苍的出版家⑤一起作必要的补充。我的心和头都是满满的,但是我身边却任何书籍都没有,写关于文学方面的东西,而手头却连一本哪怕只能瞟一眼的书都没有,是很困难的。

我的命运一般地讲是独特的。你知道,我是多么想成为小鸟或灌木,浮云或流浪人,成为像我这样喜欢广阔的空间、太阳、风的一切一切。然而多少年来,我都仿佛是棵树根似的,过着地下的生活。一棵生长在黑暗与腐朽之中的笨拙枯黄的树根,但正是这些树根在支持着地面上的生命之树。无论怎样大的暴风雨都不会吹倒这棵根深蒂固的树,树根以此感到骄傲,我也以此感到骄傲。我并不后悔,我丝毫也不悔恨。我做了一切我能做的,并且我是甘心乐意地做了。但是光明——光明是我所喜爱的,我是多么希望往上长,多么希望像有用的果实似地开花,成熟。

雄浑篇

嗯，有什么法子呢？

我们这些树根支撑并且支撑住了的树上，就要出现新的枝芽，就要结出新的果实——社会主义一代的工人、作家、文学批评家和历史家，纵令迟一些，但他们都会很好地宣扬那些我已不能宣扬的一切。那时，或许我的果实也要汲汁成熟起来，虽然已永不会再有白雪飘落到我的山头[6]。

1943年3月28日于267号牢房

注释

① 盖世太保：德国法西斯的秘密警察局。庞克拉采：盖世太保这个特务机关所设的监狱，在布拉格东郊。这封信是伏契克在狱中所写，因为是秘密带出来的，并未经过纳粹书报检查机关的检查，故伏契克能尽情地畅谈他所想到的一切。

② 弗·卡·沙尔达：捷克进步的批评家，布拉格卡尔洛夫大学教授，曾主编文学批评杂志《创造》，伏契克担任该杂志的编辑。

③ 古丝姐：伏契克的爱人。

④ 指庞克拉采监狱看守阿·克灵斯基。《绞刑架下的报告》一书的手稿，也是由他一页一页秘密夹带出来的。

⑤出版家：指奥道·古尔加尔，曾出版过伏契克的一篇评介《战斗的包惹纳·聂姆措娃》。

⑥这封信的开头曾引述了弗·卡·沙尔达的话："我的果实……是在初雪盖满了山头的时候从地下黑污的水里长起来的……"作者借以自比，但又自知即将牺牲，因此说"已永不会再有白雪飘落到我的山头"。

（选自山东师院中文系写作教研室等编：《散文赏析》，江苏人民出版社1981年版，第216页）

知识

尤里乌斯·伏契克（Julius Fucik，1903—1943），捷克斯洛伐克作家、文艺评论家、新闻工作者。1918年参加青年社会主义联盟"青年一代"，1921年即18岁加入前捷克斯洛伐克共产党，曾任党刊《创造》和《红色权利报》的编辑。伏契克也是捷克斯洛伐克著名的反法西斯战士，优秀的共产党员和著名作家。1938年德国法西斯入侵捷克斯洛伐克后，伏契克在地下党组织的领导下，同敌人进行了英勇的斗争。1942年4月，由于叛徒告密，伏契克在布拉格不幸被捕，在监狱中仍写出了《绞刑架下的报告》一书。1943年9月8日被杀害于狱中。代表作有《绞刑架下的报告》《在明天已变成昨天的国土上》《战斗的包惹纳·聂姆措娃》《论沙宾纳叛变》等。伏契克曾满怀对人民的热爱在书中写道，"人们，我爱你们！你们要警惕呵"，"为了汲取将来的美好而牺牲了的人，都是一

雄浑篇

尊石质的雕像"。

《一封从盖世太保监狱庞克拉采秘密带出来的信》是一封写给爱人的信,尽管写于特殊的背景和条件之下,篇幅并不长,也没有过多华丽的辞藻和炫目的技巧,但是这封朴实的书信却仍以其真挚的感情和崇高的精神吸引着读者。

文章产生的背景在文中已有交代,此时,伏契克已经被捕入狱一年左右。在狱中虽然经受了严刑拷打,但是伏契克秉承革命的崇高意志没有认输投降,甚至在狱中仍旧关心时事动态,写出了《绞刑架下的报告》以及给爱人的信。这封信的全文可以分为三个部分,第一部分是伏契克追忆与妻子的过往并且畅想之后美好的生活:未来的生活是光明的、自由的、解放的。作者在文中不经意间勾勒出在狱中艰难的生活场景,更是给这份真挚的爱增添了重量,也对未来美好的生活形成了强大的张力。读者不禁要为这么一位坚定不屈、百折不挠的战士而感动。第二部分则是伏契克对自己人生信仰的描绘,并且与第三部分伏契克的展望相结合。伏契克在这里对光明和自由的向往是直接的,是激情澎湃的,是无所畏惧的。由此,他把自己比作树根——"一棵生长在黑暗与腐朽之中的笨拙枯黄的树根",这个树根尽管生活在黑暗与腐朽中,尽管笨拙枯黄,但仍然支撑着上面的树干,仍然为树叶的新生和果实的成熟输送养分。第三部分是伏契克宁愿慷慨赴死的召唤,召唤千千万万的革命果实的成熟,召唤着事业的成功,召唤着光明的未来。

总体而言,这封信的行文也贯穿着慷慨的大无畏的精神,三个部分层层推进,不断为最后伏契克的召唤做积累,一旦最后迸发,必定是气势如虹、雄浑激昂的胜利进行曲。

1. 英雄——就是这样一个人,他在决定性关头做了为人类社会的利益所需要做的事。
2. 在生活中是没有旁观者的。我爱生活,并且为它战斗。

—— [捷] 伏契克

老人与海
(节选)
[美] 海明威

他们在海里走得很顺当,老头儿把手泡在咸咸的海水里,想让脑子清醒。头上

雄浑篇

有高高的积云,还有很多的卷云,所以老头儿知道还要刮一整夜的小风。老头儿不断地望着鱼,想弄明白是不是真有这回事。这时候是第一条鲨鱼朝它扑来的前一个钟头。

鲨鱼的出现不是偶然的。当一大股暗黑色的血沉在一英里深的海里然后又散开的时候,它就从下面水深的地方窜上来。它游得那么快,什么也不放在它眼里,一冲出蓝色的水面就涌现在太阳光下。然后它又钻进水里去,嗅出了踪迹,开始顺着船和鱼所走的航线游来。

有时候它也迷失了臭迹。但它很快就嗅出来,或者嗅出一点儿影子,于是它就紧紧地顺着这条航线游。这是一条巨大的鲭鲨,生来就游得跟海里速度最快的鱼一般快。它周身的一切都美,只除了上下颚。它的脊背蓝蓝的像是旗鱼的脊背,肚子是银白色的,皮是光滑的,漂亮的。它生得跟旗鱼一样,不同的是它那巨大的两颚,游得快的时候它的两颚是紧闭起来的。它在水面下游,高耸的脊鳍像刀子似地一动也不动地插在水里。在它紧闭的双嘴唇里,它的八排牙齿全部向内倾斜着。跟寻常大多数鲨鱼不同,它的牙齿不是角锥形的,像爪子一样缩在一起的时候,形状就如同人的手指头。那些牙齿几乎跟老头儿的手指头一般长,两边都有剃刀似的锋利的口子。这种鱼天生地要吃海里一切的鱼,尽管那些鱼游得那么快,身子那么强,战斗的武器那么好,以至于没有别的任何的敌手。现在,当它嗅出了新的臭迹的时候,它就加快游起来,它的蓝色的脊鳍划开了水面。

老头儿看见它来到,知道这是一条毫无畏惧而且为所欲为的鲨鱼。他把鱼叉准备好,用绳子系住,眼也不眨地望着鲨鱼向前游来。绳子短了,少去了它割掉用来绑鱼的那一段。

老头儿现在的头脑是清醒的,正常的,

雄浑篇

他有坚强的决心,但是希望不大。他想:能够撑下去就太好啦。看见鲨鱼越来越近的时候,他向那条死了的大鱼望上一眼。他想:这也许是一场梦。我不能够阻止它来害我,但是也许我可以捉住它。"Dentuso[①]",他想。去你妈的吧。

鲨鱼飞快地逼近船后边。它去咬那条死鱼的时候,老头儿看见它的嘴大张着,看见它在猛力朝鱼尾巴上的肉咬的当儿它那双使人惊奇的眼睛和咬得格崩格崩响的牙齿。鲨鱼的头伸在水面上,它的脊背也正在露出来,老头儿用鱼叉攮到鲨鱼头上的时候,他听得出那条大鱼身上皮开肉绽的声音。他攮进的地方,是两只眼睛之间的那条线和从鼻子一直往上伸的那条线交叉的一点。事实上并没有这两条线。有的只是那又粗大又尖长的蓝色的头,两只大眼,和那咬得格崩格崩的、伸得长长的、吞噬一切的两颚。但那儿正是脑子的所在,老头儿就朝那一个地方扎进去了。他鼓起全身的气力,用他染了血的手把一杆锋利无比的鱼叉扎了进去。他向它扎去的时候并没有抱着什么希望,但他抱有坚决的意志和狠毒无比的心肠。

鲨鱼在海里翻滚过来。老头儿看见它的眼珠已经没有生气了,但是它又翻滚了一下,滚得自己给绳子缠了两道。老头儿知道它是死定了,鲨鱼却不肯承认。接着,它肚皮朝上,尾巴猛烈地扑打着水面,两颚格崩格崩响,像一只快艇一样在水面上破浪而去。海水给它的尾巴扑打得白浪滔天,绳一拉紧,它的身子四分之三都脱出了水面,那绳不住地抖动,然后突然折断了。老头儿望着鲨鱼在水面上静静地躺了一会儿,后来它就慢慢地沉了下去。

"它咬去了大约四十磅,"老头儿高声说。他想:它把我的鱼叉连绳子都带去啦,现在我的鱼又淌了血,恐怕还有别的鲨鱼会窜来呢。

他不忍朝死鱼多看一眼,因为它已经

雄浑篇

给咬得残缺不全了。鱼给咬住的时候,他真觉得跟他自个儿身受的一样。

他想:但是我已经把那条咬我的鱼的鲨鱼给扎死啦。我从来没看过这么大的"Dentuso"。谁晓得,大鱼我可也看过不少呢。

他想:能够撑下去就太好啦。这要是一场梦多好,但愿我没有钓到这条鱼,独自躺在床上的报纸上面。

"可是一个人并不是生来要给打败的,"他说,"你尽可把他消灭掉,可就是打不败他。"他想:不过这条鱼给我弄死了,我倒是过意不去。现在倒霉的时刻就要来到,我连鱼叉也给丢啦。"Dentuso"这个东西,既残忍,又能干,既强壮,又聪明。可我比它更聪明。也许不吧,他想。也许我只是比它多了个武器吧。

"别想啦,老家伙,"他又放开嗓子说。"还是把船朝这条航线开去,有了事儿就担当下来。"

（选自［美］厄·海明威著：《老人与海》，海观译，上海译文出版社1979年版，第76～79页）

注释

① 一种最凶猛的鲨鱼的名字。

（参见［美］厄·海明威著《老人与海》，海观译，上海译文出版社1979年版，第78页）

知识

欧内斯特·米勒尔·海明威（Ernest Miller Hemingway，1899—1961），美国作家、记者，20世纪最著名的小说家之一。曾经参加第一次世界大战，晚年在家中自杀身亡。海明威一生情感丰富复杂，是美国"迷惘的一代"作家中的代表人物。

海明威曾于"一战"期间被授予银制勇敢勋章。他因《老人与海》于1953年获普利策奖，1954年又获诺贝尔文学奖。海明威一生所著颇丰，多描写"硬汉形象"，后期作品带有浓厚的反战情绪，还提出了文学创作中重要的"冰山原则"，在美国文学史乃至世界文学史上都占有重要地位。约翰·肯尼迪对其自杀致唁电说："几乎没有哪个美国人比欧内斯特·海明威对美国人民的感情和态度产生过更大的影响。"《纽约时报》评价说："海明威本人及其笔下的人物影响了整整一代甚至几代美国人，人们争相效仿他和他作品中的人物，他就是美国精神的化身。"

雄浑篇

其代表作有《老人与海》《太阳照常升起》《丧钟为谁而鸣》《永别了！武器》等。

硬汉形象，是指海明威作品中出现的一系列人物形象，这些人物都具有一种百折不挠、坚定不屈的品质，面对暴力或死亡，都保持着人的尊严和气度，彰显了顽强的生命力和强硬的精神力。《老人与海》中的圣地亚哥就是代表人物，"可是一个人并不是生来要给打败的，你尽可把他消灭掉，可就是打不败他"——可以看作此种硬汉形象的宣言。

《老人与海》讲述的是老渔夫圣地亚哥一连84天没有钓到鱼，但是仍旧不肯放弃，终于在第85天钓到了一条重1500磅的大马林鱼，在经过两天两夜的搏斗与僵持后，老人最终杀死了这条大鱼。但是由此引来了鲨鱼的追逐，老人丝毫没有丧气，与前来抢夺大马林鱼的鲨鱼搏斗，将鲨鱼一条一条杀死，最终回到岸边时，大马林鱼也只剩下了巨大的鱼骨架。本文选取的是主人公圣地亚哥在第一次遭遇鲨鱼时的场景。通读全文可以看到，作者对鲨鱼的描绘是精细的，一点一点地渲染出紧张的气氛，而圣地亚哥并不惊慌，他有着清醒的头脑和坚强的意志，决不会让鲨鱼得手。在与鲨鱼的搏斗中，尽管希望不大，但是他仍旧"鼓起全身的气力，用他染了血的手把一杆锋利无比的鱼叉扎了进去"。与翻滚的海浪相比，与凶猛的鲨鱼相比，圣地亚哥无疑是渺小的,但是此刻却又是光辉的。尽管双手鲜血淋漓,尽管要付出40磅鱼肉的代价,圣地亚哥仍旧不愿放弃,他有着"坚决的意志和狠毒无比的心肠"。从小说最终的结局来看,圣地亚哥无疑是失败的,但是他又是胜利的。他的胜利在于人的胜利,是人的尊严和意志的胜利。小说的语言平易,多口语,也有丰富的心理活动,在这样的叙述中插入一到两句警句点明中心是海明威的惯用手法,作为"人"的大写的形象被勾勒得十分鲜明生动。

生活总是让我们遍体鳞伤,但到后来,那些受伤的地方一定会变成我们最强壮的地方。

——[美]海明威

附　录

拓展阅读书目

王承略、李笑岩译注：《楚辞》，山东画报出版社 2014 年版

夏传才注：《曹操集注》，中州古籍出版社 1986 年版

《毛主席诗词》，人民文学出版社 1986 年版

贾香娟、高慧娟编：《经典文学作品选读》，河南人民出版社 2006 年版

倪木兴选注：《王维诗选》，人民文学出版社 1988 年版

郁贤皓选注：《李白选集》，上海古籍出版社 2013 年版

李晖编：《李白诗选读》，黑龙江人民出版社 1980 年版

金启华、陈美林编：《杜甫诗选析》，江苏人民出版社 1981 年版

刘乃昌、朱德才选注：《宋词选》，人民文学出版社2003年版

《贝奥武甫　罗兰之歌　熙德之歌　伊戈尔出征记》，陈才宇等译，译林出版社1999年版

宛新彬、贾忠民选注：《张孝祥诗词选》，黄山书社1986年版

韩愈：《唐宋名家文集　韩愈集》，卫绍生、杨波注译，中州古籍出版社2010年版

［美］惠特曼著：《惠特曼诗精选》，李视歧译，华文出版社2005年版

吴云：《汉魏六朝小赋译注评》，天津古籍出版社2006年版

山东师院中文系写作教研室等编：《散文赏析》，江苏人民出版社1981年版

［美］厄·海明威著：《老人与海》，海观译，上海译文出版社1979年版

 # 编写说明

"大用外腓,真体内充。返虚入浑,积健为雄。具备万物,横绝太空。荒荒油云,寥寥长风。超以象外,得其环中。持之匪强,来之无穷。"此乃司空图《二十四诗品》中对"雄浑"的注解。雄浑是二十四诗品中最重要的一品,强调既要有浩瀚磅礴、摧枯拉朽、气吞万里的气势,又要有包含万有、升腾奔发的生机昂扬的活力,是自然之道浑然一体的体现。本册选文目的在于希望使读者能够在古今中外的诗词文赋中细细品味内中磅礴的气势、开阔的胸怀和包罗万象的浑然之道,感受雄浑之美。

本册选文分五部分,"返虚入浑 积健为雄",主要选取的是我国古代先贤之作,或忧国忧民,或眷恋山河,或抒发抱负,或喟叹人生,我们都可从中窥见先贤们的思想风范;"荒荒油云 寥寥长风",则选

取三位诗人的各两首诗作,并做对照,从中除了诗人之思外,我们还可以感受到诗人笔下开阔意境的写就,雄大气势的生成,犹如荒荒油云、寥寥长风震彻心头;"壮怀激烈　英雄史诗",选取的是保家卫国的雄浑词作和英雄史诗,透过这些夹叙夹议的文章,我们是可以看到千百年前人民为了国家为了民族英勇奋斗、不怕牺牲的精神;"秉节持重　浑然之风",则重浑然之道、自然之感,较为舒缓,看似娓娓道来,实则包孕气概,雄浑之感自蕴其中;"璧坐玑驰　气贯长虹",则是讲求对话之美,无论是铺陈还是简语,无论是给爱人还是给国家,都带着那么一份雄浑的意味,值得慢慢品味。

　　总而言之,编者希望借助本册选文为您打开心窗,吸入一丝纯净的气息,顿开与雄浑之美对话的窗口,于纷繁乱世中亦能栖居灵魂,觉悟人世。

编者

2017 年 4 月

经典悦读·隐秀篇

中共滨州经济技术开发区工委
南开大学语文教育研究中心 ◎编

编 委 会

主　　任： 姚和民
委　　员： 周志强　王广忠　钱　杰
　　　　　　时志军　魏建宇　高　宇
　　　　　　王　姮　贾　璐　李梦阳
　　　　　　古德瑞
主　　编： 周志强　魏建宇
本册主编： 贾　璐

·广州·

版权所有　翻印必究

图书在版编目（CIP）数据

经典悦读·隐秀篇/中共滨州经济技术开发区工委，南开大学语文教育研究中心编. —广州：中山大学出版社，2017.7
ISBN 978-7-306-06048-8

Ⅰ.①经… Ⅱ.①中…②南… Ⅲ.①世界文学—作品综合集 Ⅳ.①I11

中国版本图书馆CIP数据核字（2017）第110492号

出 版 人：徐　劲
策划编辑：邹岚萍
责任编辑：邹岚萍
封面设计：林绵华
插　　图：张敬国
责任校对：赵　婷　黄燕玲
责任技编：黄少伟
出版发行：中山大学出版社
电　　话：编辑部 020-84111996，84113349，84111997，84110779
　　　　　发行部 020-84111998，84111981，84111160
地　　址：广州市新港西路135号
邮　　编：510275　　传　　真：020-84036565
网　　址：http://www.zsup.com.cn　E-mail：zdcbs@mail.sysu.edu.cn
印 刷 者：广州家联印刷有限公司
规　　格：787mm×960mm　1/32　总印张：21.25　总字数：408千字
版次印次：2017年7月第1版　2017年7月第1次印刷
总 定 价：48.00元（共6册）　印　数：1～11000套

如发现本书因印装质量影响阅读，请与出版社发行部联系调换

品阅美文　传承经典

已经走过了七个年头的"经典悦读"丛书越来越彰显出迷人的文化魅力,受到越来越多的读者的关注和喜爱。一卷在握,尽赏古今中外美言名篇,字字珠玑,明辨仁和信义思想哲学,篇篇玄妙。"经典悦读"一如涓涓清泉,滋润着读者的内心世界。

习近平同志指出,中华优秀传统文化是中华民族的精神命脉,是涵养社会主义核心价值观的重要源泉,也是我们在世界文化激荡中站稳脚跟的坚实根基。要结合新的时代条件传承和弘扬中华优秀传统文化,传承和弘扬中华美学精神。作为一部荟萃古今中外文学精华的系列丛书,"经典悦读"在第七辑中,主要关注了文学之中不同的美感特质。"冲淡"之美,闲逸深情,平和雅致;"劲健"之美,慷慨悲壮,气韵恢宏;"绮丽"之

美,文辞奇绝,华丽优雅;"隐秀"之美,不着一字,尽得风流;"沈著"之美,气定神闲,内敛沉静;"雄浑"之美,秉节持重,壮怀激烈。这一辑的每一册选文,都是对文学之美的一次探寻和挖掘,仿若徐徐展开一幅幅各有情致的画卷,让经典在其中焕发出明丽的色彩。我们在品读的过程中鉴赏文学之美感,不仅是欣赏文字之中透露出的古今气度、中外文明,更是一次澄澈的心灵体验:在飘逸飞扬、各怀韵致的斐然文采之中,人的性情得到涵养,修养得到提升,心灵得到净化,并以此为鉴,观照当代的我们,回看当下的生活。在经典的传承之中,促进全社会的精神文明建设,发扬传统文明,引领先进文化。可以说,阅读,是铸造一个人、一个社会、一个时代之精神气度的最佳渠道,而对经典文学的品味,更能使我们在文字的负载中,感受撼人心魄的至情至性,领略碰撞思想的哲学思辨,启迪经世致用的人生智慧。

"经典悦读"丛书,开启了现代读者与中外古圣先贤神交的窗口。品阅美文,凝汇学人才思;传承经典,点燃文明星火。愿这套丛书成为我们

文海撷珠的良伴、薪火相传的纽带,为构筑我们共同的精神家园凝聚力量、辉耀光芒。

中共滨州市委书记　市人大常委会主任

目　录

秘响旁通　伏采浅发 …………………… 1
　野田黄雀行 ………………………… 曹　植　2
　《咏怀诗》二首 …………………… 阮　籍　5
　水西亭夜坐 ………………………… 袁　枚　10
　江行的晨暮 ………………………… 朱　湘　13

深浅各奇　秾纤俱妙 …………………… 17
　桂殿秋 ……………………………… 朱彝尊　18
　青玉案·凌波不过横塘路 ………… 贺　铸　20
　当你从我的窗下走过 ……………… 舒　婷　23
　仙霞纪险 …………………………… 郁达夫　28

立意玄默　文辞臻美 …………………… 37
　赠秀才入军 ………………………… 嵇　康　38
　无题 ………………………………… 李商隐　40
　苏幕遮·碧云天 …………………… 范仲淹　44
　蝶恋花·庭院深深深几许 ………… 欧阳修　47

独抒性灵　自然会妙 …………………………… 51
　吊屈原赋 ………………………… 贾　谊 52
　满井游记 ………………………… 袁宏道 60
　湖心亭看雪 ……………………… 张　岱 67
　凤凰台上忆吹箫 ………………… 李清照 71
露锋文外　惊绝妙心 …………………………… 75
　上林赋（节选） ………………… 司马相如 76
　齐人有一妻一妾 ………………… 孟　子 89
　息夫人 …………………………… 王　维 95
　野草·雪 ………………………… 鲁　迅 97
附　　录 …………………………………………… 102
编写说明 …………………………………………… 104

秘响旁通　伏采浅发

野田黄雀行

曹 植

高树多悲风,海水扬其波。
利剑①不在掌,结友何须多?
不见篱间雀,见鹞②自投罗。
罗家③得雀喜,少年见雀悲。
拔剑捎④罗网,黄雀得飞飞。
飞飞摩苍天⑤,来下谢少年。

注释

①利剑:锋利的剑。这里比喻权力。
②鹞:比鹰小一点的一种凶猛的鸟类。
③罗家:设置罗网的人。
④捎:挥击。
⑤摩苍天:形容黄雀飞得很高。摩,迫近。

(选自[宋]郭茂倩编、崇贤书局释译:《乐府诗集》,新世界出版社2014年版,第81~82页)

隐秀篇

知识

《野田黄雀行》是《相和歌辞·瑟调曲》之一。作者曹植（192—232），字子建，东汉谯县（今安徽省亳州市）人，是三国时期曹魏著名文学家，与其父曹操、其兄曹丕因在文学上的成就被并称为"建安三杰"。早年曾有建功立业的雄心，甚得曹操钟爱，但由于他"任性而行，不自雕励，饮酒不节"，终未被立为太子，虽在政治上有大抱负，然终究怀才不遇。曹植文学成就斐然，其诗以笔力雄健和词采华美见长，推动了五言诗的发展，完成了乐府民歌向文人诗的转变，钟嵘在《诗品》中赞其文"骨气奇高，词彩华茂，情兼雅怨，体被文质，粲溢今古，卓尔不群"。其代表作品有《白马篇》《洛神赋》《七哀诗》等。

这首诗选自《曹植集》卷六，创作于建安二十五年（220）曹丕继位，曹植的至交丁仪、丁廙被曹丕所杀之后。而曹植的亲信杨修早在建安二十四年（219）已被曹操所杀，因而他深感自己的无能为力，内心充满了身边人因他罹难而产生的悲哀愤慨，遂将内心的痛苦化为此诗，寄寓不能言说的复杂心绪。

解读

这是一首隐喻诗，通篇被"悲愤"二字萦绕，"黄雀得飞飞"是美好的愿景，而结尾处"来下谢少年"句，却透出了一种难言的痛，因为美好的愿景只能存在于想象之中，现实中永不能实现。在这虚幻的想象中，也潜藏着作者对"布罗网者"的愤怒和反抗。

全诗开篇便营造出一种悲凉的氛围："高树多悲风，海水扬其波。"此句有《诗经》创作中的比兴效果，含蓄地描写了当时社会政治环境的险恶，为下文的悲剧事件埋下伏笔。接着由物及人，将视线拉回"我"的状况："利剑不在掌，结友何须多？"言下之意是，"我"手中没有有力的权力，不能护得亲友周全，如此还不如不去交太多的朋友，以免他们也跟我一样处于危险的境地。可见，这是作者对现实事件的有感而发。接下来是一句反问："不见篱间雀，见鹞自投罗。"这里的"黄雀"隐喻自己和亲友，以显示自身力量的弱小。而活跃的场所设定为"篱笆"，也暗示自己并没有很大的野心，但即便如此，也不被"鹞"即位高权重的人所放过，也就是说，为兄长曹丕所忌惮，无处可逃。所以，"罗家得雀喜，少年见雀悲"，这里作者将自己的希望和理想寄托在这个少年侠士身上，希望有这样一个人出现。"拔剑捎罗网，黄雀得飞飞"，这一句可以精练为"自由"二字，充满了即将获救的欣喜。于是黄雀"飞飞摩苍天，来下谢少年"，此处，我们可以看到黄雀重获自由那一刻的欣喜若狂，也能看到作者懂得感恩的良好素养。然而这些终归是一场梦。

此诗的情绪由悲入喜，然而喜过之后回味的时候，带给读者的却是痛的体验。如此这般如同余音绕梁的阅读感

隐秀篇

受,可见曹植深厚的文学功力,而他之所以如此成功,也在于这份感情的真挚和普世性。此后司马氏掌握政权,其指鹿为马的残暴统治,使得人人噤若寒蝉,而文人则纷纷创作隐喻诗,或托物言情,或借古讽今,或者干脆创作隐晦幽微、求仙觅道的玄学诗,以逃避现实而自保,此为后话。但从这个角度看,曹植敢于在如履薄冰的环境中抒发对现实的不满和对掌权者压迫的反抗,足见其胆识。

天称其高者,以无不覆;地称其广者,以无不载;日月称其明者,以无不照;江海称其大者,以无不容。

——曹植

《咏怀诗》二首

阮　籍

《咏怀诗》第一

夜中不能寐,起坐弹鸣琴。
薄帷鉴明月,①清风吹我襟。

孤鸿号外野,翔鸟②鸣北林。
徘徊将何见?忧思独伤心。

①"薄帷"句:月光照于薄帷之上。鉴,照。
②翔鸟:飞翔着的鸟。因为月明,所以鸟在夜里飞翔。

(选自本书编委会编:《魏晋南北朝诗观止》,学林出版社2015年版,第44页)

《咏怀诗》第十一

湛湛①长江水,上有枫树林。
皋兰被径路,青骊逝骎骎②。
远望令人悲,春气感我心。③
三楚多秀士④,朝云⑤进荒淫。
朱华振芬芳,高蔡相追寻⑥。
一为黄雀哀,泪下谁能禁。

①湛湛:深貌。

隐秀篇

②骊：黑色的马。骎骎：马疾驰貌。
③"湛湛"六句，皆从《楚辞·招魂》化出。《招魂》原句是："湛湛江水兮上有枫，目极千里兮伤春心"，"皋兰被径兮斯路渐"，"青骊结驷兮齐千乘"。
④三楚：古名江陵为南楚，吴为东楚，彭城为西楚。秀士：指宋玉等有才能的人。
⑤朝云：宋玉《高唐赋》中神女自称："妾在巫山之阳，高丘之岨，且为朝云，暮为行雨。"后以朝云暮雨代表男欢女爱之事。这里用来指斥魏众臣诱导魏主荒淫。
⑥朱华：红花。高蔡：楚国地名，在今河南。此句和下句用《战国策·楚策》中庄辛劝谏楚襄王的话。庄辛说：黄雀栖息在茂林中，自以为与人无争，生活得很快乐，却不知公子王孙拿着弹弓在下面等着。蔡灵侯在高蔡之间驰骋作乐，不把国家大事放在心上，却不知灭亡之祸正在逼近他。这里借蔡灵侯之事讽刺魏主曹芳只知追求荒淫享乐而不计后患。

（选自本书编委会编：《魏晋南北朝诗观止》，学林出版社2015年版，第46页）

知识

咏怀诗，即吟咏怀抱、表达情感体悟的诗，既可包括对现实世界的体察，也可抒发对生命终极意义的追问，还可阐发对未来的怀想，即过去、现在和未来皆可入诗，目的便是抒情达意。阮籍的《咏怀诗》凡82篇，乃终其一生所作的集录，多以比兴、寄托、象征等手法，隐晦曲折地揭露最高统治集团的罪恶，讽刺虚伪的礼法之士，表现了诗人在政治恐怖下的苦闷情绪。

阮籍（210—263），三国时期魏诗人，字嗣宗，陈留（今属河南）尉氏人。与同时期的嵇康、山涛、向秀、刘伶、王戎及阮咸等人并称为"竹林七贤"，此七人尚老庄，好玄学，"越名教而任自然"，因放浪形骸之举而成魏晋风骨；为文以阮籍、嵇康为代表，刘勰《文心雕龙》评道："正始明道，诗杂仙心。何晏之徒，率多浮浅。唯嵇志清峻，阮旨遥深，故能标焉。"而阮籍可谓"正始之音"的代表，著有《咏怀》《大人先生传》等。

当时，司马氏和曹氏的争权和夺位斗争异常激烈，民不聊生。文人们在被迫选择支持对象的过程中也多有惨案发生，成为政治斗争的牺牲品。有志的文人无法施展自己的政治抱负，反而常常有性命之忧——"天下名士，少有全者"，因此社会上渐渐兴起了求仙问道的风气，用清谈、饮酒、佯狂等形式来排遣苦闷的心情，同时摆明自己超脱的态度和立场，"竹林七贤"即为代表。通过解读阮籍的两首《咏怀诗》，我们能直面当时文人压抑的心境，感受到他们狷介的行为背后那颗依然放不下天下的社会责任心。

《夜中不能寐》篇是阮籍《咏怀诗》的发端，总括地

隐秀篇

抒发了自己孤独和苦闷的心情,点出了"咏怀"的主题。本诗通过"薄""孤""独"等字眼渲染出凄清冷寂的环境氛围,接着以情观景、以景衬情,把忧嗟哀愤的情感倾泻到具体物象和情境的描写之中,让人读来很容易就能代入其中,增强了本诗的感染力。

《湛湛长江水》篇是阮籍《咏怀诗》的第十一篇,精妙地化用楚辞,且采用了借古讽今的手法,通过对楚国史实的描写,来完成对现实的讽刺效果。本诗依旧以景入情,从描写长江风光入笔,风景若实若虚,从而虚化了过去与现实之间的界限。诗中化用楚国的典故讽喻现实,托喻深微,让人回味悠长。

总之,阮籍的《咏怀诗》首创了我国五言抒情组诗的体例,其抒怀忧愤深广,表现了深刻的理性思考和尖锐的人生悲哀。同时意旨隐微,寄托遥深,开创了中国文学史上政治抒情诗的先河。

天下之贵,莫贵于君子:服有常色,貌有常则,言有常度,行有常式;立则磬折,拱若抱鼓,动静有节,趋步商羽,进退周旋,咸有规矩。

——阮籍

水西亭夜坐①

袁 枚

明月爱流水,一轮池上明。
水亦爱明月,金波彻底清②。
爱水兼爱月,有客③坐于亭。
其时万籁④静,秋花呈微馨⑤。
荷珠不甚惜,风来一齐倾。
露零萤光湿⑥,屟响蛩语停⑦。
感此玄化⑧理,形骸付空冥⑨。
坐久并忘我⑩,何处尘虑撄。
钟声偶然来,起念知三更。
当我起念时,天亦微云生。

注释

①此诗作于乾隆十六年(1751),通过明月、流水、秋花、荷珠、萤光、蛩语等意象,构成一个空远深幽的意境。身处此境,诗人"坐久并忘我",摆脱了俗念的纠缠而赏心悦目,并对水西亭月夜之美有独特的审美感受。水

隐秀篇

西亭：在南京随园内西端。
②金波：月光。《汉书·礼乐志》："月穆穆以金波。"此谓月光下之池水。彻底：透底。
③客：作者自称，因作者客居南京。
④万籁：各种声响。常建《题破山寺后禅院》："万籁此都寂，但余钟磬音。"
⑤微馨：淡淡的芳香。
⑥零：原指下雨，比喻露水降落。萤光：萤火虫的光亮。
⑦屦：古代鞋子的木底，亦泛指鞋。蛩语：蟋蟀叫声。
⑧玄化：此指玄妙的自然。
⑨形骸：人的形体。空冥：空远的夜色。
⑩忘我：处于一种淡泊宁静的心境中。

[选自王英志著：《袁枚暨性灵派诗传》（上），吉林人民出版社 2005 年版，第 161～162 页]

知识

袁枚（1716—1798），钱塘（今浙江杭州）人，祖籍浙江慈溪。字子才，号简斋，晚年自号仓山居士、随园主人、随园老人。清朝乾嘉时期代表诗人、散文家、文学评论家和美食家。袁枚倡导"性灵说"，与赵翼、蒋士铨合称为"乾嘉三大家"（或"江右三大家"），又与赵翼、张问陶并称"乾嘉性灵派三大家"，为"清代骈文八大家"之一。文笔与大学士直隶纪昀齐名，时称"南袁北纪"。主要传世的著作有《小仓山房文集》《随园诗话》《补遗》

《随园食单》《子不语》《续子不语》等。

袁枚的山水诗具有很强的主体性,带有强烈的个人色彩。本诗风格精美玲珑,属古代山水小品中的精品之作。水西亭是随园中的一座亭子,在万籁俱寂的夜晚,诗人静静地坐在亭子里,有明月、流水和清风相伴,呈现了一番文人雅士的情调。而在物我交融的过程之中,作者逐渐进入忘我的境界,然而一声钟鸣又将人带回尘世,起承转合之间的过渡自然而曼妙,充分显示了性灵派的特色。

本诗行文流畅自然,妙处于转折中信手拈来,种种机敏,常惹得人会心一笑。其中水与月之间的相爱,显然被作者赋予了性灵,而"我"的两者都爱,便营造了自然万物和谐的氛围,也显示出"我"热爱自然清净之境的情性。在这些颇具匠心的描写中,花香在万籁俱寂之中仿佛也有了音乐感,荷珠的随风而落,也构成自然美妙的动图,再有露水沾湿萤光的通感手法,成功地将随园勾勒成了天堂的模样,隐逸之情便自然阐发出来了。

一双冷眼看世人,满腔热血酬知己。

——袁枚

隐秀篇

江行的晨暮

朱 湘

美在任何的地方,即使是古老的城外,一个轮船码头的上面。

等船,在划子上,在暮秋夜里九点钟的时候。有一点冷的风。天,与江,都暗了;不过,仔细的看去,江水还浮着黄色。中间所横着的一条深黑,那是江的南岸。

在众星的点缀里,长庚星闪耀得像一盏较远的电灯。一条水银色的光带晃动在江水之上。看得见一盏红色的渔灯。

岸上的房屋是一排黑的轮廓。

一条趸船在四五丈以外的地点。模糊的电灯,平时令人不快的,在这时候,在这条趸船上,反而,不仅是悦目,简直是美了。在它的光围下面,聚集着一些人形的轮廓。不过,并听不见人声,像这条划子上这样。

忽然间,在前面江心里,有一些黝黯的帆船顺流而下,没有声音,像一些巨大的鸟。

一个商埠旁边的清晨。

太阳升上了有二十度;覆碗的月亮与地平线还有四十度的距离。几大片鳞云粘在浅碧的天空里:看来,云好像是在太阳的后面,并且远了不少。

山岭披着古铜色的衣,褶痕是大有画意的。

水汽腾上有两尺多高。有几只肥大的鸥鸟,它们,在阳光之内,暂时的闪白。

月亮是在左舷的这边。

水汽腾上有一尺多高;在这边,它是时隐时显的。在船影之内,它简直是看不见了。

颜色十分清润的,是远洲上的列树,水平线上的帆船。

江水由船边的黄到中心的铁青到岸边

的银灰色。有几只小轮在喷吐着煤烟：在烟囱的端际，它是黑色；在船影里，淡青，米色，苍白；在斜映着的阳光里，棕黄。

清晨时候的江行是色彩的。

（选自贾植芳主编：《现代散文鉴赏辞典》，上海辞书出版社2003年版，第564页）

朱湘（1904—1933），字子沅，"新月派"诗人、散文家，原籍安徽太湖，生于湖南沅陵，父母早逝。文学才华出众，与饶孟侃（字子理）、孙大雨（字子潜）和杨世恩（字子惠）一起，为20世纪20年代清华园的四个学生诗人，并称为"清华四子"。1927年始留学美国，因不满外国人对中国的歧视，愤而提前回国。他喻外国为"死牢"，强烈地维护着个人和祖国的尊严。后任教于国立安徽大学（现安徽师范大学）外文系，又因不满校方的作风而辞职。1933年跳海自杀，走完了短短29年的人生，其死也体现出了强烈的自尊意识和反抗精神。代表作品有《夏天》《草莽集》《草莽》《石门集》等。

朱湘的诗"重格律形式，诗句精炼有力，庄肃严峻，富有人生哲学的观念，字少意远"。他曾说："博士学位任何人经过努力都可拿到，但诗非朱湘不能写。"其散文随笔也具有诗的风格，读起来清丽优美、意蕴深长。1934

年2月,《青年界》刊登了其散文诗《江行的晨暮》,这时的朱湘已投身清流3个月了。

　　这是一篇集意境美、音乐美、色彩美于一体的散文诗作,作者以诗歌的笔调描写自然,宛如描绘一派"诗中有画、画中有诗"的美妙景象,表达了自己对自然的热爱和对生命的真切关怀。

　　暮色四合,星光朦胧,凉风袭来,船影、灯影、人影迷离交错,月落日升,云蒸霞蔚,鸥鸟翩飞,一派温柔祥和的景象。再加上跳跃错落的诗化句子,成功地勾勒出了意境深邃的美感。诗文音节匀称,简洁精练,长短句错落有致,如:"有几只小轮在喷吐着煤烟:在烟囱的端际,它是黑色;在船影里,淡青,米色,苍白;在斜映着的阳光里,棕黄。"就像错落的音符组成了一首优美的钢琴曲,读来令人唇齿生香,极具音乐美。同时,作者利用他的点睛妙笔,将景观描绘得绚丽多姿:泛黄的江水、漆黑的南岸、红色的渔灯、黝黯的帆船、闪白的鸥鸟……色彩的组合协调而鲜明,相映成趣,富有色彩美。最后一句:"清晨时候的江行是色彩的",充分显示出他卓绝的观察力、想象力和高超的审美趣味。

　　朱湘一生都在追求美,同时也把"美"当作了最高的生活理想,所以他才会难以忍受现实社会中丑陋的现象,宁愿只身赴死,用自己的生命为美殉道。

深浅各奇　秾纤俱妙

桂殿秋①

朱彝尊

正文

思往事,渡江干②,青蛾低映越山看③。共眠一舸听秋雨,小簟轻衾各自寒④。

注释

①此词牌名取自唐李德裕送神迎神曲的"桂殿夜凉吹玉笙"句。单调,二十七字,平韵。

②干:即岸,江边。

③"青蛾"句:恋人的蛾眉低垂,看去与远处横卧的青山相似。青蛾,形容女子眉黛。古代女子用青黛画眉,眉毛细长弯曲如蚕蛾的触须,故称青蛾。越山,浙江的山,地处吴越之交,故云。古人往往以远山比拟女子之眉。

④舸:小船。簟:竹席。衾:被子,轻衾即薄被。

(选自刘义钦、史言喜、梁文娟主编:《中国历代文学作品选读(下)》,河南科学技术出版社 2013 年版,第 491 页)

知识

朱彝(yí)尊(1629—1709),清代词坛领袖、学者。

隐秀篇

字锡鬯(chàng),号竹垞(chá),又号醧(yù)舫,晚号小长芦钓鱼师,又号金风亭长。浙江秀水(今浙江嘉兴市)人。早年曾参加抗清复明秘密组织活动,事败后为避祸而游幕四方。其学识渊博,博通经史,精于金石文史,购藏古籍图书不遗余力,为清初著名藏书家之一。

朱彝尊诗词古文皆精:文章宗唐取宋,风格雄健赡博;诗与王士禛并称南北两大宗("南朱北王");其词风格清丽,为"浙西词派"的创始人,与陈维崧并称"朱陈",执掌词坛牛耳,开创了清词新格局。他认为明词因专学《花间集》《草堂诗余》,有气格卑弱、语言浮薄之弊,乃标举"清空""醇雅"(其说源于张炎)以矫之。其词现存四种,共7卷,500多首,多写琐事、记宴游、咏物等,风格清雅跌宕。著有《曝书亭集》80卷、《日下旧闻》42卷、《经义考》300卷;辑选《明诗综》100卷、《词综》36卷(汪森增补)。所辑成的《词综》是中国词学方面的重要选本。

这首爱情小词写于顺治六年(1649),是朱彝尊词中的佳构。词人随岳父从练浦迁居王店途中忆念初恋往事,通篇仅27个字,时间上便从白天写到通宵,其中微妙的心理活动通过对景物和体验的描写而曲折幽微地表现出来,而对初恋的爱意竟不著一字、尽见风流!

所以说,当时的爱情有多么美好,衬得现在的分别就有多么的凄凉。一"看"、一"听"、一"寒",种种相思情意便被带出;一"共"、一"各",又将天上与人间般天差地别的景象勾勒了出来。景象随着小船向前行进而流转,诗情亦随之跨越空间和时间的距离遥相呼应,诚是不凡之圣手。

词论家们一向对这首词推崇备至。谭献《箧中词》说:"单调小令,近世名家,复振五代、北宋之绪。"况周颐《蕙风词话》卷五说:"或问国朝词人,当以谁氏为冠?再三审度,举金风亭长(朱彝尊号)对。问佳构奚若?举《捣练子》(即'桂殿秋')云云。"词论家指出:"共眠一舸听秋雨,小簟轻衾各自寒"二句抵得上"风怀二百韵"。无一字言及相思、愁苦,然而相思相忆的愁苦之情、千回百转的幽怨心绪,都尽在不写不言中,读之往复低回,涵咏难尽。

青玉案·凌波不过横塘路

贺 铸

正文

凌波不过横塘路①,但目送,芳尘②去。锦瑟华年③谁与度?月桥花院,琐窗朱户④,只有春知处。　　飞云冉冉蘅皋暮⑤,彩

隐秀篇

笔⑥新题断肠句。试问闲愁都几许⑦？一川⑧烟草，满城风絮⑨，梅子黄时雨⑩。

注释

①凌波：形容女子步履轻盈。出自曹植《洛神赋》："凌波微步，罗袜生尘。"此指美人。横塘：在今江苏省苏州市西南。

②芳尘：美人经过所扬起的飞尘。此处借指美人。

③锦瑟华年：指美好的年华。出自李商隐《无题诗》："锦瑟无端五十弦，一弦一柱思华年。"锦瑟，饰有彩纹的瑟。

④月桥：似初月的弯弯的桥。花院：栽着鲜花的院落。琐窗：雕绘着连锁花纹的窗子。朱户：朱红色的门户。

⑤冉冉：慢慢流动。蘅：杜衡，一种香草。皋：水边高地。

⑥彩笔：《南史·江淹传》载，江淹梦郭璞索取毛笔，淹探怀中取五彩笔与之。后以彩笔作文笔美称。

⑦都几许：总计多少。

⑧一川：遍地。

⑨风絮：随风飘舞的柳絮。

⑩梅子黄时雨：江南一带初夏梅熟之时多连绵之雨，俗称"梅雨"。

（选自上海古籍出版社编，凌枫等注释、解析：《宋词三百

首》，上海古籍出版社2015年版，第145～146页）

知识

贺铸（1052—1125），北宋词人，字方回，又名贺三愁，人称贺梅子，自号庆湖遗老。祖籍山阴（今浙江绍兴），出生于卫州（今河南卫辉市）。曾任右班殿直，元祐中曾任泗州、太平州通判。

贺铸能诗文，尤长于词，其词内容、风格较为丰富多样，兼有豪放、婉约二派之长，长于锤炼语言并善融化前人成句。用韵特严，富有节奏感和音乐美。部分描绘春花秋月之作，意境高旷，语言秾丽哀婉，近秦观、晏几道。其爱国忧时之作，悲壮激昂，又近苏轼。南宋爱国词人辛弃疾等对其词均有续作，足见其影响。

豪爽之气、侠客之风、狂士之态是贺铸的精神主体。贺铸由于耿介豪侠，入仕后喜论当今世事，不肯为权贵屈节，因而一生沉于下僚，郁郁不得志。晚年退居苏州，杜门校书，著有《东山词》，现存词280余首。

解读

词人晚年退隐苏州横塘，路途中偶遇一佳人，遂感慨万千，成词一首，不仅借此词表达对美人容颜的赞颂，亦喻指自己郁郁不得志的苦闷心绪。此词一出，即受推崇，如黄庭坚寄诗以贺。因词中"梅子黄时雨"句甚为出色，当时士大夫谓之"贺梅子"（周紫芝《竹坡诗

隐秀篇

话》)。

本词的情感转折之处特别精妙,从刚开始的对佳人的欣赏到后面愁绪的抒发,没有特别交代原因,但若结合词人的遭际,再加以深思,读者就会明了,这是因为词人突然想到了"美人迟暮"和"英雄末路"的境况,所以才会追问佳人同谁一起共度年华。词人想到自己虽出身贵族,但沉于下僚,不被重用,如今也已接近暮年,故而伤心欲绝,此处借佳人的命运来抒发自己的悲愤和不平。"飞云冉冉蘅皋暮,彩笔新题断肠句",颇有《诗经》中比兴手法的特点,即先言他物以引起所咏之词也。而用烟草、风絮、梅雨等意象来比喻自己的愁绪,将愁思的多而纷乱、迷茫无边、连绵不休的感觉很贴切地表现出来了,同时也将虚的愁绪借由实物来表现,达到了虚实相生、有无相成的神奇效果,故而"倾倒一世",可谓"兴中有比,意味深长"。

当你从我的窗下走过

舒 婷

当你从我的窗下走过,
祝福我吧,

因为灯还亮着。

灯亮着——
在晦重的夜色里,
它像一点漂流的渔火。
你可以设想我的小屋,
像被狂风推送的一叶小舟。
但我并没有沉沦,
因为灯还亮着。

灯亮着——
当窗帘上映出了影子,
说明我已是龙钟的老头,
没有奔放的手势,
背比从前还要驼。
但衰老的不是我的心,
因为灯还亮着。

灯亮着——
它用这样火热的恋情,

隐秀篇

回答四面八方的问候；
灯亮着——
它以这样轩昂的傲气，
睥睨明里暗里的压迫。
呵，灯何时有了鲜明的性格？
自从你开始理解我的时候。

因为灯还亮着，
祝福我吧
当你从我的窗下走过……

（选自谢冕总主编，程光炜主编：《中国新诗总系 6 1969—1979》，人民文学出版社 2010 年版，第 476～477 页）

知识

舒婷，本名龚佩瑜，1952 年出生于福建石码镇，当代著名女诗人、朦胧诗派代表之一。1979 年开始在《今天》《诗刊》等刊物发表诗作，20 世纪 80 年代初，她的作品在"朦胧诗"论争中经常被作为或褒或贬"朦胧诗"的引例。1981 年到福建省文联从事专业创作。舒婷的诗，延续、"复活"了新诗在当代中断的委婉、忧伤的流脉。由于许多读者对这一"传统"的深刻记忆，也由于"文革"后对温情的普遍性渴望，她的诗在当时大受欢迎，拥经典悦读

有广泛的读者。被放大了的历史责任在个体承担上产生的压力,女性尊严和个体价值,幽微曲折的心理情感状态,是她主要触及的方面。舒婷的诗常采取直接抒情和对话式的倾诉的方式,语言清新。假设、转折等句式,是经常用来表达曲折心理的手段。1982年以后,舒婷曾有一段时间搁笔。重新写作之后,其诗风有了趋于沉稳的变化,但作品数量减少,其更大兴趣转向散文写作。

著有诗集《双桅船》《会唱歌的鸢尾花》《始祖鸟》,散文集《心烟》《秋天的情绪》《硬骨凌霄》《露珠里的"诗想"》《舒婷文集》(3卷)等。诗歌《祖国啊,我亲爱的祖国》获1980年全国中青年优秀诗歌作品奖,《双桅船》获全国首届新诗优秀诗集奖。

解读

这首诗写于1976年4月"文革"行将结束之时,当年10月"四人帮"便被一举粉碎,然而当时的社会氛围还是有些寒冷的。加上诗人的命运坎坷,父亲被错划为右派后,为保全家人而与母亲离异,母亲因此忧愤早逝,诗人也经历了多年插队生活的忧郁和返城待业多年的苦恼。这些暗色调的情绪在诗中化为险恶的环境——"狂风推送的一叶小舟"和"晦重的夜色里"受压迫的"一点漂流的渔火"。然而诗人终究由迷乱、失望而走向苏醒——"但我并没有沉沦",这句话也就奠定了全诗向上的感情基调。舒婷的诗常常是附在信笺之后,或是写在一张纸头

隐秀篇

上拿给朋友看,所以诗中的"你"便有了具体所指的对象,她在诗中对朋友敞开心扉,所以大多显得亲切。其诗歌充分利用现代口语的特点,来营造一种局部结构上的曲折层递效果,如大量使用"但是""虽然""即使"等转折性的修辞手段,使诗情构成前后的对比,在对比中把情感的抒发推进到一个更高深的层次。如"你可以设想我的小屋/像被狂风推送的一叶小舟/但我并没有沉沦",这使得诗歌即便直抒胸臆也不会显得直白浅陋。其诗歌清新柔婉的语言,类似于唐宋婉约词的语言风格,在表面诉说儿女情长或生命思考的过程中隐露对社会的看法。

在诗歌创作上,诗人采用幻境化的意象流转方式,由一个意象唤起另一个意象。如"灯亮着/在晦重的夜色里/它像一点漂流的渔火/你可以设想我的小屋/像被狂风推送的一叶小舟",灯光—夜色—渔火—小屋——叶小舟,诗人利用对客体镜像的直觉感和幻觉感,把不同的意象巧妙地连接起来,显示出高超的写作技巧。与此同时,"一盏亮着的灯"的反复出现,不仅加强了音乐感,将诗情推动得一浪高过一浪,还在结构上形成前后呼应的效果,令诗歌有了建筑美。这盏亮着的生命之灯将引领大家走出十年的创痛,抬头期待着不需点灯就阳光朗照的未来。

任你是佯装的咆哮,任你是虚伪的平静,任你掠走过去的一切,一切的过去。这个世界上有沉沦的痛苦,也有苏醒的欢欣。

——舒婷

仙霞纪险

郁达夫

从衢州南下,一路上迎送着的有不断的青山,更超过几条水色蓝碧的江身,经一大平原,过双塔地,到一区四山围抱的江城,就是江山县了。

江山是以三片石的江郎山出名的地方,南越仙霞关,直通闽粤,西去玉山,便是江西;所谓七省通衢,江山实在是第一个紧要的边境。世乱年荒,这江山县人民的提心吊胆,打草惊蛇的状况,也可以想见的了;我们南来,也不过想见识见识仙霞关的险峻,至于采风访俗,玩水游山,在这一个年头,却是不许轻易去尝试的雅事,

隐秀篇

所以到江山的第二日一早,我们就急急地雇了一辆汽车,驰往仙霞关去。

在南门外的汽车站上车,三里就到俗名东岳山,有一块老虎岩,并一座明嘉靖年间建置的塔在的景星山下;南行二十里,远远望得见冲天的三块巨岩江郎山,或合或离,在东面的群山中跳跃;再去是淤头,是峡口,是仙霞岭的区域了,去江山虽有八九十里路程,但汽车走走,也只走了两三个钟头的样子。

仙霞岭的面貌,实在是雄奇伟大得很!老远看来,就是那么高那么大的这排百里来长的仙霞山脉,近来一看,更觉得是不见天日了。东西南的三面,湾里有湾,山上有山;奇峰怪石,老树长藤,不计其数;而最曲折不尽,令人方向都分辨不出来的,是新从关外二十八都筑起,沿龙溪、化龙溪两支深山中的大水而行的那条通江山的汽车公路。

五步一转弯,三步一上岭,一面是流

泉涡漩的深坑万丈,一面又是鸟飞不到的绝壁千寻。转一个弯,变一番景色,上一条岭,辟一个天地,上上下下,去去回回,我们在仙霞山中,龙溪岸上,自北去南,因为要绕过仙霞关去,汽车足足走了有一个多钟头的山路。山的高,水的深,与夫弯的多,路的险,不折不扣地说将出来,比杭州的九溪十八洞,起码总要超过三百多倍。要看山水的曲折,要试车路的崎岖,要将性命和运命去拼拼,想尝一尝生死关头,千钧一发的冒险异味的人,仙霞岭不可不到,尤其是从仙霞关北麓绕路出关,上关南二十八都去的这一条新辟的汽车公路,不可不去一走。车到关南,行经小竿岭的那个隘口,近瞰二十八都谷底里的人家,远望浦城枫岭诸峰的青影的时候,我真感到了一种一则以喜一则以惧的说不出的心理;喜的是关后许多险隘,已经被我走过了,惧的是直望山脚的目的地二十八都,虽然是只离开了一程抛石的空间,但

山坡陡削,直冲下去,总也还有二三千尺的高度。这时候回头来看看仙霞关,一条石级铺得像蛇腹似的曩时的鸟道,却早已高高隐没在云雾与树木的中间了。

从小竿岭的隘口下来,盘旋回绕,再走了三四十分钟,到仙霞关外第一口的二十八都去一看,忽然间大家的身上又起了一层鸡皮的细粒。

太阳分明是高照在那里,天色当然是苍苍的,高大的人家的住屋,也一层一层的排列着在,但是人哩,活的生动着的人哩,人都到哪里去了呢?

许许多多的很整齐的人家,窗户都是掩着的,门却是半开半闭,或者竟全无地空空洞洞同死鲈鱼的口嘴似的张开在那里。踏进去一看,地下只散乱铺着有许多稻草。脚步声在空屋里反射出来的那一种响声,自己听了也要害怕。忽而索落落屋角的黑暗处稻草一动,偶而也会立起一个人来,但只光着眼睛,向

你上下一打量，他就悄悄的避开了。你若追上去问他一句话呢，他只很勉强地站立下来，对你又是光着眼睛的一番打量，摇摇头，露一脸阴风惨惨的苦笑，就又走了，回话是一句也不说的。

我们照这样的搜寻空屋，搜寻了好几处，才找到了一所基干队驻扎在那里的处所。守卫的兵士，对我们起初当然也是很含有疑惧的一番打量，听了我们的许多说明之后，他才开口说："昨晚上又有谣言。居民是自从去年九月以来，早就搬走了。在这里要吃一顿饭，是很不容易。因为豆腐青菜都没有人做，但今天早晨，队长是已经接到了江山胡站长的信，饭大约总在预备了罢？"说了，就请我们上大厅去息息。我们看到了这一种情形，听到了那一番话，食欲早就被恐怖打倒了，所以道了一声队长万福，跳上车子，转身就走。

重回到小竿岭的那个隘口的时候，

隐秀篇

几刻钟前曾经盘问我们过,幸亏有了陈万里先生的那个徽章证明,才安然放我们过去的那位捧大刀的守卫兵,却笑着对我们说:"你们就回去了么?"回来一过此口,已经入了安全地带,我们的胆子也大起来了,就在龙溪边上,一处叫作大坞的溪桥旁边下了车,打算爬上山去,亲眼去看一看那座也可以说是一夫当关,万夫莫开,宋史浩方把石路铺起来的仙霞关口。一面,叫空车子仍遵原路,绕到仙霞关北相去五里的保安村去等候我们,好让我们由关南上岭,关北下山,一路上看看风景。

据书上的记载,则仙霞岭高三百六十级,凡二十四曲,有五关,×十峰等等。我们因为是从半腰里上去的,所以所走的只是关门所在的那一段。

仙霞关,前前后后,有四个关门。第二关的边上,将近顶边的地方,有一座新筑的碉楼在那里,据陪我们去游的胡站长

说，江山近旁，共有碉楼四十余处，是新近才筑起来的，但汽车路一开，这些碉楼，这座雄关，将来怕都要变成些虚有其名的古迹了。

仙霞关内岭顶，有一座霞岭亭，亭旁住着一家人家，从前大约是守关官吏的住所，现在却只剩了一位老人，在那里卖茶给过路的行人。

北面出关，下岭里许，是一个关帝庙，规模很大，有观音阁、浣霞池亭等建筑，大约从前的闽浙官吏来往，总是在这庙内寄宿的无疑。现在东面浣霞池的亭上，还有许多周亮工的过关诗，以及清初诸名宦的唱和诗碣，嵌在石壁的中间。

在关帝庙里喝了一碗茶，买了些有名的仙霞关的绿茶茶叶，晚霞已经围住了山腰，我们的手上脸上都感觉得有点潮润起来了，大家就不约而同的叫了出来：

"啊！原来这里就是仙霞！不到此地，可真不晓得这关名之妙喂！"

隐秀篇

下岭过溪,走到溪旁的保安村里,坐上车子,再探头出来看了一眼曾经我们走过的山岭,这座东南的雄镇,却早已羞羞怯怯,躲入到一片白茫茫的仙霞怀里去了。

(选自郁达夫等著、伍仁等编选:《中国二十世纪散文精品·郁达夫卷》,太白文艺出版社2002年版,第180~184页)

知识

郁达夫的游记文学作品在中国现代文学史上极负盛名,善于描写风景,营造情境。《达夫游记》一书汇编了他的1936年之前的游记作品,其中以《钓台的春昼》《浙东景物纪略》最为出色。而本选文正是《浙东景物纪略》系列游记中的一篇,另有三篇分别为《方岩纪静》《烂柯纪梦》和《冰川纪秀》。其风格在于着重描写各处景色,以点带面地联袂而成浙东景物的一幅长卷。

解读

郁达夫的游记,大多是在白色恐怖的笼罩下退出"左联"、移居杭州时所写,沉醉于山水间以逃避世事,体现在其文字间,便使之染上了疏懒散漫、悠闲自适的风格,同时也带有哀戚低沉的伤感韵味。

文字清新脱俗,结构虽散漫随意,但其清隽的文笔、

飘逸的思绪和忧郁感伤的情调,上可直追唐宋名家游记和古代山水诗的境界。但在他那"清幽岑寂到令人毛骨悚然的一区境界"里,隐蓄着较之狂喊更深重的悲哀。尽管其游记的气氛古朴,字里行间也故作轻松,文风澄清,但其内在意蕴却是现代中国人的孤寂。这种情怀的表达乃是其独拔高绝之处。

这篇游记在描述过仙霞山的奇、险、美等特点之后,带出众人"啊!原来这里就是仙霞!"的惊叹,结尾处写众人下山的情景,语气平淡,却又因一句山岭羞羞怯怯地躲进仙霞的怀抱这一拟人的手法来对比反衬出仙霞山之壮伟,可谓是发人深思的写作技巧。

如此看来,这篇游记在自然、冲淡、谐谑的语言风格背后,充满了"悟"的禅趣。

立意玄默　文辞臻美

赠秀才入军

嵇 康

正文

息徒兰圃①,秣马华山②。
流磻③平皋,垂纶长川。
目送归鸿,手挥五弦④。
俯仰自得,游心太玄⑤。
嘉彼钓叟,得鱼忘筌⑥。
郢人逝矣,谁与尽言。

注释

①徒:徒众,队伍。兰圃:有兰草的野地。
②秣马:喂马。华山:指有花草的山。
③磻(bō):用生丝做绳系在箭上射鸟叫作弋,在系箭的丝绳上加系石块叫作磻。
④五弦:乐器名,状若琵琶。
⑤太玄:大道。
⑥筌:捕鱼的竹器。《庄子·外物》说:"荃者所以在鱼,得鱼而忘筌","言者所以在意,得意而忘言",意思是言论是表达玄理的手段,目的达到了,手段就不需要了。

隐秀篇

(选自本书编委会编:《魏晋南北朝诗观止》,学林出版社2015年版,第40～41页)

知识

嵇康(224—263,一作223—262),字叔夜,谯国铚县(今安徽省濉溪县临涣镇)人。三国曹魏时著名思想家、音乐家、文学家,"竹林七贤"之一。自幼丧父,靠寡母和兄长嵇喜抚养长大,后来成为魏宗室的女婿,后期辞官隐居不仕,倡导玄学,主张"越名教而任自然","审贵贱而通物情"。后被司马昭杀害,临刑前一曲《广陵散》终成绝响。

嵇康亦善文,工于诗,风格清峻,其诗现存50余首。有四言、五言、七言和杂言,而以四言成就较高。何焯《文选评》称:"四言不为《风》、《雅》所羁,直写胸中语,此叔夜高于潘、陆也。"有《嵇中散集》传世。

《赠秀才入军》诗共19首,是寄赠他的哥哥嵇喜的。嵇喜字公穆,曾举秀才。本篇原列第十四,想象嵇喜行军休息时的光景。这首诗富于哲理意味,表达了作者淡泊无为、委心自然的生活态度,流露出一种渊淡的情趣。嵇康的诗影响到后世诗歌创作所极力追求的冲淡的美学趣味之发展,也预兆了玄言诗的兴起。

解读

这首四言诗想象了嵇喜行军之暇领略山水风光的怡然自得之乐,借以表达自己纵情自然的审美情趣。其中"目送归鸿，手挥五弦"句最为传神：弹琴却不专注于琴本身，反而极目远眺，欣赏天空飞过的大雁。传神地塑造出一个飘然物外的高士形象。后顾恺之将此句绘画出来时说："手挥五弦易，目送归鸿难。"想必难就难在那份精神的不易企及吧！

刘勰《文心雕龙》评嵇康诗歌的风格为"嵇志清峻"。本诗笔调雄健有力，写物与写人相互映衬，宝马、华服、宝弓、名箭，均衬托出主人的飒爽英姿，而"游心太玄"又将人融入大自然之中。由强到弱，从有到无，进入了一个玄妙的哲理境界。末句"郢人逝矣，谁与尽言"，不仅传达了对兄长的关心，也表达了自己对军旅生活的否定，同时是对兄长归隐避世的劝谕。

内不愧心，外不负俗，交不为利，仕不谋禄，鉴乎古今，涤情荡欲，何忧于人间之委曲？

——嵇康

无　　题①

李商隐

相见时难别亦难，东风无力百花残②。

隐秀篇

春蚕到死丝方尽③,蜡炬成灰泪始干④。
晓镜但愁云鬓改⑤,夜吟应觉月光寒⑥。
蓬山此去无多路⑦,青鸟殷勤为探看⑧。

注释

①无题:唐代以来,有的诗人不愿意标出能够表示主题的题目时,常用"无题"作诗的标题。

②"东风"句:这里指百花凋谢的暮春时节。东风,春风。残,凋零。

③丝方尽:丝,与"思"谐音,以"丝"喻"思",含相思之意。

④蜡炬:蜡烛。泪始干:泪,指燃烧时的蜡烛油,这里取双关义,指相思的眼泪。

⑤晓镜:早晨梳妆照镜子。镜,用作动词,照镜子的意思。云鬓:女子多而美的头发,这里比喻青春年华。

⑥应觉:设想之词。月光寒:指夜渐深。

⑦蓬山:蓬莱山,传说中的海上仙山,这里指仙境。

⑧青鸟:神话中为西王母传递音讯的信使。殷勤:情谊恳切深厚。探看(kān):探望。

(选自安焕章编:《李商隐诗歌导读》,广陵书社 2015 年版,第 282 页)

经典悦读

知识

李商隐(约813—约858),字义山,号玉溪(谿)生,又号樊南生,祖籍怀州河内(今河南焦作沁阳),出生于郑州荥阳(今河南郑州荥阳市),晚唐著名诗人,和杜牧合称"小李杜",与温庭筠合称"温李"。有"七律圣手"之称。晚唐乃至整个唐代,李商隐是为数不多的刻意追求诗歌美的作者,其诗构思新奇,风格秾丽,多用典,意旨比较隐晦,尤其是爱情诗和无题诗写得缠绵悱恻,优美动人。晚唐时期正逢藩镇割据和宦官专权,这两大弊政横行,终令大唐逐渐没落,与盛唐时节无法相提并论。李商隐便生于晚唐时节。生不逢时,是他遇到的第一个难避之结。因为牛李党争,因为他对政治斗争的迟钝,他最终在这场争斗中落于下风,终生不得其志。在这样的环境下,他的性格格外敏感纤弱,诗句总以似有若无的情绪淡淡地散发着哀愁。

李商隐的特别是以"无题"为名抒写爱情经历的诗,词采华美,感悟深沉,对仗精严,用事贴切,声韵铿锵,意象纷呈,多用暗示、借指、象征、比喻,充满了神秘幽深的韵味,以"无题"二字为掩遮,创造了尽情抒发心意的特殊题材。姚培谦笺注曰:"此等诗,似寄情男女,而世间君臣朋友之间,若无此意,便泛泛与陌路相似,此非粗心人所知。"可见解析各执一词,蕴藉深厚。

隐秀篇

在唐时,人们崇尚道教,信奉道术。李商隐在十五六岁的时候,即被家人送往玉阳山学道。其间与玉阳山灵都观女氏宋华阳相识相恋,但两人的感情却不能为外人明知,而作者的内心又奔涌着无法抑制的爱情狂澜,因此他只能以诗记情,并隐其题,从而使诗显得既朦胧婉曲又深情无限。据考,李商隐所写的以《无题》为题的诗篇,计有20首,大多是抒写他们两人之间恋情的诗。这首《无题》也是如此,并且是其中最为著名的一篇。这首诗,以女性的口吻抒写爱情心理,在悲伤、痛苦之中,寓有灼热的渴望和坚忍的执着精神。以首句中的"别"字为通篇文眼,极写别离的凄怨、哀婉之痛,也融入了诗人切身的人生感受。

这首诗专从"别亦难"着笔。首句"难"字重叠,并叠在前后音步之末顿,不仅音节和鸣,亦使句式形成往复迂回之态,这就更弥见离恨之不可排遣,故风亦为之神伤,花亦为之凋残。颔联二句亦为点化前人诗句,然其"春蚕到死""蜡炬成灰"之沉痛执着皆非前人所能比肩。上言"丝尽"、下言"泪干",其着意仍在"丝(思)不尽""泪不干",借以抒写虽后会无期,而相思之情永在的信念。义山《暮秋独游曲江》云"深知身在情长在",可作此两句的注释,比喻至情至性,已经超越爱情而具有执着人生的永恒意义。此即刘勰《文心雕龙·隐秀》所谓"篇中之独拔者"之"秀句"。正如黄世忠先生所云:"其意蕴之丰富,常超越形象本身,成一极具哲理之警策。对此一联,蘅塘退士孙洙也曾评曰:'一息尚存,志不稍懈,可以言情,可以喻道。'"

苏幕遮·碧云天

范仲淹

正文

碧云天,黄叶地,秋色连波,波上寒烟翠。①山映斜阳天接水,芳草无情,更在斜阳外②。　　黯乡魂③,追旅思④,夜夜除非,好梦留人睡。明月楼高休独倚⑤,酒入愁肠,化作相思泪。

注释

① "碧云天"四句:秋色与秋水连成一片,水面上氤氲着绿色的寒烟。寒烟,这里指水气。
② 芳草无情,更在斜阳外:形容芳草漫无边际。古代文人多以草喻离情。芳草触动人的离愁,而草自青青,故云无情。
③ 黯乡魂:思念家乡,心情颓丧。黯,形容心情忧郁。

隐秀篇

④追：追随，可引申为纠缠。旅思：羁旅之思。
⑤"明月"句：不要独自一人倚高楼望明月，那只会勾起或加重思乡思家的情绪。

（选自钟振振注评：《名家选评中国文学经典丛书唐宋词举要》，安徽师范大学出版社2015年版，第43页）

知识

范仲淹（989—1052），字希文，苏州吴县人。北宋杰出的思想家、政治家、文学家。宋真宗大中祥符八年（1015）进士。历事真宗、仁宗两朝。庆历三年（1043）任参知政事（副宰相），力图革新政治，因遭守旧派官僚的阻挠，未能成功。庆历五年（1045），出任陕西四路沿边安抚使（西北地区的军政长官）、知邠州（今陕西彬县，知州是州级长官）。后徙，知邓（今属河南）、杭等州。63岁时病死于赴官途中，谥号"文正"。范仲淹政绩卓著，文学成就突出，他倡导的"先天下之忧而忧，后天下之乐而乐"思想和仁人志士节操，对后世影响深远。有《范文正公文集》传世。今存词五首，散见于《范文正公集补编》、宋龚明之《中吴纪闻》、元李治之《敬斋古今黈》等。传世作品虽寥寥无几，但多属精品，清婉、悲壮风格兼而有之。

《苏幕遮》，原为唐玄宗时教坊曲牌名，来自西域。"苏幕遮"是当时高昌国语之音译。幕，一作"莫"或"摩"。慧琳《一切经音义》卷四十一《苏莫遮冒》修：

"'苏莫遮'西域胡语也,正云'飒磨遮'。此戏本出西龟兹国,至今犹有此曲。此国浑脱、大面、拨头之类也。"宋代词家用此调是另度新曲。又名《云雾敛》《鬓云松令》。双调,六十二字,上下片各五句,四仄韵。本篇押用一部上去声仄韵,韵脚是"地""翠""水""外""思""睡""倚""泪"。

范仲淹是宋朝一代名臣,他在政治和军事上叱咤风云的同时,也不失风雅之度。他的这首《苏幕遮》,词笔婉丽,深情惟妙,体现了他别样的性情和才华。这是一首描写旅居异地思乡愁的词。词的上阕重在写景,下阕着重抒情,全词侧重于借景抒情,情景交融,以绚丽多彩的笔墨生动地描绘了碧云、黄叶、秋波、寒烟、芳草、斜阳、水天相接的高远意境,勾画出一幅深秋美景之图,暗透夜不能眠、高楼独倚、借酒消愁、思念亲人的乡愁。

开篇写道:"碧云天,黄叶地",交代了作者所处的季节正是深秋,而古人往往会将秋景和各种忧愁相结合,本词也不例外。这里天空、大地、碧水、芳草、斜阳连成一片;又由上而下、由小到大、由近及远,写出一派俊爽空灵的境界。而"芳草无情",反衬出人的浓厚情意,为下片的抒情作了有力的渲染和铺垫。词人借秋景来反衬自己此刻的思乡之愁,上下阕联系紧密,从景到情的转换极其自然。下片开头两句,紧承"芳草天涯无情",直接点

隐秀篇

出"乡魂""旅思",揭示全词主题。将"乡魂""旅思"对举,带有强调的意味,主人公羁泊异乡时间之久与乡思离情之深自见,黯然伤神的旅居异乡愁绪重叠相续。上下文相衬,具有强调寓意的作用。此词以大景写哀情,别有悲壮之气。清代张惠言、黄蓼园据词中个别意象,认为此词非为思家,实借秋色苍茫,隐抒其忧国之意。全词低回婉转,而又不失沉雄清刚之气,是真情流溢、大笔振迅之作。清彭孙通《金粟词话》就说:"前段多入丽语,后段纯写柔情,遂成绝唱。"

不以物喜,不以己悲,居庙堂之高,则忧其民;处江湖之远,则忧其君。是进亦忧,退亦忧;然则何时而乐耶?其必曰:"先天下之忧而忧,后天下之乐而乐矣!"

——范仲淹

蝶恋花·庭院深深深几许

欧阳修

庭院深深深几许①?杨柳堆烟②,帘幕无重数。玉勒雕鞍游冶处③,楼高不见章台④路。　　雨横⑤风狂三月暮，门掩黄昏，无计留春住。泪眼问花花不语，乱红⑥飞过秋千去。

注释

①几许：多少。许，估计数量之词。
②杨柳堆烟：谓晨雾如烟，浓浓地堆聚在柳枝之上。
③玉勒雕鞍：指华贵的车马。玉勒，玉制的马衔。雕鞍，精雕的马鞍。游冶处：指歌楼妓院。
④章台：汉代长安街名，故址在今陕西咸阳渭水南岸。《汉书·张敞传》有"走马章台街"语。唐许尧佐《章台柳传》，记妓女柳氏事。后因以章台为歌妓聚居之地。
⑤雨横：谓雨势来得十分猛烈。横，凶猛。
⑥乱红：这里形容各种花片纷纷飘落的样子。

（选自［宋］欧阳修著、李之亮注析：《欧阳修词选》，中州古籍出版社2015年版，第17页）

知识

欧阳修（1007—1072），字永叔，号醉翁，晚号六一居士，庐陵吉州（今属江西）人。他是北宋古文运动的倡导者和领袖，著名的散文家，其散文说理畅达、抒情委婉，是唐宋八大家之一。其词婉丽，承袭南唐余风，与晏殊较接近，但也有不同处，如他有述怀、咏史、写民情风俗之作，题材较晏殊词广泛。其诗风与散文近似，语言流畅自然。有《欧阳文忠公集》传世。

《蝶恋花·庭院深深深几许》描写了闺中少妇的伤春之情。上片写少妇深闺寂寞，阻隔重重，想见意中人而不得；下片写美人迟暮，盼意中人回归而不得，幽恨怨愤之情自现。全词写景状物，疏俊委曲，虚实相融，用语自然，辞意深婉，尤对少妇心理刻画写意传神，堪称欧词之典范。

这是一首描写少妇幽怨的断肠词，首句连用三个"深"字，把一个独守空房的女子的孤苦落寞之情刻画得入木三分。结尾充分体现了意境的深厚，词中有景、有情，景与情结合得亲密无间、浑然天成，造就了一个完整的意境。单单从环境来讲，它是由外景到内景，用幽深的居室衬托了深邃的感情，用凄惨的色彩渲染了主人公伤感的心情，描摹了女子怅然若失的神态。而情思的缠绵，意境的深远，特别令人神往。

关于此词，古人早有精到的议论，其中以毛先舒的分析最为精细："永叔词云：'泪眼问花花不语，乱红飞过秋千去。'此可谓层深而浑成。何也？因花而有泪，此一层意也；因泪而问花，此一层意也；花竟不语，此一层意也；不但不语，且又乱落、飞过秋千，此一层意也。人愈伤心，花愈恼人，语愈浅而意愈入，又绝无刻画费力之迹，谓非层深而浑成耶？"（《古今词论》）毛氏把词分成四层来体会其意境之美妙。清人张惠言认为这是一首政治讽刺词，他在《词选》中说："庭院深深，闺中既已邃远也。楼高不见，哲王又不悟也。章台游冶，小人之径。雨横风狂，政令暴急也。乱红飞去，斥逐者非一人而已。殆为韩、范作乎？"可见这首词之蕴藉深厚。

君子之修身也，内正其心，外正其容。

——欧阳修

独抒性灵 自然会妙

吊屈原赋

贾 谊

谊为长沙王太傅,既以谪去①,意不自得;及度湘水②,为赋以吊屈原。屈原,楚贤臣也。被谗放逐,作《离骚》赋③,其终篇曰:"已矣哉!国无人兮,莫我知也。"遂自投汨罗④而死。谊追伤之,因自喻⑤,其辞曰:

恭承嘉惠兮,俟罪长沙⑥;侧闻⑦屈原兮,自沉汨罗。造托湘流兮,敬吊先生⑧;遭世罔极兮,乃殒厥身⑨。呜呼哀哉!逢时不祥⑩。鸾凤伏窜兮,鸱枭翱翔⑪。阘茸⑫尊显兮,谗谀得志;贤圣逆曳兮,方正倒植⑬。世谓随、夷为溷兮,谓跖、蹻为廉⑭;莫邪为钝兮,铅刀为铦⑮。吁嗟默默,生之无故兮⑯;斡弃周鼎,宝康瓠兮⑰。腾驾罢牛,骖蹇驴兮⑱;骥垂两耳,服盐车兮⑲。

隐秀篇

章甫荐履，渐不可久兮[20]；嗟苦先生，独离此咎兮[21]。

讯曰[22]：已矣[23]！国其莫我知兮，独壹郁[24]其谁语？凤漂漂其高逝兮，固自引而远去[25]。袭九渊之神龙兮，沕深潜以自珍[26]；偭蟂獭以隐处兮，夫岂从虾与蛭螾？[27]所贵圣人之神德兮，远浊世而自藏；使骐骥可得系而羁兮，岂云异夫犬羊？[28]般纷纷其离此尤兮，亦夫子之故也。[29]历九州而其君兮，何必怀此都也？[30]凤凰翔于千仞兮，览德辉而下之[31]；见细德之险徵兮，遥曾击而去之[32]。彼寻常之污渎[33]兮，岂能容夫吞舟之巨鱼？横江湖之鳣鲸兮，固将制于蝼蚁[34]。

（选自鸿雁主编：《中华文典》，中国华侨出版社2014年版，第147页）

注释

①长沙王：指西汉长沙王吴芮的玄孙吴差。太傅：官名，对诸侯王行监护之责。谪（zhé）：贬官。

②湘水：在今湖南境内，注入洞庭湖。贾谊由京都长安赴长沙必渡湘水。

③《离骚》赋：楚辞既称辞也称赋。
④汨罗：水名，湘水支流，在今湖南岳阳市境内。
⑤因自喻：借以自比。
⑥恭承：敬受。嘉惠：美好的恩惠，指文帝的任命。俟罪：待罪，这里是谦辞。
⑦侧闻：谦辞，说不是正面听到，尊敬的说法。
⑧造：到。讬（tuō）：同"托"，寄托。先生：指屈原，古人单称先生而不称名，表示尊敬。
⑨罔极：没有准则。殒（yǔn）：殁，死亡。厥：其，指屈原。
⑩不祥：不幸。
⑪伏窜：潜伏，躲藏。鸱枭：猫头鹰一类的鸟，古人认为是不吉祥的鸟，此喻小人。翱翔：比喻得志升迁。
⑫阘（tà）：小门。茸：小草。
⑬逆曳：被倒着拖拉，指不被重用。倒植：倒立，指本应居高位却反居下位。
⑭随：卞随，商代的贤士；夷：伯夷。二者都是古贤人的代表。溷（hún）：混浊。跖：春秋时鲁国人，传说他是大盗；蹻（jué）：庄蹻，战国时楚国将领，庄蹻接受楚顷襄王之命开辟云南，后来退路被秦国斩断，他回不来就在云南做了王，客观上背叛了楚国。传说中这两个人成为"坏人"的代表。
⑮莫邪（yé）：古代宝剑名。铅刀：软而钝的刀。铦（xiān）：锋利。

隐秀篇

⑯默默：不得志的样子。生：指屈原。无故：《文选》注谓"无故遇此祸也"。

⑰斡（wò）：旋转。斡弃：抛弃。周鼎：比喻栋梁之材。康瓠（hù）：瓦罐，比喻庸才。

⑱腾驾：驾驭。罢（pí）：疲惫。骖：古代四马驾一车，中间的两匹叫服，两边的叫骖。蹇：跛脚。

⑲《战国策·楚策》："夫骥之齿至矣，服盐车而上太行，中坂纤延，负辕不能上。"骥是骏马，用骏马来拉盐车，比喻糟蹋有才能的人。

⑳章甫：古代的一种礼帽。荐：垫。履：鞋。章甫荐履：用礼帽来垫鞋子。渐：逐渐，这里指时间短暂。

㉑离：通"罹"，遭遇。咎：灾祸。

㉒讯曰：告曰。相当于《楚辞》的"乱曰"。

㉓已矣：算了吧。

㉔壹郁：同"抑郁"。

㉕漂漂：同"飘飘"，飞翔貌。高逝：飞得高高的。自引：自己升高。

㉖袭：效法。九渊：九重渊，深渊。沕（wù）：深潜的样子。

㉗"偭蟂獭"二句的意思是：面向蟂獭一类动物隐居，怎能与蛤蟆、水蛭、蚯蚓一类小虫为伍？偭（miǎn），面向。蟂獭（xiāotǎ），水獭一类的动物。从，跟随。虾（há），蛤蟆。蛭（zhì），水蛭，蚂蟥一类。螾，同"蚓"，蚯蚓。

经典悦读

㉘ "使骐骥"二句的意思是:能够停留的地方就停留,就像犬、羊那样。系,用绳系住。羁,用络头络住。

㉙ "般纷纷"二句的意思是:屈原自己该走不走,长久停留在那乱纷纷的地方,怎么不会遭祸呢。般,久。纷纷,乱纷纷的样子。尤,祸患。夫子,指屈原。

㉚ "历九州"二句的意思是:贾谊为屈原提的建议,要他到处走一走,看到有贤君才停下来帮助他。历,走遍。相,考察。此都,指楚国都城郢。

㉛ 千仞:极言其高。仞,七尺为一仞。览:看到。德辉:指君主道德的光辉。

㉜ 细德:细末之德,指品德低下的国君。险徵:危险的征兆。曾击:高翔。曾,高飞的样子。去:离开。

㉝ 污渎:污水沟。

㉞ 鳣(zhān):鲟一类的大鱼。鲸:鲸鱼。固:本来。《庄子·庚桑楚》:"吞舟之鱼,砀而失水,则蝼蚁苦之。"

(参见鸿雁主编《中华文典》,中国华侨出版社 2014 年版,第 147~148 页)

贾谊被贬谪出了京城,到长沙王的麾下做太傅,感到郁郁不得志;等到他坐船渡过湘江的时候,便有感而发,写了一篇赋来凭吊屈原。屈原是楚国的贤臣。楚王听信谗言将他放逐,他后来写了一篇名为《离骚》的赋,在文

隐秀篇

章结尾感叹道:"算了吧!国家没有一位正直贤能之辈,我也没有知音啊!"于是跳汨罗江自杀了。贾谊我追念感伤这件事情,借此来写文章比喻自己,这样写道:

  恭恭敬敬地承受这美好的恩惠啊,以戴罪之身到长沙去做官。赴任途中听说了屈原自沉汨罗江自杀的事迹。于是我到了这湘江后写了一篇文章把它投到江水中,以恭敬地凭吊屈原先生;(你)遭受了世间无尽的谗言啊,乃至毁灭了自己的生命。唉!唉!遭逢的时代不好啊。鸾鸟凤凰躲避流窜啊,猫头鹰却在高空翱翔。宦官内臣尊贵显耀啊,用谗言奉承阿谀的人能得志;贤才能臣无法立足啊,端方正派的人却郁郁不得志。世人都认为卞随、伯夷恶浊啊,认为盗跖、庄蹻廉洁,(认为)宝剑莫邪粗钝啊,铅质的刀锋利。慨叹抱负无法施展,屈原你无故遇祸啊!这就好比是抛弃了周鼎,而把瓦盆当成了宝物啊;乘坐、驾驶疲牛,使跛驴马作骖啊,反让骏马吃力地去拖盐车啊;帽冠低居在下,鞋履反高高在上;这种倒行逆施的行为是不会长久的。慨叹先生你真不幸啊,竟遭遇到这样的祸难!

  归根结底还是算了吧!没有了知音的国家,个人的哀愁忧郁也无从说起。凤凰飘飘然向高处飞去啊,自己本来就打算远走高飞。效法深渊中的神龙啊,深深地潜藏在渊底来保护自己;弃离了蟂獭去隐居啊,怎么能够跟从蛤蟆与水蛭、蚯蚓?我最为看重圣人的神圣的操守,更愿意远离这污浊的人世而隐居起来;假使骐骥也能够被束缚而受羁绊啊,怎么能够说与狗和羊有分别呢?盘桓在这样混乱的世上遭受祸难啊,也是您的原因。无论到哪里都能辅佐君主啊,又何必留恋国都呢?凤凰在千仞的高空翱翔啊,看到人君道德闪耀出的光辉才降落下来;看到德行卑鄙的人显出的危险征兆啊,就远远地高飞而去。那个狭窄寻常的小水沟,怎么可能容得下能吞掉大船的大鱼?即便是横行于江湖的鳣鱼、鲸鱼,在这里也将受制于蝼蚁。

(编者译)

知识

贾谊(前200—前168),洛阳(今河南洛阳东)人,西汉初年著名政论家、文学家。贾谊少有才名,文帝时任博士,迁太中大夫,受大臣周勃、灌婴排挤,谪为长沙王太傅,故后世亦称贾长沙、贾太傅。三年后被召回长安,为梁怀王太傅。后来梁怀王坠马而死,贾谊深感歉疚,抑郁而亡,年仅33岁。

贾谊在散文方面的主要成就是政论文,评论时政,风格朴实峻拔,议论酣畅,鲁迅称之为"西汉鸿文",其代表作有《过秦论》《论积贮疏》《陈政事疏》等。其辞赋皆为骚体,形式趋于散体化,是汉赋发展的先声,以《吊屈原赋》《鹏鸟赋》最为著名。

解读

在中国文学史上,贾谊首次用赋的文体与另一个时代的"不遇"文人在精神上产生了共鸣和认同。同时,《吊

隐秀篇

屈原赋》中"贤圣逆曳,方正倒植"的现象屡屡出现于以后的贬谪文学作品中,成为后世许多文人士大夫共有的文化记忆。

贾谊的悲剧命运是由许许多多的矛盾交织在一起形成的,这里面有大一统时期"士"尊严的失落,有作为政治家遇到现实与理想相互冲突时的困惑,有"庙堂之高"向"江湖之远"心路的痛苦转变,这些无疑都反映了汉初士大夫精神世界的某些新变。同时,用赋这种文体来书写对自身命运的愤懑和嗟叹,并自觉与前代文人"击节相和",这些微妙的变化正是东汉末年"文学自觉"的前兆。

本文开头,贾谊恭敬地将任命当作恩惠,前往长沙。看似通达之语,其中的酸楚又有几人得知?同被奸人所害,同是才能无法施展,贾谊与屈原有太多的相似之处,因而,此赋名为吊屈原,实际上吊唁的何尝不是他自己。贤士失意、小人得志,贾谊心中有说不出的苦。本文通篇充满愤慨之语,行文如行云流水,颇能体现贾谊之才气。刘勰评曰:"辞清而理哀。"苏轼在《贾谊论》中谓:"观其过湘为赋以吊屈原,萦纡郁闷,超然有远举之志。"(《苏轼文集》卷四),确为中肯之语。

水背流而源竭兮,木去根而不长。

——贾谊

满井①游记

袁宏道

燕地②寒,花朝节③后,馀寒犹④厉。冻风时作⑤,作则飞沙走砾⑥。局促⑦一室之内,欲出不得。每冒风驰行,未百步辄返。

廿二日天稍和⑧,偕⑨数友出东直⑩,至满井。高柳夹堤,土膏⑪微润,一望空阔,若脱笼之鹄⑫。于时⑬冰皮⑭始⑮解,波色乍⑯明,鳞浪⑰层层,清澈见底,晶晶然⑱如镜之新开⑲而冷光之乍⑳出于匣㉑也。山峦为晴雪所洗㉒,娟然㉓如拭㉔,鲜妍明媚,如倩女之靧面而髻鬟之始掠也㉕。柳条将舒㉖未舒,柔梢㉗披风㉘,麦田浅鬣寸许㉙。游人虽未盛,泉而茗者,罍而歌者,红装而蹇者㉚,亦时时有。风力虽㉛尚劲㉜,然徒步则汗出浃㉝背。凡曝沙之鸟,呷浪之

隐秀篇

鳞,㉞悠然自得㉟,毛羽鳞鬣㊱之间,皆有喜气。始知郊田之外,未始无春㊲,而城居者未之知也。夫㊳不能以游堕事㊴,而潇然㊵于山石草木之间者,惟㊶此官㊷也。而此地适㊸与余近,余之游将自此始,恶能㊹无纪㊺?己亥之二月也。

(选自陈振鹏、章培恒主编:《古文鉴赏辞典(新一版)》,上海辞书出版社2014年版,第1645页)

注释

①满井:明清时期北京东北角的一个游览地,因有一口古井,"井高于地,泉高于井,四时不落",所以叫"满井"。

②燕地:指今河北北部、辽宁西部、北京一带。这一地区原为周代诸侯国燕国故地。

③花朝节:旧时以阴历二月十二日为花朝节,据说这一天是百花生日。

④犹:仍然。

⑤冻风时作:冷风时常刮起来。作,起,兴起。

⑥砾:小石块,碎石子。

⑦局促:拘束,形容受到束缚而不得舒展。

⑧和:暖和。

⑨偕:一同,一起。

⑩东直：北京东直门，在旧城东北角。满井在东直门北三四里。

⑪土膏：肥沃的土地。膏，肥沃。

⑫若脱笼之鹄（hú）：好像从笼中飞出去的天鹅。鹄，一种水鸟，俗名天鹅。

⑬于时：在这时。

⑭冰皮：冰层。

⑮始：刚刚。

⑯乍：刚刚，开始。

⑰鳞浪：像鱼鳞似的细浪纹。

⑱晶晶然：光亮的样子。

⑲镜之新开：镜子新打开。

⑳乍：突然。

㉑匣：指镜匣。

㉒"山峦"句：山峦被融化的雪水洗干净。为，表被动。晴雪，晴空之下的积雪。

㉓娟然：美好的样子。

㉔拭：擦拭。

㉕"如倩女"句：像美丽的少女洗好了脸刚梳好髻鬟一样。倩女，美丽的女子。靧（huì），洗脸。掠，梳掠。

㉖舒：舒展。

㉗梢：柳梢。

㉘披风：在风中散开。披，开、分散。本句省略介词"于"，即"披于风"。

隐秀篇

㉙"麦田"句：麦苗高一寸左右。鬣（liè），兽颈上的长毛，一说马鬃，这里形容不高的麦苗。

㉚"泉而茗"三句：汲泉水煮茶喝的，端着酒杯唱歌的，穿着艳装骑驴的。泉，这里指汲泉水。茗，这里指煮茶。罍（léi），这里指端着酒杯。蹇（jiǎn），这里指骑驴。全是名词作动词用。

㉛虽：虽然。

㉜劲：猛、强有力。

㉝浃（jiā）：湿透。

㉞"凡曝沙"二句：在沙滩上晒太阳的鸟，浮到水面戏水的鱼。呷（xiā），吸，这里用其引申义。鳞，借代用法，代鱼。

㉟悠然自得：悠闲舒适。悠然，闲适的样子。自得，内心得意舒适。

㊱毛羽鳞鬣：泛指一切动物。毛，指虎狼兽类；羽，指鸟类；鳞，指鱼类和爬行动物；鬣，指马一类动物。

㊲未始无春：未尝没有春天。这是对第一段"燕地寒"等语说的。

㊳夫（fú）：用于句子开头，可翻译为大概。

㊴堕（huī）事：耽误公事。堕，古同"隳"，坏、耽误。

㊵潇然：悠闲自在的样子。

㊶惟：只。

㊷此官：当时作者任顺天府儒学教授，是个闲职。

㊸适：正好。

㊹恶(wū)能:怎能。恶,怎么。
㊺纪:通"记",记录。

(参见汤克勤主编:《古文鉴赏辞典》,崇文书局2015年版,第414~415页)

北京一带气候寒冷,花朝节过后,冬天余下的寒气还很厉害。冷风时常刮起,一刮起来就飞沙走石。拘束在一室之中,想出去而不可得。每次冒风疾行,不到百步就(被迫)返回。

二十二日天气略微暖和,偕同几个朋友出东直门,到满井。高大的柳树夹立堤旁,肥沃的土地有些湿润,一望空旷开阔,(觉得自己)好像是逃脱笼子的天鹅。这时河的冰面刚刚融化,波光才刚刚开始明亮,像鱼鳞似的浪纹一层一层,清澈得可以看到河底,光亮的样子,好像明镜新打开,清冷的光辉突然从镜匣中折射出来一样。山峦被晴天融化的积雪洗过,美好的样子,好像刚擦过一样;娇艳光亮,(又)像美丽的少女洗了脸刚梳好的髻鬟一样。柳条将要舒展却还没有舒展,柔软的梢头在风中散开,麦苗破土而出,短小如兽颈上的毛,才一寸左右。游人虽然还不旺盛,(但)用泉水煮茶喝的,拿着酒杯唱歌的,身着艳装骑驴的,也时时能看到。风力虽然还很强劲,然而走路就汗流浃背。举凡(那些)在沙滩上晒太阳的鸟,浮到水面上戏水的鱼,都悠然自得,一切动物都透出喜悦

隐秀篇

的气息。(我这)才知道郊野之外未曾没有春天,可住在城里的人(却)不知道啊。

不会因为游玩而耽误公事,能无拘无束潇洒地在山石草木之间游玩的,恐怕只有我这个职位了。而此地正好离我近,我将从现在开始出游,怎能没有记述?(这是)明万历二十七年二月啊。

(编者译)

识

袁宏道(1568—1610),字中郎,又字无学,号石公,又号六休。湖广公安(今属湖北省公安县)人。万历二十年(1592)进士。他是明代文学反对复古运动的主将,既反对前后七子摹拟秦汉古文,亦反对唐顺之、归有光摹拟唐宋古文,认为文章与时代有密切关系。袁宏道在文学上反对"文必秦汉,诗必盛唐"的风气,提出"独抒性灵,不拘格套"的性灵说。与其兄袁宗道、其弟袁中道并有才名,由于三袁是荆州公安县人,其文学流派世称"公安派"或"公安体",三人合称为"公安三袁"。主要作品有《袁中郎全集》《徐文长传》《袁中郎集笺校》等。

万历二十六年(1598),袁宏道收到在京城任职的哥哥袁宗道的信,让他进京。他只好收敛起游山玩水的兴致,来到北京,被授予顺天府(治所在北京)教授。第二年升为国子监助教,《满井游记》就写于这一年的早春二月。他和几个朋友一起游览了京郊的满井,心情愉悦,

文章在此背景下写成。

本篇选自《袁中郎全集》卷十四。文章描写北京早春的气象,既能传达出山川景物的神韵,又渗透着洒脱真挚的情怀。简练的白描,形象的比喻,字里行间流露出作者独特的审美情趣。作者从城居不见春叙起,接着写郊外探春,并逐层写出郊原早春景色的诱人,而最后归结道:"始知郊田之外,未始无春,而城居者未之知也。"回应了开头困居局促之状,迥然有苦乐之异和天渊之别,表现了作者厌弃喧嚣尘俗的城市生活、寄意于山水草木的潇洒情怀。通篇写景都渗透着这种洒脱而真挚的感情,使文字具有一种清新恬静的田园节奏。而简练的白描和贴切的比喻,更为行文增添了不少诗情画意。教育家丁石孙评此文:"简而精,在描绘满井之景时融合其情,修辞十分精彩,是明代优秀记游散文。"

情至之语,自能感人。

——袁宏道

隐秀篇

湖心亭看雪

张　岱

崇祯五年①十二月，余住西湖。大雪三日，湖中人鸟声俱绝。是日更定②矣，余拏③一小舟，拥毳衣炉火④，独往湖心亭看雪。雾凇沆砀⑤，天与云、与山、与水，上下一白，湖上影子，惟长堤一痕，湖心亭一点，与余舟一芥，舟中人两三粒而已。到亭上，有两人铺毡对坐，一童子烧酒，炉正沸。见余大惊喜，曰："湖中焉得更有此人？"拉余同饮。余强饮三大白⑥而别。问其姓氏，是金陵人，客此。及下船，舟子喃喃曰："莫说相公痴，更有痴似相公者！"

[选自（明）张岱著：《陶庵梦忆　西湖梦寻》，作家出版社1994年版，第73页]

注释

①崇祯五年:公元1632年。崇祯,是明思宗朱由检的年号(1628—1644)。

②更(gēng)定:指初更以后。晚上八点左右。

③拏(ná)(rú):通"桡",撑(船)。

④拥毳(cuì)衣炉火:穿着细毛皮衣,带着火炉。毳衣,细毛皮衣。毳,鸟兽的细毛。

⑤雾凇:冰花一片弥漫。雾,从天上下罩湖面的云气。凇,从湖面蒸发的水汽。沆(hàng)砀(dàng):白气弥漫的样子。

⑥大白:大酒杯。白,古人罚酒时用的酒杯,也泛指一般的酒杯,这里的意思是三杯酒。

(参见 [明] 张岱著《陶庵梦忆 西湖梦寻》,中州古籍出版社2012年版,第91页)

译文

崇祯五年十二月的时候,我住在西湖边。那时,大雪足足连续下了三天,湖中的行人、飞鸟的声音都没有了。这一天晚上八点左右,我撑着一叶扁舟,穿着毛皮衣,带着火炉,独自前往湖心亭观赏雪景。湖面上弥漫着片片冰花,天和云和山和水,从上到下白茫茫一片。湖上能看到的影子,只有一道长堤的痕迹,湖心亭的一点轮廓,和我的一叶小舟,以及舟中的两三粒人影而已。

隐秀篇

到了湖心亭上,我看见有两个人在铺好的毡子上相对而坐,一个童仆正把酒炉里的酒烧得滚沸。他们看见我,便非常高兴地说:"想不到在湖中还会有您这样的人!"于是拉着我一同饮酒。我勉强喝了三大杯酒才告别而去。询问过他们的姓氏才知道是南京人,客居于此。等我下船的时候,船夫喃喃地说:"不要说相公您痴了,原来还有像相公您一样痴的人啊!"

(编者译)

知识

《湖心亭看雪》是明末文学家张岱的代表作,是小品文的经典之作,选自《陶庵梦忆》卷三。张岱(1597—1689,一说卒于1684年),晚明文学家、史学家,字宗子、石公,号陶庵、天孙、蝶庵、会稽外史等,山阴(今浙江绍兴)人。张岱不事科举,不求仕进,著述终老,有《陶庵梦忆》《西湖梦寻》《夜航船》《琅嬛文集》《快园道古》等著作传世。张岱以小品文名垂后世,其小品文荟萃于"两梦"和《琅嬛文集》中,题材丰富,风格独特,笔墨清新澹远又高致。另有史学名著《石匮书》传世。

解读

湖心亭,在西湖中,初名振鹭亭,又称清喜阁,万历后方称湖心亭。作者于首句交代时间、住址。后一句

"大雪三日，湖中人鸟声俱绝"，简笔勾勒，一"绝"字烘托出雪后西湖的严寒肃杀，为后文作者冒严寒赏雪作铺垫。

作者于大雪之傍晚逸兴奇发，驾一扁舟往湖心亭看雪。"拥毳衣炉火"的出行准备，更反衬出寒气刺骨。之所以选择在幽夜独往，大约是既不欲人见，也不欲见人。如此孤寂的情怀中，正蕴含着避世的幽愤。此时所见"雾凇沆砀"，湖上雪光水气，混融不分，天水一色，湖山一体，皆为冰肌雪骨。张岱论诗，多以冰雪为喻，崇尚冰雪之空灵、真气。此处写景可谓其审美实践。承接此句，作者以全景镜头俯视西湖："长堤一痕"，"湖心亭一点"，"余舟一芥"，"舟中人两三粒"，等等。作者重复三个"一"，与几个表示微小的量词"痕""点""芥""粒"等巧妙配合，反衬出冰雪世界的浩渺，人烟稀绝。此句暗含了作者遗世独立、别具慧眼的高雅情趣。

接下来移步换形，别开一境界。"独往湖心亭看雪"，却不意亭上已有人先我而至。但作者并不说自己惊喜，反写二客"见余大惊喜"，背面敷粉，反客为主。"湖中焉得更有此人？"这一惊叹虽发之于二客，实为作者心声，作者妙在不发一语，而得觅知音之喜悦便溢于文中。作者"强饮三大白"，是为了酬谢知己，颇有王维"相逢意气为君饮"之豪情。饮罢相别，始"问其姓氏"，却又妙在语焉不详，只说："是金陵人，客此。"可见这二位湖上知己，原是他乡游子，萍水相逢，后会难期。这一补叙之

隐秀篇

笔,透露出作者的无限怅惘。文章末尾借舟子评说绾结,点出一个"痴"字;又以相公之"痴"与"痴似相公者"相比较、相浸染,把一个"痴"字写透。

全篇语言简洁精练,却又神理自见,涵咏不尽。正如明末戏曲家祁彪佳在《古今义列传序》中评曰:"其点染之妙,凡当要害,在余子宜一二百言者,宗子能数十字辄尽情状,乃穷事际,反若有千百言在笔下。"

警语

人无癖不可与交,以其无深情也;人无疵不可与交,以其无真气也。

——张岱

凤凰台上忆吹箫
李清照

正文

香冷金猊①,被翻红浪②,起来慵③自梳头。任宝奁④尘满,日上帘钩。生怕离怀别苦,多少事、欲说还休。新来瘦,非干⑤病酒,不是悲秋。　　休休!这回去也,千万遍阳关⑥,也则⑦难留。念武陵人远⑧,烟锁秦楼⑨。惟有楼前流水,应念我、终日凝眸。凝眸⑩处,从今又添,一段新愁。

注释

①金猊(ní):指狻猊形铜香炉。

②红浪:红色被铺乱摊在床上,有如波浪。

③慵:懒。

④宝奁(lián):华贵的梳妆镜匣。

⑤干:关涉。

⑥阳关:语出《阳关三叠》。王维《送元二使安西》诗:"渭城朝雨浥轻尘,客舍青青柳色新。劝君更尽一杯酒,西出阳关无故人。"后据此诗谱成《阳关三叠》,为唐宋时的送别之曲。此处泛指离歌。

⑦也则:依旧。

⑧武陵人远:沈祖棻《宋词赏析》(上海古籍出版社1980年版):"武陵",在宋词、元曲中有两个含义:一是指陶渊明《桃花源记》中的渔夫故事;一是指刘义庆《幽明录》中的刘、阮故事。此处借指爱人去的远方。韩琦《点绛唇》词:"武陵凝睇,人远波空翠。"

⑨烟锁秦楼:总谓独居妆楼。秦楼,即凤台,相传春秋时秦穆公之女弄玉与其夫萧史乘凤飞升之前的住所。出自冯延巳《南乡子》词"烟锁秦楼无限事"。

⑩眸：指瞳神。《说文》："目童（瞳）子也。"指眼珠。《景岳全书》卷二十七引龙木禅师语曰："……人有双眸，如天之有两曜，乃一身之至宝，聚五脏之精华。"

（选自［清］上彊村民选编、黄占英注释：《宋词三百首》，吉林大学出版社 2015 年版，第 323 页）

知识

李清照（1084—1155），号易安居士，齐州济南（今山东省济南市章丘区）人。宋代女词人，婉约词派代表，有"千古第一才女"之称。李清照出身书香门第，早年生活优裕，其父李格非藏书甚富，她小时候就在良好的家庭环境中打下文学基础。出嫁后与夫赵明诚共同致力于书画金石的搜集整理。金兵入据中原时，流寓南方，境遇孤苦。所作词，前期多写其悠闲生活，后期多悲叹身世，情调感伤。形式上善用白描手法，自辟途径，语言清丽。论词强调协律，崇尚典雅，提出词"别是一家"之说，反对以作诗文之法作词。能诗，留存不多，部分篇章感时咏史，情辞慷慨，与其词风不同。有《易安居士文集》《易安词》，已散佚。后人有《漱玉词》辑本。今有《李清照集校注》。

解读

这首词是李清照的早期作品，它以曲折含蓄的口吻表现了词人对丈夫的思念和深情，深婉细腻。上片写离别前的情景。前三句写出室内环境的凄清意境和词人晨起的慵懒神态。"任宝奁"二句,形象生动地展现了词人与丈夫临别时怅然、百无聊赖的心情。"生怕"二句,写词人的心理活动。这种"欲说还休"的抑制表现了词人内心的愁苦。"新来瘦"三句写近来自己消瘦的原因,并非因"日日花前常病酒",也不是因"万里悲秋常作客",词人消瘦的原因可想而知。此处写得吞吐往复,文势波澜,感情真挚,婉转曲折。

下片接着写去者难留之苦,用叠字以加重语气,"休休"三句写纵使歌唱千万遍《阳关》,也无法挽回离者,那只好算了。接着用一"念"字领起,写别后的设想。"念武陵人"二句运用了两个典故,写想象中人去楼空的情景,传达出丰富的感情信息。"惟有"六句写唯有楼前流水,映出她终日倚楼的身影,印下她钟情凝望的眼神。流水无知无情,怎会记住她终日凝眸的情态?丈夫走后,人去楼空,佳人独坐,山高路远,枉自凝眸,本来抑郁的心情又增添了一层新愁。

枕上诗书闲处好,门前风景雨来佳。

——李清照

露锋文外 惊绝妙心

上林赋①

（节选）

司马相如

正文

亡是公听然而笑曰②："楚则失矣，而齐亦未为得也。夫使诸侯纳贡者，非为财币，所以述职③也，封疆画界者，非为守御，所以禁淫④也，今齐列为东藩，而外私肃慎⑤，捐国逾限⑥，越海而田⑦，其于义固未可也。且二君⑧之论，不务明君臣之义，正诸侯之礼，徒事争于游戏之乐，苑囿之大，欲以奢侈相胜，荒淫相越，此不可以扬名发誉，而适足以贬君自损也。

"且夫齐楚之事，又乌足道乎，君未睹夫巨丽也！独不闻天子之上林乎？左苍梧，右西极⑨，丹水更其南，紫渊径其北，终始灞浐，出入泾渭；酆镐潦潏⑩，纡余委蛇，经营乎其内。荡荡乎八川分流，相背而异

隐秀篇

态。东西南北，驰骛往来，出乎椒丘之阙[11]，行乎洲淤之浦[12]，经乎桂林之中，过乎泱漭之壄。汩乎混流[13]，顺阿而下，赴隘狭之口，触穹石，激堆埼[14]，沸乎暴怒，汹涌彭湃，滭弗宓汩[15]，逼侧泌㳽[16]，横流逆折，转腾潎洌，滂濞沆溉[17]，穹隆云桡，宛潬胶戾[18]，逾波趋浥，莅莅下濑[19]，批岩冲拥，奔扬滞沛，临坻注壑，瀺灂霣坠[20]，沈沈隐隐，砰磅訇磕[21]，潏潏淈淈，湁潗鼎沸[22]，驰波跳沫，汩㵒漂疾[23]，悠远长怀，寂漻无声，肆乎永归，然后灏溔潢漾[24]，安翔徐回，翯乎滈滈[25]，东注太湖，衍溢陂池。

……

"于是乎游戏懈怠，置酒乎颢天之台，张乐乎轇輵之宇[26]。撞千石之虡，立万石之虡[27]，建翠华之旗，树灵鼍之鼓，奏陶唐氏之舞，听葛天氏之歌，千人唱，万人和，山陵为之震动，川谷为之荡波，巴渝宋蔡，淮南干遮，文成颠歌，族居递奏，金鼓迭

起,铿铃闛鞈㉓,洞心骇耳;荆吴郑卫之声,韶濩武象之乐,阴淫案衍之音,鄢郢缤纷,激楚结风。俳优侏儒,狄鞮之倡㉙,所以娱耳目乐心意者,丽靡烂漫于前,靡曼美色于后。若夫青琴、宓妃之徒,绝殊离俗,妖冶娴都㉚,靓妆刻饰,便嬛绰约,柔桡嫚嫚,妩媚㜮弱,曳独茧之褕绁㉛,眇阎易以恤削,便姗嫳屑㉜,与俗殊服,芬芳沤郁,酷烈淑郁;皓齿粲烂,宜笑的皪㉝;长眉连娟,微睇绵藐㉞,色授魂与,心愉于侧。

"于是酒中乐酣,天子芒然而思,似若有亡,曰:'嗟乎!此大奢侈。朕以览听馀闲,无事弃日,顺天道以杀伐,时休息于此。恐后叶靡丽,遂往而不返,非所以为继嗣创业垂统也。'于是乎乃解酒罢猎,而命有司曰:'地可垦辟,悉为农郊,以赡萌隶,隤墙填堑㉟,使山泽之人得至焉。实陂池而勿禁,虚宫馆而勿仞,发仓廪以救贫穷,补不足,恤鳏寡,存孤独,出德号,

隐秀篇

省刑罚,改制度,易服色,革正朔,与天下为更始。'

"于是历吉日以斋戒,袭朝服,乘法驾,建华旗,鸣玉鸾,游于《六艺》之囿,驰骛乎仁义之涂,览观《春秋》之林,射《狸首》㊱,兼《驺虞》,弋玄鹤,舞干戚,载云䍐㊲,掩群雅,悲《伐檀》,乐乐胥,修容乎礼园,翱翔乎书圃,述易道,放怪兽,登明堂,坐清庙,次群臣,奏得失,四海之内靡不受获㊳。于斯之时,天下大悦,乡风而听,随流而化,芔然兴道而迁义㊴,刑错而不用,德隆于三王,而功羡于五帝。若此,故猎乃可喜也。若夫终日驰骋,劳神苦形,罢车马之用,抏士卒之精,费府库之财,而无德厚之恩,务在独乐,不顾众庶,忘国家之政,贪雉兔之获,则仁者不繇也。从此观之,齐楚之事,岂不哀哉!地方不过千里,而囿居九百,是草木不得垦辟而人无所食也。夫以诸侯之细,而乐万乘之所侈,仆恐百姓被其尤也。"

于是二子愀然改容,超若自失,逡巡避席,曰:"鄙人固陋,不知忌讳,乃今日见教,谨受命矣。"

(选自臧励和选注、司马朝军校订:《汉魏六朝文》,崇文书局2014年版,第44~49页)

注释

①上林,古宫苑名,故址在今陕西西安市西及周至、户县界,秦旧苑,汉初荒废,汉武帝重新扩建,南北长三百里,离宫七十所。

②亡是公:作者假托的人名。亡,通"无"。听(yǐn)然:笑貌。

③述职:诸侯向天子陈述职守。

④淫:放纵,过分。指诸侯国不知节制,侵入别国疆界。

⑤私:指私自交好。肃慎:古国名,在今长白山以北至黑龙江一带。

⑥捐国:指离开自己的国家。逾限:越过本国边界。

⑦越海而田:指《子虚赋》言齐王"秋田乎青丘"之事。"青丘"为传说中的海外国名,故云"越海"。田,通"畋",畋猎。

⑧二君:指《子虚赋》中的子虚和乌有先生。

⑨左:指东方。苍梧:汉郡名,治所在今广西苍梧县。苍梧古属交州,在长安东南,故言"左"。右:指西方。

隐秀篇

西极：古指豳地，在长安西北一带，故言"右"。

⑩酆镐（hào）潦（lǎo）潏（jué）：四水名，酆水源出陕西户县南山酆谷，东北流经西安北至咸阳入渭。镐水源出鄠县南山谷中，北流经西安西南注昆明池，又西达咸阳入于渭。潦水即涝水，源出户县南山涝谷，经西安入渭。潏水源出户县南山石鳖谷，今名沇水，自南山黄子坡西北流经昆明池入渭。

⑪椒丘之阙：生满椒树的山相对而立，类似于阙的形状。阙，又名门观。门前两旁建台，上有楼观，中间有阙口为通道，故称阙。

⑫洲淤：水中可居之地。古时长安一带人呼洲为淤。浦：水边。

⑬汩（yù）乎混流：指水流很急，水势很大。汩，水流迅速。混，水势浩大。

⑭堆埼（qí）：高大曲折的河岸。

⑮渒弗（bìfèi）：同"髴沸"，水上涌的样子。宓（mì）汩：水流疾去的样子。

⑯逼侧：水迫近岸边。泌滞（jié）：水浪涌起互相冲击的样子。逼，同"偪"。

⑰滂濞（pāngpì）：即"彭湃"，水波相互撞击的声音。沆（hàng）溉：水浪愤怒涌起的样子。

⑱宛潬（shàn）：水流盘曲的样子。胶戾：水流纠绞在一起的样子。

经典悦读

⑲泣（lì）泣：水流急的样子。濑（lài）：浅水沙石滩。

⑳瀺灂（chánzhuó）：小水声。指水流近小丘时发出的细小声音。霣坠：指水从高处落到低处。霣，通"陨"。

㉑砰磅（pēngpāng）：即"乓乓"，象声词。訇磕（hōngkē）：指水流激荡发出轰隆隆的声音。

㉒浩溔（chìjí）鼎沸：形容水流上涌如沸腾的样子。浩溔，水沸腾的样子。

㉓汨㴋（yùxī）：水流急转的样子。漂疾：同"剽疾"，形容水势猛悍。

㉔灏溔（hàoyǎo）：水势广大无际的样子。潢（guāng）漾：水势深广，水波荡漾。

㉕嚣（hè）乎滈（hào）滈：谓大水泛着白光。嚣，白而有光泽。滈滈，指水泛着白光。

㉖张：陈设。轇輵之宇：指空旷辽阔的屋子。轇輵，寥廓。宇，屋宇。

㉗虡（jù）：悬挂钟磬的木架。

㉘铿铃：同"铿锵"，指钟声。闛鞳（táng tà）：指鼓声。

㉙狄鞮（dī）：西方部族名。倡：女乐工。

㉚妖冶：美好。娴都：美丽典雅。

㉛独茧：一个蚕茧的丝。指丝线颜色纯净一致。褕（yú）：短衣。袣：同"袘（yì）"，衣袖。此皆指衣服。

㉜便姗嫳（piè）屑：衣服翩翩飘动的样子。

隐秀篇

㉝宜笑：微露牙齿的笑。的皪（lì）：指牙齿鲜白的样子。
㉞微睇：微微顾盼。睇，流盼。绵藐：指眼光的绵长悠远。
㉟隤（tuí）墙填堑：谓把上林苑四周的墙推倒，把壕沟填平。隤，毁坏。
㊱射：指行射礼。《貍首》：古逸诗的篇名。古代诸侯举行射礼时，奏《貍首》乐章。
㊲云罕（hǎn）：本指捕捉禽兽的网，此指旌旗。古注说，云罕用以猎兽，今载之于车，象征"捕群雅"。
㊳靡不受获：没有人不受到天子的恩泽。获，猎获物，此处指恩惠。
㊴芔（huì）然：犹勃然。迁：徙。

（参见臧励和选注《汉魏六朝文》，崇文书局 2014 年版，第 49~60 页）

无是公微笑着说："楚国错了，齐国也未必正确。天子所以让诸侯交纳贡品，并不是为了财物，而是为了让他们到朝廷陈述其履行职务的情况；所以要划分封国的疆界，并非为了守卫边境，而是为了杜绝诸侯的越规违法的行为。如今，齐国位列东方的藩国，却与国外的肃慎私自交好，弃离封国，越过国界，漂洋过海，到青丘去游猎，这种做法就诸侯应遵守的道义来说，是不允许的。况且你们二位先生的言论，都不是竭力阐明君臣之间的正常关系，也不是端正诸侯的礼仪，而只是去争论游猎的欢乐，

苑囿的广大,想以奢侈争胜负、以荒淫赛高低。这样做不但不能使你们的国君显扬名望,提高声誉,却恰恰能够贬低你们国君的声望,自己蒙受损失。

"况且那齐国和楚国的事物又哪里值得称道呢!先生们没有亲眼看到那浩大壮丽的场面,难道没有听说过天子的上林苑吗?上林苑左边是苍梧,右边是西极,丹水流过它的南方,紫渊流经它的北方;灞水和浐水始终未流出上林,泾水和渭水流进来又流出去;酆水、镐水、潦水、潏水,曲折宛转,在上林苑中回环盘旋。浩浩荡荡的八条河川,流向相背,姿态各异,东西南北,往来奔驰,从两山对峙的椒丘山谷流出,流经沙石堆积的小洲,穿过桂树之林,流过茫茫无垠的原野。水流迅疾盛大,沿着高丘奔腾而下,直赴狭隘的山口。撞击着巨石,激荡着沙石形成的曲折河岸,水流涌起,暴怒异常,汹涌澎湃。河水盛涌,水流迅疾,波浪撞击,砰砰作响;横流回旋,转折奔腾,潎洌作响。急流冲击着不平的河岸,轰鸣震响,水势高耸,浪花回旋,卷曲如云,蜿蜒萦绕。后浪推击着前浪,流向深渊,形成湍急的水流,冲过沙石之上。拍击着岩石,冲击着河堤,奔腾飞扬,不可阻挡。大水冲过小洲,流入山谷,水势渐缓,水声渐细,跌落于沟谷深潭之中。有时潭深水大,水流激荡,发出乒乓轰隆的巨响。有时水波翻涌飞扬,如同鼎中热水沸腾。水波急驰,泛起层层白沫,跳跃不止。有时水流急转,轻疾奔扬,流向远方,长

隐秀篇

归大湖。有时水面平静无声,安然地向着远方流去。然后,无边无际的大水,迂回徐缓,银光闪闪,奔向东方,注入太湖,湖水满溢,流进附近的池塘。

……

"于是游乐嬉戏倦怠松懈,在上接云天的台榭摆下酒宴,在广阔无边的寰宇演奏音乐。撞击千石的大钟,竖起万石的钟架,高擎着翠羽为饰的旗帜,设置灵鼍皮制成的大鼓,奏起尧时的舞曲,聆听葛天氏的乐曲,千人同唱,万人相和,山陵被这歌声震动,河川之水被激起大波。巴渝的舞蹈,宋、蔡的歌曲,淮南的《干遮》,文成和云南的民歌,同时并举,轮番演奏。钟鼓之声此起彼伏,铿锵哐当,惊心震耳。荆、吴、郑、卫的歌声,《韶》《濩》《武》《象》的音乐,淫靡放纵的乐曲,鄢、郢地区的飘逸舞姿,《激楚》之音高亢激越,可以掀起回风,俳优侏儒的表演,西戎的乐妓,用来使耳目欢愉、心情快乐的事物,应有尽有。美妙悦耳的音乐在君王面前回荡,皮肤细腻的美女站立在君王身后。像那仙女青琴、宓妃之流的美女,超群脱俗,艳丽高雅。面施粉黛,刻画鬓发,体态轻盈,苗条多姿,柔弱美好,妩媚婀娜。身穿纯色丝织的罩衣,拖着衣袖,细看那长长的衣衫,非常整齐,轻柔飘动,与世俗的衣服不同。散发着浓郁的芳香,清美浓厚。鲜明洁白的牙齿,微露含笑,光洁动人。眉毛修长弯曲,双目含情,流盼远视。美色诱人,心魂荡漾,女乐高兴地

侍立君侧。

"于是酒兴半酣，乐舞狂热，天子怅惘有思，似有所失，说道：'唉，这太奢侈了，我在理政的闲暇之时，不愿虚度时日，顺应天道，前来上林苑猎杀野兽，有时在此休息。生怕后代子孙奢侈淫靡，循此而行，不肯休止，这不是为后人创功立业发扬传统的行为。'于是就撤去酒宴，不再打猎，而命令主管官员说：'凡是可以开垦的土地，都变为农田，用以供养黎民百姓。推倒围墙，填平壕沟，使乡野之民都可以来此谋生。陂池中满是捕捞者也不加禁止，宫馆空闲也不进住。打开粮仓，赈济贫穷的百姓，补助不足，抚恤鳏寡，慰问孤儿和无子的老人。发布施恩德给百姓的政令，减轻刑罚，改变制度，变换服色，更改历法，同天下百姓一道从头做起。'

"于是选择好日子来斋戒，穿上朝服，乘坐天子的车驾，高举翠华之旗，响起玉饰的鸾铃。游观于六艺的苑囿，奔驰在仁义的大道之上，观览《春秋》之林，演奏《狸首》，兼及《驺虞》的乐章，举行射礼，射中玄鹤，举起盾牌和大斧，尽情而舞。车载着高张云天的罗网，掩捕众多的文雅之士，为《伐檀》作者的慨叹而悲伤，替《桑扈》乐得才智之士而快乐，在礼园中修饰容仪，在《书》囿中徘徊游赏，阐释《周易》的道理，放走上林苑中各种珍禽怪兽。登上明堂，坐在祖庙之中，君王遍命群臣，尽奏朝政的得失之见，使天下黎民，无不受益。正当

隐秀篇

此时,天下百姓皆大喜悦。他们顺应天子的风教,听从政令,顺应时代的潮流,接受教化。圣明之道勃然而振兴,人民都归向仁义,刑罚被废弃而不用。君王的恩德高于三皇,功业超越五帝。如果政绩达到这个地步,游猎才是可喜的事情。如果整天暴露身躯驰骋在苑囿之中,精神劳累,身体辛苦,废弃车马的功用,损伤士卒的精力,浪费国库的钱财,而对百姓却没有厚德大恩,只是专心个人的欢乐,不考虑众多的百姓,忘掉国家大政,却贪图野鸡兔子的猎获,这是仁爱之君不肯做的事情。由此看来,齐国和楚国的游猎之事,岂不是令人悲哀的吗?两国各有土地不过方圆千里,而苑囿却占据九百里。这样一来,草木之野不能开垦为耕田,百姓就没有粮食可吃。他们凭借诸侯的微贱的地位,却去享受天子的奢侈之乐,我害怕百姓将遭受祸患。"

于是子虚和乌有两位先生都改变了脸色,怅然若失,徘徊后退,离开座席,说道:"鄙人浅薄无知,不知顾忌,却在今天得到了教诲,我要认真领教。"

(编者译)

知识

司马相如(约前179—前118),字长卿,蜀郡成都人,祖籍左冯翊夏阳(今陕西韩城南),侨居蓬州(今四川蓬安)。西汉辞赋家,中国文化史、文学史上杰出的代表。有明显的道家思想与神仙色彩。景帝时为武骑常侍,因病免。工辞赋,其代表作品为《子虚赋》。作品辞藻富丽,结构宏大,使他成为汉赋的代表作家,后人称之为"赋圣"和"辞宗"。他与卓文君的爱情故事也广为流传。鲁迅在《汉文学史纲要》中还把二人放在一个专节里加以评述,指出:"武帝时文人,赋莫若司马相如,文莫若司马迁。"

《上林赋》是《子虚赋》的姊妹篇。据《史记》记载,《子虚赋》写于梁孝王门下,《上林赋》写于武帝朝廷之上,是司马相如最著名的作品。《上林赋》以夸耀的笔调描写了汉天子上林苑的壮丽及汉天子游猎的盛大规模,歌颂了统一王朝的声威和气势。在写作上,它充分体现了汉大赋铺张夸饰的特点,用词极尽华丽与夸张,气势宏大而又笔法细腻。

《上林赋》作为司马相如最重要的代表作,是文学史上第一篇全面体现汉赋特色的大赋。在内容上,它描述上林苑之精致以及与之相关的田猎活动,凸显皇家风仪与气派、天子的英武不凡和磅礴气势。但结尾又笔锋一转,书写天子对于诸种奢靡行径的反思。故而,它既歌颂了统一大帝国无可比拟的声威,又对最高统治者有所讽谏,开创了汉代大赋的一个基本主题。在形式上,它摆脱了模仿楚辞的俗套,以"子虚""乌有先生""亡是公"为假托人

隐秀篇

物,设为问答,放手铺写,结构宏大,层次严密,语言富丽堂皇,句式亦多变化,加上对偶、排比手法的大量使用,使全篇显得气势磅礴,形成铺张扬厉的风格,确立了汉代大赋的体制。鲁迅先生指出:"盖汉兴好楚声,武帝左右亲信,如朱买臣等,多以楚辞进,而相如独变其体,益以玮奇之意,饰以绮丽之辞,句之短长,亦不拘成法,与当时甚不同。"(《汉文学史纲要》)这就概括了司马相如在文体创新方面的非凡成就。正是这种成就,使司马相如成为当之无愧的汉赋奠基人。

齐人有一妻一妾

孟 子

齐人有一妻一妾而处室①者。其良人②出,则必餍酒肉而后反③。其妻问所与饮食者④,则尽富贵⑤也。其妻告其妾曰:"良人出,则必餍酒肉而后反,问其⑥与饮食者,尽富贵也。而未尝有显者来⑦。吾将瞷良人之所之⑧也。"

蚤⑨起,施⑩从良人之所之,遍国中⑪

无与立谈者。卒之东郭墦间⑫，之祭者乞其余⑬，不足，又顾而之他⑭。此其为餍足之道⑮也。

其妻归，告其妾曰："良人者，所仰望而终身⑯也。今若此！"与其妾讪⑰其良人，而相泣于中庭⑱。而良人未之知也，施施⑲从外来，骄⑳其妻妾。

由君子观之，则人之所以求富贵利达者，其妻妾不羞也，而不相泣者，几希㉑矣！

（选自曹海东主编：《谐文趣心 历代寓言小品》，崇文书局2016年版，第179页）

注释

①处室：居家过日子，共同生活。
②良人：古时妻子对丈夫的称呼。
③餍：满足、饱食。反：通"返"。
④所与饮食者：与他在一起吃喝的人。
⑤富贵：指富贵的人。
⑥其：指良人。
⑦未尝：不曾。显者：有地位有声望的人。
⑧瞷（jiàn）良人之所之：暗中看他所去的地方。瞷，窥

视,暗中看。前一个"之"是助词,后一个"之"是动词。所之,所去的地方。

⑨蚤:通"早"。

⑩施(yí):通"迤",逶迤斜行。这里指暗中跟踪。

⑪国中:都城内。国,国都、京城。

⑫卒之东郭墦(fán)间:最后到了东门外的墓地。卒,最后。之,去、往。东郭,城之东门外。墦间,坟墓间。

⑬之祭者乞其余:向祭墓的人乞讨剩下来的食物。

⑭顾而之他:掉头到另一个墓地去。

⑮道:方法。

⑯终身:终身依靠。

⑰讪(shàn):讥讽。

⑱中庭:庭院中。

⑲施施(yíyí):喜悦自得的样子。

⑳骄:骄傲。

㉑几希:几乎没有。希,通"稀"。

(编者注)

齐国有一个人,娶了一妻,纳了一妾,他们三个人在一起生活。那丈夫每次出门,必定是吃饱喝醉地回家。他妻子问他一道吃喝的是些什么人,据他说全都是些有钱有

势的人。妻子很怀疑,对妾说:"我们那个当家的每次外出,总是吃饱喝足才回来。问他同谁一起吃喝,他就说都是有钱有势的人。可是从来没见有显贵的人来过。我打算暗暗地察看他到什么地方去。"

第二天早晨,丈夫照旧要出去,妻子就暗中跟着他,走遍城中,妻子也不见丈夫和任何人交谈。终于,丈夫走到城外东郊的乱坟丛中,向那些到坟上来祭祀的人们讨吃他们吃剩的饭菜;在一个地方没有吃饱,就四处张望,向另一处乞讨。这就是他每次吃到酒食、填饱肚子的办法。

回到家里,妻子把她看到的告诉了妾,并说:"丈夫是我们寄托幸福与希望和终身依靠的人,可是想不到他竟干出这样的事。"说完和妾一起骂着丈夫,骂完了又觉得伤心,两个人在一起哭泣。但是做丈夫的并不知道自己所做的事情已经败露,他还是和往常一样,洋洋得意地从外面回来,向他的妻妾夸耀他在外面吃到的好东西。

在道德高尚的人看来,那些追求功名利禄的人所用的卑污行径与这个乞讨者也没有多大差别,他们的妻妾不为他们的所作所为感到羞惭而流泪,几乎是没有的了!

(编者译)

隐秀篇

知识

孟子（约前372—约前289），名轲，字子舆，邹（今山东邹城市）人。孟子是战国时期伟大的思想家、教育家，儒家学派的代表人物，与孔子并称"孔孟"。代表作有《鱼我所欲也》《得道多助，失道寡助》《生于忧患，死于安乐》等。后世追封孟子为"亚圣公"，尊称为"亚圣"，其弟子及再传弟子将孟子的言行记录成《孟子》一书，属语录体散文集，是孟子的言论汇编，由孟子及其弟子共同编写完成，倡导"以仁为本"。

解读

《齐人有一妻一妾》是《孟子》中的散文名篇，出自《孟子·离娄章句下》，诙谐幽默，耐人寻味。

它用简练的文字讲述了一个意蕴深刻的故事。齐人明明是一个在外讨饭的乞丐，但是他回到家里却骄傲自满，欺骗妻妾说自己每天在外和达官贵人交往。文章用提出疑问然后揭开谜底的叙述方法，展示了齐人的卑劣、龌龊甚至恶心。最精彩的笔墨在于"遍国中无与立谈者"和"而良人未之知也，施施从外来，骄其妻妾"的对比，整个都城都没有人与他打招呼交谈，而他回到家里却还是那么骄横得意，令人可厌可笑。齐人之所以不告诉家人真相，一方面是太过爱慕虚荣，另一方面也是他不敢正视自己真实处境的表现，他要抓住最后的一丝

机会伪装自己,以保留所剩无几的自尊心。然而,这样的自尊心就像阿Q那样,令人不齿。孟子在鲁迅之前的两千多年就用这样一篇小文揭露了人性的卑劣,可谓言简而意丰,令人回味无穷。文章最后一句话尤其画龙点睛,总结道:人们追求富贵利禄的方法,大多是耻辱的。这点明了当时社会的歪风邪气,突出了孟子对官场的辛辣讽刺和批判。

《齐人有一妻一妾》之所以流传千古,为人津津乐道,在于它用精炼的笔墨勾画出一个令人印象深刻的龌龊小人形象,读来妙趣横生,令人哑然失笑,而寓意却深长久远,几千年来不失其味。

故天将降大任于斯人也,必先苦其心志,劳其筋骨,饿其体肤,空乏其身,行拂乱其所为,所以动心忍性,曾益其所不能。

——孟子

隐秀篇

息夫人①

王 维

莫以今时宠②,能忘③旧日恩④。
看花满眼泪⑤,不共楚王言。

(选自王志清撰:《王维诗选》,商务印书馆2015年版,第12页)

注释

①息夫人:本是春秋时息国君主的妻子,公元前680年,楚王灭了息国,将她据为己有。她虽在楚宫里生了两个孩子——熊艰与熊恽,但始终默默无言,不和楚王说一句话。楚王问她为什么不说话?她答道:"吾一妇人而事二夫,纵弗能死,其又奚言?"
②今时宠:一作"今朝宠"。
③能忘:怎能忘,哪能忘。
④旧日恩:一作"昔日恩"。
⑤满眼泪:一作"满目泪"。

(编者注)

经典悦读

知识

王维(701—761,一说699—761),河东蒲州(今山西运城)人,祖籍山西祁县。唐朝著名诗人、画家,字摩诘,号摩诘居士。王维参禅悟理,学庄信道,精通诗、书、画、音乐等,以诗名盛于开元、天宝年间,尤擅五言,多咏山水田园,与孟浩然合称"王孟",有"诗佛"之称。书画特臻其妙,后人推他为南宗山水画之祖。苏轼评价曰:"味摩诘之诗,诗中有画;观摩诘之画,画中有诗。"存诗400余首,代表诗作有《相思》《山居秋暝》等。著作有《王右丞集》《画学秘诀》。

此诗写于开元八年(720),王维时年二十,经常出入于岐王、宁王、薛王的府宴,以其超凡的诗、画、乐技艺博得王公贵族们的垂爱。王维在一次宴饮上借此诗来讽刺宁王霸占别人妻子的行为。

解读

息夫人是春秋时期的杰出女性。历史上,息夫人先嫁给息国国君,后被蔡侯调戏。息国国君为报仇,与楚国联合,然而楚王却贪恋息夫人的美色,意欲攻占息国占有息夫人。危难时刻,息夫人挺身而出嫁入楚国,使两国百姓免遭生灵涂炭。息夫人助楚王采取各种措施治理天下,为楚国称霸中原奠定了基础。历史只记录下了息夫人对国家的贡献,那么在这些遭遇中她作为一个普通女子的心情

呢？诗人王维用一首五言绝句点出了息夫人在备受称颂的美德和才能之外的深情。她不会因为楚王的宠爱而忘却旧日与息君的情分，虽然荣华富贵、繁花似锦，但掩饰不了她的伤悲。"今时宠"与"不共楚王言"的对比凸显了息夫人的重情重义、情操高洁，不向淫威权贵屈服，坚守自我志向。息夫人的不幸是乱世女子的不幸，她为国家形势所迫而飘零，只能用沉默不言来表达抗争。"此乃咏史诗。止二十字，却味外有味，诗之最高者。"（《绲斋诗谈》卷五）王维的诗含蓄凝练，却深情无限，同时又讽喻世事，可谓文笔秀雅，意蕴深厚。

野草·雪

鲁　迅

　　暖国①的雨，向来没有变过冰冷的坚硬的灿烂的雪花。博识的人们觉得他单调，他自己也以为不幸否耶？江南的雪，可是滋润美艳之至了；那是还在隐约着的青春的消息，是极壮健的处子的皮肤。雪野中有血红的宝珠山茶，白中隐青的单瓣梅花，深黄的磬口的蜡梅花；雪下面还有冷绿的杂草。胡蝶②确乎没有；蜜蜂是否来采山茶花和梅花的蜜，我可记不真切了。但我的眼前仿佛看见冬花开在雪野中，有许多蜜蜂们忙碌地飞着，也听得他们嗡嗡地闹着。

孩子们呵着冻得通红，象紫芽姜一般的小手，七八个一齐来塑雪罗汉。因为不成功，谁的父亲也来帮忙了。罗汉就塑得比孩子们高得多，虽然不过是上小下大的一堆，终于分不清是壶卢③还是罗汉；然而很洁白，很明艳，以自身的滋润相粘结，整个地闪闪地生光。孩子们用龙眼核给他做眼珠，又从谁的母亲的脂粉奁④中偷得胭脂来涂在嘴唇上。这回确是一个大阿罗汉⑤了。他也就目光灼灼地嘴唇通红地坐在雪地里。

第二天还有几个孩子来访问他；对了他拍手，点头，嬉笑。但他终于独自坐着了。晴天又来消释他的皮肤，寒夜又使他

隐秀篇

结一层冰，化作不透明的水晶模样；连续的晴天又使他成为不知道算什么，而嘴上的胭脂也褪尽了。

但是，朔方⁶的雪花在纷飞之后，却永远如粉，如沙，他们决不粘连，撒在屋上，地上，枯草上，就是这样。屋上的雪是早已就有消化了的，因为屋里居人的火的温热。别的，在晴天之下，旋风忽来，便蓬勃地奋飞，在日光中灿灿地生光，如包藏火焰的大雾，旋转而且升腾，弥漫太空，使太空旋转而且升腾地闪烁。

在无边的旷野上，在凛冽的天宇⁷下，闪闪地旋转升腾着的是雨的精魂⁸……

是的，那是孤独的雪，是死掉的雨，是雨的精魂。

一九二五年一月十八日

(选自洪子诚、程光炜主编：《中国新诗百年大典》第1卷，长江文艺出版社2013年版，第58～60页)

注释

① 暖国：指我国南方气候温暖的地区。
② 胡蝶：同"蝴蝶"。
③ 壶卢：同"葫芦"。
④ 脂粉奁：装胭脂和香粉的盒子，化妆盒的古代称谓。脂粉，胭脂和香粉，均为化妆用的物品。奁，盒子。
⑤ 大阿罗汉：是对佛陀的尊称，此处借指佛陀的形象。
⑥ 朔方：北方。
⑦ 天宇：这里指天空。宇，上下四方。
⑧ 精魂：精灵，魂灵。

（编者注）

知识

鲁迅1918年参加《新青年》的编辑工作，发表了中国现代文学史上第一篇白话小说《狂人日记》，此后相继发表了《孔乙己》《阿Q正传》《药》等作品。代表作有：小说集《呐喊》《彷徨》，散文集《朝花夕拾》，散文诗集《野草》，杂文集《而已集》《华盖集》《且介亭杂文》《坟》《热风》《三闲集》《二心集》等。鲁迅先生青年时代曾受进化论、尼采超人哲学和托尔斯泰博爱思想的影响。一生写作计有600万字，其中著作约500万字，辑校和书信约100万字。作品包括杂文、短篇小说、诗歌、评论、散文、翻译作品，对五四运动以后的中国文学产生了深刻而广泛的影响。

《雪》是鲁迅的散文诗集《野草》中的一篇,但与《野草》中的大部分篇目不同,它不是用奇崛的意象和象征的语言表现作者的孤独前行与反抗绝望,而是用较有华彩的语言将"江南的雪"与"朔方的雪花"相对照,在"江南的雪"中又有自然的雪景与人工的雪景的对照,直到篇末才写道:孤独的雪,"是死掉的雨,是雨的精魂",隐约透露出《野草》那种"荷戟独彷徨"的韵调。作者借江南和朔方的雪景的描写,表现了对生活中美好事物的缅怀和对冷酷现实的否定。"滋润美艳"的南雪寄寓了作者的理想和憧憬,"蓬勃奋飞"的北雪抒发了作者战斗的情怀。南雪和北雪都有其不幸的一面,但现实的冷酷扼杀不了作者对美好生活的憧憬,诗篇虽流露出淡淡的哀愁,但主旋律却是明朗乐观的,表明作者虽身处严寒肃杀的冬天,但追求的却是春天和光明。

悲剧将人生的有价值的东西毁灭给人看,喜剧将那无价值的撕破给人看。

——鲁迅

附 录

拓展阅读书目

李中生编著:《百篇古诗文精选注析》,中山大学出版社2015年版

王英志著:《袁枚评传》,南京大学出版社2002年版

罗立刚编注:《云破月来花弄影 婉约词》,山东文艺出版社2014年版

舒婷著:《一种演奏风格 舒婷自选诗集》,作家出版社2009年版

万丽华、蓝旭译注:《孟子》,中华书局2006年版

郁达夫著:《回忆鲁迅 郁达夫谈鲁迅全编》,上海文化出版社2006年版

李朝全主编:《诗歌百年经典 1917—2015》,中央编译出版社2016年版

舒婷、顾城著:《舒婷、顾城抒情诗选》,福

建人民出版社 1982 年版

刘义庆著,杨牧之、胡友鸣选译:《世说新语》,浙江古籍出版社 1986 年版

叶嘉莹著:《唐宋词十七讲》,岳麓书社 1989 年版

张惠言编选:《诗选》,南京大学出版社 2011 年版

欧阳修等著:《欧阳修·曾巩·王安石·苏洵·苏轼·苏辙合集》,时代文艺出版社 2000 年版

鲁迅著:《鲁迅全集》,人民文学出版社 1981 年版

编写说明

"隐秀"语出刘勰的《文心雕龙·隐秀》篇"文之英蕤,有秀有隐。隐也者,文外之重旨者也;秀也者,篇中之独拔者也。隐以复意为工,秀以卓绝为巧。"这就要求文章的文笔要秀丽华美,同时意蕴上要深厚绵长。综观古今中外的文学作品,能达到这个完美要求的很少,而"隐秀"作为中国传统的一种美学范式,自然在中国古代文学的创作中被作家们努力践行,故而本册的选文偏重于中国古代的文学作品,同时更侧重于古诗词的选取,毕竟诗词是言简义丰宗旨的文体化身。

本册选文分五部分,分别为"秘响旁通 伏采潜发"、"深浅各奇 秾纤俱妙"、"立意玄默 文辞臻美"、"独抒性灵 自然会妙"、"露锋文外 惊绝妙心",其划分方

隐秀篇

法是依据《隐秀》篇的原文进行的,将"隐秀"细分为五个不同的表现样态来分组,带领读者领略公安派、婉约派、朦胧派等创作流派,体裁涉及小品文、诗歌、词、赋等文体。在包罗万象的同时又注重精品,使读者在阅读中能为其美丽的文笔所吸引,为文中蕴藉的深厚感情所触动,为其阐发的深邃哲思所启迪,为其精妙的写作技巧而惊叹,为作者隐藏的锋利言辞所拍节,那么,编辑本书的目的便也达到了。

因编者能力有限,其中若有不足或错漏之处,还望读者谅解。愿大家在阅读经典的过程中有所收获,启发新知。

编者
2017 年 3 月

经典悦读·冲淡篇

中共滨州经济技术开发区工委
南开大学语文教育研究中心 ◎编

编 委 会

主　　任： 姚和民
委　　员： 周志强　王广忠　钱　杰
　　　　　　时志军　魏建宇　高　宇
　　　　　　王　姮　贾　璐　李梦阳
　　　　　　古德瑞
主　　编： 周志强　魏建宇
本册主编： 魏建宇

中山大学出版社
·广州·

版权所有　翻印必究

图书在版编目（CIP）数据

经典悦读·冲淡篇/中共滨州经济技术开发区工委，南开大学语文教育研究中心编．—广州：中山大学出版社，2017.7
ISBN 978-7-306-06048-8

Ⅰ.①经… Ⅱ.①中…②南… Ⅲ.①世界文学—作品综合集 Ⅳ.①I11

中国版本图书馆CIP数据核字（2017）第110493号

出版人：	徐　劲
策划编辑：	邹岚萍
责任编辑：	邹岚萍
封面设计：	林绵华
插　　图：	程晓民
责任校对：	赵　婷　黄燕玲
责任技编：	黄少伟
出版发行：	中山大学出版社
电　　话：	编辑部 020-84111996，84113349，84111997，84110779 发行部 020-84111998，84111981，84111160
地　　址：	广州市新港西路135号
邮　　编：	510275　　传　真：020-84036565
网　　址：	http://www.zsup.com.cn　E-mail:zdcbs@mail.sysu.edu.cn
印刷者：	广州家联印刷有限公司
规　　格：	787mm×960mm　1/32　总印张：21.25　总字数：408千字
版次印次：	2017年7月第1版　2017年7月第1次印刷
总 定 价：	48.00元（共6册）　印　数：1～11000套

如发现本书因印装质量影响阅读，请与出版社发行部联系调换

品阅美文　传承经典

　　已经走过了七个年头的"经典悦读"丛书越来越彰显出迷人的文化魅力，受到越来越多的读者的关注和喜爱。一卷在握，尽赏古今中外美言名篇，字字珠玑，明辨仁和信义思想哲学，篇篇玄妙。"经典悦读"一如涓涓清泉，滋润着读者的内心世界。

　　习近平同志指出，中华优秀传统文化是中华民族的精神命脉，是涵养社会主义核心价值观的重要源泉，也是我们在世界文化激荡中站稳脚跟的坚实根基。要结合新的时代条件传承和弘扬中华优秀传统文化，传承和弘扬中华美学精神。作为一部荟萃古今中外文学精华的系列丛书，"经典悦读"在第七辑中，主要关注了文学之中不同的美感特质。"冲淡"之美，闲逸深情，平和雅致；"劲健"之美，慷慨悲壮，气韵恢宏；"绮丽"之

美,文辞奇绝,华丽优雅;"隐秀"之美,不着一字,尽得风流;"沈著"之美,气定神闲,内敛沉静;"雄浑"之美,秉节持重,壮怀激烈。这一辑的每一册选文,都是对文学之美的一次探寻和挖掘,仿若徐徐展开一幅幅各有情致的画卷,让经典在其中焕发出明丽的色彩。我们在品读的过程中鉴赏文学之美感,不仅是欣赏文字之中透露出的古今气度、中外文明,更是一次澄澈的心灵体验:在飘逸飞扬、各怀韵致的斐然文采之中,人的性情得到涵养,修养得到提升,心灵得到净化,并以此为鉴,观照当代的我们,回看当下的生活。在经典的传承之中,促进全社会的精神文明建设,发扬传统文明,引领先进文化。可以说,阅读,是铸造一个人、一个社会、一个时代之精神气度的最佳渠道,而对经典文学的品味,更能使我们在文字的负载中,感受撼人心魄的至情至性,领略碰撞思想的哲学思辨,启迪经世致用的人生智慧。

"经典悦读"丛书,开启了现代读者与中外古圣先贤神交的窗口。品阅美文,凝汇学人才思;传承经典,点燃文明星火。愿这套丛书成为我们

文海撷珠的良伴、薪火相传的纽带,为构筑我们共同的精神家园凝聚力量、辉耀光芒。

中共滨州市委书记　市人大常委会主任

目　录

幽景怡情　淡然雅致 …………………… 1
　初秋四景 ……………… ［日］川端康成 2
　落花 ………………………………… 穆木天 7
　冬天 ………………………………… 朱自清 10
　雨后 ………………………………… 陈敬容 15
　秋晚的江上 ………………………… 刘大白 19

闲适恬淡　悠然惬意 …………………… 22
　看花 ………………………………… 朱自清 23
　闲 …………………………………… 王了一 32
　闲居 ………………………………… 丰子恺 38
　品茗与饮牛 ………………………… 冯亦代 44

物有性灵　情尚平和 …………………… 53
　灯 …………………………………… 废　名 54
　故乡的野菜 ………………………… 周作人 56
　衣裳 ………………………………… 梁实秋 62

修身悟道　淡泊安然……………………… 70
　夜行………………………………… 柯　灵 71
　有女同车…………………………… 张爱玲 76
　镜中人……………………………… 杨　绛 79
愁思一缕　静水无波……………………… 88
　离乡回乡…………………………… 三　毛 89
　埋葬了的爱情……………………… 苏金伞 98
　我常常享受一种孤独……………… 刘湛秋 100
附　　录 ……………………………………… 103
编写说明 ……………………………………… 105

幽景怡情　淡然雅致

初秋四景

［日］川端康成

一

在比平常稍凉的水中游过泳，腿脚会显得略洁白些。莫非蓝色的海底有一种又白又冰凉的东西在流动？因此，我觉得秋天是从海中来的。

人们在庭园的草坪上放焰火。少女们在沿海岸的松林里寻觅秋虫。焰火的响声夹杂着虫鸣，连火焰的音响也让人产生一种像留恋夏天般的寂寞情绪。我觉得秋天就像虫鸣，是从地底迸发出来的。

与七月不同的，就是夜间只有月光，海风吹拂，女子就悄悄地紧掩心扉。我觉得秋天是从天而降的。

海边的市镇上又新增加许多出租房子的牌子。恰似新的秋天的日历页码。

冲淡篇

二

秋天也是从脚心的颜色、指甲的光泽中出来的。入夏之前,让我赤着脚吧。秋天到来之前,把赤脚藏起来吧。夏天把指甲修剪干净吧。

初秋让指甲留点肮脏是否更暖和些呢。秋天曲肱为枕,胳膊肘都晒黑了。

假使入秋食欲不旺盛,就有点空得慌了。耳垢太厚的人是不懂得秋天的。

三

纪念大地震已成为初秋的东京一年之中的例行活动。今年九月一日上午,也有十五万人到被服厂遗址参拜,全市还举行应急消防演习。抽水机的警笛声,同上野美术馆的汽笛声一起也传到我的家里来了。我去看被服厂遭劫的惨状,是在九月几号呢?

前天或是大前天,露天火葬已经开始了,尸体还是堆积如山。这是入秋之后残暑酷热的一天。傍晚下了一场骤雨。在燃烧着的一片原野上,连个躲雨的地方都没有,乱跑之中成了落汤鸡。仔细一看,白色的衣服上沾满一点点灰色的污点。那是烧尸的烟使雨滴变成了灰色。我目睹死人太多,反而变得神经麻木了。沐浴在这灰色的雨里,肌肤冷飕飕的,我顿时感受到已是秋天了。

四

能够比谁都先听到秋声,

有这种特性的人也是可悲吧!

这是啄木的一首诗歌。无疑事实就是那样。我家里有五六只狗,其中一只对音乐比一般人对音乐更加敏感,它听到欢快的音乐就高兴,听到悲哀的音乐就悲伤,它不仅会跟着留声机吠叫,还会像跳舞一样扭动着身躯,然而它一点也感受不到初秋的寂寞。动物虽然感受到季节的冷暖,但它们并不太感受到季节的感情。

事实上,草木、禽兽本能地随着季节的推移而生活着,唯独人才逆着季节的变

冲淡篇

迁而生活,诸如夏天吃冰,冬天烤火。尽管如此,人反而更多地被季节的感情所左右。回想起来,所谓人的季节感情,人工的东西太多了吧。我不禁惊愕不已。

据说,南洋群岛全年气候基本相同,看星辰就知道是什么季节。夏季可以看到夏季的星星,秋季可以看到秋季的星星。若是能把身边的季节忘却到那种程度,这样的生活又是多么健康啊。也没有像美术季节那样的人工季节。

(选自[日]川端康成著:《川端康成散文选》,叶渭渠译,百花文艺出版社1988年版,第66~68页)

知识

川端康成(1899—1972),日本新感觉派作家,著名小说家。出生于大阪,毕业于东京大学。幼年父母双亡,其后姐姐和祖父母又相继病故。川端康成一生多旅行,心情苦闷忧郁,逐渐形成了感伤与孤独的性格,这种内心的痛苦与悲哀后来成为他的文学底色。在东京大学国文专业学习时,参与复刊《新思潮》(第6次)杂志。1924年毕业,同年和横光利一创办《文艺时代》杂志,后成为由此诞生的新感觉派的中心人物之一。新感觉派衰落后,参加新兴艺术派和新心理主义文学运动，一生创作小说100多篇，作品富抒情性，追求人生升华的美，并深受佛教思想和虚无主义影响。早期作品多以下层女性作为小说的主人公，写她们的纯洁和不幸，成名作《伊豆的舞女》（1926）描写了一个高中生"我"和流浪艺人的感伤及不幸生活。后期一些作品写了近亲之间、甚至老人的变态情爱心理，手法纯熟，浑然天成。

川端康成的代表作有《伊豆的舞女》《雪国》《千只鹤》《古都》以及《睡美人》等。1968年获诺贝尔文学奖，是首位获得该奖项的日本作家。1972年4月16日在工作室自杀身亡。

川端康成担任过国际笔会副会长、日本笔会会长等职。1957年被选为日本艺术院会员。曾获日本政府的文化勋章、法国政府的文化艺术勋章等。

《初秋四景》既是自然的也是人文的。

川端康成擅长将日本独有的自然风貌融于平和冲淡的笔触之中，和他新感觉派的艺术风格息息相关。最珍贵的是在细腻的自然景致的描摹之中，融入了川端康成对于生命的体会和感悟。在文字之间涌流的可能是对生活的悲悯和对鲜活的生命的挽歌，明明是浓重而深沉的，却在作者克制压抑的笔触之中变得隐而不发，也正因为如此，本文的艺术境界更显高妙而睿智，平和却不失厚重。

 冲淡篇

警语

即使靠一枝笔沦落于赤贫之中,我微弱而敏感的心灵也已无法和文学分开。

——[日]川端康成

落 花

穆木天

正文

我愿透着寂静的朦胧　薄淡的浮纱
细听着浙浙的细雨寂寂的在檐上激打
遥对着远远吹来的空虚中的嘘叹的声音
意识着一片一片的坠下的轻轻的白色的落花

落花掩住了藓苔　幽径　石块　沉沙
落花吹送来白色的幽梦到寂静的人家
落花倚着细雨的纤纤的柔腕虚虚的落下

落花印在我们唇上接吻的余香　啊不要惊醒了她

　　啊　不要惊醒了她　不要惊醒了落花
　　任她孤独的飘荡　飘荡　飘荡　飘荡在
　　我们的心头　眼里　歌唱着　到处是人生的故家
　　啊　到底哪里是人生的故家　啊　寂寂的听着落花

　　妹妹　你愿意罢　我们永久的透着朦胧的浮纱
　　细细的深尝着白色的落花深深的坠下
　　你弱弱的倾依着我的胳膊　细细的听歌唱着她
　　"不要忘了山巅　水涯　到处是你们的故乡　到处　你们是落花"

（选自杨晓民主编：《百年百首经典诗歌（1901—2000）》，长江文艺出版社2003年版，第27～28页）

冲淡篇

知识

穆木天(1900—1971),原名穆敬熙。中国现代诗人、翻译家,象征派诗歌的代表人物。1918年毕业于南开中学。后赴日本留学,1926年毕业于日本东京大学。1921年参加创造社,回国后曾任中山大学、吉林省立大学教授,1931年在上海参加"左联",负责"左联"诗歌组工作,并参与成立中国诗歌会。历任桂林师范学院、同济大学教授,暨南大学、复旦大学兼职教授,东北师范大学、北京师范大学教授。著有诗集《旅心》(1927)、《流亡者之歌》(1937)、《新的旅途》(1942)等。

解读

《落花》主要有两个主题:一则是对甜蜜爱情的追求,一则是对漂泊人生的感叹。若说这两个主题了无新意的话,穆木天却在意象、形式、语言的追求上体现出了不俗的才气。他在《谭诗——寄沫若的一封信》中写道:"中国现在的诗是平面的,是不动的,不是持续的。"因此他和王独清等提倡"纯粹诗歌",在形式上要造成"一个有统一性有持续性的时空间的律动",兼造型与音乐之美。《落花》把象征的描写和真实的抒情交织在一支和谐的乐曲里,将对雨中的落花、藓苔、幽径、石块、沉沙、人家以及沉睡着的"她"等的描绘,笼罩在一片朦胧的轻纱中,似有若无,把自然的声、色、光的波动和隐显与内心的浮想联翩巧妙地结合起来,形成一支交响乐。在这支交响乐中,有沉潜,也有飘荡,有婉转的"歌唱",也有"弱弱的倾依",有"淅淅的细雨",也有"深深的坠下"的落花,动与静、高与低、深与浅的巧妙结合,展开了新月派"三美"境界的追寻。朱自清说:"穆木天氏托情于幽微远渺之中,音节也颇求整齐,却不致力于表现色彩感。"这是对穆木天艺术特色的很高的评价。

在语言的选择上,穆木天主张"雄壮的内容得用雄壮的形式——律——去表,清淡的内容得用清淡的形式——律——去表",喜欢用叠词、叠句(主要是相同句式的叠用排比)法反复渲染某种幽微的情绪。《落花》中的"飘荡飘荡飘荡",与徐志摩《雪花的快乐》中的"飞扬飞扬飞扬"等相似,穿插在诗中,都是为了增强律动的音乐感。而这种叠词叠句法又与对生活的细腻印象、感受、意绪结合起来,让人印象深刻。

冬 天

朱自清

说起冬天,忽然想到豆腐。是一"小

冲淡篇

洋锅"白煮豆腐,热腾腾的。水滚着,像好些鱼眼睛,一小块一小块豆腐养在里面,嫩而滑,仿佛反穿的白狐大衣。锅在"洋炉子"上,和炉子都熏得乌黑乌黑,越显出豆腐的白。这是晚上,屋子老了,虽点着"洋灯",也还是阴暗。围着桌子坐的是父亲跟我们哥儿三个。"洋炉子"太高了,父亲得常常站起来,微微地仰着脸,觑着眼睛,从氤氲的热气里伸进筷子,夹起豆腐,一一地放在我们的酱油碟里。我们有时也自己动手,但炉子实在太高了,总还是坐享其成的多。这并不是吃饭,只是玩儿。父亲说晚上冷,吃了大家暖和些。我们都喜欢这种白水豆腐;一上桌就眼巴巴望着那锅,等着那热气,等着热气里从父亲筷子上掉下来的豆腐。

又是冬天,记得是阴历十一月十六晚上,跟S君P君在西湖里坐小划子。S君刚到杭州教书,事先来信说:"我们要游西湖,不管它是冬天。"那晚月色真好,现在想起来还像照在身上。本来前一晚是"月当头";也许十一月的月亮真有些特别吧。那时九点多了,湖上似乎只有我们一只划子。有点风,月光照着软软的水波;当间那一溜儿反光,像新砑的银子。湖上的山只剩了淡淡的影子。山下偶尔有一两星灯火。S君口占两句诗道:"数星灯火认渔村,淡墨轻描远黛痕。"我们都不大说话,只有均匀的桨声。我渐渐地快睡着了。P君"喂"了一下,才抬起眼皮,看见他在微笑。船夫问要不要上净寺去;是阿弥陀佛生日,那边蛮热闹的。到了寺里,殿上灯烛辉煌,满是佛婆念佛的声音,好像醒了一场梦。这已是十多年前的事了,S君还常常通着信,P君听说转变了好几次,前年是在一个特税局里收特税了,以后便没有消息。

在台州过了一个冬天,一家四口子。台州是个山城,可以说在一个大谷里。只有一条二里长的大街。别的路上白天简直不大见人;晚上一片漆黑。偶尔人家窗户

冲淡篇

里透出一点灯光,还有走路的拿着的火把;但那是少极了。我们住在山脚下。有的是山上松林里的风声,跟天上一只两只的鸟影。夏末到那里,春初便走,却好像老在过着冬天似的;可是即便真冬天也并不冷。我们住在楼上,书房临着大路;路上有人说话,可以清清楚楚地听见。但因为走路的人太少了,间或有点说话的声音,听起来还只当远风送来的,想不到就在窗外。我们是外路人,除上学校去之外,常只在家里坐着。妻也惯了那寂寞,只和我们爷儿们守着。外边虽老是冬天,家里却老是春天。有一回我上街去,回来的时候,楼下厨房的大方窗开着,并排地挨着她们母子三个;三张脸都带着天真微笑地向着我。似乎台州空空的,只有我们四人;天地空空的,也只有我们四人。那时是民国十年,妻刚从家里出来,满自在。现在她死了快四年了,我却还老记着她那微笑的影子。

无论怎么冷,大风大雪,想到这些,

我心上总是温暖的。

（选自朱自清著：《荷塘月色》，福建人民出版社2012年版，第253～255页）

知识

朱自清（1898—1948），原名自华，号秋实，后改名自清，字佩弦。原籍浙江绍兴，出生于江苏省东海县（今连云港市东海县平明镇）。现代杰出的散文家、诗人、学者、民主战士。1919年开始发表诗歌。1928年出版第一本散文集《背影》。1932年7月，任清华大学中国文学系主任。1934年，出版《欧游杂记》和《伦敦杂记》。1935年，出版散文集《你我》。1948年8月12日病逝于北平，年仅50岁。

解读

文品如人品，朱自清的文风就如同他的为人。他的散文贴近生活、富含感情，却又不温不火、清新自然。我们读他的文章毫不费力，看似简单，其中情感却需要仔细体味，这样的文章需要我们用心灵去解读。《冬天》就是这样一篇散文。

在这篇散文中，作者选取了互不相干的三个场景：父亲为孩子夹豆腐，冬夜与朋友泛舟西湖，一家人在台州过冬。三个场景，都是白描式的简单勾勒，寥寥几笔，意味全出，犹如三幅淡淡的水墨画，没有浓墨重彩，却散发着

冲淡篇

淡淡清香,沁人心脾。

　　细节描写是这篇散文打动人的原因之一。比如文中回忆一家人住在台州时的情形,其中有甜蜜的爱情,有圣洁的亲情,有看母子三人等着"一家之主"时的镜头:"有一回我上街去,回来的时候,楼下厨房的大方窗开着,并排地挨着她们母子三个;三张脸都带着天真微笑地向着我。"这好比一个特写镜头,让人想起大鸟归巢时、小鸟张大嘴等着享用美餐的情形,任何一个中年男子读到这里,总不免会想到家人的牵挂和肩头的责任。

　　从此我不再仰脸看青天,不再低头看白水,只谨慎着我双双的脚步,我要一步一步踏在泥土上,打上深深的脚印!

——朱自清

雨　　后

陈敬容

　　雨后的黄昏的天空,

静穆如祈祷女肩上的披巾；
树叶的碧意是一个流动的海，
烦热的躯体在那儿沐浴。

我们避雨到槐树底下，
坐着看雨后的云霞，
看黄昏退落，看黑夜行进，
看林梢闪出第一颗星星。

有什么在时间里沉睡，
带着假想的悲哀？
从岁月里常常有什么飞去，
又有什么悄悄地飞来？

我们手握着手、心靠着心，
溪水默默地向我们倾听；
当一只青蛙在草丛间跳跃，
我仿佛看见大地在眨着眼睛。

（选自杨晓民主编：《百年百首经典诗歌（1901—2000）》，长江文艺出版社2003年版，第61～62页）

冲淡篇

陈敬容(1917—1989),中国现代女诗人。1932年春开始学习写诗。1934年底独自离家前往北京,自学了中外文学,在北京大学和清华大学中文系旁听。这时期开始发表诗歌和散文。第一首诗《十月》作于1935年春,1946年在上海《联合日报晚刊》上发表。1938年在成都参加中华全国文艺界抗敌协会。1945年在重庆当小学教师,1946年当杂志社和书局的编辑,同年出版第一本散文集《星雨集》,并到上海专门从事创作和翻译。1948年参与创办《中国新诗》月刊,任编委。她是《九叶集》诗友成员。1949年在华北大学学习,同年底开始从事政法工作。1956年任《世界文学》编辑,1973年退休。1978年起,重新执笔创作,10年中发表诗作近200首,散文和散文诗数十篇,并有新的译著问世。1981—1984年曾为《诗刊》编外国诗专栏。诗集《老去的是时间》获1986年全国优秀新诗集奖。

《雨后》是一首纤尘未起翅羽先动的好诗,它结构精巧,感觉纤细,语言明净,在艺术上相当讲究。有些意象的营造,甚至可以说是陈敬容破天荒的创造,比如"青蛙"的意象,真真是将青蛙写尽了,将生命的欣悦写尽了。

诗的第一节总写雨后清新的自然。这里的自然是诗人主观幻化的自然。骤雨初歇的黄昏，显得愈发宁静，天空明澈如洗，洁净如纱，它的调子使诗人想到了"祈祷女肩上的披巾"。这个意象来得突兀，却入木三分。祈祷女是静穆纯洁的，面对上帝一次次展开她那晶莹的心，她口中喃喃祈祷，身体却一动不动，那披在她肩上的披巾，也成了她精神境界的象征，纯洁、神圣、典雅，又有一丝淡淡的哀伤。这就和雨后黄昏的天幕一样，平展安详而纤尘不染。树叶经过雨水的洗涤后，更加碧绿明亮，像一只只绿色的耳朵在倾听生命的歌唱，又像一面面迎风招展的小旗在打着旗语……这是近观的景象，我们可以想见，所以诗人不去写它。她选择了远望的方式，让雨后的树叶融为一体，成为"流动的海"。这碧绿的立体的海立在原野上，让人们"烦热的躯体在那儿沐浴"，这样，就将雨水、碧叶、人结合到同一个境界中成为精神彼此沟通的意象群。

同时，诗中营造了一种人与自然的"互听"关系："我们手握着手、心靠着心，溪水默默地向我们倾听"，这是典型的物我两忘状态，它使人变得纯粹、变得自由。最后两行诗，貌似轻盈，实则深厚，"当一只青蛙在草丛间跳跃，我仿佛看见大地在映着眼睛"，青蛙轻轻一跳，整个大地浸透了生命，整个大地充满了被雨后的感觉唤醒的灵魂幽动，这原本是诗人的心在映着眼睛啊：那澄澈的犹如溪水一样的眼睛，那博大的犹如土地一样广阔无垠的视野。

冲淡篇

秋晚的江上
刘大白

正文

归巢的鸟儿,
尽管是倦了,
还驮着斜阳回去。

双翅一翻,
把斜阳掉在江上;
头白的芦苇,
也妆成一瞬的红颜了。

(选自杨晓民主编:《百年百首经典诗歌(1901—2000)》,长江文艺出版社2003年版,第1页)

知识

刘大白(1880—1932),中国诗人,原名金庆棪,后改姓刘,名靖裔,字大白,别号白屋。浙江绍兴人。与鲁迅先生是同乡好友,现代著名诗人、文学史家。

刘大白曾东渡日本，南下印度尼西亚，接受先进思想。先后在省立诸暨中学、浙江第一师范（浙一师）、上海复旦大学执教数十年。1919年他应经亨颐之聘在浙一师与陈望道、夏丏尊、李次九一起改革国语教育，他们四人被称为"四大金刚"。后任教育部秘书、常务次长，中央政治会议秘书等职。20世纪20年代，他曾莅校考察并讲学。

《秋晚的江上》形散而意不散，隽永而优美。其形式排成三行，而语言结构实为三句，即"鸟儿驮着斜阳""双翅一翻""芦苇妆成红颜了"，这是一首典型的微型散文诗。

归鸟何以倦了？鸟倦实在也是人倦，这是诗人的想象，同时也是诗人情感的移入。一个"驮"字，一方面突出鸟倦的程度，另一方面也是景致的进一步渲染和奇丽的想象。第二行，鸟翻双翅，抖落斜阳，这种夸张的描写体现了鸟摆脱重负、追求自由的精神。第三行，通过"妆"和"红颜"，把芦苇人格化，给全诗平添了一些情趣与生气。

面对多灾多难亦多希望和幻想的时代家邦，20世纪初的中国诗人曾经有过许许多多的入世济世的政教激情，而无暇关注社会现实之外的自然造化，无暇流连景物、忘情山水，所以那个时期"以境胜"的新诗作品很少见到。

冲淡篇

刘大白写于1923年的这首小诗算是片刻偷闲的一个例外了。归鸟、斜阳、清江、芦苇、向晚等一组五彩斑斓的景象交相辉映，倦态、驮着、翻翅、掉落、妆成等一组动感十足的场景相继登场，使宁静优美的景色浸透着诗人的瞬间感受，流露出诗人无比欣悦的心情，如一帧色彩明丽的风光小品，自是可人之境。

闲适恬淡　悠然惬意

冲淡篇

看　花

朱自清

　　生长在大江北岸一个城市里，那儿的园林本是著名的，但近来却很少；似乎自幼就不曾听见过"我们今天看花去"一类话，可见花事是不盛的。有些爱花的人，大都只是将花栽在盆里，一盆盆搁在架上；架子横放在院子里。院子照例是小小的，只够放下一个架子；架上至多搁二十多盆花罢了。有时院子里依墙筑起一座"花台"，台上种一株开花的树；也有在院子里地上种的。但这只是普通的点缀，不算是爱花。

　　家里人似乎都不甚爱花；父亲只在领我们上街时，偶然和我们到"花房"里去过一两回。但我们住过一所房子，有一座小花园，是房东家的。那里有树，有花架，但我当时还小，不知道那些花木的名字；只记得爬在墙上的是蔷薇而已。园中还有一座太湖石堆成的洞门；现在想来，似乎也还好的。在那时由一个顽皮的少年仆人领了我去，却只知道跑来跑去捉蝴蝶；有时掐下几朵花，也只是随意捋弄着，随意丢弃了。至于领略花的趣味，那是以后的事：夏天的早晨，我们那地方有乡下的姑娘在各处街巷，沿门叫着，"卖栀子花来。"栀子花不是什么高品，但我喜欢那白而晕黄的颜色和那肥肥的个儿，正和那些卖花的姑娘有着相似的韵味。栀子花的香，浓而不烈，清而不淡，也是我乐意的。我这样便爱起花来了。也许有人会问，"你爱的不是花吧？"这个我自己其实也已不大弄得清楚，只好存而不论了。

在高小的一个春天，有人提议到城外F寺里吃桃子去，而且预备白吃；不让吃就闹一场，甚至打一架也不在乎。那时虽远在五四运动以前，但我们那里的中学生却

冲淡篇

常有打进戏园看白戏的事。中学生能白看戏，小学生为什么不能白吃桃子呢？我们都这样想，便由那提议人纠合了十几个同学，浩浩荡荡地向城外而去。到了F寺，气势不凡地呵斥着道人们，立刻领我们向桃园里去。道人们踌躇着说：现在桃树刚才开花呢。但是谁信道人们的话？我们终于到了桃园里。大家都丧了气，原来花是真开着呢！这时提议人P君便去折花。道人们是一直步步跟着的，立刻上前劝阻，而且用起手来。但P君是我们中最不好惹的；"说时迟，那时快"，一眨眼，花在他的手里，道人已踉跄在一旁了。那一园子的桃花，想来总该有些可看；我们却谁也没有想着去看。只嚷着，"没有桃子，得沏茶喝！"道人们满肚子委屈地引我们到"方丈"里，大家各喝一大杯茶。这才平了气，谈谈笑笑地进城去。大概我那时还只懂得爱一朵朵的栀子花，对于开在树上的桃花，是并不了然的；所以眼前的机会，便从眼前错过了。

　　以后渐渐念了些看花的诗，觉得看花颇有些意思。但到北平读了几年书，却只到过崇效寺一次；而去得又嫌早些，那有名的一株绿牡丹还未开呢。北平看花的事很盛，看花的地方也很多；但那时热闹的似乎也只有一班诗人名士，其余还是不相干的。那正是新文学运动的起头，我们这些少年，对于旧诗和那一班诗人名士，实在有些不敬；而看花的地方又都远不可言，我是一个懒人，便干脆地断了那条心了。后来到杭州做事，遇见了Y君，他是新诗人兼旧诗人，看花的兴致很好。我和他常到孤山去看梅花。孤山的梅花是古今有名的，但太少；又没有临水的，人也太多。有一回坐在放鹤亭上喝茶，来了一个方面有须，穿着花缎马褂的人，用湖南口音和人打招呼道，"梅花盛开嗒！""盛"字说得特别重，使我吃了一惊；但我吃惊的也只是说在他嘴里"盛"这个声音罢了，花

冲淡篇

的盛不盛,在我倒并没有什么的。

有一回,Y来说,灵峰寺有三百株梅花;寺在山里,去的人也少。我和Y,还有N君,从西湖边雇船到岳坟,从岳坟入山。曲曲折折走了好一会儿,又上了许多石级,才到山上寺里。寺甚小,梅花便在大殿西边园中。园也不大,东墙下有三间净室,最宜喝茶看花;北边有座小山,山上有亭,大约叫"望海亭"吧,望海是未必,但钱塘江与西湖是看得见的。梅树确是不少,密密地低低地整列着。那时已是黄昏,寺里只我们三个游人;梅花并没有开,但那珍珠似的繁星似的骨都儿,已经够可爱了;我们都觉得比孤山上盛开时有味。大殿上正做晚课,送来梵呗的声音,和着梅林中的暗香,真叫我们舍不得回去。在园里徘徊了一会,又在屋里坐了一会,天是黑定了,又没有月色,我们向庙里要了一个旧灯笼,照着下山。路上几乎迷了道,又两次三番地狗咬;我们的Y诗人确有些窘了,但终于到了岳坟。船夫远远迎上来道:你们来了,我想你们不会冤我呢!在船上,我们还不离口地说着灵峰的梅花,直到湖边电灯光照到我们的眼。

Y回北平去了,我也到了白马湖。那边是乡下,只有沿湖与杨柳相间着种了一行小桃树,春天花发时,在风里娇媚地笑着。还有山里的杜鹃花也不少。这些日日在我们眼前,从没有人像煞有介事地提议,"我们看花去。"但有一位S君,却特别爱养花;他家里几乎是终年不离花的。我们上他家去,总看他在那里不是拿着剪刀修理枝叶,便是提着壶浇水。我们常乐意看着。他院子里一株紫薇花很好,我们在花旁喝酒,不知多少次。白马湖住了不过一年,我却传染了他那爱花的嗜好。但重到北平时,住在花事很盛的清华园里,接连过了三个春,却从未想到去看一回。只在第二年秋天,曾经和孙三先生在园里看过几次菊花。"清华园之菊"是著名的,孙三

冲淡篇

先生还特地写了一篇文,画了好些画。但那种一盆一干一花的养法,花是好了,总觉没有天然的风趣。直到去年春天,有了些余闲,在花开前,先向人问了些花的名字。一个好朋友是从知道姓名起的,我想看花也正是如此。恰好Y君也常来园中,我们一天三四趟地到那些花下去徘徊。今年Y君忙些,我便一个人去。我爱繁花老干的杏,临风婀娜的小红桃,贴梗累累如珠的紫荆;但最恋恋的是西府海棠。海棠的花繁得好,也淡得好;艳极了,却没有一丝荡意。疏疏的高干子,英气隐隐逼人。可惜没有趁着月色看过;王鹏运有两句词道:"只愁淡月朦胧影,难验微波上下潮。"我想月下的海棠花,大约便是这种光景吧。为了海棠,前两天在城里特地冒了大风到中山公园去,看花的人倒也不少;但不知怎的,却忘了畿辅先哲祠。Y告我那里的一株,遮住了大半个院子;别处的都向上长,这一株却是横里伸张的。花的繁没有法说；海棠本无香，昔人常以为恨，这里花太繁了，却酝酿出一种淡淡的香气，使人久闻不倦。Y告我，正是刮了一日还不息的狂风的晚上；他是前一天去的。他说他去时地上已有落花了，这一日一夜的风，准完了。他说北平看花，是要赶着看的：春光太短了，又晴的日子多；今年算是有阴的日子了，但狂风还是逃不了的。我说北平看花，比别处有意思，也正在此。这时候，我似乎不甚菲薄那一班诗人名士了。

1930年4月

（选自朱自清著：《荷塘月色》，福建人民出版社2012年版，第209～214页）

文章起笔，谈自己和亲友们对花的兴致并不高。生在园林名城的"我"，却不曾见过花事。小时候，只记得紫藤萝、蔷薇花，偶尔也掐下几朵随意地摆弄、丢弃，毫不珍惜。直到闻到"浓而不烈，清而不淡"的栀子花香，才开始领略了花的趣味。作者真的懂得看花赏花还是在杭州的孤山赏梅之后。至此文章已经过半，真正的花事花情却还未出现。从结构上讲，似乎铺垫得过多，引子太长，

冲淡篇

有闲笔之疑,其实这正是作者的一种转折曲笔的写法。前半部分叙写了小学生时去桃园吵闹着吃桃子喝茶而错过了赏花的机会;少年读书时北平的花事虽盛,但出于对文人雅士赏花习尚的不屑一顾,竟断了那份看花之心。这两件往事的追忆着墨极多,描写细腻,看似闲笔,实则是为后来的赏花赞花做了强烈的反铺垫,暗示着一种自责,白白丢掉了那么多看花的好时光,尤显出赏花的难得和珍贵。闲笔不闲,此为范例。

文章的后半部分重笔细绘了看花的乐趣,揭示出爱花的真谛,用真心与真情去体验,投入全部的感知品味到美的情愫。杭州灵峰寺赏梅花一节采用了记游的写法,捋着游踪安排层次。寺在山里,坐船登山,曲曲折折。至寺,远眺,钱塘江与西湖水天浩荡,渺渺烟烟;近观,梅树密密低低,挂满"珍珠似的繁星似的骨都儿",比孤山的盛事更有味。黄昏时分,听着梵呗的声音,闻着梅林的暗香,竟喜爱得徘徊不前、忘了天色。借只灯笼摸黑下山,几乎迷了道,加上狗咬险些困在山上,窘极了。这一"爱"一"窘",恰恰正反相衬,映出梅花的着实可爱。作者写上山的曲折,下山的险境,前后呼应,隐曲地炫耀出看花非易事,进而明示着赏花人爱花之真、看花之情。中间对寺院、湖水、梅花的描摹,极有秩序,由远及近,有声有味,渲染出"空谷幽兰"的意境,令人流连忘返。

知识无涯,而生命有限。既要博古,又要通今,时间实在不够用。所以,用功读书开始要早。青年不努力,更待何时?

——梁实秋

闲

王了一

中国的诗人,自古是爱闲的。"静扫空房惟独坐","日高窗下枕书眠",这是闲居;"相与缘江拾明月","晚山秋树独徘徊",这是闲游;"大瓢贮月归春瓮","飞珧遥闻豆蔻香","林间扫石安棋局","短裁孤竹理云韶",这是闲消遣。如果他们忙起来,他们也要忙里偷闲;他们是"有愧野人能自在",所以他们忙极的时候也要"闲寻鸥鸟暂忘机"。

冲淡篇

但是,中国的俗谚却说:"成人不自在,自在不成人。"凡是愿意兴家立业的人都不肯"游手好闲"。表面看来,这和诗人们的思想是矛盾的。诗人们的思想似乎是出世的,是仙佛的一派;而社会上的老成人却是入世的,是圣贤的一派。圣贤可学,仙佛不可学,所以我们不应该爱闲,因为爱闲就是"好闲","好闲"就非"游手"不可,而"游手"就有没有饭吃的危险。其实,这只是一种很粗的看法。如果闲得其道,非特无损,而且有益。我们可以说,常人不可以"好闲",而圣贤却可以"爱闲"。

先说,一国的元首就应该闲。垂拱而治,是中国人所认为郅治的世界。身当天下的大任的人也应该闲,在军书旁午的时候,诸葛亮仍旧是纶巾羽扇,谢安仍旧是游墅围棋,这种闲情逸致才能养成他们那临事不惊的本领。爱闲和工作紧张是可以并行不悖的。唯有精神不紧张的人,工作

经典悦读

紧张起来才有更大的效力；否则越忙越乱，越会把事情弄糟了的。

做地方官的人也应该有相当的闲暇，如果你不能闲，不是你毫无办事能力，就是你为刮地皮而忙。"日晚爱行深竹里，月明多上小楼头"，白乐天并没有因为爱闲而减少了民众的好感；"岂惟见惯沙鸥熟，已觉来多钓石温"，苏东坡并没有因为爱闲而妨害了邑宰的去思。王禹偁诗里说："日长何计到黄昏，郡僻官闲画掩门"，现在却是郡越僻而官越忙，因为"天高皇帝远"，正是刮地皮的好机会。天天嘴里嚷着："忙呀！忙呀！"天晓得他是否为苞苴而忙，为掊克而忙，抑或是为逢迎上司，应酬土豪劣绅而忙！

至于文人，就更不能忙，更不应该忙。《三都赋》十稔而成，并不是天天忙着写那赋，而是闲着在那里等候，灵感来时才写上一段。忙起来根本就没有灵感！非但八叉手不是忙，连九回肠也不算是忙。当你

冲淡篇

聚精会神地去推敲一篇文章的时候，只像聚精会神地下一盘棋，是闲中取乐，不应该把它当做尘樊的束缚。如果你觉得是忙着做文章，那藐子之神会即刻离开了你。但是，不幸得很，那些卖文为活的文人却不能不忙着做文章；尤其是在"文价"的指数和物价的指数相差十余倍的今日，更不能不搜索枯肠，努力多写几个字。在战前，我有一个朋友卖文还债，结果是因忙致病，因病身亡。在这抗战期间，更有不少文人因为"挤"文章而呕尽心血，忙到牺牲了睡眠，以至于牺牲了性命。忙死了也得不到代价，因为越忙越是粗制滥造，写不出好文章。不信请看我这一篇，我虽不是卖文为活，然而它也是在百忙中"挤"出来的。

"穷""忙"二字是有连带关系的。抗战以来，谋生困难，多少原来清闲的人变了极忙的人！事情多了几倍，我们都变了负山的蚊子；白昼的差事加上了夜间的职务，我们又都变了"为谁辛苦"的蜜蜂。回想当年，真是不胜今昔之感！古人说，不是闲人不知闲中之乐；现在我说，昔闲今忙的人更能了解闲中之乐。譬如巨富变了赤贫，回想当年的繁华，更悼念乐园的丧失。当年是"溪头尽日看红叶"，现在是"灶下终年做黑奴"；当年是"一部清商一壶酒"，现在是"一堆钞票一天粮"。当年我们尽有闲工夫读遍千部书，现在我们竟没有闲工夫吃完一碗饭！

　　本来，在这个大时代，我们有更大的希望在前头，自然应该牺牲了我们的闲暇。不过，悠游卒岁的人仍不在少数，这就形成了我们的不平。古人说"不患贫而患不均"，现在我们说"不患忙而患不均"。如果有法子处理那些不劳而获的钱财，使人人自食其力，我相信许多人都用不着像现在这样忙。

（选自陈平原编：《闲情乐事》，复旦大学出版社2005年版，第177～179页）

冲淡篇

知识

王了一(1900—1986)，原名王力，"了一"是他的字。中国语言学家、教育家、翻译家、散文家、诗人，中国现代语言学奠基人之一。1925年入读上海国民大学。1926年考入清华大学国学研究院。1927年留学法国，1931年获巴黎大学文学博士学位。1932年回国后，先后在清华大学、燕京大学、广西大学、西南联大、岭南大学、中山大学任教，曾任岭南大学及中山大学文学院院长。1954年后任北京大学教授，并担任中国文字改革委员会委员、副主任，中国科学院哲学社会科学部学部委员。

解读

《闲》是王了一先生颇具代表性的散文。这篇散文的哲理可不如标题那般轻松惬意。读罢此文，真觉其理乃贯治国、治家、治身各道，将中国人那种超然物外、无为而治的哲学勘破，并写得淋漓尽致。看似平和的文章，却有一种暗潮汹涌的讽刺蕴含其中，不禁教人掩卷长思，进而内省，今天的你我，是否也陷落在一种"无谓的忙乱"之中，而忽视了一个"闲"字所带来的那一份从容面对生活、从容面对心境、从容面对苦难的心平气和。若是时至今日，我们对于生计还有诸多不满足、对于人情还有诸多放不下，不妨以一个"闲"字作为一种警醒，时时喘息、时时优雅。

闲　居

丰子恺

正文

闲居，在生活上人都说是不幸的，但在情趣上我觉得是最快适的了。假如国民政府新定一条法律："闲居必须整天禁锢在自己的房间里"，我也不愿出去干事，宁可闲居而被禁锢。

在房间里很可以自由取乐；如果把房间当作一幅画看的时候，其布置就如画的"置陈"了。譬如书房，主人的座位为全局的主眼，犹之一幅画中的 middle point，须居全幅中最重要的地位。其他自书架、几、椅、惶床、火炉、壁饰、自鸣钟，以至痰盂、纸篓等，各以主眼为中心而布置，使全局的焦点集中于主人的座位，犹之画中的附属物、背景，均须有护卫主物，显衬主物的作用。这样妥帖之后，人在里面，

冲淡篇

精神自然安定,集中,而快适。这是谁都懂得,谁都可以自由取乐的事。虽然有的人不讲究自己的房间的布置,然走进一间布置很妥帖的房间,一定谁也觉得快适。这可见人都会鉴赏,鉴赏就是被动的创作,故可说这是谁也懂得,谁也可以自由取乐的事。

我在贫乏而粗末的自己的书房里,常常欢喜作这个玩意儿。把几件粗陋的家具搬来搬去,一月中总要搬数回。搬到痰盂不能移动一寸,脸盆架子不能旋转一度的时候,便有很妥帖的位置出现了。那时候我自己坐在主眼的座上,环视上下四周,君临一切。觉得一切都朝宗于我,一切都为我尽其职司,如百官之朝天,众星之拱北辰。就是墙上一只很小的钉,望去也似乎居相当的位置,对全体为有机的一员,对我尽专任的职司。我统御这个天下,想像南面王的气概,得到几天的快适。

有一次我闲居在自己的房间里,曾经

对自鸣钟寻了一回开心。自鸣钟这个东西，在都会里差不多可说是无处不有，无人不备的了。然而它这张脸皮，我看惯了真讨厌得很。罗马字的还算好看；我房间里的一只，又是粗大的数学码子的。数学的九个字，我见了最头痛，谁愿意每天做数学呢！有一天，大概是闲日月中的闲日，我就从墙壁上请它下来，拿油画颜料把它的脸皮涂成天蓝色，在上面画几根绿的杨柳枝，又用硬的黑纸剪成两只飞燕，用浆糊黏住在两只针的尖头上。这样一来，就变成了两只燕子飞逐在杨柳中间的一幅圆额的油画了。

凡在三点二十几分，八点三十几分等时候，画的构图就非常妥帖，因为两只飞燕适在全幅中稍偏的位置，而且追随在一块，画面就保住均衡了。辨识时间，没有数目字也是很容易的：针向上垂直为十二时，向下垂直为六时，向左水平为九时，向右水平为三时。这就是把圆周分为四个

冲淡篇

quarter，是肉眼也很容易办到的事。一个quarter里面平分为三格，就得长针五分钟的距离了，虽不十分容易正确，然相差至多不过一两分钟，只要不是天文台、电报局或火车站里，人家家里上下一两分钟本来是不要紧的。倘眼睛锐利一点，看惯之后，其实半分钟也是可以分明辨出的。这自鸣钟现在还挂在我的房间里，虽然惯用之后不甚新颖了，然终不觉得讨厌，因为它在壁上不是显明的实用的一只自鸣钟，而可以冒充一幅油画。

　　除了空间以外，闲居的时候我又欢喜把一天的生活的情调来比方音乐。如果把一天的生活当作一个乐曲，其经过就像乐章（movement）的移行了。一天的早晨，晴雨如何？冷暖如何？人事的情形如何？犹之第一乐章的开始，先已奏出全曲的根柢的"主题"（thema）。一天的生活，例如事务的纷忙，意外的发生，祸福的临门，犹如曲中的长音阶变为短音阶的，C调变为 F 调，adagio 变为 allegro，其或昼永人闲，平安无事，那就像始终 C 调的 andante 的长大的乐章了。以气候而论，春日是孟檀尔伸（Mendelssohn），夏日是裴德芬（Beethoven），秋日是晓邦（Chopin）、修芒（Schumann），冬日是修斐尔德（Schubert）。这也是谁也可以感到，谁也可以懂得的事。试看无论甚么机关里，团体里，做无论甚么事务的人，在阴雨的天气，办事一定不及在晴天的起劲、高兴、积极。如果有不论天气，天天照常办事的人，这一定不是人，是一架机器。只要看挑到我们后门头来卖臭豆腐干的江北人，近来秋雨连日，他的叫声自然懒洋洋地低钝起来，远不如一月以前的炎阳下的"臭豆腐干！"的热辣了。

（选自杨耀文选编：《乡居闲情》，京华出版社 2005 年版，第 40~41 页）

知识

丰子恺（1898—1975），原名丰润，又名仁、仍，号

冲淡篇

子觊,后改为子恺,笔名 TK,以中西融合画法创作漫画以及散文而著名。他的绘画、文章在几十年沧桑风雨中保持一贯的风格:雍容恬静。其漫画更是脍炙人口。丰先生作品流传极广,失散的也很多,就是结集出版的 50 余种画册也大多绝迹于市场,给读者带来极大遗憾。

解读

丰子恺先生不仅是一位文学家,更是一位著名的画家,因此,他的文章之中就自然而然地带有一种画面感。譬如这篇《闲居》,将人在房间之中的自得其乐,透过陈设的放置、屋中的行动展现得活泼有趣,仿若一幅清新素淡的黑白画作。

然而,这幅画作之中,又因作者的妙笔而平添了几处声响。当情调化作音调,充满了生活的各个角落,心扉也仿佛被音符叩开了一条缝,然后缓缓打开,接纳透过窗棂的光影。这当是一段源于质朴却足以澄澈心灵的乐章。

警语

全为实利打算,换言之,就是只要全家。充其极端,做人全无感情,全无义气,全无趣味,而人就变成枯燥、死板、冷酷、无情的一种动物。这就不是"生活",而仅是一种"生存"了。

——丰子恺

品茗与饮牛

冯亦代

正文

《红楼梦》里,妙玉请黛玉、宝钗、宝玉品茶,调笑宝玉说,"岂不闻一杯为品,二杯即是解渴的蠢物,三杯就是饮牛饮骡的了。你吃这一海,便成什么?"相比之下,我喝茶一口气便是一玻璃杯,大概较一海为多,便成了什么呢?再说下去便要骂自己了。

我是杭州人,年幼时到虎跑寺去,总要泡一壶龙井茶,风雅一番。但现在想来,也不是"品",大半是解渴,而且是在茶杯里玩儿。因为虎跑寺水厚,满杯的水,放下几个铜板,是不会漫出来的。

真正品过一次风雅茶,还是在我邻居钟老先生家里。他暮年从福建宦游归来,没有别的所好,只是种兰花和饮茶。他的

冲淡篇

饮茶,便是妙玉的所谓"品"了。他有一套茶具,一把小宜兴紫砂壶,四个小茶盅,一个紫砂茶盘,另外是一只烧炭的小风炉。

饮茶时,先将小风炉上的水煮沸,把紫砂壶和四个小茶盅全用沸水烫过一遍,然后把茶叶(他用的是福建的铁观音)放一小撮在紫砂壶里,沏上滚水,在壶里闷一下再倒在小茶盅里,每盅也不过盛茶水半盅左右,请我这位小客人喝。我那时已读了不少杂书,知道这是件雅人干的雅事。但如此好茶,却只饮一二次半盅,意犹未足,不过钟老先生已在收拾茶具了。以后每读《红楼梦》栊翠庵品茶的一回,不免失笑。自忖自己是个现代人,已无使用小紫砂壶饮铁观音的雅兴,只合做个俗人,饮牛饮骡而已。

但我总算亲炙了一番"品"茶之道。杭州人家里,每家有一壶家常茶,那是用大瓦壶沏的,供一般人饮用。我的祖父母和姑母们则有另沏的茶头,那是沏在中号

的瓷壶里的好茶叶，每要饮茶，便从这把壶里倒出稍许茶头，兑了开水喝。我小时候祖母是不许我饮冷茶的，说饮了冷茶，便要手颤，学不好字了。当时年幼还听大人的话，后来进了中学，人变野了，有时在外面跑得满身大汗回来，便捧起那把大瓦壶，对着壶嘴作牛饮。这在饮茶一道里，该是最下乘的了，难怪我现在写的字这么糟！钟老先生后来搬了家，我去看望他时，他也会拿出他那套茶具来，请我"品"铁观音。这样饮茶有个名堂，叫饮"功夫茶"，说明这样喝茶需要功夫，绝非心浮气躁的人所能做到。

中国为了鸦片烟曾与英帝国主义打了一仗。而在茶叶问题上，英帝国主义和在北美的殖民地也闹了一番纠纷。英帝国用鸦片烟来毒害中国老百姓，却用茶叶来压制北美殖民地为东印度公司剥削贸易。殖民地人民起来反抗了，拒绝从英国进口的茶叶，曾在波士顿地方把整货船的茶叶倒

冲淡篇

入海里,以示抵制。这件事终于导致了美国以后的独立战争。

英国也是个饮茶的国家,他们天黑后要饮一次"傍晚茶",其实有些像我们的吃夜宵。饮茶之余还佐以冷点心肉食等等。英国人喜欢饮"牛奶茶",用的是锡兰(即今之斯里兰卡,当时还属印度)生产的茶叶,即有名的利普顿红茶,饮时加上淡乳和方块砂糖,他们是不喝绿茶的。这在英国东印度公司的贸易中也是一宗重要的项目。

英国人喝茶也有套繁文缛节,类似我们福建同胞的喝"功夫茶"。英国散文大师查尔斯·兰姆曾经写过一篇文章《古瓷器》,就专门为了饮茶用的中国瓷茶杯,写了一大段,可以看出英国人饮茶的隆重。我的岳父是位老华侨,自幼即在英国式书院上学,也染上了一身洋气。他每天必饮"牛奶茶"。在他说来这是一件大事。我还在谈恋爱时,他知道了,便约我到他家

饮茶。

　　他也有一个小炉子，一把英国式的茶壶，就是喝茶的杯子比我们喝"功夫茶"的茶盅略大一些，但也不是北京可称为海的大碗茶。他先把小炉子上的水煮滚了，在沏茶的小壶口上放一只银丝编织的小漏勺，大小与壶口同，里面装上利普顿茶叶，然后把沸水冲入壶内，再把壶盖盖严。这样闷了几分钟，沸水受了茶气变成茶水，便可以喝了；而茶叶是不放入壶中的。另外还备有蛋糕或涂黄油的新烤熟的面包（土司），主客便一边喝茶，吃点心，一边谈话。我是第一次喝西式茶，又是毛脚女婿上门，心怀惴惴，老实说这一次就没有"品"出利普顿红茶的味儿来。以后次数多了，觉得利普顿茶叶的味道的确比龙井深厚，香气也比龙井浓。龙井是清香，妙在淡中见味。

　　以后我到香港去了。香港的中式茶楼，座客衣着随便，且多袒胸跣足者厕身其间，

冲淡篇

高谈阔论,不知左右尚有他人。这些茶楼似以品尝各式细点为主,茶楼备有热笼面点糕饼不下百十种,用小车推至座客前,任选一二种慢慢受用,颇有特殊的风味。据传也有茶客,在清晨入店,午夜始回,终日盘桓,以致倾家荡产的。香港多的是这类广式茶楼,这已不是明窗净几,集友辈数人作娓娓清谈的饮茶了,而是充满市井气的热闹场所。若从品茶来说,这大概只能归入于冲洗胃里的油腻一流,既非品,亦非饮,而是讲究吃的了。

香港也有完全西式的茶座,如战前有名的香港大酒店,告罗士打行和"聪明人"茶室等。告罗士打行和香港酒店的茶座,是珠光宝气的妖艳妇人和油头粉面的惨绿少年麇集之所,倒是"聪明人"茶座虽设在地下室内,却少繁杂的喧嚣,可以与至友数人作娓娓清谈。这里喝的除了纯咖啡与冷饮外,就是一樽利普顿红茶,是饮茶而非品茶。好在去的人意不在茶,茶叶的好坏便无所谓了。

　　后来到了重庆，应云卫经营中华剧艺社，在国泰大戏院演出。剧团寄住在戏院对门，外进则是一爿茶馆。杭州的茶楼里有舒适的藤椅可以躺卧，重庆的茶馆里则有帆布或竹片拼成的躺椅；每到这里来，颇动我的乡思。在重庆的五年中，我是经常出没在这家茶馆的。前几天吴茵还写信来提到我们当年在茶馆里谈笑风生的情景。这里的茶与杭州的龙井或英国的利普顿茶有别，这里饮的是沱茶。每逢你吃得酒醉饭饱时，喝上几杯沱茶，的确有消去油腻的功用。但是更令人难以忘怀的，倒是那些伴着喝沱茶的日子，谈文学谈戏剧谈电影，甚至谈国事（当然是小声的耳语，因为茶馆壁上贴着"莫谈国事"的警告），则是又一所取之不竭、用之不尽的社会大学。

　　抗战后回到上海，以前只有洋人才能进去的饭店茶室，大者如华懋、汇中，小者如DDS与塞维那，如今我们也能大大方

冲淡篇

方进出了。还是喝茶,但这已不是品茶,而是对于未来美好日子的期待了。

1989年国庆后一日,听风楼

(选自杨耀文选编:《乡居闲情》,京华出版社2005年版,第78~80页)

冯亦代(1913—2005),原名贻德,散文家、翻译家。中国作家协会会员。创办《中国作家》(英文),主编《电影与戏剧》,曾任重庆中外文化联络社经理。笔名楼风、冯之安等。全国政协委员,民盟中央委员会委员。历任中外文化联络社经理,人民救国会中央常务理事、上海分会负责人,民盟上海市委负责人,民盟中央干事,美国文学研究会常务理事,中国作协理事,中外文学交流委员会委员,国际笔会中心理事,中国翻译工作者协会常务理事,北京翻译工作者协会副会长,国际文化交流中心理事,国际文化出版公司副董事长。1926年开始发表作品。1949年加入中国作家协会。冯亦代在翻译界也享有盛名,素以选题严谨、译笔简洁准确著称。早在20世纪40年代就开始从事文学翻译,曾翻译美国作家海明威的作品,成为最早将海明威介绍到中国的翻译家之一。在之后的日子里,冯亦代相继翻译过毛姆、辛格、法斯特等人的作品。

茶文化自古就是中国最具代表性的文化之一,传承至今,似乎已因狂躁的风沙而蒙尘。而这篇写茶的文章,与以往类似文章交代饮茶的历史与方式不同。它很新巧地以《红楼梦》中栊翠庵一事起笔,借妙玉打趣宝玉的雅谑,来阐释自己对茶的认知,和这样一种小物穿越时空的魅力。

写作文章讲究形式与内容的统一,冯亦代的这篇散文就恰好让一种自然流畅的文风契合着字里行间的"茶香"。读过这篇文章,我们似乎也能从文字间幻嗅四溢茶香、氤氲水汽。虽有知识的讲解,却因这娓娓道来的妙笔,一点也不会感到乏味与枯燥。

物有性灵　情尚平和

灯

废 名

深夜读书
释手一本老子道德经之后,
若抛却吉凶悔吝
相晤一室。
太疏远莫若拈花一笑了,
有鱼之于水,
猫不捕鱼,
又记起去年冬夜里地席上看见一只小耗子走路,
夜贩的叫卖声又做了宇宙的言语,
又想起一个年轻人的诗句
鱼乃水之花。
灯光好像写了一首诗,
他寂寞我不读他。
我笑曰,我敬重你的光明。

冲淡篇

我的灯又叫我听街上敲梆人。

（选自杨晓民主编：《百年百首经典诗歌（1901—2000）》，长江文艺出版社2003年版，第29页）

知识

废名（1901—1967），原名冯文炳，20世纪中国文学史上最有影响力的文学家之一，曾为语丝社成员，师从周作人，在文学史上被视为"京派文学"的鼻祖。1925年出版的《竹林的故事》是他的第一本小说集，其后，相继创作有长篇小说《莫须有先生传》（1932）、《桥》（1926—1937）、《莫须有先生坐飞机以后》（1947）（后两部都未完成）以及短篇小说、散文、诗歌若干，且于后三者皆有极高的造诣。废名的小说以散文化闻名，将六朝文、唐诗、宋词以及现代派等观念熔于一炉，并加以实践，文辞简约幽深，兼具平淡朴讷和生辣奇僻之美。

解读

这首诗有一个诗眼即"寂寞"一词，可视之为打开这首诗的钥匙。"寂寞"是中国传统诗歌的一个母题，"白头宫女在，宫花寂寞红""驿外断桥边，寂寞开无主"，传统的"寂寞"主要与情感的孤独相关，主人公多为情痴、怨妇。而废名这首诗中的"寂寞"虽然也有孤独的意思，但它显然不是个体情感的问题，而是现代都市生活带来的人与物、人与人的特殊的生存"关系"——

"寂寞"实际上标识出各种事物之间"意义"和"关系"的断绝,汽车、邮筒、大街、人类,看起来相互联系,共同构成都市风景,但实际上各自孤立,冷冰冰的,了无关系。人与物(环境)、甚至人与人之间的情感完全断裂,这乃是"寂寞"的根由。因此,诗歌对现代生活的批判性也就不言而喻了,而诗歌的深刻性恰在于将个体情感上升为某种人类精神的普遍性,含有对人类命运的整体忧思。

故乡的野菜

周作人

我的故乡不止一个,凡我住过的地方都是故乡。故乡对于我并没有什么特别的情分,只因钓于斯游于斯的关系,朝夕会面,遂成相识,正如乡村里的邻舍一样,虽然不是亲属,别后有时也要想念到他。我在浙东住过十几年,南京东京都住过六年,这都是我的故乡;现在住在北京,于

冲淡篇

是北京就成了我的家乡了。

日前我的妻往西单市场买菜回来，说起有荠菜在那里卖着，我便想起浙东的事来。荠菜是浙东人春天常吃的野菜，乡间不必说，就是城里只要有后园的人家都可以随时采食，妇女小儿各拿一把剪刀一只"苗篮"，蹲在地上搜寻，是一种有趣味的游戏的工作。那时小孩们唱道："荠菜马兰头，姊姊嫁在后门头。"后来马兰头有乡人拿来进城售卖了，但荠菜还是一种野菜，须得自家去采。关于荠菜向来颇有风雅的传说，不过这似乎以吴地为主。《西湖游览志》云："三月三日男女皆戴荠菜花。谚云：三春戴荠菜花，桃李羞繁华。"顾禄的《清嘉录》上亦说，"荠菜花俗呼野菜花，因谚有三月三蚂蚁上灶山之语，三日人家皆以野菜花置灶陉上，以厌虫蚁。清晨村童叫卖不绝。或妇女簪髻上以祈清目，俗号眼亮花。"但浙东人却不很理会这些事情，只是挑来做菜或炒年糕吃罢了。

黄花麦果通称鼠曲草,系菊科植物,叶小微圆互生,表面有白毛,花黄色,簇生梢头。春天采嫩叶,捣烂去汁,和粉作糕,称黄花麦果糕。小孩们有歌赞美之云:

黄花麦果韧结结,
关得大门自要吃;
半块拿弗出,一块自要吃。

清明前后扫墓时,有些人家——大约是保存古风的人家——用黄花麦果作供,但不作饼状,做成小颗如指顶大,或细条如小指,以五六个作一攒,名曰茧果,不知是什么意思,或因蚕上山时设祭,也用这种食品,故有是称,亦未可知。自从十二三岁时外出不参与外祖家扫墓以后,不复见过茧果,近来住在北京,也不再见黄花麦果的影子了。日本称做"御形",与荠菜同为春天的七草之一,也采来做点心用,状如艾饺,名曰"草饼",春分前后多食

冲淡篇

之,在北京也有,但是吃去总是日本风味,不复是儿时的黄花麦果糕了。

扫墓时候所常吃的还有一种野菜,俗称草紫,通称紫云英。农人在收获后,播种田内,用作肥料,是一种很被贱视的植物,但采取嫩茎瀹食,味颇鲜美,似豌豆苗。花紫红色,数十亩接连不断,一片锦绣,如铺着华美的地毯,非常好看,而且花朵状若蝴蝶,又如鸡雏,尤为小孩所喜,间有白色的花,相传可以治痢。很是珍重,但不易得。日本《俳句大辞典》云:"此草与蒲公英同是习见的东西,从幼年时代便已熟识。在女人里边,不曾采过紫云英的人,恐未必有罢。"中国古来没有花环,但紫云英的花球却是小孩常玩的东西,这一层我还替那些小人们欣幸的。浙东扫墓用鼓吹,所以少年们常随了乐音去看"上坟船里的姣姣";没有钱的人家虽没有鼓吹,但是船头上篷窗下总露出些紫云英和杜鹃的花束,这也就是上坟船的确实的证据了。

十三年二月

（选自淡霞主编：《人一生要读的100篇散文》，中国和平出版社2006年版，第342～343页）

知识

周作人（1885—1967），原名櫆寿（后改为奎绶），字星杓，又名启明、启孟、起孟，笔名遐寿、仲密、岂明，号知堂、药堂、独应等。是鲁迅（周树人）之弟，周建人之兄。浙江绍兴人。中国现代著名散文家、文学理论家、评论家、诗人、翻译家、思想家，中国民俗学开拓者，新文化运动的杰出代表。

历任国立北京大学教授、东方文学系主任，燕京大学新文学系主任、客座教授。新文化运动中，周作人是《新青年》的重要同人作者，并曾任"新潮社"主任编辑。五四运动之后，与郑振铎、沈雁冰、叶绍钧、许地山等人发起成立"文学研究会"；并与鲁迅、林语堂、孙伏园等创办《语丝》周刊，任主编和主要撰稿人。曾经担任北平世界语学会会长。

解读

周作人善于撷拾人所不言的小题材，信笔写来，无不成趣。《故乡的野菜》即写出了故乡的风俗，且带着清新的野趣。在这篇散文里，作者不惮其烦地介绍了习见于故乡的荠菜、马兰头、黄花麦果（通称鼠曲草）、紫云英的形状、颜色与用途，以及围绕它们而展开的浙东民俗。而

冲淡篇

文中引述的"荠菜马兰头,姊姊嫁在后门头","黄花麦果韧结结,关得大门自要吃;半块拿弗出,一块自要吃"。野趣也真沸沸十足。这正如周作人自己所说:"王阮亭评梦梁录,亦谓其文不雅驯,盖民间生活本来不会如文人学士所期望的风雅,其中不能中意自是难怪,而如实地记述下来,却又可以别有趣雅,但此则别为他们所不知者。"然而如果全部"如实地记述",大概要夹杂一些恶俗的东西,这就需要作者笔下长眼,要有分寸,要有取舍:"浙东扫墓用鼓吹,所以少年们常随了乐音去看'上坟船里的姣姣';没有钱的人家虽没有鼓吹,但是船头上篷窗下总露出些紫云英和杜鹃的花束"。用笔极其简练明净,从而传达出作者的审美情趣。由此可以见出,以质朴的语言对民俗的东西进行忠实地记述,以存野趣;以独特的审美标准去芜存精,是这篇散文以及周作人若干散文化野趣为雅趣的契机之一。不仅如此,周作人还往往把浙东的民俗推广到深厚的文化背景里去。《故乡的野菜》虽然只不过千二百字,引文却占据了将近1/6。其中,他征引了明人田汝成的《西湖游览志》、顾禄的《清嘉录》,以古证今,把浙东民俗提高到文化史的层次,从而古今打成一片。由于作者独特的生活体验,喜欢以东洋的习俗与中土比附印照,譬如谈到黄花麦果时即以日本的"御形"作比,"在北京也有,但是吃去总是日本风味,不复是儿时的黄花麦果糕了。"而在记述紫云英时又引证《俳句大辞典》,充分体现了作者渊懿的常识和丰富的生活经验,从而又把浙东的民俗放置于一个横的文化比较的剖面,这样,也使作品带有明显的笔记体散文的特色。

我们哀悼死者,并不一定是体察他灭亡之悲哀,实在多是引动追怀,痛切地发生今昔殁之感。无论怎样地相信神灭,或是厌世,这种感伤恐终不易摆脱。

——周作人

衣　裳

梁实秋

莎士比亚有一句名言:"衣裳常常显示人品";又有一句:"如果我们沉默不语,我们的衣裳与体态也会泄露我们过去的经历。"可是我不记得是谁了,他曾说过更彻底的话:我们平常以为英雄豪杰之士,其仪表堂堂确是与众不同,其实,那多半是衣裳装扮起来的,我们在画像中见到的华

冲淡篇

盛顿和拿破仑,固然是奕奕赫赫,但如果我们在澡堂里遇见二公,赤条条一丝不挂,我们会要有异样的感觉,会感觉得脱光了大家全是一样。这话虽然有点玩世不恭,确有至理。

中国旧式士子出而问世必须具备四个条件:一团和气,两句歪诗,三斤黄酒,四季衣裳;可见衣裳是要紧的。我的一位朋友,人品很高,就是衣裳"普罗"一些,曾随着一伙人在上海最华贵的饭店里开了一个房间,后来走出饭店,便再也不得进去,司阍的巡捕不准他进去,理由是此处不施舍。无论怎样解释也不得要领,结果是巡捕引他从后门进去,穿过厨房,到账房内去理论。这不能怪那巡捕,我们几曾看见过看家的狗咬过衣裳楚楚的客人?

衣裳穿得合适,煞费周章,所以内政部礼俗司虽然绘定了各种服装的式样,也并不曾推行,幸而没有推行!自从我们剪了小辫儿以来,衣裳就没有了体制,绝对自由，中西合璧的服装也不算违警，这时候若再推行"国装"，只是于错杂纷歧之中更加重些纷扰罢了。

李鸿章出使外国的时候，袍褂顶戴，完全是"满大人"的服装。我虽无爱于满清章制，但对于他的不穿西装，确实是很佩服的。可是西装的势力毕竟太大了，到如今理发匠都是穿西装的居多。我忆起了二十年前我穿西装的一幕。那时候西装还是一件比较新奇的事物，总觉得是有点"机械化"，其构成必相当复杂。一班几十人要出洋，于是西装逼人而来。试穿之日，适值严冬，或缺皮带，或无领结，或衬衣未备，或外套未成，但零件虽然不齐，吉期不可延误，所以一阵骚动，胡乱穿起，有的宽衣博带如稻草人，有的细腰窄袖如马戏丑，大体是赤着身体穿一层薄薄的西装裤，冻得涕泗交流，双膝打战，那时的情景足当得起"沐猴而冠"四个字。当然后来技术渐渐精进，有的把裤脚管烫得笔

冲淡篇

直,视如第二生命,有的在衣袋里插一块和领结花色相同的手绢,俨然像是一个绅士,猛然一看,国籍都要发生问题。

西装是有一定的标准的。譬如,做裤子的材料要厚,可是我看见过有人在光天化日之下穿夏布西装裤,光线透穿,真是骇人!衣服的颜色要朴素沉重,可是我见过著名自诩讲究衣裳的男子们,他们穿的是色彩刺目的宽格大条的材料,颜色惊人的衬衣,如火如荼的领结,那样子只有在外国杂耍场的台上才偶然看得见!大概西装破烂,固然不雅,但若崭新而俗恶则更不可当。所谓洋场恶少,其气味最下。

中国的四季衣裳,恐怕要比西装更麻烦些。固然西装讲究起来也是不得了的。历史上著名的一例,詹姆斯第一的朋友白金翰爵士有衣服一千六百二十五套。普通人有十套八套的就算很好了。中装比较的花样要多些,虽然终年一两件长袍也能度日。中装有一件好处,舒适。中装像是变形虫,没有一定的形式,随着穿的人身体变。不像西装,肩膊上不用填麻布使你冒充宽肩膀,脖子上不用戴枷系索,裤子里面有的是"生存空间";而且冷暖平匀,不像西装咽喉下面一块只是一层薄衬衣,容易着凉,裤子两边插手袋处却又厚至三层,特别郁热!中国长袍还有一点妙处,马彬和先生(英国人入我国籍)曾为文论之。他说这钟形长袍是没有差别的,平等的,一律的遮掩了贫富贤愚。马先生自己就是穿一件蓝长袍,他简直崇拜长袍。据他看,长袍不势利,没有阶级性,可是在中国,长袍同志也自成阶级,虽然四川有些抬轿的也穿长袍。中装固然比较随便,但亦不可太随便,例如脖子底下的钮扣,在西装可以不扣,长袍便非扣不可,否则便不合于"新生活"。再例如虽然在蚊虫甚多的地方,裤脚管亦不可放进袜筒里去,做绍兴师爷状。

男女服装之最大不同处,便是男装之

冲淡篇

遮盖身体无微不至，仅仅露出一张脸和两只手可以吸取日光紫外线，女装的趋势，则求遮盖愈少愈好。现在所谓旗袍，实际上只是大坎肩，因为两臂已经齐根划出。两腿尽管细直如竹筷，扭曲如松根，也往往一双双的摆在外面。袖不蔽肘，赤足裸腿，从前在某处都曾悬为厉禁，在某一种意义上，我们并不惋惜。还有一点可以指出，男子的衣服，经若干年的演化，已达到一个固定的阶段，式样色彩大概是千篇一律的了，某一种人一定穿某一种衣服，身体丑也好，美也好，总是要罩上那么一套。女子的衣裳则颇多个人的差异，仍保留大量的装饰的动机，其间大有自由创造的余地。既是创造，便有失败，也有成功。成功者便是把身体的优点表彰出来，把劣点遮盖起来；失败者便是把劣点显示出来，优点根本没有。我每次从街上走回来，就感觉得我们除了优生学外，还缺乏妇女服装杂志。不要以为妇女服装是琐细小事，

法朗士说得好:"如果我死后还能在无数出版书籍当中有所选择,你想我将选什么呢?……在这未来的群籍之中我不想选小说,亦不选历史,历史若有兴味亦无非小说。我的朋友,我仅要选一本时装杂志,看我死后一世纪中妇女如何装束。妇女装束之能告诉我未来的人文,胜过于一切哲学家,小说家,预言家,及学者。"

衣裳是文化中很灿烂的一部分。所以裸体运动除了在必要的时候之外(如洗澡等等),我总不大赞成。

(选自陈平原编:《闲情乐事》,复旦大学出版社2005年版,第92~95页)

解读

梁实秋的散文,有着十分精彩的幽默,其幽默是一种深沉的表述,是一种显而不露的含蓄的方式。这篇《衣裳》也是如此,看起来是一篇知识性的介绍,但实际上,在对衣裳的简略梳理之中有一种对世态的隐喻。或许,读梁实秋先生的作品,你未必会哈哈大笑,但却必然会会心一笑,这是一种幽默的、大师级的人所具备的超然世外的精神。梁实秋先生曾经说过,他创作散文时,常常游心物

冲淡篇

外,所以对自身所受的任何伤害多抱着无动于衷的态度,甚至外界的矛盾冲突都可以成为自我陶醉的机会。梁实秋先生对于一些不符合他的道德观的行为难免会进行批判,但却不会是狠狠的、不留情面的批判,在批判时,不是用尖酸刻薄的词语,更不是破口就骂,而是采用适度的幽默——一种不温不火的讽刺。他认为:"讽刺文学的出发点是爱,不是恨,人性本有缺点,人生本有不如意事,文学家探索人生,热爱人生,看到不合理不道德的现象,则想加以指责矫正,讽刺便是一种很好的手段。"

我不愿送人,亦不愿人送我。对于自己真正舍不得离开的人,离别的那一刹那像是开刀,凡是开刀的场合照例是应该先用麻醉剂,使病人在迷蒙中度过那场痛苦,所以离别的苦痛最好避免。

——梁实秋

修身悟道　淡泊安然

冲淡篇

夜　行

柯　灵

　　夜静，灯火阑珊，从热闹场中出来，踽踽独行，常感到一种微妙的喜悦。

　　街上清冷，空远辽廓，仿佛在寂寞秋江，泛扁舟一叶；偶然有汽车飞驰而过，又使你想到掠过水面的沙鸥。而街角远处，交通灯的一点猩红，恰似一片天际飘坠的枫叶，孤零零地开在岸畔的雁来红。

　　上海的白昼汹涌着生存竞争的激流，而罪恶的开花却常在黑夜。神秘的夜幕笼罩一切，但我们依然可以用想象的眼睛看到这人间天堂的诸种色相。跳舞场上这时必是最兴奋的一刻了，爵士乐缭绕在黝黯的灯光里，人影幢幢。假笑佯欢的，靠着舞客款款密语；寻花问柳的，感到了女性占有的满足。出卖劳力的，横七竖八地倒在草棚里，无稽的梦揶揄似的来安慰他们了；多美，多幸福，那梦的王国！而有的却在梦里也仍然震慑于狞恶的脸相，流着冷汗从鞭挞中惊醒。做夜工的，正撑着沉沉下垂的眼皮，在嘈杂的机械声中忙碌。亡命与无赖也许正在干盗窃和掠夺的勾当，也许为了主子们的倾轧，正在黑暗中攫取对手的性命。也许有生活战场上的败北者，怀着末路的悲戚，委身于黄浦江的浊流，激起一阵小小的波浪以后，一切复归宁静。我们还可以看到，在灯光如豆的秘密所在，还有人为着崇高的理想，冒着生命的危险；他们中间不幸的，便在星月无光的郊外受着惨毒的死刑。

你可以这样想象，事实也正在这样搬演；但眼前展现的，却是一片平静。——人海滔天，红尘蔽日的上海，这是仅有的平静的一刻。

烦嚣的空气使心情浮躁，繁复的人事使灵魂粗糙，丑恶的现实磨损了人的本性，

冲淡篇

只是到了这个时刻，才像暴风雨后经过澄滤的湖水，云影天光，透着宁静如镜的清澈。虽然路上人迹稀少，可是你绝不会因此感到寂寞。

坐在清冷的末班电车上，常常只有三三两两晚归的乘客，神态逸豫，悠悠对坐，仿佛彼此莫逆于心，不劳辞费。卖票员闲闲地从车座底下拿出票款，一堆堆闪亮的银角，暗黄的铜板，耐心地点着数，预备进了厂就赶快交账，回家休息。偶尔在无聊中闲谈起来，随随便便，仿佛大家本来就是相熟的朋友：卖票人与乘客在白天那种不必要的隔膜，此刻是烟消云散了。

拖着空车的黄包车夫施施而行，巡捕静悄悄地站在警亭下，也不再对车夫怒目横眉，虎视眈眈。看到这种彼此相安，与世无争的境界，我常有一种莫名其妙的冲动，想跑上去跟他们攀谈几句，交换一点无垢的安慰，倾诉一点歆慕的心情。

要是腹中空虚，可以随意跑进一家小

铺子里去当一回座上客。铺子是小的,店堂湫隘腌臜,花不了多少钱,却完全可以换得一饱。这里没有什么名贵西餐,满汉酒席,苏扬细点,山珍海馐,精致美味;但你去看看周围的食客,一碗牛肉汤,一碗阳春面,有的外加二两白干,浅斟细酌,品味着小市民式的餍足。面对那种悠然自得的神情,你会不由得从心里尝味到一种酸辛苦涩而又微甘的世味,同时想起那俗滥的诗句,真的是"万事不如杯在手,人生几见月当头?"

浏览一下铺面的景色,又会"别有一番滋味在心头"。古朴的陈设,油腻破旧的桌椅,蓝边大碗,寿字花的小酒盅,壁上威武的关公画像,砧板上雪亮的刀子,红色的牛肉,炉灶上熊熊的火光,在满是油污的伙计脸上闪烁,实大声洪的大声叫唤……这光景会使你自然地想到《水浒》里描写的场面,恍惚回到了辽远的古代。

尔虞我诈的机心暂时收敛了,残酷的

冲淡篇

杀伐挂起了短期的免战牌。

夜深沉,上海这个巨人睡熟了,给了我们片刻的安静。但我们期待的,不是这种扑朔迷离的幻境,而是那晨曦照耀的黎明。

一九三五年

(选自柯灵著:《柯灵散文》,人民文学出版社2007年版,第32～34页)

夜是作家们纷纷落笔的主题,却也不好描述。因为夜,无声、无色、无息,入夜之后,往往尽是我们辗转反侧的孤独,留下的不过是自己怅然的叹息声。然而,柯灵先生的这篇散文却将夜行写得声色俱备,又不失夜色本身的安谧宁静,真是拿捏得宜的笔触。

更为难得的是,这篇夜色之中有一番"人情味儿"——黄包车夫的施施而行,深夜小铺的浅斟细酌,在这夜的背景的映衬之下,显得那么安逸,安逸之中,却又透露出只有夜色懂得的寂寞与惆怅。夜就是这样一番光景——它神秘地凸显着浪漫,也无情地映照着孤独。

有女同车

张爱玲

这是句句真言,没有经过一点剪裁与润色的,所以不能算小说。

电车这一头坐着两个洋装女子,大约是杂种人吧,不然就是葡萄牙人,像是洋行里的女打字员。说话的这一个偏于胖,腰间束着三寸宽的黑漆皮带,皮带下面有圆圆的肚子,细眉毛,肿眼泡,因为脸庞上半部比较突出,上下截然分为两部。她道:"……所以我就一个礼拜没同他说话。他说'哈罗',我也说'哈罗'。"她冷冷地抬了抬眉毛,连带地把整个的上半截脸往上托了一托。"你知道,我的脾气是倔强的。是我有理的时候,我总是倔强的。"

电车那一头也有个女人说到"他",可是她的他不是恋人而是儿子,因为这是个

冲淡篇

老板娘模样的中年太太,梳个乌油油的髻,戴着时行的独粒头喷漆红耳环。听她说话的许是她的内侄。她说一句,他点一点头,表示领会,她也点一点头,表示语气的加重。她道:"我要翻翻行头,伊弗拨我翻。难我讲我铜钿弗拨伊用哉!格日子拉电车浪,我教伊买票,伊哪哼话?……'侬拨我十块洋钿,我就搭侬买!'坏唏?……"这里的"伊",仿佛是个不成材的丈夫,但是再听下去,原来是儿子。儿子终于做下了更荒唐的事,得罪了母亲:"伊爸爸一定要伊跽下来,'跽呀,跽呀!'伊定规弗肯:'我做啥要跽啊?'一个末讲:'定规要侬跽。跽呀!跽呀!'难后来伊强弗过咧:'好格,好格,我跽!'我说:'我弗要伊跽。我弗要伊跽呀!'后来旁边人讲:价大格人,跽下来,阿要难为情,难末喊伊送杯茶,讲一声:'姆妈勿要动气。'一杯茶送得来,我倒'叭!'笑出来哉!"

电车上的女人使我悲怆。女人……女

人一辈子讲的是男人,念的是男人,怨的是男人,永远永远。

(选自张爱玲著:《流言私语》,江苏文艺出版社2005年版,第161~162页)

《有女同车》讲的是自己在电车上见闻几个女人议论各自的恋人或儿子。前面是大篇幅的素描,那些是边角料子;最后一句是里子:"电车上的女人使我悲怆。女人……女人一辈子讲的是男人,念的是男人,怨的是男人,永远永远。"一下子新意翻出,化俗为雅。把日常生活的一个片段陌生化,再添上一笔意味深长的点染。摹写生活易,将生活陌生化也不难,难的是最后的一笔点染。这正是张爱玲的功力。读张爱玲的散文有如看一条小溪,娓娓流过满是青草红花的两岸,即使遇着一两处突兀的山石、三五个湍急的湾,那碰击也是极温柔婉转——但你又绝不会觉得它肤浅,因为溪底有柔长的水草和招摇的小鱼……又如沐浴在夜深时的月色中,宁静、苍凉、缥缈,偶起的冷风吹在脸上,禁不住打个寒战。

等待是苦的,是辛酸的,是委屈的,是无怨无悔的,

冲淡篇

在等待中,人们学会坚强学会乐观,而这一切,是因为爱。

——张爱玲

镜中人

杨 绛

镜中人,相当于情人眼里的意中人。

谁不爱自己?谁不把自己当作最知心的人?谁不体贴自己、谅解自己?所以一个人对镜自照时看到的自己,不必犯"自恋癖",也往往比情人眼里的意中人还中意。情人的眼睛是瞎的,本人的眼睛更瞎。我们照镜子,能看见自己的真相吗?

我屋里有三面镜子,方向不同,光照不同,照出的容貌也不同。一面镜子最奉承我,一面镜子最刻毒,还有一面最老实。我对奉承我的镜子说:"别哄我,也许在特

经典悦读

殊情况下,例如'灯下看美人',一霎时,我会给人一个很好的印象,却不是我的真相。"我对最刻毒的镜子说:"我也未必那么丑,这是光线对我不利,显得那么难看,我不信我就是这副模样。"最老实的镜子,我最相信,觉得自己就是镜子里的人。其实,我哪就是呢!

假如我的脸是歪的,天天照,看惯了,就不觉得歪。假如我一眼大,一眼小,看惯了,也不觉得了。好比老伴儿或老朋友,对我的缺点习惯了,就视而不见了。我有时候也照照那面奉承我的镜子,聊以自慰;也照照那面最刻毒的镜子,注意自我修饰。我自以为颇有自知之明了,其实远没有。何以见得呢?这需用实例才讲得明白。

我曾用过一个很丑的老妈子,姓郭。钱锺书曾说:对丑人多看一眼是对那丑人的残酷。我却认为对郭妈多看一眼是对自己的残酷。她第一次来我家,我吓得赶忙躲开了眼睛。她丑得太可怕了:梭子脸,

冲淡篇

中间宽，两头窄，两块高颧骨夹着个小尖鼻子，一双肿泡眼；麻皮，皮色是刚脱了痂的嫩肉色；嘴唇厚而红润，也许因为有些紧张，还吐着半个舌尖；清汤挂面式的头发，很长，梳得光光润润，水淋淋地贴在面颊两侧，好像刚从水里钻出来似的。她是小脚，一步一扭，手肘也随着脚步前伸。

从前的老妈子和现在的"阿姨"不同。老妈子有她们的规矩。偷钱偷东西是不行的，可是买菜揩油是照例规矩，称"篮口"。如果这家买菜多，那就是油水多，"篮口"好。我当家不精明，半斤肉她报一斤，我也不知道。买鱼我只知死鱼、活鱼，却不知是什么鱼。所以郭妈的"篮口"不错，一个月的"篮口"比她一个月的工资还多。她讲工钱时要求先付后做，我也答应了。但过了一月两月，她就要加工钱，给我脸色瞧。如果我视而不见，她就摔碟子、摔碗嘟嘟囔囔。我给的工钱总是偏高的。我加了工钱嘱她别说出去,她口中答应却立即传开了,然后对我说:家家都涨,不只我一家。她不保密,我怕牵累别人家就不敢加,所以常得看她的脸色。

她审美观念却高得很,不顺眼的,好比眼里容不下一粒沙子。一次,她对我形容某高干夫人:"一双烂桃眼,两块高颧骨,夹着个小鼻子,一双小脚,走路扭搭扭搭……"我惊奇地看着她,心想:这不是你自己吗?

我们家住郊外,没有干净的理发店,锺书和女儿央我为他们理发。我能理发。我自己进城做个电烫,然后自己做头发,就可以一年半载不进城。可我忽然发现她的"清汤挂面"发式,也改成和我一样的卷儿了。这使我很惊奇。一次我宴会遇见白杨。她和我见面不多,却是很相投的。她问我:"你的头发是怎么卷的?"我笑说:"我正要问你呢,你的头发是怎么卷的?"我们讲了怎么卷,原来同样方法,不过她

冲淡篇

末一梳往里,我是往外梳。第二天我换了白杨的发式,忽见郭妈也同样把头发往里卷了。她没有电烫,不知她用的什么方法。我不免暗笑"婢学夫人",可是我再一想,郭妈是"婢学夫人",我岂不是"夫人学明星"?

郭妈有她的专长,针线好。据她的规矩,缝缝补补是她的分内事。她能剪裁,可是决不肯为我剪裁。这点她很有理,她不是我的裁缝。但是我自己能剪裁,我裁好了衣服,她就得做,因为这就属于缝缝补补了。我取她一技之长,用了她好多年。

她来我家不久,锺书借调到城里工作了,女儿也在城里上学、住宿,家里只我一人。如果我病了,起不了床,郭妈从不来问一声病,从不来看我一眼。一次,她病倒了,我自己煮了粥,盛了一碗粥汤端到她床前。她惊奇得好像我做了什么怪事。从此她对我渐渐改变态度,心上事都和我讲了。

她掏出贴身口袋里一封磨得快烂的信给我看,原来是她丈夫给她的休书。她丈夫是军官学校毕业的,她有个儿子在地质勘探队工作,到过我家几次,相貌不错。丈夫上军官学校的学费,是郭妈娘家给出的。郭妈捎了丈夫末一学期的学费,就得到丈夫的休书,那虚伪肉麻的劲儿,真叫人受不了,我读着浑身都起鸡皮疙瘩。那位丈夫想必是看到郭妈丑得可怕,吃惊不小,结婚后一两个星期后就另外找了一个女人,也生了一个儿子。郭妈的儿子和父亲有来往,也和这个小他一二个月的弟弟来往。郭妈每月给儿子寄钱,每次是她工钱的一倍。这儿子的信,和他父亲的休书一样肉麻。我最受不了的事是每月得起着鸡皮疙瘩为郭妈读信并回信。她感谢我给她喝粥汤,我怜她丑得吓走了丈夫,我们之间的感情是非常微薄的。她太欺负我的时候,我就辞她;她就哭,又请人求情,我又不忍了。因此她在我家做了十一年。

冲淡篇

说实话,我很不喜欢她。

奇怪的是,每天看她对镜理妆的时候,我会看到她的"镜中人"。她身材不错,虽然是小脚,在有些男人的眼里,可说是袅娜风流。眼泡也不觉肿了,脸也不麻了,嘴唇也不厚了,梭子脸也平正了。

她每次给我做了衣服,我总额外给她报酬。我不穿的大衣等,还很新,我都给了她。她修修改改,衣服绸里绸面,大衣也称身。十一年后,我家搬到干面胡同大楼里,有个有名糊涂的收发员看中了她,老抬头凝望着我住的三楼。他对我说:"你家的保姆呀,很讲究呀!"幸亏郭妈只是帮我搬家,我已辞退了她,未造成这糊涂收发员的相思梦。我就想到了"镜中人"和"意中人"的相似和不同。我见过郭妈的"镜中人",又见到这糊涂收发员眼里的"意中人",对我启发不小。郭妈自以为美,只是一个极端的例子。她和我的不同,也不过是"百步""五十步"的不同罢了。

镜子里的人,是显而易见的,自己却看不真。一个人的品格——他的精神面貌,就更难捉摸了。大抵自负是怎样的人,就自信为这样的人,就表现为这样的人。他在自欺欺人的同时,也在充分表现自己。这个自己,"不镜于水,而镜于人",别人眼里,他照见的不就是他表现的自己吗?

(选自杨绛著:《走到人生边上——自问自答》,商务印书馆2007年版,第140~145页)

知识

杨绛(1911—2016),本名杨季康,中国女作家、文学翻译家和外国文学研究专家,文学家钱锺书先生之夫人。杨绛先生通晓英语、法语、西班牙语,由她翻译的《唐·吉诃德》被公认为最优秀的翻译佳作,到2014年已累计发行70多万册;她早年创作的剧本《称心如意》,被搬上舞台长达60多年,2014年还在公演;杨绛先生93岁出版散文随笔《我们仨》,风靡海内外,再版达100多万册,96岁出版哲理散文集《走到人生边上——自问自答》,102岁出版250万字的《杨绛文集》八卷。2016年5月25日,杨绛先生逝世,享年105岁。

冲淡篇

本文选取"镜中人"这个生活细节,以朴实无华的文字,舒缓沉稳的叙述,通过日常平凡琐事,探讨对人的认识和理解,既汲取古人"以人为镜"的人生智慧,又结合自己的亲身体验,生动形象地阐释了人性的复杂、丰富与深刻,指出知人与自知都不可轻下结论的道理,体现了一个杰出的人文学者的文明与理性,也透出一个世纪老人丰富的阅历所赋予的明慧与清醒。

我们常说语言是文学作品的旗帜,能够充分体现出作家的个性特点和创作风格。读者也能从作品的语言中体味到作者的情感和性情。杨绛先生的作品中素朴自然、淡雅细腻、平和幽默的语言正是其冲淡风格的具体体现,她所追求的不是华丽的辞藻、冲动的激情和浓郁的脂粉气,而是一种淡淡的、优雅的、平静而质朴的、能够安慰浮躁心灵的语言。杨绛先生作品中的语言没有庐隐的哀婉,少了张爱玲的晦涩,淡去了丁玲的政治色彩,而具有一种冲淡的语言美。

人虽然渺小,人生虽然短,但是人能学,人能修身,人能自我完善。人的可贵在于人的本身。

——杨绛

愁思一缕　静水无波

冲淡篇

离乡回乡
三 毛

几天前,新闻局驻马德里代表刘先生给我来了长途电话,说是宋局长嘱我回国一次,日期就在眼前,如果同意回去,收拾行装是刻不容缓的事了。

起初,我被这突然而来的电话惊住了,第一个反应是本能的退却,坚持没有回台的计划和准备,再说六月初当是在摩洛哥和埃及的。

放下了电话,我的心绪一直不能平静,向国际台要接了台湾的家人,本是要与父母去商议的,一听母亲声音传来,竟然脱口而出:"妈妈,我要回家了!"

可怜的母亲,多少相思便在这一句话里得到化解。只说肯回去,对父母也如施恩。这一代的儿女是没有孝道的。

我让自己安静下来，再拨电话去找马德里的刘先生，说是喜欢回台，谢谢美意。

半生的日子飘飘零零也是挡了下来，为什么一提回国竟然情怯如此。

每次回国，未走之前已是失眠紧张，再出国，又是一场大恸。十四年在外，一共回去过三次，抵达时尚能有奢侈的泪，离去时竟连回首都不敢。我的归去，只是一场悲喜，来去匆匆。

在这边，夏天的计划全都取消了，突然而来的琐事千头万绪。

邻居的小男孩来补英文，我跟他说以后不再上课了，因为 Echo 要回中国去。

本来内向的孩子，听了这句话，便是痴了过去，过了半晌，才蹦出一句话来："我跟你走。绝对不吵的！"

要走的事情，先对一个孩子说了，他竟将自己托付了给我，虽是赤子情怀，这份全然的信，一样使我深思感动。

朋友们听见我要去了的话，大半惊住

冲淡篇

了,"Echo,不可以!你再想想,不可以,你是这里的人了,要去那么远做什么,不行的——"

我说,我仍会回来的,那些人不肯相信,只怕我一去不返?硬是要留下人的翅膀来。

其实在一九八五年之前,是不会永远离开群岛的,放下朋友容易,丢下亲人没有可能。五年之后请求捡骨,那时候心愿已了,何处也可成家,倒不一定要死守在这个地方了。

我通知马德里的朋友,夏天不必来岛上了,那时我已在远方。

"不行的!你讲,去多久?不能超过两个月,听见没!不能这样丢下我们,去之前先来马德里见面,只我一个人跟你处两天,别人不要告诉——"

"才回一趟自己的国家你们就这个样子,要是一天我死了呢?"我叹了口气。

"你还没有死嘛!"对方固执地说。

"马德里机场见一面好了,告诉贝芭,叫她也来,别人不要说了。"

不到一会儿,长途电话又来了,是贝芭,声音急急的:"什么机场见,什么回中国去了,你这是没有心肝,八月我们岛上看谁去?——"

我是没有心肝的人,多少朋友前年共过一场生死,而今要走了却是懒于辞行。

父母来过一次岛上,邻居想个礼物都是给他们,连盆景都要我搬回去给妈妈,这份心意已是感激,天下到处有情人,国不国籍倒是小事了。

那天黄昏,气温突降,过了一会儿,下起微微的细雨来,女友卡蒂狂按我的门铃。

"哗!你也要走了!一定开心得要死了吧!"

卡蒂再过几日也要回瑞士去了。

"惊喜交织!"我哈哈地笑着。

"怎么样?再去滑一次冰,最后一

冲淡篇

次了。"

"下雨吧！再说，我还在写稿呢！"

"什么时候了，不写算了嘛！"

我匆匆换了短裤，穿起厚外套，提着轮式冰鞋，便与卡蒂往旧飞机场驶去。

卡蒂的腿不好，穿了高低不同的鞋子，可是她最喜欢与我两人去滑冰。

在那片废弃的机场上，我慢慢地滑着，卡蒂与她的小黑狗在黄昏的冷雨里，陪着我小跑。

"这种空旷的日子，回台湾是享受不到了！"我深深地吸了口气。

"舍不得吧！舍不得吧！"卡蒂追着我喊。

我回头朝她疼爱地笑了一眼，身上用耳机的小录音机播出音乐来，脚下一用劲，便向天边滑去。

"数峰清苦，商略黄昏雨，燕雁无心，太湖西畔随云去……"

走了！走了！心里不知拌成了什么滋

味，毕竟要算是幸福的人啊！

写了一张台湾朋友的名单，真心诚意想带些小礼物，去表达我的爱意。那张名单是那么的长，我将它压在枕头下面，不敢再去想它。

本来便是失眠的人，决定了回国之后，往往一夜睁眼到天亮。往事如梦，不堪回首，少小离家的人，只是要再去踏一踏故国的泥土，为什么竟是思潮起伏，感触不能自已。

梦里，由台湾再回岛上来，却怎么也找不到那座常去的孤坟。梦里，仆跌在大雪山荻伊笛的顶峰，将十指挖出鲜血，而地下翻不到我相依为命的人。

中国是那么的远，远到每一次的归去，都觉得再回来的已是百年之身。

一次去，一场沧桑，失乡的人是不该去拾乡的，如果你的心里还有情，眼底尚有泪，那么故乡不会只是地理书上的一个名词。

冲淡篇

行装没有理好,心情已是不同,夜间对着月光下的大西洋,对着一室静静的花草,仍是有不舍,有依恋,这个家因为我的缘故才有了欣欣向荣的生命,毕竟这儿也是我真真实实的生活与爱情啊!

这份别离,必然也是疼痛,那么不要回去好了,不必在情感上撕裂自己,梦中一样可以望乡,可是梦醒的时候又是何堪?

《绿岛小夜曲》不是我喜欢的歌,初夏的夜晚却总听见有人在耳边细细幽幽地唱着,这条歌是淡雾形成的带子,里面飘浮着我的童年和亲人。

再也忘不掉的父亲和母亲,那两个人,永不消失的对他们的情爱,才是我永生的苦难和乡愁啊!

一个朋友对我说:"我知道你最深,不担心你远走,喝过此地的水就是这儿的人了。你必回来。"

水能变血吗?谁听过水能变成血的?

要远行了,此地的离情也如台湾,聚

散本是平常事,将眼泪留给更大的悲哀吧。

"多吃些西班牙菜,此去吃不着这些东西了。"

朋友只是往我盘里夹菜,脸上一片濛濛的伤感。我却是食不下咽了!

上次来的时候,母亲一只只大虾剥好了放在我盘里,说的也是相同的话,只是她更黯然。

离乡又回乡,同时拥有两个故乡的人,本当欢喜才对,为什么我竟不胜负荷?

这边情同手足,那儿本是同根。人如飞鸟,在时空的幻境里翱翔,明日此时我将离开我的第二祖国,再醒来已在台湾,那个我称她为故乡的地方。

(选自三毛著:《梦里花落知多少》,北京十月文艺出版社2009年版,第52~56页)

知识

三毛(1943—1991),原名陈懋平(后改名为陈平),中国现代作家,1943年出生于重庆,1948年随父母迁居台湾。1967年赴西班牙留学,后去德国、美国等地。1973

冲淡篇

年定居西属撒哈拉沙漠,和荷西结婚。1981年回台后,曾在文化大学任教,1984年辞去教职,而以写作、演讲为重心。1991年1月4日在医院去世,年仅48岁。代表作有《撒哈拉的故事》《哭泣的骆驼》《梦里花落知多少》《滚滚红尘》等。

　　获得回乡的机会,离家多年的作者不禁犹豫,回还是不回?起初,她被这突然而来的电话惊住了,第一个反应是本能地退却,但打电话要与父母商议时,一句"妈妈,我要回家了"却脱口而出,多少相思便在这一刻得到化解,多少固执便在这一刻倾颓,始终,故乡还是故乡。离乡在外的人们,即使在异乡生活,对故乡的感情,对我们第一眼看到的场景,也应是终生不忘吧。本选文题为《离乡回乡》,作者已经把现在生存的地方当作自己的第二个家乡了,半生都在那里住着,一种深切的感情必根植于心胸。如果把人比作自由翱翔的飞鸟,人的一生是飞鸟的自由旅途,但是飞鸟有故园,飞鸟有家乡,飞鸟虽为飞鸟,身可自由翱翔,心必不忘故土。有的人现在也许还不懂离乡之人的思乡之痛。"人言落日是天涯,望极天涯不见家。"家在何处,为何我望遍天涯也寻不到它?家在心里,只要你心里有家,就一定找得到它。

一刹真情,不能说那是假的,爱情永恒,不能说只有那一刹。

——三毛

埋葬了的爱情

苏金伞

那时我们爱得正苦
常常一同到城外沙丘中漫步
她用手拢起了一个小小坟茔
插上几根枯草,说:
这里埋葬了我们的爱情

第二天我独自来到这里
想把那座小沙堆移回家中
但什么也没有了
秋风在夜间已把它削平

冲淡篇

第二年我又去凭吊
沙坡上雨水纵横,像她的泪痕
而沙地里已钻出几粒草芽
远远望去微微泛青
这不是枯草又发了芽
这是我们埋在地下的爱情
生了根

(选自杨晓民主编:《百年百首经典诗歌(1901—2000)》,长江文艺出版社2003年版,第40页)

知识

苏金伞(1906—1997),原名苏鹤田,河南睢县人,曾任河南省文联第一届主席,是中国"五四"以来杰出的诗人,1932年开始发表作品。1949年加入中国作家协会,著有诗集《地层厂》《窗外》《鹁鸪鸟》《苏金伞诗文集》等。他的诗作的最大特点是自然清白,具有丰厚的思想内涵、鲜明的中原地域特色和浓郁的生活气息,以朴实自然、清新隽永的艺术风格,受到国内外读者的喜爱。他被誉为我国乡土诗派的代表人物之一。

没有感情的诗歌,难免会流于虚妄,言辞再怎么优美,技巧再怎么高超,都是失败的。苏先生的《埋葬了的爱情》,发自肺腑,来自心灵深处,朴素无华,情真意切,平静之中却暗流涌动,读之令人潸然泪下。爱情被埋葬,本该是一片荒芜与冷寂的氛围,然而作者的处理"哀而不伤",在这被埋葬的爱情之中,有过往的回忆和生活的情趣,影影绰绰地出现在诗歌之中,满怀希冀,明朗清新。时下的诗歌写作,普遍落入技巧的俗套,而忽视了诗歌的感情因素,苏先生的这首小诗,证明了情感才是诗歌的生命线,诗人们若想写出好作品,当以此为鉴。

我常常享受一种孤独

刘湛秋

我常常享受一种孤独
对着沉默的自然思索
无论是阳光下的花朵
或是朦朦月色中的星星

冲淡篇

都给我自由的宽容

我常常享受一种孤独
无言的踱步,或默对书桌
缸里的金鱼不问水仙花
断臂的维纳斯和我对视
没有谁干扰我想象的飞行

这时我不感到凄苦和寂寞
我能听到清泉的流水
和圆舞曲滑过夏夜的草丛
我又想马上跑到大街
去拥抱热烈而多彩的人生

(选自杨晓民主编:《百年百首经典诗歌(1901—2000)》,长江文艺出版社2003年版,第116页)

孤独,是抽象的,有不能自拔的孤独,有顾影自怜的孤独,有故作高深的孤独。在以往的诗歌中,人们站在不同的角度抒发了对孤独的体验和感受。此诗,却使我们眼前一亮,如豁然打开一扇心灵的窗户,"自然""阳光"

"花朵""月色"等,"都给我自由的宽容"。这促使我们对孤独的价值重新认识和理解。欣赏这样的诗,如欣赏一曲缓缓流淌的轻音乐,静中有动,动中有静,给人留下深刻的印象,颇值得玩味。面对现实的喧嚣、骚动、纷呈,诗人是冷静的,透视生存状态,在复杂的表象面前没有迷惘和手足无措,而是耐心地、充满生命热情地找到人生的美感和闪光点,捕捉到诗的灵感小鸟。勇于面对孤独,让孤独变成愉快思索的心境——"这时我不感到凄苦和寂寞/我能听到清泉的流水",在静谧的室内,想到远方的流水,想象在自由飞行,这是诗的跳跃。

附 录

拓展阅读书目

闻一多选编：《王维诗选》，浙江文艺出版社2000年版

张爱玲著：《流言》，北京十月文艺出版社2009年版

周作人著：《周作人散文》，人民文学出版社2005年版

丰子恺著：《丰子恺散文精选》，长江文艺出版社2010年版

杨绛著：《走到人生边上——自问自答》，商务印书馆2007年版

柯灵著：《柯灵散文》，人民文学出版社2007年版

梁实秋著：《雅舍小品全集》，上海人民出版社1993年版

[日]川端康成著：《川端康成文集》（十卷

本),叶渭渠译,中国社会科学院出版社1996年版

朱自清著:《荷塘月色》,福建人民出版社2012年版

三毛著:《梦里花落知多少》,北京十月文艺出版社2011年版

庞秉钧选编:《中国现代诗选》,中国出版集团、中国对外翻译出版公司2008年版

编写说明

"冲淡"之美——平和安宁,娓娓道来。自然万象、饮食起居,情感哲思、游历山水,流于笔端的文字不热烈、不凌厉,而是一种自然流畅、朴实真挚的风格,才能开掘字里行间的感发潜能,让读者领会其意无穷。本册选文希望能够在古今中外名家的款款文字中徐徐打开属于内心的画卷,在含蓄有致的美感体验之中,让精神做一次深呼吸。

本册选文分五部分。"幽景怡情 淡然雅致",所选文章皆为文人借景抒怀的佳作,于自然万物之中获得灵感与体味;"闲适恬淡 悠然惬意",从我们的日常生活之中了悟处世的道理,或享受生活,或顿悟日常,字字珠玑,篇篇箴言;"物有性灵 情尚平和",从物与心灵的角度择取篇章,托物而言志，看似漫不经心的文字缓缓流出，成为我们心智的感动之源；"修身悟道　淡泊安然"，谈修德之道，在生命体验之中感受超脱于世的平和安宁，在隐隐的喜悦之间，暗诉内心感悟；"愁思一缕　静水无波"，人的七情总有一番愁苦和哀怨，然而孔子讲"哀而不伤"，文人的哀怨大多是不外露、不激烈的，而正是这种"弱德"之美，在冲淡的表达之中感人至深。

总而言之，编者希望借助本册选文为您打开心窗，吸入一丝纯净的气息，顿开与蕴藉之美对话的窗口，于纷繁乱世中亦能栖居灵魂，觉悟人世。

编者

2017 年 4 月

经典悦读·劲健篇

中共滨州经济技术开发区工委
南开大学语文教育研究中心 ◎编

编 委 会

主　　任：姚和民
委　　员：周志强　王广忠　钱　杰
　　　　　时志军　魏建宇　高　宇
　　　　　王　姮　贾　璐　李梦阳
　　　　　古德瑞
主　　编：周志强　魏建宇
本册主编：高　宇

中山大学出版社
SUN YAT-SEN UNIVERSITY PRESS
·广州·

版权所有　翻印必究

图书在版编目（CIP）数据

经典悦读·劲健篇/中共滨州经济技术开发区工委，南开大学语文教育研究中心编.—广州：中山大学出版社，2017.7
ISBN 978-7-306-06048-8

Ⅰ.①经… Ⅱ.①中…②南… Ⅲ.①世界文学—作品综合集 Ⅳ.①I11

中国版本图书馆 CIP 数据核字（2017）第 110523 号

出 版 人：徐　劲
策划编辑：邹岚萍
责任编辑：邹岚萍
封面设计：林绵华
插　　图：张立平
责任校对：赵　婷　黄燕玲
责任技编：黄少伟
出版发行：中山大学出版社
电　　话：编辑部 020-84111996，84113349，84111997，84110779
　　　　　发行部 020-84111998，84111981，84111160
地　　址：广州市新港西路135号
邮　　编：510275　　　传　真：020-84036565
网　　址：http://www.zsup.com.cn　E-mail：zdcbs@mail.sysu.edu.cn
印 刷 者：广州家联印刷有限公司
规　　格：787mm×960mm　1/32　总印张：21.25　总字数：408千字
版次印次：2017年7月第1版　2017年7月第1次印刷
总 定 价：48.00元（共6册）　　印　数：1～11000套

如发现本书因印装质量影响阅读，请与出版社发行部联系调换

品阅美文　传承经典

已经走过了七个年头的"经典悦读"丛书越来越彰显出迷人的文化魅力，受到越来越多的读者的关注和喜爱。一卷在握，尽赏古今中外美言名篇，字字珠玑，明辨仁和信义思想哲学，篇篇玄妙。"经典悦读"一如涓涓清泉，滋润着读者的内心世界。

习近平同志指出，中华优秀传统文化是中华民族的精神命脉，是涵养社会主义核心价值观的重要源泉，也是我们在世界文化激荡中站稳脚跟的坚实根基。要结合新的时代条件传承和弘扬中华优秀传统文化，传承和弘扬中华美学精神。作为一部荟萃古今中外文学精华的系列丛书，"经典悦读"在第七辑中，主要关注了文学之中不同的美感特质。"冲淡"之美，闲逸深情，平和雅致；"劲健"之美，慷慨悲壮，气韵恢宏；"绮丽"之

美，文辞奇绝，华丽优雅；"隐秀"之美，不着一字，尽得风流；"沈著"之美，气定神闲，内敛沉静；"雄浑"之美，秉节持重，壮怀激烈。这一辑的每一册选文，都是对文学之美的一次探寻和挖掘，仿若徐徐展开一幅幅各有情致的画卷，让经典在其中焕发出明丽的色彩。我们在品读的过程中鉴赏文学之美感，不仅是欣赏文字之中透露出的古今气度、中外文明，更是一次澄澈的心灵体验：在飘逸飞扬、各怀韵致的斐然文采之中，人的性情得到涵养，修养得到提升，心灵得到净化，并以此为鉴，观照当代的我们，回看当下的生活。在经典的传承之中，促进全社会的精神文明建设，发扬传统文明，引领先进文化。可以说，阅读，是铸造一个人、一个社会、一个时代之精神气度的最佳渠道，而对经典文学的品味，更能使我们在文字的负载中，感受撼人心魄的至情至性，领略碰撞思想的哲学思辨，启迪经世致用的人生智慧。

"经典悦读"丛书，开启了现代读者与中外古圣先贤神交的窗口。品阅美文，凝汇学人才思；传承经典，点燃文明星火。愿这套丛书成为我们

文海撷珠的良伴、薪火相传的纽带,为构筑我们共同的精神家园凝聚力量、辉耀光芒。

中共滨州市委书记　市人大常委会主任

目　录

心神坦荡　气势如虹 …………………………… 1
　　大风歌 ………………………………… 刘　邦　　2
　　出门夏步行·观沧海 ………………… 曹　操　　4
　　白雪歌送武判官归京 ………………… 岑　参　　6
　　李白诗二首 …………………………… 李　白　　8
　　剑客 …………………………………… 贾　岛　13

真切自然　苍凉悲壮 …………………………… 15
　　拟行路难（其四）…………………… 鲍　照　16
　　凉州词 ………………………………… 王　翰　18
　　左迁至蓝关示侄孙湘 ………………… 韩　愈　20
　　秋天的怀念 …………………………… 史铁生　22
　　家（第十三章）（节选）…………… 巴　金　26
　　呐喊·自序 …………………………… 鲁　迅　40
　　臧克家诗二首 ………………………… 臧克家　51

刚劲有力　挺拔坚强 …………………………… 56
　　白杨礼赞 ……………………………… 茅　盾　57

朝中措·送刘仲原甫出守维扬 …… 欧阳修 62
病梅馆记 …… 龚自珍 65
大风圈外（自传之七） …… 郁达夫 70
童年 …… 唐弢 83

风波阅尽　气节依然 …… 87
未选择的路 …… ［美］罗伯特·弗罗斯特 88
苏轼词二首 …… 苏轼 90
死水 …… 闻一多 94
运杨柳的骆驼 …… 公刘 97
丑奴儿·书博山道中壁 …… 辛弃疾 99
琵琶仙·双桨来时 …… 姜夔 101

附　录 …… 105
编写说明 …… 107

心神坦荡　气势如虹

大风歌

刘 邦

正文

大风起兮云飞扬,①
威加海内②兮归故乡!
安得猛士兮守四方?

注释

①该句承担"起兴"的作用,象征楚汉相争、群雄并起继而一统中国。
②威加海内:表示统治了天下。

(选自姚国军选编:《中国经典诗词品鉴》,中国文史出版社2016年版,第14页)

知识

刘邦(前256—前195),字季,汉沛郡(今江苏沛县)人。在秦朝时曾任泗水亭长。陈胜起义后不久率众响应,称沛公。同西楚霸王项羽一起出兵反抗秦朝的暴政。公元前206年,刘邦军进驻灞上,秦王子婴向刘邦投降,秦朝灭亡。后来刘邦在楚汉战争中击败项羽。刘邦于公元

劲健篇

前202年称帝,建立汉朝,史称"汉高祖"。

　　根据《史记·高祖本纪》记载,《大风歌》作于公元前195年,也就是刘邦称帝后的第七年。彼时刘邦击败英布,在回长安的途中经过老家沛县,在沛县设酒宴请父老乡亲,并在宴席期间"击筑而歌",于是就有了这首传世名篇。整首诗仅由三句构成,每一句都代表一个雄伟的场景或一种特别的心境,可谓惜墨如金、高度凝练。作者并没有直接描写他与他的麾下在恢宏的战场上奋勇杀敌的宏大场面,而是巧妙地运用飞扬的大风和狂卷的乌云这两个意象来暗喻这场惊心动魄的战争。唐代学者李善曾解释说:"风起云飞,以喻群雄竞逐,而天下乱也。"(见汲古阁本李善注《文选》卷二十八)。随后一个"威"字就贴切地表现了各路诸侯对大汉天子的臣服,也直抒了刘邦的威风凛凛、所向披靡、天下无人能与之匹敌的豪迈气概。最后一句虽然与第二句类似,都是直抒胸臆,刘邦却没有继续沉浸在胜利的巨大喜悦中,而是笔锋一转,写出打下江山后面临守江山的压力。这既是希冀,又是疑问,刘邦自己深感忧虑和不安,透露出前途未卜的焦灼和恐惧。

经典悦读

出门夏步行·观沧海
曹 操

正文

东临碣石①,以观沧海。
水何澹澹②,山岛竦峙③。
树木丛生,百草丰茂。
秋风萧瑟,洪波涌起。
日月之行,若出其中;
星汉④灿烂,若出其里。
幸甚至哉,歌以咏志。

注释

①碣石:河北昌黎北部的一座山,秦始皇和汉武帝曾在此刻石观海。
②澹澹(dàn):形容水波荡漾。
③竦峙(sǒng zhì):形容山石耸立的样子。
④星汉:指银河。

(选自张颢瀚选编:《古诗词赋观止》,南京大学出版社2015年版,第267页)

劲健篇

知识

曹操(155—220),字孟德,一名吉利,小字阿瞒,沛国谯(今安徽亳州)人。东汉末年杰出的政治家、军事家、文学家、书法家,三国时期曹魏政权的缔造者,其子曹丕称帝后,被追尊为"武皇帝",庙号太祖。曹操精兵法、善诗歌,其诗作抒发自己的政治抱负,并反映汉末人民的苦难生活,气魄雄伟,慷慨悲凉;散文亦清峻整洁,开启并繁荣了建安文学,给后人留下了宝贵的精神财富,史称"建安风骨",鲁迅评价其为"改造文章的祖师"。

解读

《观沧海》是曹操北征乌桓得胜回师经过碣石山时写的。身为主帅,他登上当年秦皇、汉武也曾登临过的碣石山,在秋风萧瑟之际,心情恰似沧海一样难以平静,于是将自己宏伟的抱负、宽广的胸襟融汇到诗歌里,并借大海的形象充分地表现出来。这首诗不但通篇写景,且独具一格,堪称中国山水诗最早的佳作,特别受到文学史家的厚爱。这首诗写秋天的大海,却一洗悲秋的感伤情调,写得沉雄健爽、气象壮阔,这与曹操的气度、品格乃至美学情趣都是密切相关的。在这首诗中,情景紧密相连。作者通过写沧海,表达了他统一中国、建功立业的抱负。这种感情在诗中并没有直接表露,而是蕴藏在对景物的描写当中来抒发,寓情于景,句句写景,又是句句抒情。作者以沧海自比,通过写大海吞吐宇宙的气势,表现自己宽广的胸怀和豪迈的气魄,感情奔放,却又很含蓄。"日月"四句是写景的高潮,也是作者感情发展的高潮。宋人敖陶孙评说曹诗"如幽燕老将,气韵沉雄"。全诗意境开阔、气势雄浑,这与一个雄心勃勃的政治家和军事家的风度是一致的,读其诗如见其人。

白雪歌送武判官①归京

岑 参

北风卷地白草②折,胡天③八月即飞雪。
忽如一夜春风来,千树万树梨花开。
散入珠帘湿罗幕,狐裘不暖锦衾薄。
将军角弓不得控,都护④铁衣冷难着。
瀚海阑干⑤百丈冰,愁云惨淡万里凝。
中军⑥置酒饮归客,胡琴琵琶与羌笛。
纷纷暮雪下辕门⑦,风掣⑧红旗冻不翻。
轮台东门送君去,去时雪满天山路。
山回路转不见君,雪上空留马行处。

劲健篇

（选自滕一圣译注：《唐诗三百首：精编本》，商务印书馆2015年版，第57页）

注释

①武判官：一位武姓的节度判官，据考证应是作者在军中的同僚。
②白草：生长在西北地区的一种牧草，秋天时呈枯白状。
③胡天：指游牧民族所居住的塞外的天空。
④都护：两汉和唐中期之前在西域设置都护府，都护是一个官职。
⑤瀚海：沙漠。阑干：形容纵横交错的样子。
⑥中军：主帅居住的帅帐。
⑦辕门：指军营的营门。
⑧掣（chè）：牵拉、拉扯。

（编者注）

知识

岑参（cén shēn）（约715—770），其高祖原籍南阳（今河南新野境内），后迁居江陵（今湖北境内）。唐代著名的边塞诗人。其诗歌富有浪漫主义的特色，气势雄伟，想象丰富，色彩瑰丽，热情奔放，尤其擅长七言歌行。现存诗403首，其中，边塞诗70多首，另有《感旧赋》一篇，《招北客文》一篇，墓志铭两篇。

经典悦读

充满奇情妙思,是此诗主要的特色,这也充分反映出了诗人的创作个性。作者用敏锐的观察力和感受力捕捉边塞奇观,笔力矫健,有大笔挥洒("瀚海"二句),有细节勾勒("风掣红旗冻不翻");有真实生动的摹写,也有浪漫奇妙的想象("忽如"二句),再现了边塞壮美绮丽的自然风光,描绘了浓郁的边塞生活气息。全诗融合着强烈的主观感受,在歌咏自然风光的同时还表现了雪中送人的真挚情谊。此诗内涵丰富,意境鲜明独特,具有极强的艺术感染力;语言明朗优美,又利用换韵与场景画面交替的配合,形成跌宕生姿的节奏旋律。全诗音情配合极佳,当得"有声画"的称誉。

李白诗二首

渡荆门[①]送别

渡远荆门外,来从楚国游。
山随平野尽,江入大荒流。

 劲健篇

月下飞天境,云生结海楼。
仍怜故乡水,万里送行舟。

①荆门:今湖北宜都县西北的荆门山。

(选自张颢瀚选编:《古诗词赋观止》,南京大学出版社2015年版,第576页)

扶风豪士歌

洛阳三月飞胡沙①,洛阳城中人怨嗟。
天津②流水波赤血③,白骨相撑如乱麻。
我亦东奔向吴国,浮云四塞道路赊④。
东方日出啼早鸦,城门人开扫落花。
梧桐杨柳拂金井,来醉扶风豪士家。
扶风豪士天下奇,意气相倾山可移。
作人⑤不倚将军势,饮酒岂顾尚书期。
雕盘绮食会众客,吴歌赵舞香风吹。
原尝春陵六国时,开心写意君所知。
堂中各有三千士,明日报恩知是谁?

抚长剑,一扬眉,清水白石何离离⑥。
脱吾帽,向君笑;饮君酒,为君吟。
张良未逐赤松去,桥边黄石知我心。

(选自傅东华选注、王三山校订:《李白诗》,崇文书局2014年版,第69页)

注释

①胡沙:比喻安禄山的叛军。
②天津:桥名,位于洛水之上。
③波赤血:流水被鲜血染红,形容胡兵杀人如麻。
④赊:指道路遥远。
⑤作人:这里指的是为人。
⑥清水白石何离离:指水清而可以见石的样子。

(编者注)

知识

李白(701—762),字太白,号青莲居士,唐朝浪漫主义诗人,被后人誉为"诗仙"。李白出生于西域碎叶城,4岁随父迁至剑南道绵州。李白存世诗文千余篇,有《李太白集》传世。李白的乐府、歌行及绝句成就为最高。其歌行完全打破诗歌创作的一切固有格式,空无依傍,笔法多端,达到了任随性之而变幻莫测、摇曳多姿的神奇境界。李白的绝句自然明快、飘逸潇洒,能以简洁明

劲健篇

快的语言表达出无尽的情思。他的诗,既豪迈奔放,又清新飘逸,而且想象丰富、意境奇妙、语言轻快,不仅具有典型的浪漫主义精神,而且从形象塑造、素材摄取,到体裁选择和各种艺术手法的运用,无不具有典型的浪漫主义艺术特征。

《渡荆门送别》是李白出蜀时所作。正值青年的李白,兴致勃勃,坐在船上沿途纵情观赏巫山两岸高耸入云霄的峻岭,一路看来,眼前景色逐渐变化,船过荆门一带,已是平原旷野,视域顿然开阔,别是一番景色。领联两句不仅写"平野""大荒"这些辽阔原野的意象而气势开阔,而且还由于动态的描写而十分生动。在陡峭奇险、重峦叠嶂的三峡地带穿行多日后,突见壮阔之景,豁然开朗的心情可想而知。诗人用高度凝练的语言,极其概括地写出了自己整个行程的地理变化。写完山势与流水,诗人又以移步换景手法,从不同角度描绘长江的近景与远景。颈联两句反衬江水平静,展现江岸辽阔、天空高远,充满了浪漫主义色彩。这首诗首尾行结,浑然一体,意境高远,风格雄健。"山随平野尽,江入大荒流",写得逼真如画,有如一幅长江出峡渡荆门的长轴山水图,成为脍炙人口的佳句。如果说优秀的山水画"咫尺应须论万里",那么,这首形象壮美瑰玮的五律也可以说能以小见大,以一当十,容量丰富,包含长江中游数万里山势与水流的景

经典悦读

色,具有高度集中的艺术概括力。

《扶风豪士歌》作于唐玄宗天宝十五载(756),时值安史之乱爆发后的第二年。诗人在当年春天奔往吴地,在一位被称作"扶风豪士"的人家里做客。李白当时是避难而来,受到盛情款待,为了表示感谢,也借此抒怀,即席写成此诗。"东方日出啼早鸦"以下十句,描写在豪士家饮宴的场景。这一段写得奇宕,叙事过程和描写场景有很大的跳跃与转换。李白并没有在酣乐中沉醉。铺叙过后,转入抒情:"原尝春陵六国时,开心写意君所知。堂中各有三千士,明日报恩知是谁。"这里举出战国四公子,用以引发下面的自我抒怀。此时又逢罹乱,李白很想效法他们,报效国家。眼前这位扶风豪士虽然不能给李白提供立功报国的现实机会,但他"开心写意"以待李白,使李白顿生知遇之感,禁不住将胸中事一吐为快。李白的七言歌行自由挥洒、不暇整饬,诗人的思想往往只包含在某些片段和句子中。《扶风豪士歌》以系念时事发端,以许国明志收束,这正是诗的本旨所在。

长风破浪会有时,直挂云帆济沧海。

——李白

劲健篇

剑　客
贾　岛

正文

十年磨一剑，霜刃①未曾试。
今日把示君，谁有不平事？

注释

①霜刃：剑锋白光凛凛，似有寒意，故称"霜刃"。

（选自聂巧平注释：《唐诗三百首》，崇文书局2015年版，第299页）

知识

贾岛（779—843），字浪（阆）仙，唐代诗人，唐朝河北道幽州范阳县（今河北省涿州市）人。早年出家为僧，号无本，自号"碣石山人"。据说当时在洛阳有令禁止和尚午后外出，贾岛因此作诗发牢骚，被韩愈发现其才华。后受教于韩愈，并还俗参加科举，但累举不中第。唐文宗时被排挤，贬作长江主簿。唐武宗会昌年初由普州司仓参军改任司户，未任病逝。

开篇先侧写一笔,已显示出此剑非同一般。接着,正面一点:"霜刃未曾试",写出此剑颜色如霜雪,闪烁着寒光,是一把锋利无比却还没有试过锋芒的宝剑。这位剑客经过潜心修养,苦练多年,身怀绝技却还没有机会一显身手,不禁跃跃欲试,期盼能有表现自己才能的机会。这两句咏物而兼自喻,意在以宝剑未试来比喻自己的抱负和才华不得施展。本诗将剑客的豪侠之风表现得痛快淋漓,仿佛剑鸣于匣,呼之欲出,读之使人顿感血脉贲张,怒发冲冠,一种急欲施展才能、干一番事业的壮志豪情跃然纸上。

这首诗思想性与艺术性结合得自然而巧妙。由于诗是借咏剑以寄托理想,因而求鲜明,任奔放,不求技巧,不受拘束。诗人所注重的是比喻贴切,意思显豁,主题明确。其艺术上的突出特点在于语言平易,诗思明快,诗句短小精练,更有一种干练豪爽的侠客之风,显示了贾岛诗风的另外一种特色。全诗感情奔放,气势充沛,读来剑中见人,达到人剑合一的艺术效果。诗人以剑客的口吻,着力刻画"剑"和"剑客"的形象,托物言志,抒发了兴利除弊、实现政治抱负的豪情壮志。

一日不作诗,心源如废井。

——贾岛

真切自然　苍凉悲壮

拟行路难（其四）

鲍 照

正文

泻水置平地，各自东西南北流。
人生亦有命，安能行叹复坐愁？
酌酒以自宽①，举杯断绝歌路难。
心非木石岂无感？吞声踯躅②不敢言。

（选自李卫东主编：《文学鉴赏》，重庆大学出版社2014年版，第37页）

注释

①自宽：自我宽慰。
②踯躅：形容徘徊不前的样子。

（编者注）

知识

鲍照（约415—466），南朝宋文学家，与颜延之、谢灵运合称"元嘉三大家"。字明远，祖籍东海（辖区包括今江苏涟水），久居建康（今南京）。他长于乐府诗，其七言诗对唐代诗歌的发展起了很重要的作用。有《鲍参军集》。鲍照创作以诗为主，今存204首。《拟行路难》共计

劲健篇

18首,表达了为国建功立业的愿望、对门阀社会的不满、怀才不遇的痛苦、报国无门的愤懑和理想幻灭的悲哀,真实地反映了当时贫寒士人的生活状况。少部分诗描写了边塞战争和征戍生活,为唐代边塞诗的萌芽。

　　这首诗是鲍照《拟行路难》中的第四篇,抒写诗人在门阀制度重压下,深感世路艰难而激发起的愤慨不平之情,其思想内容与原题妙合无垠。诗歌起笔陡然,入手便写水泻地面、四方流淌的现象,既没有波涛万顷的壮阔场面,也不见澄静如练的幽美意境。然而,就在这既不神奇又不玄妙的普通自然现象里,诗人却顿悟出了与之相似相通的某种人生哲理。之后诗人转向自己的心态剖白。这里诗人有意回避了正面诉说自己的悲哀和苦闷,但其胸中郁积的块垒,已无法借酒浇除,便着笔于如何从怅惘中求得解脱、在烦忧中获得宽慰。这种口吻和这一笔调,愈加透露出作者深沉浓重的愁苦与悲愤的情感,造成了一种含蓄不露、蕴藉深厚的艺术效果。诗的结尾,作者才吐出真情。社会现实对于寒微士人的压抑,已经到了让诗人敢怒而不敢言、徘徊难进的地步了。全诗托物寓意,比兴遥深,而又明白晓畅,达到了启人思索、耐人品味的艺术境界。从作者表达情感的方式来说,全篇构思迂曲婉转,蕴藉深厚。

凉州^① 词

王 翰

正文

葡萄美酒夜光杯^②，欲饮琵琶马上催。
醉卧沙场君莫笑，古来征战几人回？

注释

①凉州：今甘肃河西、陇右一带。
②夜光杯：玉制酒杯。

（选自毕宝魁选编：《唐诗三百首译注评》，现代出版社 2014 年版，第 367 页）

知识

王翰，唐代边塞诗人，字子羽，并州晋阳（今山西太原市）人，著名诗人。王翰这样一个有才气的诗人，其集却不传。其诗载于《全唐诗》的，仅有 14 首。闻一多先生在《唐诗大系》中定王翰生卒年为公元 687—726 年，但并未提出确切的材料依据。王翰仕途不得意，多因于他豪放不羁的性格。而他的这种性格，却有助于他成为一个名诗人。他的诗，感情奔放，词华流丽，为人所爱。

劲健篇

唐人七绝多是乐府歌词,凉州词即其中之一。它是按凉州(今甘肃省河西、陇右一带)地方乐调歌唱的。《新唐书·乐志》说:"天宝间乐调,皆以边地为名,若凉州、伊州、甘州之类。"

这首诗意蕴深远,边塞风光也如在眼前,不仅诗中有画、画中有诗,而且诗中有乐、乐中有诗。

"葡萄美酒夜光杯",犹如突然间拉开帷幕,在人们的眼前展现出五光十色、琳琅满目、酒香四溢的盛大筵席。这景象使人惊喜、使人兴奋,为全诗的抒情营造了气氛,定下了基调。诗的第三、四句是写筵席上的畅饮和劝酒。过去曾有人认为这两句"作旷达语,倍觉悲痛"。还有人说:"故作豪饮之词,然悲感已极"。话虽不同,但都离不开一个"悲"字。后来更有用"低沉""悲凉""感伤""反战"等词语来概括这首诗的思想感情的,依据也是第三、四两句,特别是末句。

这是一个欢乐的盛宴,那场面和意境绝不是一两个人在那儿浅斟低酌、借酒浇愁。它那明快的语言、跳动跌宕的节奏所反映出来的情绪是奔放的、狂热的;它所展现的是一种令人激动和向往的艺术魅力,这正是盛唐边塞诗的特色。也有人认为全诗抒发的是反战的哀怨,所揭露的是自有战争以来生还者极少的悲惨事实,却出以豪迈旷达之笔,表现了一种视死如归的悲壮情绪,这就使人透过这种貌似豪放旷达的胸怀,更加看清了军人们心灵深处的忧伤与幻灭。

左迁至蓝关示侄孙湘①

韩 愈

一封朝奏九重天②,夕贬潮州路八千。
欲为圣明除弊事③,肯④将衰朽⑤惜残年!
云横秦岭家何在?雪拥蓝关马不前。
知汝远来应有意,好收吾骨瘴江⑥边。

(选自聂巧平注译:《唐诗三百首》,崇文书局2015年版,第254页)

①左迁:古人以左为贱、以右为贵,这里指降职;蓝关:蓝田关,今陕西省蓝田县以南;侄孙湘:韩湘,韩愈侄韩老成的孩子。
②九重天:指朝廷或皇帝。
③除弊事:指改革政治上的弊端。
④肯:这里指岂肯。

⑤衰朽：形容残弱多病的样子。
⑥瘴江：瘴指瘴气，这里泛指岭南一带瘴气弥漫的江河。
（编者注）

知识

韩愈（768—824），字退之，唐代文学家、哲学家、思想家，河阳（今河南省焦作孟州市）人。祖籍河北昌黎，世称"韩昌黎"。晚年任吏部侍郎，又称"韩吏部"。谥号"文"，又称"韩文公"。他与柳宗元同为唐代古文运动的倡导者，主张学习先秦两汉的散文语言，破骈为散，扩大文言文的表达功能。宋代苏轼称他"文起八代之衰"，明人推他为唐宋八大家之首，与柳宗元并称"韩柳"，有"文章巨公"和"百代文宗"之名，作品都收入《昌黎先生集》。韩愈是中国"道统"观念的确立者，是尊儒反佛的里程碑式人物。

解读

元和十四年（819）正月，唐宪宗命宦官从凤翔府法门寺真身塔中将所谓的释迦文佛的一节指骨迎入宫廷供奉，并送往各寺庙，要官民敬香礼拜。韩愈上《谏佛骨表》，力谏宪宗"迎佛骨入大内"触犯"人主之怒"，差点被定为死罪，经裴度等人说情，才由刑部侍郎贬为潮州刺史。从思想上看，此诗很能表现韩愈思想中进步的一面。就艺术上看，这首诗是韩诗七律中的佳作，其特点诚如何焯所评"沉郁顿挫",风格近似杜甫。沉郁指其风格的沉雄、感情的深厚抑郁;而顿挫是指其手法的高妙:笔势纵横、开合动荡。全诗大气磅礴,卷洪波巨澜于方寸,能产生撼动人心的力量。此诗虽追步杜甫,沉郁顿挫,苍凉悲壮,得杜甫七律之神,但又有新创,能变化而自成面目,表现出韩愈以文为诗的特点。律诗有严谨的格律上的要求,而此诗仍能以"文章之法"行之,而且用得较好,即此诗有"文"的特点,如表现在直叙的方法上和虚词的运用上等;同时亦有诗歌的特点,如表现在形象的塑造上和沉挚深厚的感情的抒发上。全诗叙事、写景、抒情熔为一炉,诗味浓郁,诗意醇厚。

秋天的怀念

史铁生

正文

双腿瘫痪后,我的脾气变得暴怒无常。望着望着天上北归的雁阵,我会突然把面前的玻璃砸碎;听着听着李谷一甜美的歌声,我会猛地把手边的东西摔向四周的墙壁。母亲就悄悄地躲出去,在我看不见的

劲健篇

地方偷偷地听着我的动静。当一切恢复沉寂，她又悄悄地进来，眼边红红的，看着我。"听说北海的花儿都开了，我推着你去走走。"她总是这么说。母亲喜欢花，可自从我的腿瘫痪后，她侍弄的那些花都死了。"不，我不去！"我狠命地捶打这两条可恨的腿，喊着："我可活什么劲儿！"母亲扑过来抓住我的手，忍住哭声说："咱娘儿俩在一块儿，好好儿活，好好儿活……"

可我却一直都不知道，她的病已经到了那步田地。后来妹妹告诉我，她常常肝疼得整宿整宿翻来覆去地睡不了觉。

那天我又独自坐在屋里，看着窗外的树叶"唰唰啦啦"地飘落。母亲进来了，挡在窗前："北海的菊花开了，我推着你去看看吧。"她憔悴的脸上现出央求般的神色。"什么时候？""你要是愿意，就明天？"她说。我的回答已经让她喜出望外了。"好吧，就明天。"我说。她高兴得一会坐下，一会站起："那就赶紧准备准备。"

"唉呀,烦不烦?几步路,有什么好准备的!"她也笑了,坐在我身边,絮絮叨叨地说着:"看完菊花,咱们就去'仿膳',你小时候最爱吃那儿的豌豆黄儿。还记得那回我带你去北海吗?你偏说那杨树花是毛毛虫,跑着,一脚踩扁一个……"她忽然不说了。对于"跑"和"踩"一类的字眼儿,她比我还敏感。她又悄悄地出去了。

她出去了,就再也没回来。

邻居们把她抬上车时,她还在大口大口地吐着鲜血。我没想到她已经病成那样。看着三轮车远去,也绝没有想到那竟是永远的诀别。

邻居的小伙子背着我去看她的时候,她正艰难地呼吸着,像她那一生艰难的生活。别人告诉我,她昏迷前的最后一句话是:"我那个有病的儿子和我那个还未成年的女儿……"

又是秋天,妹妹推我去北海看了菊花。黄色的花淡雅,白色的花高洁,紫红色的

劲健篇

花热烈而深沉,泼泼洒洒,秋风中正开得烂漫。我懂得母亲没有说完的话。妹妹也懂。我俩在一块儿,要好好儿活……

(选自李朝全主编:《散文百年经典(1917—2015)》,中央编译出版社2016年版,第317~318页)

知识

史铁生是当代中国最令人敬佩的作家之一。他的写作与他的生命完全同构在了一起,在自己的"写作之夜",他用残缺的身体,说出了最为健全而丰满的思想。他体验到的是生命的苦难,表达出的却是存在的明朗和欢乐,他睿智的言辞,照亮的反而是我们日益幽暗的内心。当多数作家在消费主义时代放弃面对人的基本状况时,史铁生却居住在自己的内心,仍旧苦苦追索人之为人的价值和光辉,仍旧坚定地向存在的荒凉地带进发,坚定地与未明事物作斗争,这种勇气和执着,深深地唤起了我们对自身所处境遇的警醒和关怀。

解读

作者借助几件平常小事进行细致描写,表达了母子之间的似海深情。作者非常注重人物的对话、动作、神态这些细节的刻画,并通过对比来表现对母亲的深情,如"我"的暴怒与母亲的体贴,"我"对生活的绝望与母亲

坚定的鼓励,"我"对母亲病情的浑然不知与母亲的宽容,等等。尽管文字很朴实,但却是作者生活的真实体验。《秋天的怀念》是作者在人生最挫折的时候写的,字里行间流露了他满心情绪的宣泄,以及对生活如此不公的抱怨。可是他想表达的并不是这一层面上的,他不只是告诉大家他的情绪、他的愤懑,他想说的是,当你的不幸降临后,并不真的天崩地裂了,你的不幸也是你亲人的不幸,关心你的人比你更难过。作者通过这些平凡的小事,刻画了一位坚强、无私、伟大的母亲的形象,也表达了作者对母亲深深的愧疚、热爱和怀念之情。

人所不能看,即是限制,即是残废。

——史铁生

家(第十三章)

(节选)

巴 金

天黑了。在高家,堂屋里除了一盏刚

劲健篇

刚换上一百支烛光灯泡的电灯外,还有一盏悬在中梁上的燃清油的长明灯,一盏煤油大挂灯,和四个绘上人物的玻璃宫灯。各样颜色的灯光,不仅把壁上的画屏和神龛上穿戴清代朝服的高家历代祖先的画像照得非常明亮,连方块砖铺砌的土地的接痕也看得很清楚。

正是吃年饭的时候。两张大圆桌摆在堂屋中间,桌上整齐地放着象牙筷子,和银制的杯匙、碟子。……

上面一桌坐的全是长辈,按次序数下去,是老太爷,陈姨太,大太太周氏,三老爷克明和三太太张氏,四老爷克安和四太太王氏,五老爷克定和五太太沈氏,另外还有一个客人就是觉新们的姑母张太太,恰恰是十个人。下面的一桌坐的是觉新和他的弟妹们,加上觉新的妻子李瑞珏和琴小姐一共是十二个:男的是觉字辈,有长房的觉新,觉民,觉慧,三房的觉英,四房的觉群和觉世;女的是淑字辈,有长房

的淑华,三房的淑英,四房的淑芬和五房的淑贞,年纪算淑英最大,十五岁,淑贞十二岁,淑芬最小,只有七岁。这都是照旧历算的。还有三房的觉人和四房的觉先、淑芳,都还太小,不能入座。觉新的孩子海臣是上了桌子的,老太爷希望在这里吃年饭的应当有四代人,所以叫觉新夫妇把海臣也带上桌子来,就让他坐在瑞珏的怀里随便吃一点菜,坐一些时候。老太爷端起酒杯,向四座一看,看见堂屋里挤满了人,到处都是笑脸,知道自己有这样多的子孙,明白他的"四世同堂"的希望已经实现,于是脸上浮出了满足的微笑,喝了一大口酒。他又抬起眼去望下面的一桌,看见年轻的一代人正在欢乐地谈笑吃酒。这里在叫"拿酒来!"那里在叫"先给我斟!"都是新鲜的、清脆的声音。……在这张桌上除了老太爷外,大家端端正正地坐着。老太爷举筷,大家跟着举筷,他的筷子放下,大家的筷子也跟着放下。偶尔有

劲健篇

一两个人谈话,都是短短的两三句。略带酒意的老太爷觉察到这种情形,便说:"你们不要这样拘束,大家有说有笑才好。你们看他们那一桌多热闹。我们这一桌清清静静的。都是自家人,不要拘束啊。"他举起酒杯,把杯里的余酒喝完,又说:"你们看,我今晚上这样高兴!"他又含笑对克定说:"你年轻,团年多吃两杯,也不要紧。"他吩咐李贵和高忠:"你们多给姑太太、老爷、太太们斟酒嘛!"老太爷的这种不寻常的高兴给这张桌子上带来一点生气,于是克安和克定、王氏和陈姨太先后搳起拳来,大口地喝着酒,筷子也动得勤了。

老太爷看见眼前许多兴奋的发红的脸,听见搳拳行令的欢笑声,心里更快活,又把刚才斟满的一杯酒端起,微微呷了一口。过去的事开始来到他的心头。他想:他从前怎样苦学出身,得到功名,做了多年的官,造就了这一份大家业,广置了田产,修建了房屋,又生了这些儿女和这许多孙儿、孙女和重孙。一家人读书知礼，事事如意，像这样兴盛、发达下去，再过一两代他们高家不知道会变成一个怎样繁盛的大家庭。……他这样想着，不觉得意地微笑了，又喝了一大口酒，便把酒杯放下说："我不吃了，我吃了两杯酒就会醉的。你们多吃点不要紧。"他又吩咐："多给姑太太、老爷、太太们斟酒。"

在下面一桌，在年轻一代人的席上，的确如祖父所说，是热闹多了。筷子的往来差不多没有停止过。……

"像这样子抢菜是不行的，我们抢不过你们男子家。你们看爷爷他们那一桌多斯文，你们吃得这样快，哪儿还像在吃年饭！"觉新的妻子李瑞珏笑着说，她已经把海臣放下去叫何嫂带到外面去了。

四房的仆人赵升刚刚端上来一盆烩鲍鱼片，十三岁的觉英挟了一块放在嘴里，他听见瑞珏的话便笑起来，连忙放下筷子说："大嫂说得真可怜！我们不要吃了，多

劲健篇

少剩一点给她罢。"于是全桌的人都放下筷子笑了。坐在瑞珏的斜对面的觉慧便站起来把盆子往她面前一推,笑着说:"大嫂,这一盆就请你一个人吃。"

瑞珏看见一桌人的目光都集中在她的脸上,不觉微微红了脸,把盆子向觉慧面前一推:"多谢你这番好意。不过我自来不喜欢海味,还是请你代吃罢。"

"不行!不能代。你不吃,要罚酒,"觉慧站起来说道。

"好,大嫂该罚酒,"大家附和着说。

瑞珏等到众人的声音静下去以后,才慢慢辩解地说:"我为什么该罚酒?你们高兴吃酒,不如另外想一个吃酒的办法。我们还是行酒令罢。"

"好,我赞成,"觉新首先附和道。

"行什么令?"坐在瑞珏下边的琴问道。

"我房里有签。喊鸣凤把签筒拿来罢,"瑞珏这样提议。

"我想不必去拿签筒,就行个简单的令

好了,"觉民表示他的意见。

"那么就行飞花令,"琴抢着说。

"我不来,"八岁的觉群嚷道。

"我也不会,"淑芬像大人似地正经地说。

"哪个要你们来!好,五弟、六妹、六弟都不算。我们九个人来,"瑞珏接口道。

这时觉慧把一根筷子落在地上,袁成连忙拾起揩干净送来。他接了放在桌上,正要说话,看见众人都赞成琴的提议,也就不开口了。

"那么让我先说。三表弟,你先吃酒!"琴一面说,一面望着觉慧微笑。

"为什么该我吃酒?你连什么也没有说,"觉慧用手盖着酒杯。

"你不管,你只管吃酒好了。……我说的是'出门俱是看花人'。你看是不是该你吃酒!"

众人依次序数过去,中间除开淑芬、觉世、觉群三个不算,数到花字恰是觉慧,

劲健篇

于是都叫起来:"该你吃酒。"

"你们作弄我。我不吃!"觉慧摇头说。

"不行,三弟,你非吃不可。酒令严如军令,是不能违抗的,"瑞珏催促道。

觉慧只得喝了一大口酒。他的脸上立刻现出了笑容,他得意地对琴说:"现在该你吃酒了。——春风桃李花开日。"从觉慧数起,数到第五个果然是琴。于是琴默默地端起酒杯呷了一口,说了一句"桃花乱落如红雨",该坐在她下边的淑英吃酒。淑英说一句"落花时节又逢君",又该下边的淑华吃酒。淑华想了想,说了一句"若待上林花似锦",数下去,除开淑芬、觉群等三人不算,数过淑贞、觉英、觉慧,恰恰数到觉民。于是觉民吃了酒,说了一句"桃花潭水深千尺"。接着觉新吃了酒,说句"赏花归去马蹄香",该瑞珏吃酒。瑞珏说:"去年花里逢君别,"又该淑英接下去,淑英吃了酒顺口说:"今日花开又一年。"这时轮到淑贞了。淑贞带羞地呷了一小口酒，勉强说了一句："牧童遥指杏花村。"数下去又该瑞珏吃酒，瑞珏笑了笑，说了一句"东风无力百花残"，该觉英吃酒。觉英端起杯子把里面的余酒吃光了，冲口说出一句"感时花溅泪"。

"不行！不行！五言诗不算数。另外说一句，"瑞珏不依地说。淑华在旁边附和着。但是觉英一定不肯重说。觉慧不耐烦地嚷起来：

"不要行这个酒令了。你们总喜欢拣些感伤的诗句来说，叫人听了不痛快。我说不如行急口令痛快得多。"

"好，我第一个赞成，我就做九纹龙史进，"觉英拍手说，他觉得这是解围的妙法。

急口令终于采用了。瑞珏被推举为令官，在各人认定了自己充当什么人以后，便由令官发问："什么人会吃酒？"

"豹子头会吃酒，"琴接口道。

"林冲不会吃酒，"做林冲的觉民连

劲健篇

忙说。

"什么人会吃酒?"琴接着追问道。

"九纹龙会吃酒,"觉民急急回答。

"史进不会吃酒,"觉英马上接下去。

"什么人会吃酒?"觉民追问道。

"行者会吃酒,"这是觉英的回答。

"武松不会吃酒,"做武松的是觉慧。

"什么人会吃酒?"觉英逼着问道。

"玉麒麟会吃酒,"觉慧一口气说了出来。

"卢俊义不会吃酒,"琴正喝茶,连忙把一口茶吐在地上笑答道。

"什么人会吃酒?"觉慧望着她带笑地追问。

"小旋风会吃酒,"琴望着瑞珏回答道。

"柴进不会吃酒,"瑞珏不慌不忙地接口说。

"什么人会吃酒?"琴一面笑,一面问。

"母夜叉会吃酒,"瑞珏指着觉新正经地回答。

于是满座笑了起来。做母夜叉孙二娘的是觉新，他为了逗引弟妹们发笑，便拣了这个绰号，现在由他的妻子的口里说出来，更引人发笑了。觉新含笑地说："孙二娘不会吃酒。"他不等瑞珏发问，连忙说："智多星会吃酒。"

"吴用不会吃酒，"淑英接口说。

"什么人会吃酒？"觉新连忙问道。

"大嫂会吃酒，"淑英不加思索地回答。

满座都笑起来。众人异口同声地叫着："罚！罚！"淑英只得认错，叫仆人换了一杯热酒，举起杯子呷了一口。众人又继续说下去，愈说愈快，而受罚的人也愈多。愿吃酒的就吃酒，不能吃酒的就用茶代替，他们这些青年男女痛快地笑着，忘记一切地笑着，一直到散席的时候。

散席后大部分的人都有一点醉意。……

觉慧也有酒意。他觉得脸上发烧，心里发热。他不想睡觉。外面万马奔腾似的爆竹声送进他的耳里。他在房里坐不住，

劲健篇

便信步走出去。大厅上冷清清地放着几乘轿子。三四个轿夫坐在门房的门槛上低声闲谈。隔壁几家公馆里的鞭炮声响得更密了。他在大厅上立了一会儿,便往外面走去。他刚走到大门口,鞭炮声停止了,偶尔有一两个散炮在响,到处都是硫磺气味。大门口依旧悬着一对大的红纸灯笼,里面虽然插着正在燃烧的蜡烛,也不过在地上投下朦胧的红色的光,和一些模糊的影子。

街上是一片静寂。爆裂了的鞭炮的残骸凌乱地躺在街心,发散它们的最后的热气。不知道从什么地方传来一阵低微的哭声。

"什么人在哭?在这万家欢乐的时候会有人在哭?"觉慧的酒意渐渐消失了,他惊疑地想着。他用眼光仔细地向四面找寻,在右边那口大石缸旁边看见了一团黑影。他带着好奇心走过去。

一个讨饭的小孩,穿着一件又脏又破的布衣,靠着石缸低声在哭。他埋着头,飘蓬的头发散落在水面上。小孩听见脚步声便抬起头来看觉慧。觉慧看不清楚小孩的脸。他们两个人面对面地站着，都不说话。觉慧只听见他自己的急促的呼吸和小孩的低微的哭声。

好像有人泼了一瓢冷水在觉慧的脸上。他清楚地听见银圆在衣袋里响。一种奇怪的、似乎从来不曾有过的感情控制了他。他摸出两个半元的银币，放在小孩的润湿的手里，忘了自己地说："你拿去罢，去找一个暖和的地方。这儿很冷。……这儿冷得很。你看你抖得这样厉害。你拿去买点热的饮食吃也好。"

他说完，并不等小孩回答就大步走进公馆里去。他好像做了什么不可告诉人的事一样，连忙逃走了。他走过大门内的天井，黑暗中忽然现出他的大哥的带嘲笑的脸，口里说："人道主义者。"但是这张脸马上又不见了。他走进二门向大厅走去的时候，静寂中好像有人在他的耳边大声说：

劲健篇

"你以为你这样做,你就可以把社会的面目改变吗?你以为你这样做,你就可以使那个小孩一生免掉冻饿吗?……你,你这个伪善的人道主义者!"

他恐怖地蒙住耳朵向里面走去,他走进自己的房里,颓然地倒在床上,接连地自语道:"我吃醉了,吃醉了。"

(选自禹裔编:《现代名著宝库》,延边人民出版社1999年版,第85～92页)

知识

巴金(1904—2005),原名李尧棠,另有笔名佩竿、极乐、黑浪、春风等,字芾甘。四川成都人,祖籍浙江嘉兴。作家、翻译家、社会活动家、无党派爱国民主人士。巴金出生在四川成都一个封建官僚家庭里,五四运动后,巴金深受新潮思想的影响,并在这种思想的影响下开始了他个人的反封建斗争。1923年巴金离家赴上海、南京等地求学,从此开始了他长达半个世纪的文学创作生涯。

解读

《家》描写的是"五四"之后,成都地区一个封建大家庭走向崩溃的故事。故事集中在1920年冬到1921年秋的八九个月时间里,揭露了封建专制制度的罪恶,撕开了在温情关系掩盖下的大家庭的钩心斗角,暴露了所谓"诗礼传家"的封建大家庭的荒淫无耻,也描写了新思潮所唤醒的一代青年的觉醒和反抗,从而宣告了这个封建大家庭必然崩溃的命运。

生命的意义在于付出,在于给予,而不在于接受,也不在于索取。

——巴金

呐喊·自序

鲁 迅

我在年青时候也曾经做过许多梦,后来大半忘却了,但自己也并不以为可惜。所谓回忆者,虽说可以使人欢欣,有时也不免使人寂寞,使精神的丝缕还牵着已逝的寂寞的时光,又有什么意味呢,而我偏苦于不能全忘却,这不能全忘的一部分,

劲健篇

到现在便成了《呐喊》的来由。

我有四年多,曾经常常,——几乎是每天,出入于质铺和药店里,年纪可是忘却了,总之是药店的柜台正和我一样高,质铺的是比我高一倍,我从一倍高的柜台外送上衣服或首饰去,在侮蔑里接了钱,再到一样高的柜台上给我久病的父亲去买药。回家之后,又须忙别的事了,因为开方的医生是最有名的,以此所用的药引也奇特:冬天的芦根,经霜三年的甘蔗,蟋蟀要原对的,结子的平地木,……多不是容易办到的东西。然而我的父亲终于日重一日的亡故了。

有谁从小康人家而坠入困顿的么,我以为在这途路中,大概可以看见世人的真面目;我要到N进K学堂去了,仿佛是想走异路,逃异地,去寻求别样的人们。我的母亲没有法,办了八元的川资,说是由我的自便;然而伊哭了,这正是情理中的事,因为那时读书应试是正路,所谓学洋

经典悦读

务,社会上便以为是一种走投无路的人,只得将灵魂卖给鬼子,要加倍的奚落而且排斥的,而况伊又看不见自己的儿子了。然而我也顾不得这些事,终于到N去进了K学堂了,在这学堂里,我才知道世上还有所谓格致,算学,地理,历史,绘图和体操。生理学并不教,但我们却看到些木版的《全体新论》和《化学卫生论》之类了。我还记得先前的医生的议论和方药,和现在所知道的比较起来,便渐渐的悟得中医不过是一种有意的或无意的骗子,同时又很起了对于被骗的病人和他的家族的同情;而且从译出的历史上,又知道了日本维新是大半发端于西方医学的事实。

因为这些幼稚的知识,后来便使我的学籍列在日本一个乡间的医学专门学校里了。我的梦很美满,预备卒业回来,救治像我父亲似的被误的病人的疾苦,战争时候便去当军医,一面又促进了国人对于维新的信仰。我已不知道教授微生物学的方

劲健篇

法,现在又有了怎样的进步了,总之那时是用了电影,来显示微生物的形状的,因此有时讲义的一段落已完,而时间还没有到,教师便映些风景或时事的画片给学生看,以用去这多余的光阴。其时正当日俄战争的时候,关于战事的画片自然也就比较的多了,我在这一个讲堂中,便须常常随喜我那同学们的拍手和喝彩。有一回,我竟在画片上忽然会见我久违的许多中国人了,一个绑在中间,许多站在左右,一样是强壮的体格,而显出麻木的神情。据解说,则绑着的是替俄国做了军事上的侦探,正要被日军砍下头颅来示众,而围着的便是来赏鉴这示众的盛举的人们。

这一学年没有完毕,我已经到了东京了,因为从那一回以后,我便觉得医学并非一件紧要事,凡是愚弱的国民,即使体格如何健全,如何茁壮,也只能做毫无意义的示众的材料和看客,病死多少是不必以为不幸的。所以我们的第一要著,是在改变他们的精神，而善于改变精神的是，我那时以为当然要推文艺，于是想提倡文艺运动了。在东京的留学生很有学法政理化以至警察工业的，但没有人治文学和美术；可是在冷淡的空气中，也幸而寻到几个同志了，此外又邀集了必须的几个人，商量之后，第一步当然是出杂志，名目是取"新的生命"的意思，因为我们那时大抵带些复古的倾向，所以只谓之《新生》。

《新生》的出版之期接近了，但最先就隐去了若干担当文字的人，接着又逃走了资本，结果只剩下不名一钱的三个人。创始时候既已背时，失败时候当然无可告语，而其后却连这三个人也都为各自的运命所驱策，不能在一处纵谈将来的好梦了，这就是我们的并未产生的《新生》的结局。

我感到未尝经验的无聊，是自此以后的事。我当初是不知其所以然的；后来想，凡有一人的主张，得了赞和，是促其前进的，得了反对，是促其奋斗的，独有叫喊

劲健篇

于生人中,而生人并无反应,既非赞同,也无反对,如置身毫无边际的荒原,无可措手的了,这是怎样的悲哀呵,我于是以我所感到者为寂寞。

这寂寞又一天一天的长大起来,如大毒蛇,缠住了我的灵魂了。

然而我虽然自有无端的悲哀,却也并不愤懑,因为这经验使我反省,看见自己了:就是我决不是一个振臂一呼应者云集的英雄。

只是我自己的寂寞是不可不驱除的,因为这于我太痛苦。我于是用了种种法,来麻醉自己的灵魂,使我沉入于国民中,使我回到古代去,后来也亲历或旁观过几样更寂寞更悲哀的事,都为我所不愿追怀,甘心使他们和我的脑一同消灭在泥土里的,但我的麻醉法却也似乎已经奏了功,再没有青年时候的慷慨激昂的意思了。

S会馆里有三间屋,相传是往昔曾在院子里的槐树上缢死过一个女人的,现在槐树已经高不可攀了,而这屋还没有人住;许多年,我便寓在这屋里钞古碑。客中少有人来,古碑中也遇不到什么问题和主义,而我的生命却居然暗暗的消去了,这也就是我惟一的愿望。夏夜,蚊子多了,便摇着蒲扇坐在槐树下,从密叶缝里看那一点一点的青天,晚出的槐蚕又每每冰冷的落在头颈上。

那时偶或来谈的是一个老朋友金心异,将手提的大皮夹放在破桌上,脱下长衫,对面坐下了,因为怕狗,似乎心房还在怦怦的跳动。

"你钞了这些有什么用?"有一夜,他翻着我那古碑的钞本,发了研究的质问了。

"没有什么用。"

"那么,你钞他是什么意思呢?"

"没有什么意思。"

"我想,你可以做点文章……"

我懂得他的意思了,他们正办《新青年》,然而那时仿佛不特没有人来赞同,并

劲健篇

且也还没有人来反对,我想,他们许是感到寂寞了,但是说:

"假如一间铁屋子,是绝无窗户而万难破毁的,里面有许多熟睡的人们,不久都要闷死了,然而是从昏睡入死灭,并不感到就死的悲哀。现在你大嚷起来,惊起了较为清醒的几个人,使这不幸的少数者来受无可挽救的临终的苦楚,你倒以为对得起他们么?"

"然而几个人既然起来,你不能说决没有毁坏这铁屋的希望。"

是的,我虽然自有我的确信,然而说到希望,却是不能抹杀的,因为希望是在于将来,决不能以我之必无的证明,来折服了他之所谓可有,于是我终于答应他也做文章了,这便是最初的一篇《狂人日记》。从此以后,便一发而不可收,每写些小说模样的文章,以敷衍朋友们的嘱托,积久就有了十余篇。

在我自己,本以为现在是已经并非一

经典悦读

个切迫而不能已于言的人了,但或者也还未能忘怀于当日自己的寂寞的悲哀罢,所以有时候仍不免呐喊几声,聊以慰藉那在寂寞里奔驰的猛士,使他不惮于前驱。至于我的喊声是勇猛或是悲哀,是可憎或是可笑,那倒是不暇顾及的;但既然是呐喊,则当然须听将令的了,所以我往往不恤用了曲笔,在《药》的瑜儿的坟上平空添上一个花环,在《明天》里也不叙单四嫂子竟没有做到看见儿子的梦,因为那时的主将是不主张消极的。至于自己,却也并不愿将自以为苦的寂寞,再来传染给也如我那年青时候似的正做着好梦的青年。

这样说来,我的小说和艺术的距离之远,也就可想而知了,然而到今日还能蒙着小说的名,甚而至于且有成集的机会,无论如何总不能不说是一件侥幸的事,但侥幸虽使我不安于心,而悬揣人间暂时还有读者,则究竟也仍然是高兴的。

所以我竟将我的短篇小说结集起来,

劲健篇

而且付印了,又因为上面所说的缘由,便称之为《呐喊》。

一九二二年十二月三日,鲁迅记于北京

(选自鲁迅著、龚勋主编:《故乡·朝花夕拾:鲁迅专集》,吉林出版集团有限责任公司2015年版,第94~99页)

知识

鲁迅(1881—1936),浙江绍兴人,原名周樟寿,后改名周树人,字豫山,后改豫才,"鲁迅"是他1918年发表《狂人日记》时所用的笔名,也是他影响最为广泛的笔名。著名文学家、思想家,五四新文化运动的重要参与者,中国现代文学的奠基人。毛泽东曾评价:"鲁迅的方向,就是中华民族新文化的方向。"鲁迅一生在文学创作、文学批评、思想研究、文学史研究、翻译、美术理论引进、基础科学介绍和古籍校勘与研究等多个领域具有重大贡献。他对五四运动以后的中国社会思想文化发展具有重大影响,蜚声世界文坛,尤其在韩国、日本思想文化领域占有极其重要的地位和影响,被誉为"20世纪东亚文化地图上占最大领土的作家"。

解读

《呐喊》收录了鲁迅先生1918—1922年所作的15部

小说。后来作者抽出去一部历史小说《不周山》（后更名为《铸剑》），遂成现在的14部。这些小说反映了"五四"前后中国社会被压迫者的痛苦生活和悲惨命运。在《呐喊》自序中，作者回顾了自己的人生经历，反映了作者思想发展的过程和从事文艺活动的目的和态度，同时也说明了这些小说的由来和起名的原由。作者从学洋务、学医、走科学救国之路，到推崇文艺，把文艺作为改变国民精神的武器，表现了他爱国主义思想的发展和求索救国救民道路的精神历程。本篇对于了解作者的生平、思想，理解本集小说的内涵及意蕴均有极大的参考价值。在写作上，本篇自序文笔清新老到，周密流畅，震人心魄又引人入胜，读之使人欲罢不能。其语言风格充溢着鲁迅独特的个性，具有极强的艺术魅力。

不在沉默中爆发，就在沉默中灭亡。

——鲁迅

劲健篇

臧克家诗二首

有的人
—— 纪念鲁迅有感

有的人活着
他已经死了；
有的人死了
他还活着。

有的人
骑在人民头上："呵，我多伟大！"
有的人
俯下身子给人民当牛马。

有的人
把名字刻入石头想"不朽"；
有的人

情愿作野草,等着地下的火烧。

有的人
他活着别人就不能活;
有的人
他活着为了多数人更好地活。

骑在人民头上的,
人民把他摔垮;
给人民作牛马的,
人民永远记住他!

把名字刻入石头的,
名字比尸首烂得更早;
只要春风吹到的地方,
到处是青青的野草。

他活着别人就不能活的人,
他的下场可以看到;
他活着为了多数人更好活的人,

劲健篇

群众把他抬举得很高,很高。

(选自李少君、张德明主编:《中国好诗歌　你不能错过的白话诗》,现代出版社2016年版,第26～28页)

老　马

总得叫大车装个够,
它横竖不说一句话,
背上的压力往肉里扣,
它把头沉重地垂下!

这刻不知道下刻的命,
它有泪只往心里咽,
眼里飘来一道鞭影,
它抬起头望望前面。

(选自李少君、张德明主编:《中国好诗歌·你不能错过的白话诗》,现代出版社2016年版,第20页)

经典悦读

臧克家(1905—2004),山东潍坊诸城人,曾用名臧瑗望,笔名少全、何嘉。山东大学知名校友,是闻一多的学生,现代诗人,忠诚的爱国主义者,曾任中国民主同盟盟员。中国作家协会第一、二届理事,第三届理事、顾问,第四届顾问,第五、六届名誉副主席;中国文联第三、四届委员,第六、七届荣誉委员;中国诗歌学会会长。

《有的人》是臧克家诸多抒情诗的代表作,它的独特之处,在于以高度凝练的艺术手法,阐述了人的肉体生命与精神生命的真谛。全诗分七节,通篇采用对比手法,把两种不同灵魂思想的人进行了比较,热情讴歌了"为了多数人更好地活"的人,鞭挞了出卖思想灵魂和道德的人、"他活着别人就不能活"的人。本诗第一节就对人的肉体生命与精神生命进行开门见山的揭示:有的人虽生犹死,有的人虽然肉体生命尚未终结,实际上只是一具行尸走肉。《有的人》是为纪念鲁迅而写,但诗中并没有出现鲁迅的名字,这就使本诗的主题并不局限于纪念鲁迅,而是具有更深远的历史意义与社会意义。诗人以凝练的语言、鲜明的对比,揭示了生命的意义在于全心全意为人民服务,人活着应该为了多数人更好地活而活,在讴歌鲁迅的同时,启迪人们向鲁迅学习,为人民俯首甘为孺子牛。本

劲健篇

诗主题鲜明,富于哲理,既能陶冶情操,又能给人以美好的艺术享受。

《老马》一诗只有八句,马头的一俯一仰,鲜明地表现了一种人生观,体现了"深刻到家,深刻到浅显的程度"的艺术境界。《老马》不啻是对这样一种态度的注释:当前的磨难就是你的对手,运尽气力去和它苦斗。臧克家的特点是,不同于新月派、现代派诗人以及中国诗歌学会诗人的"坚忍主义",他能严肃地面对现实生活中的险恶苦难,"从棘针尖上去认识人生";他能带着倔强的精神沉着而有锋棱地去迎接磨难。臧克家反对诗歌创作形式上追求整齐,又反对完全散文化,他的诗在自然的基础上讲究节奏感,把诗的韵脚看作"是感情的站口,节奏回归的强有力的记号"。他的诗反映了格律诗走向自然的趋向。这在《老马》一诗中有很好的体现。

读过一本好书,像交了一个益友。

——臧克家

刚劲有力　挺拔坚强

 劲健篇

白杨礼赞

茅 盾

　　白杨树实在是不平凡的,我赞美白杨树!

　　当汽车在望不到边际的高原上奔驰,扑入你的视野的,是黄绿错综的一条大毡子:黄的,那是土,未开垦的处女土,几十万年前由伟大的自然力所堆积成功的黄土高原的外壳;绿的呢,是人类劳力战胜自然的成果,是麦田,和风吹送,翻起了一轮一轮的绿波——这时你会真心佩服昔人所造的两个字"麦浪",若不是妙手偶得,便确是经过锤炼的语言的精华:黄与绿主宰着,无边无垠,坦荡如砥,这时如果不是宛若并肩的远山的连峰提醒了你(这些山峰凭你的肉眼来判断,就知道是在你脚底下的),你会忘记了汽车是在高原上

行驶,这时你涌起来的感想也许是"雄壮",也许是"伟大",诸如此类的形容词,然而同时你的眼睛也许觉得有点倦怠,你对当前的"雄壮"或"伟大"闭了眼。而另一种味儿在你心头潜滋暗长了——"单调"!可不是?单调,有一点儿吧?

然而刹那间,要是你猛抬眼看见了前面远远地有一排——不,或者甚至只是三五株,一株,傲然地耸立,像哨兵似的树木的话,那你的恹恹欲睡的情绪又将如何?我那时是惊奇地叫了一声的!

那就是白杨树,西北极普通的一种树,然而实在不是平凡的一种树!

那是力争上游的一种树,笔直的干,笔直的枝。它的干呢,通常是丈把高,像是加以人工似的,一丈以内,绝无旁枝;它所有的丫枝呢,一律向上,而且紧紧靠拢,也像是加以人工似的,成为一束,绝无横斜逸出。它的宽大的叶子也是片片向上,几乎没有斜生的,更不用说倒垂了;

劲健篇

它的皮,光滑而有银色的晕圈,微微泛出淡青色。这是虽在北方的风雪的压迫下却保持着倔强挺立的一种树!哪怕只有碗来粗细罢,它却努力向上发展,高到丈许,二丈,参天耸立,不折不挠,对抗着西北风。

这就是白杨树,西北极普通的一种树,然而决不是平凡的树!

它没有婆娑的姿态,没有屈曲盘旋的虬枝,也许你要说它不美丽,——如果美是专指"婆娑"或"横斜逸出"之类而言,那么白杨树算不得树中的好女子;但是它却是伟岸,正直,朴质,严肃,也不缺乏温和,更不用提它的坚强不屈与挺拔,它是树中的伟丈夫!当你在积雪初融的高原上走过,看见平坦的大地上傲然挺立这么一株或一排白杨树,难道你觉得树只是树,难道你就不想到它的朴质,严肃,坚强不屈,至少也象征了北方的农民;难道你竟一点儿也不联想到,在敌后的广大土地上,到处有坚强不屈,就像这白杨树一样傲然挺立的守卫他们家乡的哨兵!难道你又不更远一点想到这样枝枝叶叶靠紧团结,力求上进的白杨树,宛然象征了今天在华北平原纵横激荡,用血写出新中国历史的那种精神和意志。

白杨不是平凡的树。它在西北极普遍,不被人重视,就跟北方农民相似;它有极强的生命力,磨折不了,压迫不倒,也跟北方的农民相似。我赞美白杨树,就因为它不但象征了北方的农民,尤其象征了今天我们民族解放斗争中所不可缺的朴质,坚强,力求上进的精神。

让那些看不起民众,贱视民众,顽固的倒退的人们去赞美那贵族化的楠木(那也是直挺秀颀的),去鄙视这极常见,极易生长的白杨罢,但是我要高声赞美白杨树!

(选自方铭选析:《中国现代文学经典评析·现代散文》,合肥工业大学出版社 2015 年版,第 228~229 页)

劲健篇

知识

茅盾（1896—1981），原名沈德鸿，浙江桐乡人，作家。1913年考入北京大学预科。1916年毕业后进入上海商务印书馆编译所任职，从此开始他的文学生涯。1920年任《小说月报》主编，同年12月底，与郑振铎等发起成立文学研究会。第一次国内革命战争时期，积极从事政治活动，任国民党中央宣传部秘书、武汉的中央军事政治学校教官、《民国日报》主编。大革命失败后，东渡日本。1930年春回到上海，加入中国左翼作家联盟。1937年后，到武汉任中华全国文艺界抗敌协会理事，主编《文艺阵地》。1938年冬，赴新疆任教，任新疆各族文化协会联合会主席。1940年5月到延安。1940年底到重庆。后又到桂林、香港，担任《大众生活》编委。1946年底，应邀赴苏联访问。1949年后任中国文联副主席、中国作家协会主席、文化部长，第一至第五届全国人大代表、全国政协常务委员，第四、五届全国政协副主席等职。其代表作有长篇小说《蚀》《子夜》，短篇小说集《创造》，学术论著《夜读偶记》，等等。

解读

《白杨礼赞》是茅盾的散文名篇。文章开门见山，先对白杨树表达了赞美之情，接下来描写高原景象，述说白杨树的生长环境。作者在写景的同时又十分注意写感觉，经典悦读

突出了"雄壮""伟大""不平凡"。读这篇文章能明显感受到一种粗犷豪放的风格。如果说一般的写景状物散文是江南水乡的吴侬软语,那么《白杨礼赞》就是黄土高原上的西北放歌。文章充分运用了象征手法,以白杨树作为寄托,向远在西北的抗日军民致敬,向英勇的中国人民致敬。白杨树在艰苦困难环境下不屈不挠的奋斗精神,对于今天的许多人而言仍具有很强的借鉴意义。

朝中措·送刘仲原甫出守维扬[①]

欧阳修

平山[②]阑槛倚晴空,山色有无中[③]。手种堂前垂柳[④],别来几度春风。　文章太守[⑤],挥毫万字,一饮千钟。行乐直须年少,尊前看取衰翁。[⑥]

(选自李之亮注析:《欧阳修词选》,中州古籍出版社 2015 年版,第 29 页)

①刘仲原甫:即刘原甫,原甫是其字,因在家排行第二,

 劲健篇

因此称"仲"。维扬:今江苏扬州。
②平山:欧阳修任扬州地方官时所建的平山堂。
③山色有无中:形容江南山色若隐若现的样子。
④堂前垂柳:欧阳修在平山堂栽种的柳树,人称"欧公柳"。
⑤文章太守:指刘原甫。
⑥尊:酒杯。取:语气助词,同"着"。衰翁:作者自况。
(编者注)

知识

欧阳修(1007—1072),字永叔,号醉翁,晚号"六一居士"。吉州永丰(今江西省永丰县)人,因吉州原属庐陵郡,以"庐陵欧阳修"自居。谥号文忠,世称"欧阳文忠公"。北宋政治家、文学家、史学家,与韩愈、柳宗元、王安石、苏洵、苏轼、苏辙、曾巩合称"唐宋八大家"。后人又将他与韩愈、柳宗元和苏轼合称"千古文章四大家"。欧阳修是北宋诗文革新运动的领袖,继承并发展了韩愈的古文理论,主张文以明道,反对"弃百事不关于心"(《答吴充秀才书》),主张文以致用,反对"舍近取远"(《与张秀才第二书》),强调文道结合,二者并重,提介平易自然之文,反对浮艳华靡的文风。

解读

宋仁宗至和元年(1054),与欧阳修过从甚密的刘敞

（字原甫）知制诰，嘉祐元年（1056），刘敞因避亲而出守扬州，欧公便作此词送给他。欧公曾于仁宗庆历八年（1048）知扬州，此词借酬赠友人之机，追忆自己的扬州生活，塑造了一个风流儒雅、豪放达观的"文章太守"形象。这首词一发端即带来一股突兀的气势，笼罩全篇。"平山阑槛倚晴空"，顿然使人感到平山堂凌空矗立，其高无比。这一句写得气势磅礴，便为以下的抒情定下了疏宕豪迈的基调。接下去一句是写凭阑远眺的情景。以下二句，词人虽然通过垂柳写深婉之情，但婉而不柔，深而能畅。特别是"几度春风"四字，更能给人以欣欣向荣、格调轩昂的感觉。过片三句写所送之人刘原甫，与词题相应。词的结尾二句，无可否认，抒发了人生易老、必须及时行乐的消极思想。但是由于豪迈之气通篇流贯，词写到这里，并不令人感到低沉，反有一股苍凉郁勃的情绪奔泻而出，涤荡人的心灵。欧词突破了唐、五代以来的男欢女爱的传统题材与极力渲染红香翠软的表现方法，为后来苏轼一派豪放词开了先路。此词的风格，即与苏东坡的清旷词风十分接近。欧阳修在政治逆境中达观豪迈、笑对人生的风范，与苏东坡非常相似。

泪眼问花花不语，乱红飞过秋千去。

——欧阳修

劲健篇

病梅馆记
龚自珍

江宁①之龙蟠②,苏州之邓尉③,杭州之西溪,皆产梅。或曰:"梅以曲为美,直则无姿;以欹④为美,正则无景;以疏为美,密则无态。"固也⑤。此文人画士,心知其意,未可明诏大号⑥,以绳⑦天下之梅也;又不可以使天下之民斫⑧直、删密、锄正,以夭梅、病梅⑨为业以求钱也。梅之欹、之疏、之曲,又非蠢蠢⑩求钱之民,能以其智力为也。有以文人画士孤癖⑪之隐,明告鬻⑫梅者,斫其正,养其旁条,删其密,夭其稚枝,锄其直,遏其生气,以求重价,而江、浙之梅皆病。文人画士之祸之烈至此哉!

予购三百盆,皆病者,无一完者。既泣之三日,乃誓疗之,纵之,顺之。毁其盆，悉埋于地，解其棕缚⑬；以五年为期，必复之全之。予本非文人画士，甘受诟厉⑭，辟病梅之馆以贮之。呜呼！安得使予多暇日，又多闲田，以广贮江宁、杭州、苏州之病梅，穷予生之光阴以疗梅也哉？

（选自贝建辉编：《文章雅正》，北京燕山出版社2015年版，第124页）

注释

①江宁：今江苏南京。
②龙蟠：今南京清凉山下。
③邓尉：今江苏苏州西南的一座山。
④欹（qī）：倾斜。
⑤固也：指本来如此。
⑥明诏大号：表示大声疾呼或公开宣告。
⑦绳：表示用绳子约束。
⑧斫：砍、削。
⑨夭梅、病梅：表示把梅弄成病态的样子。
⑩蠢蠢：形容无知的样子。
⑪孤癖：表示特殊的癖好。
⑫鬻（yù）：卖。
⑬棕缚：表示棕绳的束缚。
⑭诟厉：表示讥评和辱骂。

劲健篇

(编者注)

　　江宁的龙蟠里,苏州的邓尉山,杭州的西溪,都出产梅。有人说:"梅弯曲的姿态被认为是美丽的,笔直了就没有风姿;枝干倾斜被认为是美丽的,端正了就没有景致;枝叶稀疏被认为是美丽的,茂密了就没有姿态。"本来就如此。对此,文人画家在心里明白它的意思,却不便公开宣告,大声疾呼,用此标准来约束天下的梅。又不能让天下种梅人砍掉笔直的枝干,除去繁密的枝条,铲锄端正的枝条,把枝干摧折、使梅花呈病态作为职业来谋求钱财。梅的枝干的倾斜、枝叶的疏朗、枝干的弯曲,又不是那些忙于赚钱的人能够凭借他们的智慧、力量做得到的。有的人把文人画士隐藏在心中的这种特别嗜好明白地告诉卖梅的人,让他们砍掉端正的枝干,培育倾斜的侧枝,除去繁密的枝干,摧折它的嫩枝,锄掉笔直的枝干,阻碍它的生机,用这样的方法来谋求大价钱,于是江苏、浙江的梅都成病态了。文人画家造成的祸害严重到这个地步啊!

　　我买了三百盆梅,都是病梅,没有一盆完好的。我为它们流了好几天泪之后,发誓要治疗它们:我放开它们,使它们顺其自然地生长,毁掉那些盆子,把梅全部种在地里,解开捆绑它们的棕绳;把五年作为期限,一定使它们恢复、使它们完好。我本来不是文人画士,心甘情愿受到辱骂,开设一个病梅馆来贮存它们。

唉！怎么能让我有多一些空闲时间，又有多一些空闲的田地，来广泛贮存南京、杭州、苏州的病态的梅树，竭尽我毕生的时间来治疗病梅呢！

（编者译）

知识

龚自珍（1792—1841），字璱（sè）人，号定庵，后更名易简，字伯定，又更名巩祚，号定庵。仁和（今浙江杭州）人。晚年居住昆山羽琌山馆，又号羽琌山民。龚自珍出身于世代官宦学者家庭。祖父龚褆身，官至内阁中书军机处行走，著有《吟朦山房诗》。父丽正，官至江南苏松太兵备道，署江苏按察使，著有《国语注补》《三礼图考》《两汉书质疑》《楚辞名物考》等书。母段驯，著名小学（指文字学）家段玉裁之女，著有《绿华吟榭诗草》。龚自珍为清代思想家、诗人、文学家及改良主义的先驱者。主张革除弊政，抵制外国侵略，曾全力支持林则徐禁除鸦片。48岁时辞官南归，次年暴卒于江苏丹阳云阳书院。他的诗文主张"更法""改图"，揭露清朝统治者的腐朽，洋溢着爱国热情，被柳亚子誉为"三百年来第一流"。著有《定庵文集》，留存文章300余篇，诗词近800首，今人辑为《龚自珍全集》。著名诗作《己亥杂诗》共收录315首。

劲健篇

作者通过谴责人们对梅花的摧残,形象地揭露和抨击了清王朝统治阶级束缚人民思想,压制、摧残人才的恶行,表达了要求改革政治、追求个性解放的强烈愿望。本文篇幅短小,结构严谨,寓意深刻。表面上句句说梅,实际上却是以梅喻人,字字句句抨击时政,寓意十分深刻。作者借文人画士不爱自然健康的梅,而以病梅为美,以致使梅花受到摧残,影射统治阶级禁锢思想、摧残人才的丑恶行径。"有以文人画士孤癖之隐,明告鬻梅者",暗示的正是那些封建统治者的帮凶,他们领悟主子的意图,奔走效劳,以压制人才为业。斫正、删密、锄直,这夭梅、病梅的手段,也正是封建统治阶级扼杀人才的恶劣手段;他们攻击、陷害那些正直不阿、有才能、有骨气、具有蓬勃生气的人才,要造就的只是"旁条"和生机窒息的枯干残枝,亦即屈曲、邪佞和死气沉沉的奴才、庸才。作者"购三百盆","泣之三日",为病梅而泣,正是为人才被扼杀而痛哭,无限悲愤之中显示了对被扼杀的人才的深厚同情。"纵之,顺之。毁其盆,悉埋于地,解其棕缚",就是说要破除封建统治阶级对人才的束缚、扼制,让人们的才能获得自由发展。"必复之全之",一定要恢复梅的本性,保全梅的自然、健康的形态。这正反映了作者要求个性解放、"不拘一格降人才"的迫切心情。由此可见,本文表面写梅,实际是借梅议政,通过写梅来曲折地抨击社会的黑暗,表达自己的政治理想。

我劝天公重抖擞,不拘一格降人才。

——龚自珍

大风圈外
(自传之七)
郁达夫

人生的变化,往往是从不可测的地方开展开来的;中途从那一所教会学校退出来的我们,按理是应该额上都负着了该隐的烙印,无处再可以容身了啦,可是城里的一处浸礼会的中学,反把我们当作了义士,以极优待的条件欢迎了我们进去。这一所中学的那位美国校长,非但态度和蔼,中怀磊落,并且还有着外国宣教师中间所绝无仅见的一副很聪明的脑筋。若要找出

劲健篇

一点他的坏处来,就在他的用人的不当;在他手下做教务长的一位绍兴人,简直是那种奴颜婢膝、谄事外人、趾高气扬、压迫同种的典型的洋狗。

校内的空气,自然也并不平静。在自修室,在寝室,议论纷纭,为一般学生所不满的,当然是那只洋狗。

"来它一下罢!"

"吃吃狗肉看!"

"顶好先敲他一顿!"

像这样的各种密议与策略,虽则很多,可是终于也没有一个敢首先发难的人。满腔的怨愤,既找不着一条出路,不得已就只好在作文的时候,发些纸上的牢骚。于是各班的文课,不管出的是什么题目,总是横一个呜呼,竖一个呜呼地悲啼满纸,有几位同学的卷子,从头至尾统共还不满五六百字,而呜呼却要写着一二百个。那位改国文的老先生,后来也没法想了,就出了一个禁令,禁止学生,以后不准再读

再做那些呜呼派的文章。

那时候这一种"呜呼"的倾向,这一种不平、怨愤,与被压迫的悲啼,以及人心跃跃山雨欲来的空气,实在还不只是一个教会学校里的舆情;学校以外的各层社会,也像是在大浪里的楼船,从脚到顶,都在颠摇波动着的样子。

愚昧的朝廷,受了西宫毒妇的阴谋暗算,一面虽想变法自新,一面又不得不利用了符咒刀枪,把红毛碧眼的鬼子,尽行杀戮。英法各国屡次的进攻,广东津沽再三的失陷,自然要使受难者的百姓起来争夺政权。洪杨的起义、两湖山东捻子的运动、回民苗族的独立等等,都在暗示着专制政府满清的命运,孤城落日,总崩溃是必不能避免的下场。

催促被压迫至两百余年之久的汉族结束奋起的,是徐锡麟、熊成基诸先烈的牺牲勇猛的行为;北京的几次对满清大员的暗杀事件,又是当时热血沸腾的一般青年

劲健篇

们所受到的最大激刺。而当这前后,此绝彼起地在上海发行的几家报纸,像《民吁》《民立》之类,更是直接灌输种族思想,提倡革命行动的有力的号吹。到了宣统二年的秋冬(一九一〇年庚戌),政府虽则在忙着召开资政院,组织内阁,赶制宪法,冀图挽回颓势,欺骗百姓,但四海汹汹,革命的气运,早就成了矢在弦上,不得不发的局面了。

是在这一年的年假放学之前,我对当时的学校教育,实在是真的感到了绝望,于是自己就定下了一个计划,打算回家去做从心所欲的自修工夫。第一,外界社会的声气,不可不通,我所以想去订一份上海发行的日报。第二,家里所藏的四部旧籍,虽则不多,但也尽够我的两三年的翻读,中学的根底,当然是不会退步的。第三,英文也已经把第三册文法读完了,若能刻苦用工,则比在这种教会学校里受奴隶教育,心里又气,进步又慢的半死状态,

经典悦读

总要痛快一点。自己私私决定了这大胆的计划以后,在放年假的前几天,也着实去添买了些预备带回去作自修用的书籍。等年假考一考完,于一天冬晴的午后,向西跟着挑行李的脚夫,走出候潮门上江干去坐夜航船回故乡去的那一刻的心境,我到现在还不能忘记。

"牢狱变相的你这座教会学校啊!以后你对我还更能加以压迫么?"

"我们将比比试试,看将来还是你的成绩好,还是我的成绩好?"

"被解放了!以后便是凭我自己去努力,自己去奋斗的远大的前程!"

这一种喜悦,这一种充满着希望的喜悦,比我初次上杭州来考中学时所感到的,还要紧张,还要肯定。

在故乡索居独学的生活开始了,亲戚友属的非难讪笑,自然也时时使我的决心动摇,希望毁灭;但我也已经有十六岁的年纪了,受到了外界的不了解我的讥讪之

劲健篇

后,当然也要起一种反驳的心理作用。人家若明显地问我:"为什么不进学堂去读书?"不管他是好意还是恶意,我总以"家里再没有钱供给我去浪费了"的一句话回报他们。有几个满怀着十分的好意,劝告我"在家里闲住着终不是青年的出路"的时候,我总以"现在正在预备,打算下年就去考大学"的一句衷心话来作答。而实际上这将近两年的独居苦学,对我的一生,却是收获最多、影响最大的一个预备时代。

每日清晨,起床之后,我总面也不洗,就先读一个钟头的外国文。早餐吃过,直到中午为止,是读中国书的时间,一部《资治通鉴》和两部《唐宋诗文醇》,就是我当时的课本。下午看一点科学书后,大抵总要出去散一回步。节季已渐渐地进入到了春天,是一九一一宣统辛亥年的春天了,富春江的两岸,和往年一样地绿遍了青青的芳草,长满了袅袅的垂杨。梅花落后,接着就是桃李的乱开;我若不沿着江边，走上城东鹳山上的春江第一楼去坐看江天，总或上北门外的野田间去闲步，或出西门向近郊的农村里去游行。

附廓的农民的贫穷与无知，经我几次和他们接谈及观察的结果，使我有好几晚不能够安睡。譬如一家有五六口人口，而又有着十亩田的己产，以及一间小小的茅屋的自作农罢，在近郊的农民中间，已经算是很富有的中上人家了。从四五月起，他们先要种秧田，这二分或三分的秧田大抵是要向人家去租来的，因为不是水旱无伤的上田，秧就不能种活。租秧田的费用，多则三五元，少到一二元，却不能再少了。五六月在烈日之下分秧种稻，即使全家出马，也还有赶不成同时插种的危险，因为水的关系、气候的关系，农民的时间，却也同交易所里的闲食者们一样，是一刻也差错不得的。即使不雇工人，和人家交换做工，而把全部田稻种下之后，三次的耘植与用肥的费用，起码也要合二三元钱一

劲健篇

亩的盘算。倘使天时凑巧,最上的丰年,平均一亩,也只能收到四五石的净谷;而从这四五石谷里,除去完粮纳税的钱,除去用肥料租秧田及间或雇用忙工的钱后,省下来还够得一家五口的一年之食么?不得已自然只好另外想法,譬如把稻草拿来做草纸,利用田的闲时来种麦种菜种豆类等等,但除稻以外的副作物的报酬,终竟是有限得很的。

耕地报酬渐减的铁则,丰年谷贱伤农的事实,农民们自然哪里会有这样的智识;可怜的是他们不但不晓得去改良农种,开辟荒地,一年之中,岁时伏腊,还要把他们汗血钱的大部,去化在求神佞佛,与满足许多可笑的虚荣的上头。

所以在二十几年前头,即使大地主和军阀的掠夺,还没有像现在那么的厉害,中国农村是实在早已濒于破产的绝境了,更哪里还经得起廿年的内乱,廿年的外患,与廿年的剥削呢?

从这一种乡村视察的闲步回来,在书桌上躺着候我开拆的,就是每日由上海寄来的日报。忽而英国兵侵入云南占领片马了,忽而东三省疫病流行了,忽而广州的将军被刺了;凡见到的消息,又都是无能的政府,因专制昏庸,而酿成的惨剧。

黄花岗七十二烈士的义举失败,接着就是四川省铁路风潮的勃发,在我们那一个一向是沉静得同古井似的小县城里,也显然的起了动摇。市面上敲着铜锣,卖朝报的小贩,日日从省城里到来。脸上画着八字胡须,身上穿着披开的洋服,有点像外国人似的革命党员的画像,印在薄薄的有光洋纸之上,满贴在条坊酒肆的壁间,几个日日在茶酒馆中过日子的老人,也降低了喉咙,皱紧了眉头,低低切切,很严重地谈论到了国事。

这一年的夏天,在我们的县里西北乡,并且还出了一次青红帮造反的事情。省里派了一位旗籍都统,带了兵马来杀了几个

劲健篇

客籍农民之后，城里的街谈巷议，更是颠倒错乱了；不知从哪一处地方传来的消息，说是每夜四更左右，江上东南面的天空，还出现了一颗光芒拖得很长的扫帚星。我和祖母母亲，发着抖，赶着四更起来，披衣上江边去看了好几夜，可是扫帚星却终于没有看见。

到了阴历的七八月，四川的铁路风潮闹得更凶，那一种谣传，更来得神秘奇异了，我们的家里，当然也起了一个波澜，原因是因为祖母母亲想起了在外面供职的我那两位哥哥。

几封催他们回来的急信发后，还盼不到他们的复信的到来，八月十八（阳历十月九日）的晚上，汉口俄租界里炸弹就爆发了。从此急转直下，武昌革命军的义旗一举，不消旬日，这消息竟同晴天的霹雳一样，马上就震动了全国。

报纸上二号大字的某处独立，拥某人为都督等标题，一日总有几起；城里的谣言，更是青黄杂出，有的说"杭州在杀没有辫子的和尚"，有的说"抚台已经逃了"，弄得一般居民，乡下人逃上了城里，城里人逃往了乡间。

我也日日的紧张着，日日的渴等着报来；有几次在秋寒的夜半，一听见喇叭的声音，便发着抖穿起衣裳，上后门口去探听消息，看是不是革命党到了。而沿江一带的兵船，也每天看见驶过，洋货铺里的五色布匹，无形中销售出了大半。终于有一天阴寒的下午，从杭州有几只张着白旗的船到了，江边上岸来了几十个穿灰色制服，荷枪带弹的兵士。县城里的知县，已先一日逃走了，报纸上也报着前两日，上海已为民军所占领。商会的巨头，绅士中的几个有声望的，以及残留着在城里的一位贰尹，联合起来出了一张告示，开了一次欢迎那几十位穿灰色制服的兵士的会，家家户户便挂上了五色的国旗；杭城光复，我们的这个直接附属在杭州府下的小县城，

劲健篇

总算也不遭兵燹,而平平稳稳地脱离了满清的压制。

平时老喜欢读悲歌慷慨的文章,自己捏起笔来,也老是痛哭淋漓、呜呼满纸的我这一个热血青年,在书斋里只想去冲锋陷阵、参加战斗、为众舍身、为国效力的我这一个革命志士,际遇着了这样的机会,却也终于没有一点作为,只呆立在大风圈外,捏紧了空拳头,滴了几滴悲壮的旁观者的哑泪而已。

(选自郁达夫著、文明国编:《郁达夫自述》,安徽文艺出版社2014年版,第40~46页)

知识

郁达夫(1896—1945),名文,浙江富阳人。留学日本,归国后从事文学创作及教育。曾与郭沫若、成仿吾等组织创造社,编辑《创造季刊》,与鲁迅发起组织"左联"。抗日战争中赴南洋群岛,被日本宪兵杀害。有《郁达夫诗词钞》。郁达夫的充满浪漫主义感伤色彩的小说、散文和诗歌,既反映了他本人坎坷的生活道路和曲折的创作历程,也表现出"五四"以来一个复杂而不平常的现代作家鲜明的创作个性和独特的艺术风格。他以一种单纯的抒情方式在作品中解剖自己、分析自己、鞭挞自己，使这些作品对读者产生了强烈的艺术感染力量。郭沫若曾指出："他那大胆的自我暴露，对于深藏在千年万年的背甲里面的士大夫的虚伪，完全是一种暴风雨式的闪击，把一些假道学、假才子们震惊得至于狂怒了。为什么？就因为有这样露骨的真率，使他们感受着作假的困难。"又如李初梨所说，"达夫是摩拟的颓唐派，本质的清教徒"，并把郁达夫的性格特征和思想品质概括为"卑以自牧"（《论郁达夫》《再谈郁达夫》）。

《大风圈外》笔调清新，在当时中国犹如枯槁的社会里如同吹来了一股春风，立刻吹醒了当时无数青年的心。

艺术家是美的事物的创造者。

——郁达夫

劲健篇

童 年

唐弢

夜应该是黑暗的吧,然而我却经历了一个并不黑暗的夜,你也许以为那晚上有月亮,有星星,再不然便是有灯光或者火炬,但都不是。只因为在我的寂寞的记忆里悬挂着一个笑脸,它照亮了我的童年。

笑脸照亮了我的童年。

朝阳爬上海面,雾气散了,一万颗金星在波涛上跳动,第一缕春光印进了小小的心,我在紫云英的绿茵上打滚,在暖洋洋的潮水里濯脚,听鹧鸪在嫩绿丛中试着它的新声,杨柳枝头盘绕着青油油的潮气,不知道这是云,是雾,抑或是昨夜农家遗留下的炊烟?

白鸟在波涛上缓缓地翱翔,蓦地,像中了弹一样地直落到水面,又霍地飞了上去，它已经找到了它的丰盛的早餐。

雄健的翼子在蓝天里划开一线笑痕，我的心里也漾起了一线笑痕。

心花开了，我笑着跳着，珍视我自己的童年。

在石榴花开得火一般红的时候，我骑上牛背，缓缓地踱过了绿的原野。

我唱着情歌，虽然并没有情人；我觉得自己是凯旋归来的英雄，虽然并没有打过仗。

看，这世界是多么幽静，多么美丽。

这世界是多么幽静，多么美丽。

夜，她在我回忆里留下难忘的倩影。

月是她的脸，一抹轻云是她的笑靥，几颗星星是她的眼睛，晚风吹过垂杨，这上面散布着她的风韵。

我在她的膝上跳舞。

我在她的怀里熟睡。

我笑着跳着，我的青春是一盆火，融融的是热烈，旺旺的是光明。

劲健篇

在童年的宝座上我跨着长虹,遨游于大漠似的天空,我撷着轻云,摘着星星。

童年,梦一般的童年。

童年,梦一般的童年。

我用着和山等量的悔恨,和海等量的懊恼,送青春逝去。

在山的尽头,海的边涯,不,在寂寞者的心底,我埋葬了我的童年。

(选自徐宏杰、宋中华编:《现当代经典散文阅读》,安徽师范大学出版社2013年版,第89~90页)

知识

唐弢(1913—1992),原名唐端毅。浙江镇海人。作家、文学评论家、现代文学史家。我国鲁迅研究学科的奠基人之一。曾任中国社会科学院文学研究所研究员。主要著作有《推背集》《落帆集》《鲁迅的美学思想》《晦庵书话》等。唐弢先生的藏书享名已久,历来为学人们,尤其是研究现代文学的学者们仰慕不已。作为私人藏书,人们多只能闻其名,能够得以一见的人并不多。正因为如此,唐弢藏书赠予中国现代文学馆的消息引起了社会的广泛关注。中国现代文学馆还因此成立了以他的名字命名的专门文库——"唐弢文库"。

##

《童年》是一篇纯美的散文,诗意浓郁芬芳。人生最美的状态——童年,得以充分的展示,字里行间跳动着情感之美、青春之美、氤氲之美。冰心说:"童年是真中的梦,梦中的真,回忆时含泪的笑。"信哉斯言!

风波阅尽　气节依然

经典悦读

未选择的路

[美] 罗伯特·弗罗斯特

黄色的林子里有两条路，
很遗憾我无法同时选择两者
身在旅途的我久久站立
对着其中一条极目眺望
直到它蜿蜒拐进远处的树丛。
我选择了另外的一条，天经地义，
也许更为诱人
因为它充满荆棘，需要开拓；
然而这样的路过
并未引起太大的改变。
那天清晨这两条小路一起静卧在
无人踩过的树叶丛中
哦，我把另一条路留给了明天！
明知路连着路，
我不知是否该回头。

劲健篇

我将轻轻叹息,叙述这一切
许多许多年以后:
林子里有两条路,我——
选择了行人稀少的那一条
它改变了我的一生。

(选自张绍民编:《诗歌的力量:梦的河流》,海潮出版社2014年版,第255~256页)

知识

罗伯特·弗罗斯特(1874—1963),20世纪美国最有名望、最受人爱戴的诗人。87岁时应邀在约翰·肯尼迪总统的就职典礼上朗诵自己的爱国诗作,至今传为佳话。1900年,他开始经营其爷爷买下的农场,但农场生产出的更多的是诗歌,而不是利润。他的诗充满新英格兰农场的种种意象:森林、草地、白雪等等。他呈现给世人的是"洗刷干净的马铃薯",因为他相信艺术的功用在于净化生活。除《少年的意志》和《波士顿以北》外,他还出版有诗集《山间》《新罕布尔》等。在诗歌创作方面,诗人也有自己独到的见解:诗可以给混杂的现实以某种秩序,哪怕只是暂时的。

解读

《未选择的路》是一首哲理抒情诗,它表面平易,实则蕴含深邃的哲理;看似倾诉个人经历,实则表达人们的共同感受。在这首诗里,弗罗斯特抓住林中岔道这一具体形象,用比喻的手法引起人们丰富生动的联想,烘托出人生岔路这样具有哲理寓意的象征。诗人选择的是人们司空见惯的林中岔道,来阐发如何抉择人生道路这一生活哲理。西方哲学家说,人不能两次走过同一河流。同时,人也不可能在同一时间进入两个空间,人生必须去选择,分岔口的经验是每个人都必须面对的。同一路口,却将走向完全不同的生命终点,所以感叹,所以唏嘘,生命的偶然,正是文学一唱三叹的内容。妙的是,诗歌把这些人生经验以"金色树林分两条"这样直观的诗歌叙述讲得极为形象。

苏轼词二首

中秋见月和①子由②

明月未出群山高,瑞光千丈生白毫③。
一杯未尽银阙④涌,乱云脱坏如崩涛。
谁为天公洗眸子,应费明河千斛⑤水。

劲健篇

遂令冷看世间人，照我湛然心不起。
西南火星如弹丸，角尾奕奕苍龙蟠⑥。
今宵注眼⑦看不见，更许萤火争清寒。
何人舣舟临古汴，千灯夜作鱼龙变。
曲折无心逐浪花，低昂赴节随歌板。
青荧⑧灭没转山前，浪飐风回岂复坚。
明月易低人易散，归来呼酒更重看。
堂前月色愈清好，咽咽寒螀⑨鸣露草。
卷帘推户寂无人，窗下咿哑惟楚老⑩。
南都从事⑪莫羞贫，对月题诗有几人？
明朝人事随日出，恍然一梦瑶台⑫客。

（选自管仁福主编：《苏轼徐州诗文辑注》，中国矿业大学出版社2014年版，第157页）

注释

①和：即依照别人作的诗词题材来写作。
②子由：即苏辙。
③白毫：白色的光芒。
④银阙：这里指代月亮。
⑤斛：中国古时量器名、容量单位。
⑥苍龙：即太岁，古人以其代表凶神。蟠：形容屈曲环绕的样子。

⑦注眼：表示集中目光注视。
⑧青荧：这里比喻水珠。
⑨寒螀：古书里的一种蝉。
⑩楚老：作者自注。
⑪南都从事：就是指苏辙。
⑫瑶台：古时神仙居住之所。
（编者注）

减字木兰花

双龙对起，白甲苍髯烟雨里。疏影微香，下有幽人①昼梦长。　　湖风清软，双鹊飞来争噪晚②。翠飐红轻，时下凌霄百尺英。③

注释

①幽人：即幽隐之人，这里指宋代诗僧清顺。
②争噪晚：在晚照中争相鸣叫。
③"翠飐"二句：风吹动着青翠的藤蔓，红色的凌霄花从高大的古松轻轻飘落。飐（zhǎn），表示风吹物动。

（选自陈如江编注：《一蓑烟雨任平生：东坡词》，山东文艺出版社2014年版，第115页）

劲健篇

知识

苏轼（1037—1101），北宋文学家、书画家、美食家。字子瞻，号东坡居士。四川人，葬于颍昌（今河南省平顶山市郏县）。一生仕途坎坷，学识渊博，天资极高，诗文书画皆精。其文汪洋恣肆，明白畅达，与欧阳修并称"欧苏"，为"唐宋八大家"之一；其诗清新豪健，善用夸张、比喻，艺术表现独具风格，与黄庭坚并称"苏黄"；其词开豪放一派，对后世有巨大影响，与辛弃疾并称"苏辛"；其书法长于行书、楷书，能自创新意，用笔丰腴跌宕，有天真烂漫之趣，与黄庭坚、米芾、蔡襄并称"宋四家"；画学文同，绘画主张神似，提倡"士人画"。著有《苏东坡全集》和《东坡乐府》等。

解读

《中秋见月和子由》这首长歌十四联二十八句，可谓中秋诗中的长篇。诗中从月升写到月落，既形象地描绘了中秋之月，又生动地记述了中秋人事。诗中"一杯未尽银阙涌，乱云脱坏如崩涛"气势堪壮，"谁为天公洗眸子，应费明河千斛水"想象独特，"千灯夜作鱼龙变""低昂赴节随歌板"说出民风，"归来呼酒更重看""对月题诗有几人"道来己情，全诗景情交错，人我杂出，气格抑扬，诗情顿挫，低回中转酣畅，激越中出哀婉，实为中秋咏月诗中的上乘之作。

《减字木兰花》的突出特点是对立意象的互生共振。首先是古松和凌霄花。前者是阳刚之美,后者是阴柔之美。而凌霄花是描写的重点,"双龙对起"的劲健气势被"疏影微香""湖风清软"所软化,作为一种陪衬,统一在阴柔之美中。其次是动与静的对立,"对起"的飞腾激烈的动势和"疏影微香""幽人昼梦"的静态成对比;鹊的"噪"和凌霄花无言的"下"形成对比。就是在这种对立的和谐之中,词人创造出了一种超然物外、虚静清空的艺术境界。

不识庐山真面目,只缘身在此山中。

——苏轼

死　　水

闻一多

这是一沟绝望的死水,
清风吹不起半点漪沦。
不如多扔些破铜烂铁,

劲健篇

爽性泼你的剩菜残羹。

也许铜的要绿成翡翠,
铁罐上锈出几瓣桃花;
再让油腻织一层罗绮,
霉菌给他蒸出些云霞。

让死水酵出一沟绿酒,
飘满了珍珠似的白沫;
小珠笑一声变成大珠,
又被偷酒的花蚊咬破。

那么一沟绝望的死水,
也就夸得上几分鲜明。
如果青蛙耐不住寂寞,
又算死水叫出了歌声。

这是一沟绝望的死水,
这里断不是美的所在,
不如让给丑恶来开垦,

看他造出个什么世界。

（选自李朝全主编：《诗歌百年经典（1917—2015）》，中央编译出版社2016年版，第29～30页）

闻一多（1899—1946），本名闻家骅，字友三，生于湖北省黄冈市浠水县，中国现代伟大的爱国主义者，坚定的民主战士，中国民主同盟早期领导人，中国共产党的挚友，新月派代表诗人和学者。1912年考入清华大学留美预备学校。1916年开始在《清华周刊》上发表系列读书笔记。1925年3月在美国留学期间创作《七子之歌》。1928年1月出版第二部诗集《死水》。1932年闻一多离开青岛，回到母校清华大学任中文系教授。

解读

《死水》是新月派代表作家闻一多先生最重要的作品，其笔法之辛辣老到、隐晦曲折，其构思之新颖精巧、虚实相映，其语言之典雅富丽、意味悠长，向来为人称道。不过，对于蕴含其中的思想感情却一向存在争议，有人认为《死水》表现了一种对黑暗现实的厌恶、憎恨和灰心失望，有人认为《死水》表达了一种破坏世界、创造新生活的热望，也有人认为《死水》传达了一种对旧世界、旧事物的辛辣讽刺和无情诅咒。在《死水》里，诗人的感情可以说是严峻的冷酷中夹杂着火一样的热情。

劲健篇

对于前者比较容易理解,因为诗人对现实的象征——"一沟绝望的死水",其态度就是如此。诗人那些冷嘲热讽的文字充满了疾恶如仇的破坏欲,有一股摧枯拉朽、扫荡旧世界的如火激情;义愤填膺、慷慨激昂的背后实际上是一种热切的呼唤,呼唤一种光明美好的新生活,呼唤一个充满生机活力、充满希望正义的新世界。

运杨柳的骆驼

公 刘

大路上走过来一队骆驼,
骆驼骆驼背上驮的什么?
青绿青绿的是杨柳条儿吗?
千枝万枝要把春天插遍沙漠。

明年骆驼再从这条大路经过,
一路之上把柳絮杨花抖落,
没有风沙,也没有苦涩的气味,
人们会相信:跟着它走准能把春天

追着。

(选自洪子诚、程光炜主编:《中国新诗百年大典·第十卷》,长江文艺出版社2013年版,第208~209页)

知识

公刘(1927—2003),原名刘仁勇,又名刘耿直,江西南昌人。当代著名诗人、作家。主要作品有《上海夜歌(一)》《神圣的岗位》《黎明的城》《在北方》《白花·红花》《离离原上草》《仙人掌》等。他的诗歌特点是既继承中国古典诗歌的精华,也吸收外国优秀诗歌的长处。其大量作品被翻译成各国文字。他的早期作品表现了革命乐观主义的精神,热烈直白。新时期以来的作品则风格沉郁,对历史和现实的感悟富有哲理,对发生在中华大地上的悲欢沉浮进行严峻的反思,感觉敏锐,意象深邃。

解读

公刘善于把生活的细致感受提升到理性的高度概括,将清新的生活气息与雄浑的哲理相融合,形成自己独特的风格。《五月一日的夜晚》《上海夜歌》等抒情短诗之所以脍炙人口,奥妙无不在此。以本诗为例,他不仅从骆驼背上的杨柳条以小见大,自然地挖掘其中的诗意,而且用想象和联想引申、点染,将未来生活的内蕴和美好清晰地展现在读者眼前,产生了强烈的感染力。这首诗的另一个突出特点是构思精巧。构思即"艺术创作中艺术家对未来

劲健篇

作品的内容与形式进行总体构想的过程"。平心而论,构思是艺术创作的中心环节和艺术上成败得失的关键。20世纪50年代前期,诗歌创作普遍采用直陈其事、铺设事实的方式,许多人把注意力放在局部形象和比喻的生动上,而公刘却注意选择反映生活的角度及力度,不能不说是超前和有意义的。从骆驼背上的杨柳条到"把春天插遍沙漠",再到"跟着它走准能把春天追着",循着作者思绪的流动和意象的转换,我们不难理清诗人精于构思及思想升华的轨迹。在这方面,写于同一时期的短诗《山间小路》亦有异曲同工之妙。

丑奴儿·书博山道中壁

辛弃疾

少年不识愁滋味,爱上层楼①。爱上层楼,为赋新词强说愁。 而今识尽愁滋味,欲说还休。欲说还休,却道天凉好个秋。

注释

①层楼：即高楼。

（选自云葭、青黎著：《一本书读完最美古诗词》，中国华侨出版社2012年版，第607页）

知识

辛弃疾（1140—1207），南宋词人，原字坦夫，改字幼安，别号稼轩，历城（今山东济南）人。出生时，中原已为金兵所占。21岁参加抗金义军，不久归南宋。历任湖北、江西、湖南、福建、浙东安抚使等职。一生力主抗金。曾上《美芹十论》与《九议》，条陈战守之策，显示其卓越军事才能与爱国热忱。其词抒发力图恢复国家统一的爱国热情，倾诉壮志难酬的悲愤，对当时执政者的屈辱求和有颇多谴责，也有不少吟咏祖国河山的作品。其词题材广阔又善化用前人典故，风格沉雄豪迈又不乏细腻柔媚之处。作品集有《稼轩长短句》，今人辑有《辛稼轩诗文钞存》。

解读

《丑奴儿·书博山道中壁》是辛弃疾被弹劾去职、闲居带湖时所作的一首词。他在带湖居住期间，闲游于博山道中，却无心赏玩当地风光。眼看国事日非，自己无能为力，一腔愁绪无法排遣，遂在博山道中一壁上题了这首

劲健篇

词。在这首词中,作者运用对比手法,突出地渲染了一个"愁"字,以此作为贯串全篇的线索,感情真率而又委婉,言浅意深,令人玩味无穷。辛弃疾的这首词,通过"少年""而今",无愁、有愁的对比,表现了他受压抑排挤、报国无门的痛苦,是对南宋统治集团的讽刺和不满。在艺术手法上,"少年"是宾,"而今"是主,以昔衬今,以有写无,以无写有,写作手法也很巧妙,突出强调了今日的愁深愁大,产生了强烈的艺术效果。

众里寻他千百度,蓦然回首,那人却在灯火阑珊处。

——辛弃疾

琵琶仙·双桨来时

姜　夔

《吴都赋》云:"户藏烟浦,家具画船。"唯吴兴①为然。春游之盛,西湖未能过也。己酉岁,予与萧时父载酒南郭,感遇成歌。

双桨来时,有人似、旧曲②桃根桃叶。歌扇轻约③飞花,蛾眉正奇绝。春渐远、汀洲④自绿,更添了,几声啼鴂⑤。十里扬州⑥,三生杜牧⑦,前事休说。　　又还是,宫烛分烟⑧,奈愁里、匆匆换时节。都把一襟芳思,与空阶榆荚。千万缕、藏鸦细柳,为玉尊、起舞回雪。⑨想见西出阳关⑩,故人初别。

注释

①吴兴:今浙江湖州。
②旧曲:旧日坊曲。坊曲,常代指歌妓集聚之地。
③约:缠绕,邀结,此处意谓沾惹。
④汀洲:沙洲。
⑤啼鴂(jué):悲鸣的杜鹃。
⑥十里扬州:杜牧《赠别》:"春风十里扬州路,卷上珠帘总不如"。
⑦三生杜牧:黄庭坚《广陵早春》诗:"春风十里珠帘卷,仿佛三生杜牧之。"此处为作者自指。三生:佛家语,指过去、现在、未来三世人生。
⑧宫烛分烟:韩翃《寒食》诗:"日暮汉宫传蜡烛,轻烟散入五侯家"。

⑨ "千万缕"句：周邦彦《渡江云》词："千万缕，陌头杨柳，渐渐可藏鸦。"此用其意。
⑩ 西出阳关：王维《送元二使安西》诗："劝君更尽一杯酒，西出阳关无故人"。

（选自上彊村民选编，王兆鹏、黄崇浩注评：《宋词三百首注评》，凤凰出版社2015年版，第198页）

知识

姜夔（1154—1221），南宋文学家、音乐家。往来鄂、赣、皖、苏、浙间，与诗人词家杨万里、范成大、辛弃疾等交游。在他所处的时代，南宋王朝和金朝南北对峙，民族矛盾和阶级矛盾都十分尖锐复杂。战争的灾难和人民的痛苦使姜夔感到痛心，但他由于幕僚清客生涯的局限，虽然也为此发出或流露过激昂的呼声，而凄凉的心情却表现在一生的大部分文学和音乐创作里。曾上书乞正太常雅乐，一生布衣，靠卖字和朋友接济为生。他多才多艺，精通音律，能自度曲，其词格律严密。其作品素以空灵含蓄著称，有《白石道人歌曲》等。

解读

本词描写春游时偶遇与昔日恋人相似之女子，而勾起对往日情致的美好回忆。上片写奇遇时的感受和怅惘，下片写芳景虚逝的怨恨。词中的"桃根桃叶"代指词人在合肥所眷恋的琵琶妓姊妹之人。"春渐远"以下顿宕转折，借眼前景写出往事不堪回首的无限感伤，抒写时序更易、流光匆匆、景是人非的怨怅与无奈。"千万缕"二句借细柳添色生愁，"藏鸦"意象暗用李白《杨叛儿》"乌啼隐杨花，君醉留妾家"诗意，隐喻黄昏时男女幽会欢爱，传达出昔日欢爱已不得，唯见杨花柳絮漫天舞的惆怅与伤感。陈匪石在《宋词举》中评曰："全篇以跌宕之笔写绵邈之情，往复回环，情文兼至。结拍想到'初别'，即行收住，尤觉余味曲包，非徒以清刚胜也。"此词既有生活体验在内，也可看出作者捕捉瞬间美景及表现瞬间感受的高超能力。

附　录

拓展阅读书目

郁贤皓选编：《李白集》，凤凰出版社 2014 年版

韩传达选编：《中国古代文学作品选》，北京大学出版社 2012 年版

张涵选编：《古诗词诵读》，中国传媒大学出版社 2012 年版

张长青选编：《中国古典诗词名篇文化鉴赏》，北京大学出版社 2014 年版

徐宏杰、宋中华编：《现当代经典散文阅读》，安徽师范大学出版社 2013 年版

陈如江编注：《一蓑烟雨任平生：东坡词》，山东文艺出版社 2014 年版

姚国军主编：《中国经典诗词品鉴》，中国文史出版社 2016 年版

滕一圣译注：《唐诗三百首：精编本》，商务

印书社馆 2015 年版

李卫东主编：《文学鉴赏》，重庆大学出版社 2014 年版

李朝全主编：《散文百年经典（1917—2015）》，中央编译出版社 2016 年版

桑楚主编：《鲁迅经典》，北京联合出版公司 2015 年版

李少君、张德明主编：《中国好诗歌·你不能错过的白话诗》，北京现代出版社 2016 年版

欧阳修著、李之亮注析：《欧阳修词选》，中州古籍出版社 2015 年版

郁达夫著、文明国编：《郁达夫自述》，安徽文艺出版社 2014 年版

笔下悲凉意象交织,然则行文力求怅惘中的解脱、烦忧中的宽慰,含蓄不露而蕴藉深厚;"刚劲有力 挺拔坚强"尽显正直不阿、蓬勃生气的品质,力图破除束缚、追求真实本性,以表达政治理想;"风波阅尽 气节依然"所反映出来的便是在逆境下忍受苦难而心怀积极乐观理想的人生态度,所选篇章或深沉热烈,或清新流畅,其中饱含丰富的哲思和人情味。

编者
2017 年 3 月

编写说明

"劲健"之美,雄浑而内敛,不露锋芒而处处傲骨铮铮。大至通观自然万象,畅想宇宙洪荒,因而立志心怀民生忧思天下;小至领悟朝夕即逝,感慨年华恨短,由此看淡人生无常风雨飘摇。虽刚劲有力、器宇轩昂,化为笔下行文却体现出极强的控制力,以此一窥言有尽而意无穷之深幽内涵。本册选文通过精选古今中外文豪之名作,希望读者借以一览字里行间透露万千气象的奇景,在其中一舒含蓄悠远的精气。

本册选文分为四个部分。"心神坦荡 气势如虹"所选篇目主要反映慷慨激昂、积极向上的个人心态,或托物言志,或直陈梦想,在纷繁的意象中编织作者的满腔情感;"真切自然 苍凉悲壮"中的篇目可见作者悲哀苦闷之心绪、胸中块垒之堆积,